Buffy
Im Bann der Dämonen

Blutsommer

Aus dem Amerikanischen
von Christina Deniz und Michael Neuhaus

vgs

Bibliografische Information Der Deutschen Bibliothek
Die Deutsche Bibliothek verzeichnet diese Publikation in der Deutschen Nationalbibliografie; detaillierte Daten sind auch im Internet über http://dnb.ddb.de abrufbar.

Das Buch »Buffy – Im Bann der Dämonen.
Blutsommer«
entstand nach der gleichnamigen Fernsehserie
(Orig.: *Buffy, The Vampire Slayer*) von Joss Whedon,
ausgestrahlt bei ProSieben.

Erstveröffentlichung bei Pocket Books, eine Unternehmensgruppe
von Simon & Schuster, New York 2000.
Titel der amerikanischen Originalausgabe: *Buffy, The Vampire Slayer. How I Survived My Last Summer Vacation.*

Produktion: Wolfgang Arntz
Redaktion: Sabine Arenz
Umschlaggestaltung: Sens, Köln
Titelfoto: © Twentieth Century Fox Film Corporation 2003
Satz: Kalle Giese, Overath
Druck: Clausen & Bosse, Leck
Printed in Germany
ISBN 3-8025-3269-4

Staub

Michelle West

Die Szene glich einem modernen Gemälde: Mädchen in hellem Kleid in Begleitung ihrer Freunde. Im Hintergrund ein Parkplatz mit Autos, deren Besitzer die umliegenden Straßen bevölkerten, auf dem Weg von oder zu einer Tanzveranstaltung – eines jener unergründlichen menschlichen Rituale. Und in dem Windstoß, der die weichende Nacht erfüllte, wirbelte Staub auf. Staub, der einst eine kleine Vampir-Armee gewesen war.

Indes hatten im Krieg die Verlierer kaum eine Wahl zu entscheiden, wie sie das Schlachtfeld wieder verlassen würden.

Das Mädchen zögerte – kaum lange genug, um in ihrem Schritt innezuhalten. Ihr Blick streifte einen kleinen Jungen in Begleitung seines Vaters, der zu dieser späten Stunde noch unterwegs war. Es war nur ein flüchtiger Moment, und hätte er den Bruchteil einer Sekunde länger gedauert, so hätte sie vermutlich erkannt, dass die hoch gewachsene Gestalt neben dem Knaben wahrlich niemandes Vater hätte sein können – es sei denn an Halloween. Der Mann trug eine dunkle Robe, die förmlich nach dem staubgeschwängerten Wind zu greifen schien, als ob sie sich der Toten, die darin gefangen waren, bemächtigen wollte.

Und doch war es ein Moment höchster Anspannung und Konzentration.

Der Mann in Schwarz allerdings schien nicht beunruhigt, wogegen der Junge an seiner Seite den Atem anhielt, bis das Mädchen seine Aufmerksamkeit wieder dem ältesten ihrer Begleiter zuwandte – dieser zählte über zweihundert Jahre. Sie schüttelte unmerklich den Kopf und schloss dann wieder zu ihren Freunden auf, die bereits weitergegangen waren, Vater und Sohn – oder was immer das seltsame Paar gewesen war – schienen vergessen.

»Hab ich's dir nicht gesagt, Gesalbter?«, bemerkte der Mann in der Robe mit ruhiger Stimme. »Bevor sie nicht weiß, wonach sie suchen soll – nicht weiß, wonach *genau* sie suchen soll –, wird uns mein Zauber vor Entdeckung schützen.«

»Aber sie hat in unsere Richtung geblickt.«

Der Mann runzelte die Stirn. »Und uns *nicht* gesehen.«

»Das verstehe ich nicht«, sagte der Junge, während er dem Mädchen nachsah, deren Rocksaum über den Asphalt schwebte. »Die Prophezeiung ... sie hat sich ihr entzogen.«

»Niemand kann sich der Prophezeiung entziehen, das ist nun einmal eine Tatsache.«

Der Junge hob eine Augenbraue. »Hast du sie denn kürzlich gelesen?«

»Ich lese nicht, ich schreibe Geschichte.« Der Mann sah den Jungen kurz an. »Du verfügst über große Macht, Gesalbter, aber vielleicht war ja *deine* Fähigkeit zu lesen nicht so entwickelt, wie sie hätte sein müssen.« Er hob den Kopf; die Nacht hatte die sich entfernenden Gestalten fast verschluckt, sodass in der Entfernung nur noch ein weißes Kleid zu erkennen war. »Die Prophezeiung war korrekt. Die Jägerin ist gestorben.«

»Ich erkenne den Tod, wenn ich ihn sehe. Und *so* sieht er nicht aus.«

»Oh, ich vergaß. Du kannst es ja noch gar nicht sehen.« Er senkte den Kopf, hob die Hände und spreizte langsam die Finger, als ob er eine Glaswand vor sich berührte. Dann stieß er die Luft aus, und sein Atem kam als feiner Nebel aus seinem Mund, als ob es plötzlich sehr, sehr kalt geworden wäre. Der Dunst vereinigte sich mit der Luft unter seinen Handflächen und wurde zu einem frostigen Hauch, der sich zwischen ihnen und der Jägerin ausbreitete.

Sie schien, trotz der Kälte, förmlich zu erglühen.

In ihrem Rücken erschienen bizarre Schatten, und ein unheiliges Licht griff nach ihren Armen, leicht asynchron zu ihren Bewegungen, und dann griffen lange Finger nach ihrem Haar ... oder nach ihrem Nacken?

»Was hat das zu bedeuten?«

»Gesalbter, sie stand an der Grenze vom Leben zum Tod, und sie hat sie überschritten. Und dann hat etwas sie wieder zurückgerissen ... eine Art Vakuum umgibt sie. Kein Normalsterblicher verfügt über die Kraft, ins Leben zurückzukehren. Siehst du?«

Die Jägerin wandte sich wieder um, und für einen Moment waren ihre Züge so klar wie ... Glas. Das Licht, das sie verfolgt hatte, lag nun auf ihrem Gesicht. Sie runzelte die Stirn. Die Kreatur, die einst Angelus gewesen war, sprach zu ihr, und dann hob das Mädchen eine Hand und sah durch ihre unsichtbaren Gegner hindurch, während das unheimliche Licht langsam zurückwich.

»Sie kämpft mit dem Tod. Und es besteht eine reelle Chance, dass sie diesen Kampf verliert.«

»Was geschieht, wenn sie ihn verliert?«

»Dann wird der Tod sie mit sich nehmen. Doch sie ist sich dieses Kampfes nicht bewusst.«

»*Mach* ihn ihr bewusst!«

»Das könnte ich durchaus tun.«

»Gut.«

»Doch dazu benötige ich das Blut einer Person, die in der Nacht ihres Todes körperlichen Kontakt mit ihr hatte.«

»Jeder aus ihrem Gefolge käme da in Frage.«

»Ich bin kein Narr. Opfere nur einen von ihnen, und uns alle wird das Schicksal des Meisters ereilen.«

Collin schwieg eine Weile und schenkte seinem Begleiter dann den zuversichtlichen Blick eines Jungen, der nicht älter als acht oder neun Jahre alt war. Wortlos reichte er dem Mann in der schwarzen Robe die Hand.

So wie er es getan hatte, als er Buffy zum Meister geführt hatte.

»Wie viele Tode hast du schon miterlebt, Gesalbter?«

Der kleine Vampir zuckte die Schultern. »Nicht genug.«

Doch der Dämonenmagier hörte ihm schon nicht mehr zu. Er ging einen Moment in sich, seinem Schweigen folgte ein ritueller Gesang, dann bewegten sich seine Hände über die steinerne Oberfläche eines kleinen Altars.

Plötzlich hielt er in seinem Tun inne und deutete auf Collin. Er hatte versucht, dem Gesalbten einen guten Überblick zu verschaffen, doch am Ende musste sich Collin – als ob es sich bei ihm um ein sterbliches Kind handelte – doch einen Stuhl an den Altar heranziehen, um einen guten Blick auf alles Weitere zu haben.

»Pass genau auf. Timing ist alles.«

Der Stein begann Blasen zu werfen, dann verflüssigte sich die Materie und wurde zu einer zähen Masse, die unwirklich schimmerte. Und schließlich erschien im Zentrum der Substanz ein ihnen sehr bekanntes Gesicht.

Fürwahr, ein wirklich hübsches Mädchen.

Gedankenverloren stand das Mädchen, das Rupert Giles qua Geburt und nach dem Willen des Schicksals zur Ausbildung anvertraut worden war, in der Wohnung des Bibliothekars. Obwohl durch die hohen Fenster das Tageslicht auf sie fiel, lag ihr Gesicht im Schatten, denn sie hielt den Kopf gesenkt.

»Buffy, hast du überhaupt ein Wort von dem mitbekommen, was ich gesagt habe?«

»Ja?« Schuldbewusst sah sie von dem alten Buch in ihren Händen auf. Giles trat an sie heran und klappte es sanft zu. Es war eines jener Exemplare, das er in seine Privaträume hatte überführen müssen, solange die Schulbibliothek renoviert wurde.

»Das wäre in der Tat die korrekte Antwort gewesen, sofern sie ehrlich gemeint gewesen wäre. Wie dem auch sei, wenn du dir wegen des Höllenschlunds Sorgen machst – der ist geschlossen. Die Vampire haben die Schule nur wegen ihm und dem Meister heimgesucht. Fakt ist: Es war seit diesem Tag keine wie auch immer geartete vampirische Aktivität mehr zu verzeichnen. Ich muss insofern noch einmal bemerken, dass du sehr gründliche Arbeit geleistet hast. Du musst dir daher also keine Sorgen machen, weil du nun eine Weile abwesend sein wirst.«

»Ich mache mir keine Sorgen. Warum glauben Sie eigentlich, dass ich mir Sorgen mache?«

»Zum Beispiel, weil du heute bereits das dritte Buch in diesem Schuljahr aufgeschlagen hast.«

»Ja, und?«

»Es ist in Lateinisch geschrieben.«

»Lateinisch?«

»Und du hältst es verkehrt herum.«

»Oh.«

»Buffy, mir ist sehr wohl bewusst, dass ein sehr ... schwieriges Jahr hinter uns liegt. Doch das Schlimmste ist überstanden. Der Höllenschlund wurde dank deines Einsatzes geschlossen. Du verdienst ... nun, du verdienst Urlaub. Sofern man die Reise in eine Stadt, in der es immer noch hoch hergeht erfunden hat, als Urlaub bezeichnen kann.«

»Und nun schau genau hin.« Langsam bewegten sich die Hände des Mannes über den Altar.

Sie schob ihre Hand in die Hosentasche und holte einen Zettel hervor. »Hier ist die Telefonnummer meines Vaters. Wenn irgendwas passiert, dann –«

»Was sollte denn jetzt noch passieren?«, fragte Giles, und doch nahm er das gefaltete Stück Papier entgegen.

»Soll ich Ihnen eine Liste machen? Ich könnte meinen ganzen Urlaub damit zubringen. Und dabei hab ich dieses Jahr nur eine Drei in Englisch gekriegt – aufgrund meines ›dürftigen Vorstellungsvermögens‹.«

»Nun, ja, gut. Dann behalte ich den Zettel eben. Als reine Vorsichtsmaßnahme.«

»Okay, ich muss jetzt gehen. Dad holt mich zu Hause ab. Das wird unser erster gemeinsamer Sommer werden. Ich meine, der erste seit der Scheidung.« Ihr Lächeln verblasste, um dann gänzlich zu verlöschen. Keiner von ihnen sagte ein Wort. »Wissen Sie, Giles, bevor das Schweigen in Peinlichkeit umschlägt, sollten wir uns jetzt besser voneinander verabschieden. Machen Sie's uns also bitte nicht so schwer.«

»Äh, ja, also. Ich bin sicher, du wirst in diesem Sommer eine wunderbare Zeit haben und all die Dinge tun, die junge Mädchen, äh, gemeinhin so tun.«

»Ich wette, Sie haben sich schon in meinem Alter durch Spontaneität und Herzlichkeit ausgezeichnet. Wie dem auch sei, lassen Sie sich bloß nicht umbringen, während ich weg bin.« Sie reichte ihm die Hand.

Nach einem kurzen Moment des Zögerns schlug er ein. »Buffy –«

Giles.

Er lag am Boden, die rechte Hand noch immer leicht gekrümmt, das linke Bein offensichtlich gebrochen. Die Vorderseite seines Jacketts war zerrissen, der matte Tweedstoff färbte sich allmählich rot von frischem Blut – und es gab eine Menge davon.

Doch schlimmer noch: Seine Brille war zerbrochen, und hinter dem feinen Netz aus gesprungenem Glas konnte sie seine Augen erkennen. Ein Blick, in dem weder Überraschung noch Furcht noch jene typisch britische Missbilligung lag. Sein linker Arm war ausgestreckt, und es schien, als wollte er nach irgendetwas greifen.

»Giles!«

»Buffy?«

»Giles?«

»Alles in Ordnung, Buffy?«

»Ja ... alles okay.«

Er runzelte die Stirn und hob die Brauen. »Ist was mit deiner Hand?«

Sie schüttelte ihre Rechte, als ob sie sich verbrannt hätte. »Nein. Ich ... ich muss jetzt gehen.«

Das Licht war erloschen, und das notorische Summen der Neonbeleuchtung würde nun für Stunden verstummt sein wie auch die Geräuschkulisse aus begeisterten Gästen und Jungmusikern. Doch auch außerhalb der normalen Geschäftszeiten besaß das *Bronze* so etwas wie ein Leben.

Im Schatten stand ein schlankes Mädchen mit langem hellen Haar. Angel erkannte sie sofort. Er wusste eine Menge über das Leben in den Schatten, und er sehnte sich nur selten danach zurück. »Buffy?«

Beim Klang seiner Stimme hob sie den Kopf. »Angel.«

»Ich bin so schnell gekommen wie möglich.«

»Tja ... Glücklicherweise war der Laden noch offen. Vermutlich hat das Management die Bude heute zum ersten Mal seit Jahren richtig durchgelüftet.« Sie sah wieder zu Boden. »Ich war nicht sicher, ob du kommen würdest. Schließlich dämmert es draußen schon.« Sie ging hinüber zur Bar und lehnte sich mit dem Rücken gegen den Tresen. Weder die Jägerin noch der Vampir sprachen ein Wort, und der kurze Moment der Stille war beinahe so schmerzhaft wie Buffys Waffe Nummer eins.

»Warum hast du –«

»Ich gehe fort.«

Wieder Stille, während ihre Worte langsam verhallten. »Bevor das Schweigen allzu unangenehm wird ...«, sie griff in ihre Hosentasche. Angel konnte das Knistern von Papier vernehmen, bevor sie die Hand wieder hervorzog – leer.

»Du gehst? Wohin gehst –«

»Ich wollte nur –« Erneut hielt sie inne. »Wir hätten Nummern ziehen sollen, damit wir uns mit unseren Redebeiträgen nicht ins Gehege kommen«, sagte sie schließlich. »Soll ich zuerst oder willst du?«

Er antwortete nicht.

Sie sah zur Seite. »Nun, ich verlasse Sunnydale für die Zeit der Sommerferien, und ich wollte dir nur ... auf Wiedersehen sagen.«

»Warum?«

»Warum was?«

»Warum gehst du fort?«

»Du hast womöglich mitbekommen, dass ich bei meiner Mutter lebe. Mein Vater wohnt in L.A. Sie haben sich auf diese Regelung wie zivilisierte Erwachsene geeinigt – zivilisierte Erwachsene, die es nicht ertragen konnten, unter einem Dach zu leben. Und so schlägt sich Mom mit mir und meinem verrückten Leben im jeweils laufenden Schuljahr herum, während Dad in diesen zweifelhaften Genuss kommt, wenn andere Eltern gemeinhin ausspannen und Urlaub machen. Auf diese Weise soll, was mich betrifft, der Familienzusammenhalt gestärkt werden – Sommerlager inklusive, wenn man so will. Aber das war wahrscheinlich schon mehr, als du eigentlich wissen wolltest, stimmt's?«

»Buffy –«

»Warum erzählst du *mir* nicht mal zur Abwechslung mehr, als ich eigentlich wissen will. Erzähl mir doch mal *irgendetwas* über dich. Zum Beispiel, dass du mal Pickel oder wenigstens unreine Haut hattest, bevor du –«

»Bevor ich gestorben bin?«

Stille.

»Warum ausgerechnet hier?«, fragten sie plötzlich beide wie aus einem Mund.

Nach einem weiteren quälenden Moment des Schweigens antwortete Angel als Erster: »Weil es hier geschehen ist«, sagte er mit weicher Stimme.

»Was?«

»Hier habe ich Darla getötet.« Er trat einen Schritt auf sie zu; sie stieß sich von der Theke ab und stand nun aufrecht da, während sich ihre Blicke im Halbdunkel trafen. »Für dich.«

»Für mich ...«

»War das mehr, als du eigentlich wissen wolltest?«

»Ich ... ich weiß nicht.« Langsam streckte sie die Hand aus und berührte seine Wange ...

... und stand plötzlich in einer übel riechenden, nasskalten Straße, während Angel, den Arm freundschaftlich um seinen Begleiter gelegt, an ihr vorbeischlenderte. Der beißende Geruch von Alkohol, der die beiden umgab, war fast angenehm im Vergleich zu dem Gestank, der hier ansonsten herrschte.

Sie wandte sich um, ihm zu folgen, hielt dann aber inne, als sie in einiger Entfernung jemanden bemerkte.

Es war eine Frau in einem altertümlichen Kleid, das aus einem hautengen miederartigen Oberteil und einem langen Rock bestand, der nur mittels diverser Reifen in diese voluminöse, kuppelgleiche Form gebracht worden sein konnte. Die Fremde stand reglos und doch selbstsicher in einer Gasse, die nur dürftig durch das Fackellicht einer nahe gelegenen Taverne erhellt wurde. Buffy kannte sie.

Es war Darla.

Hinter sich konnte Buffy das schwache Geräusch von Kutschenrädern auf Kopfsteinpflaster vernehmen, doch als sie sich umdrehte, sah sie nur Nebel und Schatten.

Es war kalt, und sie fröstelte.

»Angel?«

Etwas stimmte nicht mit ihm. Er sprach, doch sie konnte seine Worte nicht verstehen, da das Gesprochene so fremd klang. Und erst seine Kleidung ...

Sie brauchte einen Moment, um zu begreifen, was hier vor sich ging. Eine Jägerin erkennt einen Vampir instinktiv. Doch dieser Angel hier war kein Vampir.

Die Frau in der Gasse gehörte dieser Gattung durchaus an.

Er ging auf sie zu, ließ seinen Begleiter zurück und damit alles, was er bis dahin zu wissen geglaubt hatte.

Darla war eine elegante Erscheinung und die wohl schönste Frau, die Buffy je gesehen hatte. Er wurde wie magnetisch von ihr angezogen, und es wunderte sie nicht. Sie öffnete den Mund, um ihn zu warnen, doch ihre Kehle war staubtrocken; kein Laut wollte ihr entweichen.

Angel ...

Er schloss seine Augen, als Darla lächelte.

Er starb.

Und dann geschah es – dann wurde sie Zeugin seines Wegs hin zum Dasein eines Untoten. Sie sah seine Lippen vor der perfekten Linie ihres makellosen Gesichts, seinen Kopf im unendlich starken und gleichzeitig ungewöhnlich sanften Griff seiner Schöpferin.

Buffy hatte noch nie zuvor einen im Werden begriffenen Vampir gesehen. Es war bei weitem scheußlicher, als in ein

Schlafzimmer zu platzen, in dem eine gewisse Art von Aktivität herrscht.

Sie schrie auf und taumelte zurück ...

... und fand sich im *Bronze* wieder – die Hände zittrig und verkrampft, die Augen weit aufgerissen. Sie war sich einer Tatsache grausam bewusst: Angel hatte Darla *gewollt*.

»Buffy?«

»Ich muss ... muss gehen. Mein Vater wird jeden Moment bei uns zu Hause eintreffen, um mich abzuholen.«

Er hob einen Arm, wollte auf sie zutreten; sie versteifte sich; er hielt inne und ließ die Hand wieder sinken.

Und dann trennten sich ihre Wege und verloren sich in den Schatten.

»Buffy, wo bist du gewesen? Dein Vater kann jeden Moment hier sein!« Joyce Summers kam aus der Küche und wischte sich die Hände an der Schürze ab, als ob das Wort »Erschöpfung« eigens zu ihrem persönlichen Gebrauch erfunden worden wäre.

»Mom, ich weiß, wann Dad kommt. Hab doch gestern Abend schon alles gepackt, schon vergessen? Du hast mir doch selbst die Unterwäsche und Socken angereicht. Acht Uhr, richtig?«

»Ich will doch nur ... dass du auch pünktlich bist ... dass schon zu Beginn deiner Sommerferien alles perfekt ist.«

»Dann kümmere dich um deine Sachen, okay? Ich kann sehr gut auf mich allein aufpassen.«

»Das weiß ich doch, Liebes«, erwiderte ihre Mutter mit

einem sanften Lächeln. »Hast du den Koffer schon runtergebracht?«

»Mom –«

»Tut mir Leid. Ich weiß schon ... es ist nur ...« Sie bemühte sich um ein strahlendes Lächeln, dem es jedoch ein wenig an Überzeugungskraft mangelte. »Ich bin der Ansicht, wir haben uns hier seit letztem Jahr prima eingelebt. Ich weiß, es war hart für dich, deine alten Freunde zurückzulassen, auf eine neue Schule gehen zu müssen und so weiter. Aber ich finde, du hast das prima hingekriegt; wir beide haben das prima hingekriegt. Und ich werde dich hier sehr vermissen.« Sie hob eine Hand, als Buffy zu einer Antwort ansetzen wollte. »Ich weiß, ich hab versprochen, das nicht mehr zu erwähnen, aber ich habe noch nie acht Wochen ohne dich verbracht.«

Sie öffnete die Arme und zog ihre Tochter an sich ...

... während diese erblasste und zur Salzsäule erstarrte, schier überwältigt von der Dunstwolke antiseptischer Reinigungsmittel, die ihr plötzlich entgegenschlug und die die hier ansonsten herrschenden, weitaus unangenehmeren Gerüche nicht überdecken konnte.

Sie stand am Fuße eines Krankenbettes, das man ein wenig freundlicher herzurichten versucht hatte – verschiedenfarbige Laken, eine bunte Tagesdecke –, als ob es dadurch etwas anderes würde als ein Krankenlager. Und in diesem Bett lag eine verdorrte greise Frau, und es dauerte einen Moment, bis Buffy sie wieder erkannte.

Mom ...

Ohne Zweifel, dort lag ihre Mutter. Die dünnen Lippen waren über dem offensichtlich zahnlosen Mund eingesunken, die wimpernlosen Augen geschlossen. Rasselnd rang sie nach Luft, was ihr nur mit Mühe gelang.

Kein schöner Anblick, nicht wahr? Doch das ist das hässliche kleine Geheimnis der Sterblichen. Möglicherweise wird dir ein solches Ende erspart bleiben, Jägerin. Es heißt ja, dass jemand in deiner Position nur selten das erste Drittel seines Lebens vollendet.

Ich habe mein Bestes getan, dir einen Tod zu bereiten, der deiner würdig ist. Und ist nicht jeder andere Tod besser als das, was du hier vor dir siehst?

Langsam wandte sie sich um, die Augen in einer Mischung aus Fassungslosigkeit und Furcht geweitet.

Im Licht, das durch den Türspalt in den Raum fiel, erkannte sie einen langen dünnen Schatten am Boden. Die ihr bekannte Stimme gehörte einem ihr bekannten Schatten, dessen Quelle sie indes nicht auszumachen vermochte. Und als sie sich wieder zum Bett umwandte, war sie allein. Allein mit ihrer sterbenden Mutter.

Und allein mit der Furcht vor dem Meister.

Selbst in der Totenstarre hätte sich Buffy lebendiger gefühlt als beim Anblick ihrer dahinsiechenden Mutter. In ihren Augen war Joyce zwar nie alterslos gewesen, doch sie konnte einfach nicht glauben, dass die Frau, die da vor ihr stand, auch nur ansatzweise etwas mit der Person zu tun haben sollte, die sie gerade im Krankenbett hatte liegen sehen.

»Buffy?«

Sie hatte bis heute nie über den Tod ihrer Mutter nachgedacht, die für sie so etwas wie eine unveränderliche Konstante im Leben darstellte. Eine Konstante, die sich auf einmal aufzulösen schien. Sie wollte schreien, weinen oder gegen *irgendetwas* kämpfen, doch es gab nichts, was sie tun konnte. Das Alter war unausweichlich. Es war kein Vampir, kein Dämon oder menschenfressendes Insekt. Es war ... Schicksal.

Wie sie dieses Wort hasste!

»Buffy, alles in Ordnung mit dir?«

Nein!

»Ja ... mir geht's gut. Mir ist nur gerade eingefallen, dass ich doch noch was vergessen habe einzupacken. Dad wird ja jeden Augenblick hier sein, also muss ich mich sputen.« Sie kämpfte dagegen an, ihre Mutter von sich zu stoßen, wohl wissend, dass die Stärke einer Jägerin einen normalen Menschen böse verletzen konnte. Doch der Wunsch, sie wegzuschubsen und zu fliehen, war fast übermächtig. Verzweifelt.

Sie eilte die ihr so vertrauten Treppenstufen hinauf, huschte in ihr Zimmer und schloss hinter sich die Tür. Sie lehnte sich dagegen, presste die Handflächen auf das lackierte Holz und fragte sich, ob sie womöglich eine dieser Töchter werden würde, die mal sagten: »Ich kann meine Mutter nicht im Pflegeheim besuchen, weil ich sie so in Erinnerung behalten möchte, wie sie einmal war«, und dabei all das vergaßen, was sie jemals durch ihre Mutter erfahren und mit ihr erlebt hatten: Aufmerksamkeit, Zeit, Glück, aber auch Kummer und Leid.

In diesem Moment klingelte es an der Haustür.

»Buffy!« Selbst durch die geschlossene Tür drang die Stimme ihrer Mutter klar und kräftig an ihr Ohr. »Dein Vater ist da!«

Schweigend kam sie die Treppe herab, eine Jacke, die sie nicht eingepackt hatte – und in diesem Sommer wahrscheinlich nie tragen würde –, über dem Arm.

»Buffy!« Hank Summers öffnete die Arme, um sie in der für ihn so typischen bärengleichen Art an sich zu drücken.

Abrupt hielt sie am Fuß der Treppe inne. Der Abstand zwischen ihr und ihrem Vater betrug nun etwa fünfzehn Fuß, und sie machte keine Anstalten, ihn zu verringern. »Hi, Dad.«

Sie wusste, was kommen würde, und sie wollte es nicht sehen. Sie wollte ihren Vater, so wie er jetzt vor ihr stand, sehen, als Person aus einem Guss, jung und vital und gesund.

Sein warmes Lächeln erstarb mit jeder weiteren Sekunde, die sie einfach nur reglos dastand, ein bisschen mehr. Schließlich ließ er die Arme wieder sinken.

»Buffy.« Die Stimme ihrer Mutter schwankte leicht. »Stimmt was nicht?«

»Nein. Nein. Alles in Ordnung.«

Der Mann und die Frau, deren einzige Verbindung die junge Frau am Fuß der Treppe war, sahen nun besorgt in ihre Richtung. Dann wandte der Mann seinen Blick ab.

»Dad ... Mir geht's gut. Es ist nur ... Ich –«

Er beugte sich hinab und nahm ihre Koffer vom Boden auf. »Wir treffen uns dann im Wagen.«

Im Auto herrschte keine angenehme Stimmung. Es war erfüllt von langen, unbehaglichen Schweigemomenten. Nach etwa drei Versuchen, interessante Themen anzuschneiden – darunter die neuesten Kinohits und das Wetter –, hatten Vater und Tochter eine Art unausgesprochene Vereinbarung getroffen: Im Fond des Wagens herrschte Buffys Privatsphäre, während ihrem Vater Fahrer- und Beifahrerseite gehörten. Dazwischen verlief eine unsichtbare Grenze.

Es war, als ob die gerade einmal zweistündige Fahrt nun schon zwei Wochen dauerte. Und dann fragte Hank Summers, Brauen und Lächeln leicht verkniffen, seine Tochter auf einmal: »Hat Joyce – ich meine, hat deine Mutter dir eigentlich in letzter Zeit irgendwas erzählt?«

»Ja, wie viel Unterwäsche man einpacken muss, um einen zehnjährigen Aufenthalt in der Fremde in Ehren zu überstehen.«

Er kicherte auf eine Weise, die sein Lächeln sehr natürlich erscheinen ließ. »Ich meine, hat sie dir irgendwas über mich erzählt?«

»Dass wir unsere Abreise nach L.A. so gut wie möglich über die Bühne bringen sollen, was uns, wie ich befürchte, nicht besonders gut gelungen ist.« Sie schloss die Augen und sah ihren Vater dann im Rückspiegel an, als ob dies die einzig sichere Art wäre, Sichtkontakt zu ihm herzustellen. Was, da er ja den Wagen steuerte, in diesem Moment sogar zutraf. »Hör mal, Dad, es tut mir Leid, dass ich eben so … distanziert war. Weißt du –«

»Ich hatte ihr ganz im Vertrauen von Wendy berichtet und sie gebeten, es mir zu überlassen, es dir auf meine Art und im geeigneten Moment zu erzählen. Aber offensichtlich war sie der Ansicht, dass ›meine Art‹ wohl doch nicht so geeignet sein würde.«

»– ich war nicht ich selbst in letzter Zeit. Ich musste wirklich ... Wendy?«

»Wendy.«

»Du liebe Güte, so was kennen wir nicht in Sunnydale. Oder gestehst du mir etwa gerade etwas aus deinem Leben, das nicht mit einer Fastfood-Kette in Zusammenhang steht?«

Für einen Moment schwieg er; die schnelle Fahrt absorbierte seine Aufmerksamkeit wie Küchenrollen in dümmlichen Werbespots verschüttete Flüssigkeit aufsaugen. »Scheint, ich schulde deiner Mutter eine Entschuldigung«, bekannte er.

»Und mir eine Erklärung?«

»Und dir eine Erklärung, ja. Nun, seit einiger Zeit –« Er kicherte krächzend. Buffy hatte schon Fingernägel über Schultafeln kratzen gehört, die angenehmer geklungen hatten. »Seit einiger Zeit treffe ich mich mit jemandem.«

»Mit jemandem?«

»Mit einer Frau, die ich im Büro kennen gelernt habe. Die Klientin eines Freundes.«

»Eine Klientin. Eines Freundes.«

»Buffy –«

»Wie lange ist ›seit einiger Zeit‹ genau?«

»Seit einigen Wochen. Sie ist ein wunderbarer Mensch. Buffy, ich glaube, ihr beide würdet euch gut verstehen.«

»Werden wir einander oft sehen in nächster Zeit?«

Sein Lächeln erstarb. »Wir haben bisher noch keine konkreten Pläne gemacht«, sagte er ruhig. »Aber wenn sich die Dinge in den nächsten Monaten auch weiterhin so gut entwickeln, werden Wendy und ich wohl bald zusammenziehen.«

»Oh.« Buffy lehnte sich vor und betätigte den Knopf für den automatischen Fensterheber.

Die Luft, die ihr daraufhin ins Gesicht blies, war voller Abgase – doch wohl vertraut.

Zu dem Zeitpunkt, da das Pflaster von L.A. ein wenig zu heiß geworden war – nicht zuletzt als deutliche Nachwirkung einer abgebrannten Schule –, hatte die Ehe der Summers nur mehr auf dem Papier bestanden. Und auch das Haus, das Buffy in all den unbeschwerten Jahren als ihr Heim angesehen hatte, war damals längst zu einer Art mühsam aufrecht erhaltenen Fassade verkommen, als die Ereignisse auf der Highschool für sie aus dem Ruder liefen.

Nicht, dass sie so etwas wie Schuldgefühle plagten, und sie dachte auch nicht oft darüber nach, doch manchmal fragte sie sich, ob es ihren Eltern nicht möglich gewesen wäre, ihre Ehe wieder in Ordnung zu bringen, wenn sie sich nicht ständig darum hätten kümmern müssen, das Leben ihrer Tochter in Ordnung zu bringen.

Wie viele der Probleme ihrer Eltern waren in Wahrheit die Probleme der Jägerin gewesen? Wie oft hatten sie mit ihr gestritten, wenn sie wieder einmal viel zu spät von einem nächtlichen Rendezvous nach Hause gekommen war, das sich nicht hatte vermeiden lassen, weil sich die Stadt sonst in eine Selbstbedienungsblutbank für Vampire verwandelt hätte?

Und wann genau hatte ihr Vater eigentlich vorgehabt, ihr von seiner neuen Freundin zu erzählen?

»Buffy?« Hank Summers, ein wenig gebeugt unter dem Gewicht des Gepäcks seiner Tochter, kam vor dem Platz seines neuen Zuhauses zum Stehen. »Und? Wie gefällt's dir?«

»Alle Achtung, Dad. Ich weiß ja, dass du Gartenarbeit nie gemocht hast, aber das hier stellt schon 'ne ziemliche Veränderung dar.« Da war es wieder, das Wort »Veränderung«.

Es war kein Haus, vor dem sie stand; stattdessen erstreckten sich Apartments von einem Ende des Blocks zum anderen, von denen eines ihrem Vater gehörte.

»Ich weiß, es ist nicht so ... wie unser früheres Zuhause.«

Sie nickte. Nein, das war natürlich nicht mehr ihr Zuhause. Sie hätte nicht gedacht, dass es sie stören würde, bis ihr Blick auf dieses Gebäude gefallen war und sie erkannt hatte, dass sie nie wieder nach Hause zurückkehren konnte. In das Zuhause, in dem sie gelebt hatte, bis man sie, die Jägerin, gefunden hatte. In das Zuhause, in dem bis zu diesem Tage die größte Herausforderung darin bestanden hatte, herauszufinden, wer zurzeit ihre beste Freundin war – und es keine anderen Sorgen gab.

»Ich hab dir dein Zimmer hergerichtet. Ich meine, ich hab ein Zimmer extra für dich hergerichtet.«

Sie lächelte, und wenn es auch ein wenig verkrampft wirkte, so war es doch ehrlich gemeint. Sie würde ihn nicht fragen, wer das Zimmer ausstaffiert hatte. Doch als sie und ihr Vater den Eingang des Gebäudes betraten, wurden ihre Gedanken schon wieder in eine andere Richtung gelenkt, und das Mädchen, das ihre Ferien mit dem Vater verbringen sollte, wurde zur Jägerin. Sie wusste, wie weit sie springen konnte, wie dick ein Fenster sein durfte, um es mit der Faust, dem Fuß oder dem Ellbogen zu zertrümmern, und wie sie sich drehen musste, nachdem sie einen Luftsprung nicht mehr abbremsen konnte und durch ein Fenster *hindurch* springen musste. Das waren die Kriterien, nach denen sie einen Ort wie diesen im Geiste abcheckte. Schweigend folgte sie ihrem Vater ins Foyer, ihr Blick schweifte über Glas, prüfte den Lichteinfall – vielmehr die *Menge* des einfallenden Lichtes – durch die vorhanglosen Hausflurfenster.

»Das sind deine«, sagte er ruhig.

»Wie bitte? Ach ja, die Schlüssel.« Sie nahm sie vorsichtig in Empfang und versuchte, ihn dabei nicht zu berühren und gleichzeitig zu verbergen, wie schwer es ihr fiel.

»Ich dachte, du solltest sie gleich jetzt ausprobieren.«

»Hier?«

»Hier. Das ist in L.A. von nun an dein Zuhause.«

»Dad?«

Er hielt inne.

»Ich kann doch einen davon tragen.« Sie deutete auf einen ihrer Koffer.

»Kein Problem«, meinte er, was der Wahrheit entsprach, und setzte seinen einsamen Kampf mit dem tonnenschweren Gepäck fort.

»Aber ich –«

»Du hast dich nicht groß verändert, stimmt's?«

Sie erstarrte.

»Du wolltest meine Hilfe nicht mehr, seit du dreizehn Jahre alt geworden bist.«

»Dreizehn?«

»Dreizehn Jahre oder ein paar Monate mehr oder weniger. Du bist so schnell selbstständig geworden. Es schien mir, als ob ich nach einer einmonatigen Geschäftsreise ein völlig anderes Mädchen vorgefunden hätte.«

»Ich glaube, ich war älter als dreizehn.« Sie überließ ihm ihre Koffer und ging durch die Halle auf die Wohnungstür zu, auf die er offensichtlich zusteuerte. Als sie sich umdrehte, sah sie, wie er leicht schwankte. »Wann wolltest du mir eigentlich von Wendy erzählen?« Sie legte ihre Hand auf das Türblatt; das Holz wirkte dick und solide. Die Klinke schien aus Messing zu bestehen.

Andererseits konnte es sich aber auch um billiges Aluminium mit Messingüberzug handeln. Massive Messingklinken verbogen für gewöhnlich nicht, sobald man sie ein wenig zu hart anfasste.

»Ist das wichtig? Ich wollte es nicht vor dir verheimlichen, wenn du das meinst. Ich schäme mich nicht wegen Wendy. Ich dachte mir nur, du würdest es lieber von mir persönlich erfahren als am Telefon.«

»Aber Mom konntest du es am Telefon erzählen.«

»Buffy –«

»Du konntest zwar nicht mit ihr leben, aber du konntest es ihr erzählen.«

Er wusste nicht, was er darauf antworten sollte.

Der Raum war riesig.

Das Fenster nahm die Hälfte der Westwand ein und hatte zum Bett passende Vorhänge. Das Bett wiederum ... war ein Himmelbett. Als Kind hatte sie Himmelbetten geliebt, und obwohl es Jahre her war, dass irgendjemand sie als Kind bezeichnet hatte, verspürte sie beim Anblick des Bettes einen Anflug von freudiger Erregung.

»Ich weiß, ich hätte es dir überlassen sollen, das Zimmer einzurichten«, sagte ihr Vater, dessen Blick gespannt auf ihrem Gesicht lag. »Es tut mir Leid, aber ich –«

»Nein, Dad. Es ist perfekt. Wie mein altes Zimmer. Ich meine, mein früheres Zimmer. Sogar das Bett sieht aus wie mein früheres Bett.«

»Es ist dasselbe Bett.«

»Aber du hast doch gesagt –«

»Ich sagte, ich würde es loswerden, weil du es nie mehr wieder sehen wolltest. Und dann hab ich mich daran erinnert, wie ich es für dich gekauft hatte. Wie glücklich du ausgesehen hast, als es geliefert wurde. Daran wollte ich festhalten, und so habe ich es einfach ... eingelagert.«

»Du hast es aufgehoben?«

»Ja, ich hab's aufgehoben.« Er stieß vernehmlich die Luft aus. Ein großer, stattlicher Mann, der ein wenig geschrumpft zu sein schien, seit sie ihn das letzte Mal gesehen, ihn *wirklich* angesehen hatte. »Buffy ... Ich weiß nicht, was wir als Eltern falsch gemacht haben. Du hättest dein ganzes Leben so glücklich sein sollen wie an jenem Tag. Das war alles, was wir für dich wollten. Aber ... Herrgott, du kannst dich so viel besser in Worten ausdrücken als ich.«

Er stellte die Koffer ab.

Und sie folgte ihrem Impuls. Als er die Arme öffnete, trat sie ohne zu zögern auf ihn zu. Es war, wie nach Hause zu kommen.

Sofern das Zuhause einer Leichenhalle glich.

Der Teppich war von heller Farbe, und auf ihm lag ihr Vater. Er mochte etwa zehn Jahre älter sein als heute und wirkte schwergewichtiger. Doch vor allem wurde er von Krämpfen geschüttelt. Ein Zeichen von Gewalteinwirkung war nicht zu erkennen. Ein Herzanfall vielleicht. Hier der konvulsivisch zuckende Leib ihres Vaters, und dort der völlig reglose Schatten.

Du bist mir nie wirklich entkommen, weißt du. Du hättest sterben sollen, doch niemand betrügt den Tod ohne Konsequenzen.

»Ich habe den Tod nicht betrogen. *Ich* habe Freunde.«

Das ist wahr. Doch sieh nur, wie sie alle enden. Tatsächlich wirst *du dir für den Rest deines Daseins ansehen müssen, wie sie ihr jämmerliches Leben aushauchen.*

»Du bist tot.«

Das bin ich, aber der Tod hat dich ja auch nicht aufgehalten, dabei bist du *nur ein kleines Mädchen mit Größenwahn.*

»Immerhin bin *ich* nicht hässlich.«

Richtig. Aber schon bald wirst du es sein. Denk in diesem Zusammenhang nur mal an deine Mutter. Oder an deinen Vater. Es gibt nur einen Weg, für immer jung und schön zu bleiben.

Am liebsten hätte sie ihm gesagt, er solle zur Hölle fahren. Doch irgendwie hatte sie das Gefühl, dass sie ihn bereits dorthin geschickt hatte.

Und so sah sie schweigend und äußerlich unbewegt zu, wie ihr Vater einsam starb, denn sie wollte ihren Schmerz nicht in Anwesenheit eines Zeugen zum Ausdruck bringen. Besonders nicht in Anwesenheit dieses speziellen Zeugen.

»Buffy?«

»Alles ... in Ordnung, Dad.«

»Buffy, wenn du sauer auf mich bist, dann sag es mir bitte ohne Umschweife.«

»Glaube mir, wenn ich sauer auf dich wäre, hätte ich es dich wissen lassen. Mir ist nur ein bisschen schlecht von der Autofahrt; ich leide ein bisschen an Reisekrankheit, weißt du?«

»Reisekrankheit?« Er musterte sie wenig überzeugt.

»Ja, neuerdings wird mir auf Autofahrten oft übel. Pack mich für länger als fünf Minuten in einen Wagen und ... Na ja, ich denke, die ekligen Details sollte ich dir ersparen. Ich muss mich einfach nur 'ne halbe Stunde hinlegen, dann geht's wieder.«

»Also gut.« Er wandte sich zur Tür.

»Dad.«

Ihr Vater hielt inne und wandte sich um.

»Ich ... ich bin wirklich froh, dass du das Bett aufgehoben hast.«

»Buffy, der Meister ist tot«

Ihre Hände zitterten, das Bett erzitterte. »Giles, jedes Mal, wenn ich jemanden berühre, sehe ich, wie diese Person stirbt!« Sie umklammerte den Telefonhörer ein wenig fester.

»Du bist selbst schon einmal gestorben, Buffy. Möglicherweise hast du das alles noch nicht richtig verarbeitet.«

»Mit mir ist alles in Ordnung, Giles, ich –«

»Du hast dem Tod ins Angesicht geblickt auf eine Art, wie es nur wenige Menschen deines Alters erleben. Das ist alles andere als erfreulich. Du hattest nie die Chance, dich allmählich mit diesem Thema anzufreunden, wie es normalerweise geschieht. Und die Tode, deren Zeugin du geworden bist, waren nicht immer dazu angetan, dir in dieser Hinsicht die ganze Wahrheit zu offenbaren.«

»Angels Tod schon.«

Die Stimme am anderen Ende verstummte für eine Weile. »Bist du dir dessen so sicher? Du weißt, dass Darla seine Schöpferin ist. Du weißt, dass sie in ihn verliebt war, und du weißt, dass er an irgendeinem Punkt diese Liebe erwidert haben muss, auf eine schier wahnsinnige, ja, fast teuflische Art. Du weißt, wie alt Angel wirklich ist ... du hättest dir diese Dinge also mit Leichtigkeit selbst zusammenreimen können.«

»Wie denn? Indem ich im Geschichtsunterricht besser aufgepasst hätte?«

»Sicher nicht, da hast du natürlich Recht. Und dennoch ... Buffy, verstehe mich nicht falsch, ich möchte deine Erlebnisse nicht herunterspielen ... und ja, ich bin besorgt, wenngleich nicht im Hinblick auf den übersinnlichen Aspekt des Ganzen.«

»Und was ist mit dem Meister?«

»Wenn du den Meister *nicht* gesehen oder gehört hättest, würde ich diese Angelegenheit als noch bedrohlicher empfinden. Ich werde Nachforschungen anstellen – was ich, nebenbei bemerkt, bereits tue –, aber der Meister *ist* tot, Buffy. Sei unbesorgt, es gibt ihn nicht mehr.«

»Buffy?« Die Stimme ihres Vaters kam aus der Wand ihres Zimmers oder vielmehr aus der Gegensprechanlage, die dort angebracht war. Buffy sprang vom Bett auf und ging hinüber, um sich das Ganze aus der Nähe anzuschauen. Das

Bedienpaneel mit seinen diversen Knöpfen war flach und alles andere als leicht zu bedienen. Eine Aufschrift mit »antworten« oder dergleichen war nirgendwo zu sehen.

»Auf dem Anrufbeantworter ist eine Nachricht für dich eingegangen«, sagte die Stimme ihres Vaters.

Sie betätigte eine der Tasten. »Und der Anrufbeantworter steht wo?« Keine Antwort. Sie drückte den nächsten Knopf und wiederholte ihre Frage, und dann den übernächsten, und dieser schien endlich der richtige zu sein.

»Das ist ein automatischer Dienst meines Providers«, sagte ihr Vater. »Der Zugangscode befindet sich neben jedem Telefonapparat im Haus. Du hast deine eigene Sprachmailbox, wenn du willst.«

»Danke, Dad, aber ich rechne eigentlich nicht damit, hier allzu viele Anrufe zu erhalten.«

»Es ist eine deiner alten Highschool-Freundinnen hier aus L.A.«, sagte er, und es klang, als ob er erstaunt sei, dass seine Tochter überhaupt noch alte Freunde besaß. Dennoch klang er nicht halb so erstaunt wie Buffy es angesichts dieser Neuigkeit war.

»Mann, das muss ja Monate her sein«, zwitscherte Amber Theirsen. »Kommt mir fast vor wie 'ne Ewigkeit. Du wirst nicht glauben, was hier alles passiert ist, nachdem du weggezogen bist. Na ja, ich meine nach der Renovierung unserer Schule ... Egal, wo war ich stehen geblieben. Ach ja, Claudia. Die geht jetzt mit Jeff Thompson. Für sie hat er Laurie abgeschossen, und die befindet sich seitdem auf 'nem ganz komischen Trip. Du wirst nicht glauben, was die mit ihren Haaren angestellt hat, bis du es mit eigenen Augen gesehen hast … Du verbringst den Sommer bei deinem Vater, stimmt's? Ich übrigens auch, aber immerhin leben meine Eltern beide in L.A. Ich meine, ist dieses Sunnydale nicht ein ziemlich elendes Kaff mit allenfalls einer Hauptstraße oder so?«

»Zwei, um genau zu sein. Na ja, anderthalb.«

»Ist bestimmt 'ne große Erleichterung, wieder am Ort des prallen Lebens zu sein, stimmt's? Ich dachte mir, wir könnten ja mal zusammen einkaufen gehen oder so. Mein Dad ist … na ja, es ist ganz okay, bei ihm zu sein, aber irgendwie auch ziemlich öde. Also, wie wär's?«

»Würde ich wirklich gern machen, Amber. War schon lange nicht mehr shoppen.«

»Klasse! War nämlich ziemlich tot hier in letzter Zeit, wenn du verstehst, was ich meine.«

»Ich denke, ich hab 'ne ziemlich gute Vorstellung davon, was ›tot‹ bedeutet.«

»Dann komm vorbei und erlöse mich aus meiner Langeweile. Wann wollen wir uns treffen?«

»Also, ich hab –«

»Heute Abend?«

»Ich weiß noch nicht, ob's heute Abend so günstig ist, aber –«

»Gut, hast du was zum Schreiben? Ich glaube, du weißt nicht, wo mein Vater wohnt. Ich gebe dir jetzt mal die Adresse …«

»Du gehst heute Abend aus?« Irgendwie hatte Buffy vergessen, wie vorwurfsvoll diese Frage klingen konnte, bis ihr Vater sie wieder daran erinnerte.

Sie stand unter dem Türsturz, der das Wohnzimmer vom Flur trennte, während sich ihr Vater langsam von der Ledercouch erhob, die noch immer ganz neu roch.

»Warum fragst du? Hattest du vorgehabt, Wendy zum Abendessen hierher einzuladen?«

Es folgte eine längere, ziemlich peinliche Pause.

»Du *hast* vorgehabt, sie heute einzuladen, stimmt's?«

»Ich dachte, du wolltest sie vielleicht kennen lernen«, sagte ihr Vater.

»Vielleicht solltest du langsam mal damit aufhören, dir meinen Kopf zu zerbrechen.«

»Buffy –«

Sie starrte quer durch den Raum auf eine der Trennwände, die so vorzüglich in den Raum eingepasst worden waren. »Ich weiß, ich hab mich nicht geändert.«

»Das wollte ich gar nicht sagen.«

»Gut. Wenn ich dergleichen nämlich zu oft hören sollte, könnte ich am Ende noch auf die Idee kommen, dass mit meinem ›guten alten Ich‹ was nicht in Ordnung war.« Sie hob die Hand, bevor er zu einer Entgegnung ansetzen konnte. »Du hast vor nicht allzu langer Zeit jemanden kennen gelernt. Prima. Warum also verbringt ihr nicht einen gemütlichen Abend zu zweit, während ich mich mit einer alten Freundin treffe?«

»Nun –«

»Also ich muss jetzt dringend los, wenn ich nicht zu spät kommen will.«

»Brauchst du Geld?«

»Nein, Mom hat mir ein ordentliches Budget für den Sommer mitgegeben.« Sie warf sich ihre Tasche über die

Schulter, drehte sich auf ihren hohen Absätzen um und verließ das Wohnzimmer.

Hank Summers sah ihr nach und hörte, wie die Haustür geöffnet und um einiges lauter wieder geschlossen wurde. Für einen Moment saß er einfach nur da in seinem halb verwaisten, totenstillen Apartment, dann griff er über die Lehne der Couch hinweg nach dem Telefonhörer.

Schwer zu glauben, dass sie sich in L.A. je zu Hause gefühlt hatte. Sie hatte sich erstaunlich schnell in Sunnydale eingewöhnt, wo ein nächtlicher Spaziergang dazu führte, dass man einer Hand voll Vampiren begegnete, die man mit geringem Körpereinsatz erledigen konnte. Und das Gute daran war zudem, dass es nicht verboten war, sie zu töten. Praktisch gesehen waren sie ja schon tot, und offiziell existierten sie gar nicht. Doch offiziell existierte sie in ihrer Funktion als Jägerin auch nicht. Als Buffy Summers hingegen schon.

Wenn man es genau nahm, so war ihre neue Rolle, die ihr Leben auf jede nur erdenkliche Weise verändert hatte, nichts anderes als das Material, aus dem lang andauernde Therapien entstehen konnten, sollte sie jemals ernsthaft erwägen, einem Unbeteiligten davon zu erzählen. Andererseits war es stets schwierig gewesen, *nicht* darüber zu reden.

Als sie noch in L.A. gewohnt hatte, war das anders gewesen. Als sie noch normale Freunde, ein normales Leben und einen eigenen Telefonanschluss gehabt hatte. Als sie sich noch in Jungs verliebt hatte, mit Herzklopfen und allem, was dazugehört.

Aber vielleicht war es ja möglich, sich heute Abend ein wenig von dieser Zeit zurückzuholen.

Ambers Vater lebte in einer Gegend, die wahrlich nicht zu den Top-Wohnlagen in L.A. zählte. Sie war zu nahe am Highway gelegen und hatte nicht genügend Grünanlagen und bei weitem zu viele hohe Gebäude, die darüber hinaus auch noch zu nahe beieinander standen. Und doch musste er hier irgendwo wohnen, wenn sie die Adresse richtig notiert hatte.

Ihre Hand glitt in die Tasche, während sie das Haus mit der Nummer 67-01 suchte, und verblieb auch dort, als sie an die betreffende Tür klopfte, die kurz darauf aufschwang.

»Amber?«

»Buffy? Hallo! Du hast ja immer noch die Frisur vom letzten Jahr.« Sie zog die Nase kraus, die nur noch ein Drittel so groß war wie ihre ursprüngliche. »Na, immerhin trägst du Schuhe aus dieser Saison. Komm doch rein!«

»Hier wohnt dein Vater?«

»Yeah. Das schmutzige kleine Geheimnis der Familie Theirsen: Mutti macht die Kohle, während Papa immer noch die Hosen anhat.« Sie fuhr sich mit der Hand durch die Frisur von diesem Jahr, die kurz, glatt und von jenem Rotton war, den man nur in exklusiven Coiffeur-Tempeln verpasst bekam. Nur an der Ostküste war Schwarz oder Pink ein adäquater Ersatz für die natürliche Haarfarbe. »Weißt du«, fuhr sie fort, als sie zur Seite trat, um Buffy einzulassen, »das Ego meines Vaters hat stark gelitten, als er seinen Job verlor, und als sie sich dann auch noch haben scheiden lassen, wurden die Dinge richtig hässlich.«

Sie zuckte die Schultern. »Aber das ist schon 'ne Weile her.«

»Ach ja?«

»Klar. Die beiden sind jetzt schon seit Jahren getrennt. Wenn es sein musste – vor allem im laufenden Schuljahr – lebte ich bei meiner Mutter, ansonsten bei meinem Vater, also hier«, fügte sie hinzu und breitete ihre Arme aus. »Diese Adresse bedeutete schon einen ziemlichen sozialen Abstieg«, sie lachte etwas gezwungen, »aber als mein Vater anfing, sich wahllos mit irgendwelchen Frauen zu treffen, wurde es noch schlimmer.«

»Er traf sich wahllos mit Frauen?«

»Yeah. Er hat jede alte Schabracke hier angeschleppt, die auch nur das geringste Interesse an ihm zeigte. Es war erbärmlich.«

»Das ... tut mir Leid. Ich hatte ja keine Ahnung ...«

»Natürlich nicht. Aber jetzt wirst du diese Erfahrung wohl oder übel selbst machen müssen. Oder ist dein Vater ein Eremit?«

»Nein. Tatsächlich trifft er sich zurzeit mit jemandem ...«

»Gutes Date oder schlechtes Date?«

»Keine Ahnung, hab sie noch nicht kennen gelernt.«

»Dann muss das noch 'ne ziemlich frische Sache sein. Mein Vater war am Anfang auch sehr vorsichtig. Als ob es ihn interessiert hätte, was ich darüber dachte ... Hier lang, da hinten ist mein Zimmer, die Treppe hinauf. Ich hab ein Auto, aber ich muss noch ein paar Dinge erledigen, bevor wir los können.«

Buffy folgte ihrer Freundin ins Obergeschoss. Sie hatte

befürchtet, man würde sich mit Bussi hier, Bussi da begrüßen müssen, und das wäre derzeit einfach unerträglich gewesen. Auf keinen Fall wollte sie heute Abend noch einmal Zeugin des menschlichen Verfalls werden – mit dem Meister als zynischem Kommentator aus dem Off.

In dem engen Flur wandte sich das Mädchen zu ihr um. »Was?«

»Ich fragte, wie hast du diese ganze Vater-Tochter-Kiste gehandelt?«

»Na ja, am Anfang hab ich noch die Brave-Mädchen-Nummer durchgezogen und versucht, freundlich zu seinen, äh, Bekanntschaften zu sein.«

»Warum?«

»Keine Ahnung. Er hatte 'ne ziemlich depressive Phase zu dieser Zeit.«

»Mein Vater ist entweder die Freundlichkeit oder die Entrüstung in Person. Dazwischen bleibt für Depressionen wenig Raum.«

»In diesem Falle könnte es sein, dass er dir nicht so sehr auf den Keks geht, dass ...«

»Ja?«

»Na ja, dass du am Ende das tun musst, was ich getan habe.«

»Was hast du denn getan?«

»Ich hab ihn umgebracht«, sagte Amber lakonisch.

Buffy erstarrte mitten in der Bewegung. »Du hast was?«

»Na ja, genauer gesagt«, sagte Amber, und ihre Stimme veränderte sich leicht, als sie Buffy über ihre Schulter hinweg ansah, »hab ich ihn mir einverleibt.«

Automatisch ging Buffy in Kampfstellung, als sich das ehemals hübsche Gesicht Ambers zu verändern begann.

Amber ...

Der Flur war wirklich eng, und die Wände ziemlich dünn. Beides musste Buffy schmerzhaft erkennen. Glücklicherweise war die nachfolgende Kollision mit der Wandvertäfelung nicht schlimmer als ein Freiflug durchs Fenster gewesen wäre, wenngleich sie nach Ersterem deutlich weniger Bewegungsfreiheit hatte. Aber es reichte.

Eine neuere Vampirin, im Kampf mit einer stärkeren Jägerin.

Sie rollte sich zur Seite hin ab und ließ sich die Treppe hinunterfallen, um an ihrem Fuß blitzschnell aufzuspringen. Keine große Sache.

»Was ist eigentlich mit dir los?«, schnarrte Amber von oben, als sie sich anschickte, Buffy nachzusetzen. »Hast schon immer gedacht, du wärst was Besonderes, was? Dabei bist du nur ein weiteres Nichts. Du wirst alt werden – und hässlich. Und du wirst sterben.«

»*Ich* werde hässlich werden? Dass ich nicht lache! Hast du in letzter Zeit eigentlich mal in den Spiegel geschaut, Amber? Ach ja, ich vergaß«, fügte sie hinzu und rammte ihre Faust in die dünne Trennwand zwischen Wohn- und Esszimmer, »du kannst dich ja nicht mehr im Spiegel sehen, Höllenbrut!«

Sie wich dem Schlag, der nun folgte, aus und schleuderte ihre Tasche von sich, nachdem sie den Holzpflock daraus an sich genommen hatte. Ihre beste Verteidigung. Wie lange schon, Amber? Wie lange bist du schon so?

»Was ist los, Buffy?« Offensichtlich wollte Amber das Geplänkel fortsetzen.

Sie trug die Frisur von diesem Jahr, also war es sehr wahrscheinlich, dass sie noch nicht allzu lange ein Vampir war. Lange genug, dachte Buffy bitter. Worin lag der Sinn, eine ganze Turnhalle niederzubrennen und all seine Freunde aufzugeben, wenn man am Ende doch nicht gewonnen hatte?

Amber schien zu spüren, dass Buffy einen Moment lang zögerte, doch sie war schon immer ein Raubtier gewesen. Sie sprang vor und packte Buffys Gesicht mit beiden Händen.

Das Mädchen weinte. Ihr Gesicht war blutverschmiert und vor Angst verzerrt, die kleine Verletzung an ihrer Stirn war frisch und glänzte feucht.

Buffy erkannte sie.

Es war Amber.

Sie fröstelte. Sie konnte das Wesen, das Amber in seinem Griff hatte, nicht genau sehen, weil es mit dem Rücken zu ihr stand, aber sie kannte das Ende dieser Geschichte nur zu gut.

Willst du leben, kleines Mädchen?

Ja, ja, bitte – ich weiß nicht, was du von mir willst, aber ich tue alles – ich gebe dir alles, was ich habe. Bitte, tu mir nicht weh. Tu mir bitte nicht weh.

Nun, sagte die Kreatur, viel ist da ja nicht. Es packte ihr Haar – das nach der diesjährigen Mode frisiert war und für immer nach der diesjährigen Mode frisiert sein würde –, bog ihren Kopf in den Nacken und schlug seine Zähne in ihren bleichen Hals. Das Mädchen schrie Mitleid erregend, so lange sie noch die Kraft dazu hatte. Was Gott sei Dank nicht allzu lange der Fall war.

»Und doch lange genug«, sagte eine ihr wohl bekannte Stimme. Sie sah auf. Dort im Schatten, mit Fingern so dürr wie fleischlose Knochen, die in einem ungeduldigen Stakkato gegen schwarzes Leder trommelten, stand ihr Tod.

Der Meister.

»So lange wie ein ganzes Leben«, sagte er. »Oder erinnerst du dich nicht mehr daran, wie lange das Sterben dauern kann?«

Sie schrie auf in einem plötzlichen unerklärlichen Schmerz.

»Du hattest Recht, Meister«, drang da eine junge Stimme an ihr Ohr. »Das war geradezu lächerlich einfach.«

Buffy erstarrte, und dann fiel ihr Blick auf das, was einmal Amber gewesen war. Amber, die sich gerade über sie beugte und ihre weißen Zähne gebleckt hatte. Und dann verhalf Buffy ihrer ehemaligen Klassenkameradin zu deren letzter großer Erfahrung, die das Leben zu bieten hatte: dem wahren, endgültigen Tod.

»Du bist schon zurück?«

Buffy huschte durch die Tür ins Haus und schloss sie. Ihr Vater stand im gedämpften Licht eines kostbaren Kerzenständers, die Hände in den Taschen. Er hatte sich nicht verändert. Er hatte sich wahrlich nicht verändert.

»Hast du zu Abend gegessen, Liebes? Wenn nicht, dann –«

»Danke, Dad, aber ich hab keinen Hunger. Keine Verabredung heute?«

»Keine Verabredung.«

»Tut mir Leid.«

Er machte Anstalten, auf sie zuzugehen, und sie trat einen Schritt zurück. »Buffy, ich finde, wir sollten uns mal unterhalten.«

»Das würde ich wirklich gern tun, Dad. Morgen. Übermorgen. Wann immer du willst. Aber heute Abend ... Ich bin jetzt einfach nicht besonders gesprächig, weißt du.«

»Wie war's bei deiner Freundin?«

»Nicht so, wie ich es erwartet hatte.«

»Das tut mir Leid zu hören. Doch in deinem Alter verändern sich die Menschen rasch.«

Oder sie hören für immer auf sich zu verändern.

Sie richtete ihren Blick auf den Meister. Er stand nicht im Sonnenlicht, sondern im Schatten einer kleinen Baumgruppe. Sie selbst lag auf einem öffentlichen Fußweg, der von Rasen gesäumt wurde, doch die sie umgebende Stille machte deutlich, dass sie hier ganz allein waren.

Hastig rappelte sie sich auf.

»Lauf nicht weg«, sagte er ruhig.

»Das hatte ich auch nicht vor.« Sie berührte ihr Handgelenk, und schon lag ein Holzpflock in ihrer Rechten.

Er verdrehte die Augen. »Was soll das? Wir wissen doch beide, dass das hier nicht real ist. Es ist das, was ihr gemeinhin einen Traum nennt. Allerdings habe ich hier die Kontrolle.«

»Wenn das so ist, dann solltest du dich mal dringend mit deinem Modeberater treffen.«

»Das könnte ich«, sagte er und schaute an sich herunter.

»Aber die Mode ist wie ihre Schöpfer: vergänglich. Hast du eigentlich eine Ahnung, wie viele Jägerinnen ich habe kommen und gehen sehen, seit ich das erste Mal unter dem Nachthimmel stand und die Macht der Ewigkeit in mir spürte?«

»Genug.«

»Viele.«

»Ich meinte, genug im Sinne von ›genug, um dich zu töten‹.«

»Du glaubst, ich sei tot? Glaubst du ernsthaft, ich sei tot? Du bist gestorben, Jägerin, und doch wandelst du wieder umher – und dabei warst du noch nicht mal das mächtigste kleine Mädchen, mit dem ich konfrontiert wurde. Wenn selbst du dem Tod so einfach von der Schippe springen konntest, wie schwer, glaubst du, kann es dann für mich sein?« Er trat aus dem Schatten, und Dunkelheit umfing ihn. »Das hier ist nicht real – noch nicht. Aber das heißt nicht, dass wir nicht schon jetzt ein bisschen Spaß haben können ... Ach ja, und du brauchst dich gar nicht erst nach Hilfe umzuschauen. Die gibt es hier nicht. Nur du und ich – so wie es immer ist. Man trifft seinen Tod stets ohne Begleitung.«

»Ich bin nicht tot.«

»Noch nicht. Aber schon bald wirst du es sein – wieder und wieder und wieder. Bis mich dein Sterben zu langweilen beginnt, was, und das wird dich vermutlich überraschen, noch eine ganze Weile dauern könnte.«

»Buffy?«

Sie löste ihren Blick von dem, was sie sich zum Frühstück zubereitet hatte. Die Sonne, die durchs Fenster fiel, war schwach und der Himmel blassgrau – ein untrügliches Zeichen dafür, dass die hochsommerlichen Temperaturen in L.A. allmählich nachließen. »Was?«

»Ich dachte, wir könnten heute vielleicht einen Einkaufsbummel machen.«

Sie starrte wieder in ihre Müslischüssel, in der die Cornflakes inzwischen rettungslos in der Milch ertrunken waren. »Aber du hasst es, shoppen zu gehen, Dad.«

»Ich hab's gehasst, weil ich es früher *dauernd* machen musste«, gab er zurück. »Aber das ist schon lange her. Fast vermisse ich's ein bisschen.«

Ein halbherziges Lächeln erschien auf ihrem Gesicht. »Also gut, gehen wir ein bisschen Geld ausgeben. Aber zuvor muss ich noch eine Sache erledigen.«

»Kein Problem. Ich hab mir heute freigenommen. Wir können machen, was immer du willst.«

»Was ich zu erledigen habe, ist keine ›Wir‹-Sache, Dad.«

»Ach so«, und dann, »was ist es denn?«

»Ich muss dringend meinen Vorjahres-Haarschnitt loswerden.«

Buffy hielt die Armbrust so fest umklammert, dass sie fast eins wurde mit der Waffe.

Sie hatte eine Woche darauf verwendet, ihre Schlafzeiten zu variieren, um herauszufinden, ob sie dadurch zumindest die nächtlichen Begegnungen vermeiden konnte, doch ohne Erfolg.

Sie hatte es zudem anderthalb Wochen lang vermieden, irgendjemanden zu berühren.

Der vorhergesehene Tod des Friseurs war brutal, lang und

durch und durch qualvoll gewesen. Das Sterben der Schuhverkäuferinnen, die ihr beim Aussuchen und Anprobieren behilflich gewesen waren, hatte sich im Vergleich dazu als geradezu armselig erwiesen – in allen drei Fällen.

Die schlimmste dieser Visionen jedoch war die von einem Dieb – einem kleinen ausgezehrten Jungen mit sonnengebräunter Haut und glattem schwarzen Haar. Sein Tod hatte sie hilflos gemacht wie selten zuvor. Und das, obwohl er versucht hatte, den Boden ihrer Handtasche mit seinem kleinen Taschenmesser aufzuschlitzen. Instinktiv hatte sie ihn daraufhin nach guter alter Jägerinnen-Manier am Handgelenk gepackt und gleich darauf wieder losgelassen, als hätte sie sich böse verbrannt. Sofort war der Junge geflohen – zusammen mit seinem Taschenmesser, das ihn jedoch weder vor dem monatelangen Missbrauch noch vor seinem qualvollen, gewaltsamen Tod würde schützen können.

Schluss damit, Schluss damit, Schluss damit!

Sie hatte viel Zeit in ihrem Zimmer verbracht. Bei geschlossener Tür, die ihr einziger Schutz vor den grauenvollen Bildern zu sein schien, in denen sie alle um sich herum sterben sah. Auf ihrem Bett war bereits eine Kuhle sichtbar, in der sich die Konturen ihres Körpers abzeichneten. Wortlos hatte ihr Vater ihr den Fernseher aufs Zimmer gestellt. Sie war ihm dafür dankbarer gewesen, als sie es hätte in Worte fassen können. Also hatte sie nicht viel dazu gesagt.

Doch leider sah sie im Moment nicht fern; sie träumte.

»Ich frage mich, warum du das tust?«, bemerkte der Meister ruhig. Nur selten erhob er seine Stimme.

»Das frage ich mich auch«, erwiderte sie, während sie ihre Waffe hob und ihn ansah. »Vielleicht, weil du groß, hässlich und böse bist, wenngleich nicht zwangsläufig in dieser Reihenfolge. Du tötest Dinge, was nicht unbedingt ein Problem darstellt, und du tötest Menschen, was sehr wohl ein Problem darstellt. Also töte ich dich.«

»Und warum ist das ausgerechnet *deine* Bestimmung, kleine Jägerin? Warum trägst du diese Last? Die Welt opfert ihre Jägerinnen, weißt du? Ist es nicht ermüdend, Tag für Tag die Sorgen der Welt auf deinen hübschen kleinen Schultern zu tragen?« Er lächelte und entblößte dabei seine Fangzähne. »Na los, warum zuckst du nicht die Achseln, wie du es immer tust.«

Sie zuckte die Achseln. Doch die Bewegung war steif und zögerlich. »Und? Zufrieden jetzt? Was nun?«

»Du hast keine Perspektive für deine Zukunft«, erwiderte er. »Im Übrigen hast du keine Zukunft, also wäre jede Perspektive ohnehin sinnlos. Kennst du eigentlich deine Lebenserwartung? Kennst du die durchschnittliche Lebenserwartung einer Jägerin?«

Erneut zuckte Buffy mit den Schultern und versuchte, sich die Frage nicht zu Herzen zu nehmen.

»Nun denn, sollen wir anfangen?«

»Warum nicht? Bin mir nicht sicher, was schlimmer ist – zu sterben oder deinem Gequatsche zuhören zu müssen.«

Er lachte. »Ich mag deinen Mut. Aber deine Ignoranz ist weniger reizvoll.« Er machte eine Handbewegung, und die Erde zu seinen Füßen tat sich auf. Sie konnte sehen, wie Flammen nach dem Gras züngelten und es verkohlt zurückließen, als sie wieder erstarben. »Man wird dir sagen, dass ich ein Skelett zurückließ, weil ich uralt war. Das ist eine Lüge. Die Wahrheit ist, dass ich ein Skelett zurückließ, weil unsere Leben miteinander verbunden sind. Keinen von uns ereilte das Schicksal, das wir verdienten.«

»Nein, Dad, ich will nicht mit an den Strand.«

»Jetzt hör mal zu, Fräulein. Seit zwei Wochen schon sitzt du hier vor der Glotze und –«

Wohl bekanntes Terrain. Trautes Heim ...

»Du verstehst nicht. Ich hab einfach keine Lust, an den Strand zu gehen, Dad.«

»Nein, *du* verstehst nicht. Du wirst jetzt auf der Stelle dieses Haus verlassen, so oder so. Du kannst mit mir zum Strand fahren oder den Tag draußen auf den Treppenstufen zubringen, bis *ich* wieder vom Strand zurückkomme. Haben wir uns verstanden?«

»Wofür soll das gut sein? Zu deinem oder zu meinem Besten?«

»Spielt das eine Rolle?«

»Dad –«

»Sag mir, *warum*, Buffy. Sag mir doch einfach, warum. Rede endlich mit mir!«

»Ich ... ich krieg Kaustrophopie da draußen –«

»Ist das so was wie Klaustrophobie?«

»– wie auch immer, ich krieg jedenfalls Klaustrophobie unter all den Leuten da draußen. Und ich –«

»Moment mal. Du warst doch immer das Mädchen, das sich in Menschenpulks wohl gefühlt hat, dem keine Disko zu laut und überfüllt sein konnte. Das kauf ich dir nicht ab. Also, jetzt mal raus mit der Sprache, warum kommst du nicht mit zum Strand?«

Weil ich nie wieder eine größere Menge Wasser sehen will,

so einfach ist das. Ich mag noch nicht mal mehr in der Badewanne sitzen, stattdessen dusche ich lieber. Ich will nicht ins Wasser gehen müssen; will nicht daran erinnert werden, wie ich – Sie schluckte und blickte zu ihrem Vater, als sähe sie ihn zum ersten Mal.

Sie *konnte* ihm nicht erklären, warum sie das Wasser mied, ja, geradezu verabscheute – natürlich nicht. Sie konnte ihm schließlich nicht mehr erzählen als ihrer Mutter. Doch einmal, ein einziges Mal nur wäre es nett, wenn er einfach darauf vertrauen würde, dass sie durchaus einen Grund für ihr Verhalten hatte.

»Dad –«

»Weißt du, Buffy, einmal, ein einziges Mal nur wäre es nett, wenn du einfach darauf vertrauen würdest, dass ich durchaus einen Grund für meine Frage habe.«

Sie erstarrte mitten in der Bewegung und sah über den Tisch hinweg jenen Mann an, den sie aufgrund eines Moments der Unachtsamkeit hatte sterben sehen. Einfach nur, weil sie ihn nach ihrer Ankunft umarmt hatte ...

»Könntest du mir sagen, warum?«, fragte sie schließlich.

Er runzelte die Stirn. »Weil ich mich um dich sorge. Ich mache mir Sorgen darüber, dass du kaum noch aus deinem Zimmer kommst, als ob dieses Zimmer eine ganz eigene Welt wäre.«

Buffy erhob sich. »Dad –«

»Schau, ich bin nicht gut mit Worten, aber ich versuch's zumindest.«

Buffy hatte das Gefühl, dass er ihr damit das Gegenteil unterstellte. Und er hatte ja auch Recht, sie versuchte es nicht im Geringsten. Einen Moment lang konnte sie nur zu gut nachempfinden, wie er sich fühlen musste, und der Gedanke war für sie fast so etwas wie ein Rettungsboot. Ein Rettungsboot, auf dem sie allmählich unterzugehen drohte. Jetzt auch noch Wasser-Metaphern, na großartig!

»Also gut«, sagte sie schließlich. »Ist ja auch wirklich ein idealer Tag für einen Ausflug ans Meer.«

Zu dieser Erkenntnis schienen auch andere gelangt zu sein, denn außer den Summers hatte sich auch halb L.A. am Strand eingefunden.

Ihr Vater hatte die üblichen Utensilien eingepackt, und so schnappte sich Buffy geistesabwesend die Kühltasche und den Sonnenschirm und spazierte über den warmen Sand – während ihr Vater ihr mit Picknickkorb und Kameratasche mühsam folgte.

Sie brauchte sich nicht darum zu sorgen, keine freie Hand für eine Waffe zu haben: Die Sonne brannte hell vom Himmel, und auch, wenn sie rund um die Uhr die Jägerin war, so waren doch die Gejagten bekanntlich zeitweise unabkömmlich.

Noch vor einem Jahr wäre sie an einem Ort wie diesem sehr glücklich gewesen. Doch die Begegnung mit dem Tod, die zur Folge hatte, dass sie den Kontakt zu anderen wenn irgend möglich vermied, war nicht der einzige Grund, warum sie sich hier unwohl fühlte. Wie gebannt fixierte sie die kleinen Schaumkronen auf dem ruhigen Wasser des Pazifiks und erkannte, dass sie nicht ein Mal mehr schwimmen gewesen war, seit dem Tag, da sie den Meister getroffen und verhindert hatte, dass der Höllenschlund die ganze Stadt verschlang.

Nicht mehr seit dem Tag, an dem ich – sie konnte das Wort inzwischen zumindest im Geiste formulieren, doch nur unter größter Mühe und nur, wenn sie zu müde war, um an etwas anderes zu denken – ertrunken bin.

»Erinnerst du dich noch, wie wasserscheu du als kleines Mädchen gewesen bist?«, fragte ihr Vater. Er hatte es irgendwie geschafft, sie einzuholen. Sie reichte ihm die Kühltasche und den Schirm, und ließ ihn sich damit in sicherem Abstand abmühen.

»Nein. Nein, daran erinnere ich mich nicht mehr.«

»Du hast das Wasser geradezu gehasst. Vor allem mochtest du nicht untergetaucht werden. Selbst in der Badewanne. Wenn auch nur dein Gesicht ein bisschen nass wurde, hast du schon ein großes Geschrei veranstaltet. Du kannst dich wirklich nicht mehr daran erinnern?«

»Nein! Und warum sollte ich auch? Dafür bist du ja da!« Sie hielt inne, um sich wieder ein wenig zu beruhigen. Mit sanfterer Stimme fuhr sie fort: »Tut mir Leid, Dad. Das Thema geht mir heute wohl ein bisschen quer.«

Falls ihn ihre Worte getroffen haben sollten, so zeigte er es nicht. Sie erkannte, dass ihm ihre Entschuldigung den Wind aus den Segeln genommen hatte. »Das Thema ging dir auch damals reichlich quer«, sagte er. »Freunde von uns meinten daher, es sei das Beste, wenn man dich kurzerhand ins Wasser werfen würde. Danach würdest du schon irgendwie klarkommen. Du warst so eigensinnig, Buffy, da erschien uns das tatsächlich als die beste Lösung.«

»Und? Habt ihr es getan?«

»Nein! Nein, ich bin von da an gemeinsam mit dir ins Wasser gegangen. Glaub mir, ich bin seither aus so vielen

Planschbecken gejagt worden, dass ich irgendwann aufgehört habe, sie zu zählen.« Er lächelte. »Aber es hat funktioniert.«

Und gegen ihren Willen musste sie ebenfalls lächeln.

»Und wann immer die Dinge schwierig wurden, sind wir schwimmen gegangen. Ich glaube ... Ich glaube, das Wasser ist der einzige Ort auf dieser Welt, an dem du mir rückhaltlos vertraust.«

Sie wusste nicht, was sie darauf antworten sollte. Es tat ihr weh, ihn anzusehen. Denn obwohl er sie längst nicht mehr anblickte und sich mit dem Schirm und den Strandlaken beschäftigte, konnte sie seine Verletztheit fast körperlich spüren.

»Es liegt nicht an dir«, sagte sie plötzlich. »Ich meine, es hat überhaupt nichts mit dir zu tun. Es gibt da einfach ein paar Dinge in meinem Leben, über die ich mit niemandem sprechen kann.«

»Das kenne ich gut. Und ich hasse es«, sagte er ruhig. »Ich weiß nicht, wann es angefangen hat, und ich erinnere mich auch nicht mehr daran, wann es wieder vorbei war. Möglicherweise nie.«

Fast hätte sie ihn dafür umarmt. Doch sie tat es nicht. Zu sehen, wie jemand, den man liebte, starb, als Belohnung dafür, dass er einem ein Zeichen der Zuneigung entgegenbrachte, war nicht wirklich erstrebenswert. Es gab daher nur eine Sache, die sie ihm in diesem Augenblick anbieten konnte. »Ich denke, ich werde jetzt ein bisschen schwimmen gehen.«

Er nickte, ohne aufzusehen.

Das Wasser war salzig. Das war gut, denn damit war es anders. Es traf auf ihre Haut wie ein Schlag, doch das war ebenfalls gut – und erfrischend. Es machte sie klar im Kopf.

Eigentlich hatte sie nicht vorgehabt, tief einzutauchen oder gar unterzutauchen, doch andererseits war es das Einzige, was sie ihrem Vater anbieten konnte. Sie hätte ihr ganzes Hab und Gut darauf verwettet, dass er ihr zusah, und so watete sie zögernd ein Stück ins Wasser hinein. Das Mädchen, das am laufenden Band Monster killte, scheute die Begegnung mit der Brandung wie der Teufel das Weihwasser. Und dann hielt sie plötzlich den Atem an und rannte los, um mit einem entschlossenen Hechtsprung in den Ozean einzutauchen.

Sie blieb gerade lange genug unter Wasser, wie es ihr nötig erschien, denn die Berührung mit dem kalten Nass war ihr mehr als unangenehm.

Sie konnte es immer noch spüren ... Wie betäubt hatte sie den Atem angehalten, bis es nicht mehr ging. Und dann, während die Welt um sie herum immer dunkler wurde, war ihr das Wasser beißend in die Nase und die Kehle gestiegen. Gleichzeitig hatte ihr Körper ihr bewiesen, wie wenig Kontrolle man über ihn hatte, wenn man verzweifelt und vergeblich um Luft rang.

Und dann fand sie sich in einer ihr wohl bekannten Grotte wieder. Der Badeanzug war einem weißen Abendkleid gewichen, das ihr sowohl in ihren Träumen wie in ihren Alpträumen bis weit über die Knie reichte und das von der Wasseroberfläche reflektiert wurde. Die Armbrust, die sie von der Bibliothek bis zu diesem Ort zwischen den

Welten getragen hatte, war ziellos auf die nassen Felswände gerichtet.

Sie blinzelte. Ihre freie Hand fuhr zitternd durch die Frisur von letztem Jahr, berührte das Gesicht von letztem Jahr ... Und dann drangen Worte an ihr Ohr, die sie nur zu gut kannte und niemals wieder würde vergessen können.

»Mit diesem Ding wirst du mich niemals töten.«

»Das werden wir ja sehen.« Sie begann die Armbrust zu spannen, um dann mitten in ihrer Tätigkeit innezuhalten, den Bolzen noch immer in der Hand. Erfolglos suchte sie die Dunkelheit vor sich ab. Seine Stimme kam von überall und nirgendwo, als ob er sich mit unglaublicher Geschwindigkeit fortbewegte.

Es ist nicht passiert. Es ist noch nicht passiert. Sie schluckte. Sie hatte schon so vielen Toden beigewohnt. Verstörende, schreckliche Tode waren das gewesen. Und es beschämte sie fast, zugeben zu müssen, dass der grauenvollste von allen, derjenige, der sie bis heute am meisten erschreckte, ihr eigener Tod gewesen war. Vielleicht würde sich das ja irgendwann ändern. Gott, wie sehr sie es hoffte. Aber sie war nicht gestorben. Sie war hier. Und sie wollte nicht sterben – niemals. Nun, da sie wusste, wie es seinerzeit passiert war, hatte sie vielleicht eine Chance, es zu verhindern.

»Du verstehst immer noch nicht, welche Rolle dir zukommt, nicht wahr? Du bist nicht der Jäger, du bist das Lamm.« Die Worte schienen von allen Richtungen her auf sie einzustürmen, Silbe für Silbe echoten sie aus unterschiedlichen Entfernungen an ihr Ohr. Als ob er über ihr seine Kreise drehte, um im rechten Moment auf sie herabzustoßen wie ein Raubvogel.

»Warum versteckst du dich eigentlich dauernd, wenn du doch solche Macht besitzt?« Sie legte den Bolzen ein und wartete. Wartete auch jetzt auf jenen einzigen Moment, in dem er verletzbar sein würde.

»Ich warte auf dich. Ich möchte diesen Moment bis zuletzt auskosten.«

»Nun, ich nicht.«

Und dann war er plötzlich da.

»Das verstehe ich«, sagte er.

Er stand direkt hinter ihr. Und er bewegte sich so verdammt schnell, dass sie die Armbrust fast augenblicklich vergaß. Wie auch den Kampf, den sie in jener Nacht ausgetragen hatte. *Es ist keine Schande, die Flucht zu ergreifen, Buffy. Gib für den Moment auf und kämpfe später noch einmal. Man kommt einfach nicht umhin, den Rückzug anzutreten, wenn es nötig ist ...*

Wer hatte das gesagt? Und war es überhaupt wichtig?

Sie fühlte den Sog von etwas unheimlich Altem, Starkem; von etwas, das seine Wurzeln auf der falschen Seite hatte, dessen Ursprung jenseits der Grenze lag, die das Menschliche vom Dämonischen trennt. Der Geruch von Tod und Verfall war stärker denn je, als sie unter seinem Befehl erstarrte. Gemächlich trat er hinter sie, nahm ihr die Jacke ab, die Angel ihr gegeben hatte, und legte ihren Nacken frei, indem er die dünnen weißen Träger ihres Lieblingskleides ein Stück herunterschob.

Schier unerträglich laut hatte in diesem Moment ihr Herz gepocht – an diesem beengten schrecklichen Ort. Sie hatte seine Stimme an ihrem Ohr vernommen. Hatte um Luft wie um ihre Fassung gleichermaßen gerungen. Hatte den

Arm sinken lassen, dessen Hand noch immer den Bolzen umklammerte …

Als er sich jetzt vorbeugte, stieß sie zu. Sie hörte ein schwaches Grunzen, und dann konnte sie sich plötzlich wieder bewegen, konnte sich umdrehen, um zu sehen, wie sich seine Augen ungläubig weiteten. Augen im Schädel eines Toten. Sie wollte etwas Kluges sagen. Doch es wollte ihr nichts Gescheites einfallen, als sich der Meister vor ihren Augen auflöste, um am Ende nur noch Staub und Schwärze zurückzulassen.

Der Höllenschlund hatte sich nicht geöffnet.

Und Buffy Summers, die Jägerin, war nicht gestorben.

Sie lauschte dem Geräusch von Schritten. Sie wusste, jeden Moment würden, hier in der Kanalisation, Angel und Xander um die Ecke biegen. Sie wollte sie sehen.

Sie wollte ihre Freunde sehen. Freunde, die sie nicht enttäuscht hatten. Freunde, die in ihr nicht das Opferlamm sahen, von dem der Meister gesprochen hatte. Doch es blieb still in der Grotte, totenstill. Vorsichtig hob sie die Armbrust auf und wandte sich zur Treppe, die in einem der Tunnel lag. Die Treppe in die Freiheit. Und dann bemerkte sie, dass das spärliche Licht um sie herum flackernd schwächer wurde.

Was logisch war. Nicht, dass die Lichtverhältnisse an diesem verdammten Ort je der Rede wert gewesen wären. Da hatten die aberhundert entzündeten Kerzen nur den rechten Rahmen für die anstehende Begegnung gebildet. Und nun, da die Magie des Meisters nicht mehr präsent war, sie zu nähren, erstarb auch ihr Licht. Und doch … etwas stimmte hier nicht. Sie lauschte in die Stille, doch nicht einmal das typische Rascheln und Trippeln der allgegenwärtigen Ratten war zu hören. Die Kerzen waren ... falsch. Der ganze Ort hier war falsch.

»Hallo?«

Sie ging auf die Treppe zu. Stoppte. Drehte sich nach dem Tümpel um, der im Herzen der Grotte lag. Und dann hörte sie die Stimmen. Stimmen, die sie liebte und die doch auf eine Weise sprachen, die ihr missfiel.

Aber so steht es im Kodex. Alles ist eindeutig festgelegt. Es steht nichts darin geschrieben, das nicht passieren wird.

Dann müssen Sie ihn falsch interpretiert haben.

Ich wünschte, dem wäre so. Aber die Prophezeiung ist eindeutig: Schon morgen Nacht wird Buffy dem Meister gegenübertreten – und sie wird sterben.

Giles. Angel. Giles.

Stimmen wie das dumpfe Läuten einer Totenglocke.

Sie wandte sich wieder von der Treppe ab und ging hinüber zu dem Tümpel in dem Bewusstsein, dass dies hier alles nur ein Traum war ... und doch kein Traum war.

»Ich bin gestorben«, flüsterte sie.

»So ist es«, sagte der Staub. Und dann begann er, sich in die Lüfte zu erheben und herumzuwirbeln, um sich schließlich als das unaussprechliche Grauen zu remanifestieren, welches sie inzwischen so gut kannte, dass es seinen Schrecken allmählich verloren haben sollte. Doch das Gegenteil war der Fall.

»Ich bin gestorben, und du auch.« Sie schluckte. Ihre Kehle war trocken und wie zugeschnürt. Und der Schlag ihres Herzens war zu einem so beharrlichen weißen Rauschen geworden, dass sie sich fast einbilden konnte, es rase nicht unkontrolliert. Sich fast einbilden konnte, er könne nicht merken, wie geschockt sie war. Sie war sechzehn Jahre alt, und sie wollte nicht sterben.

Ich weiß, wie wir das verhindern können, hatte sie gesagt. Ich steige aus.

So einfach ist das nicht. Angels Stimme. Angels Sorge. Aber das war nicht wichtig. Sie setzte sich über den Schmerz und die Furcht, die sie schier sprachlos gemacht hatten, hinweg und zwang sie förmlich aus sich heraus.

Dann mache ich es mir eben so einfach. Ich steige aus. Ich kündige. Ich bin gefeuert. Sucht euch jemand anderen, der den Meister daran hindert, die Welt zu vernichten.

Ich bin nicht sicher, dass irgendein anderer dies vermag, hatte Giles geantwortet. Alle Zeichen deuten darauf hin, dass ...

Sie hatte ihn nicht zu Ende sprechen lassen.

Nun verstand sie, dass sie den Meister nie hätte besiegen können, wenn sie nicht gestorben wäre. Sie wusste nicht, warum, und sie hasste den Gedanken, und doch war es so. Sie *war* gestorben. Und sie war zurückgekommen. Und dazwischen, in dem kurzen Moment des Sterbens und Wiedereintretens ins Leben, hatte sie den Meister bezwungen.

»Du bist die Straße für meine Wiederkehr«, sagte er sanft. »Und die Straßensperre zugleich. Du hättest eine kurzweilige Gefährtin sein können.«

Sie ignorierte ihn. Dafür brach ihr nun der Schweiß aus. Keine Luft. Kein Sauerstoff.

»Du bist zu spät, kleine Jägerin. Du bist schon tot.«

Der Meister trat zwischen Buffy und das Wasser. Seine Stimme war jetzt nur mehr ein Flüstern. »Oder hast du schon vergessen, dass ich all deine Alpträume gesehen habe? Ich weiß, was dich in Angst und Schrecken versetzt. Du bist hier gefangen, mit mir – während die Lichter verlöschen –, weil es nur noch einen einzigen anderen Weg hier heraus gibt.«

»Wenn ich schon tot wäre, würdest du dir wohl kaum diese Mühe machen. Und das müsstest du auch gar nicht. Es passt nicht zu dir.«

Er knurrte, und sie rannte. Hinter ihn. Durch ihn hindurch. Sie spürte eine schreckliche Kälte, und dann das bekannte Gefühl des Grauens, die Qual, als ihr Gesicht untertauchte und ihre Wangen mit Schlamm und glitschigen Steinen in Berührung kamen. Sie wusste nicht, ob das alles real war. Wusste nicht, ob sie sich in der Vergangenheit befand und der Tod durch Ertrinken bereits stattgefunden hatte, oder ob sie in der Gegenwart, in der Hölle war. Und doch wusste sie, dass sie dies schon einmal erlebt und überlebt hatte. Und dass sie es hatte tun müssen, das wusste sie nun ebenfalls. Ja, ihr Tod hatte ihm gedient. Eine Erniedrigung, die ihre ganz eigenen Spuren hinterlassen hatte – und zugleich hatte ihr Tod auch ihr selbst gedient.

Wie schwierig mochte es also sein, das alles noch einmal durchzustehen?

Eine einfache Frage, auf die sie die Antwort bereits kannte: Schwieriger als alles, was sie je zuvor getan hatte.

Seine Finger strichen über ihre Schultern wie Mottenflügel. Und dann spürte sie nichts mehr außer dem beißenden Gefühl von Wasser, das ihr in die Kehle bis in die Lungen drang. Und dann die Schwärze, die einen umfängt, wenn so etwas derart Selbstverständliches – so selbstverständlich, das niemand mehr groß darüber nachdenkt – wie das Atmen plötzlich unmöglich wird. Atmen.

Und doch gab es da einen winzig kleinen Lichtblick in der Dunkelheit, einen Hauch von Trost, ein kleines Geschenk in Form eines wütenden, frustrierten Aufschreis irgendwo in den Hallen des Todes. In der jenseitigen Welt, die die Lebenden nicht sehen oder berühren konnten. Doch der Aufschrei aus Wut und Frustration änderte sich und wich dem von Angst und Pein.

Das gefiel ihr nicht.

»Buffy!«

Das gefiel ihr ganz und gar nicht. Das war nicht mehr *seine* Stimme. Es war die Stimme einer Person, die ihr etwas bedeutete. Jemand …

… der schon immer da gewesen war, im Wasser, nahe der Oberfläche; jemand, der sie gelehrt hatte, dass man sich vor Wasser nicht zu fürchten brauchte. Sie fühlte seine Hände auf ihren Schultern, und dann fühlte sie nichts mehr.

Sie erwachte in einem Bett, das in einem sterilen Zimmer stand. Oder zumindest in einem Zimmer, das so nach Antiseptika stank, dass es einfach so gut wie steril sein musste. So war das zumindest immer im Fernsehen.

Ihre Kehle fühlte sich wund an, ihre Augen brannten, doch der Geschmack in ihrem Mund war nicht salzig, wie man nach den Unmengen von Meerwasser, das sie geschluckt hatte, hätten vermuten können, sondern faulig. Als ob irgendetwas im Wasser vor langer Zeit zu leben aufgehört hatte und verrottet war.

Neben ihrem Bett saß ihr Vater, gebeugt und den Kopf in den Händen versunken.

»Sag nicht, man hat mich in eins dieser schrecklichen

Krankenhausnachthemden gesteckt, und du kannst den Anblick einfach nicht ertragen, weil du inzwischen so etwas wie ein Modebewusstsein entwickelt hast?«

Sein Kopf fuhr so ruckartig in die Höhe, dass Buffy befürchtete, er würde sich ein Schleudertrauma zuziehen.

Und dann umarmte er sie.

Sie versteifte sich und wartete auf die Bilder, die von seinem Tod kündeten. Doch sie blieben dort, wo sie hingehörten: in der Zukunft.

»Es tut mir Leid, Buffy. Es tut mir so Leid. Ich hätte auf dich hören sollen. Hätte zuhören sollen. Es war so viel einfacher, als du erst zwei Jahre alt warst. Da war ich immer rechtzeitig zur Stelle ... jederzeit.«

»Dad?«

Er war verstummt, und auch sie sagte kein Wort mehr. Und sie ließ es zu, dass er sie einfach nur festhielt. Für einen Moment wurde der große Vorhang der Geschichte ihres Lebens beiseite gezogen, und die Erinnerung daran, wie seine bärenstarken Arme das kleine tränenüberströmte Mädchen, das sie einmal gewesen war, aus dem Wasser gezogen hatten, war so klar wie Glas. Und auch seine tiefe tröstende Stimme drang wieder so deutlich an ihr Ohr, dass es ihr fast Angst machte.

»Vertrau mir, Buffy, ich würde nie zulassen, dass das Wasser dir etwas zuleide tut.«

Doch sie war nicht mehr das kleine Mädchen von damals. Würde es nie wieder sein.

»Dad, ich habe mich geirrt. Ich erinnere mich sehr wohl«, sagte sie sanft.

Das Gute an der Welt der Menschen ist, resümierte der Dämonenmagier, als er sich im Flugzeug in seinen bequemen Erste-Klasse-Sitz zurücklehnte, dass man sich in ihr mit Leichtigkeit verstecken kann. Versagte man in der Hölle, hatte das Konsequenzen, doch versagte man hier ... nun, hier war es anders. Zum einen mussten die Personen, bei denen man versagt hatte, erst einmal die Möglichkeiten aufbringen, einen zu bezwingen. Des Weiteren waren die alten Vampire extrem selten geworden, während die jungen an die Dunkelheit gebunden waren. Darüber hinaus beschnitten sie sich und ihre Taten durch ihre mangelnde Fantasie und ihre armseligen Kräfte.

Wäre es nicht um die Wiederauferstehung des Meisters gegangen, hätte er wohl kaum die Notwendigkeit gesehen, sich so weit von Sunnydale zu entfernen. Aber er war neugierig. Die Jägerin hatte sich – fast wie zufällig – prächtig geschlagen. Doch gewisse Zufälle ereigneten sich nur selten ohne Sinn und Zweck.

Er griff nach der dunklen Schale, die vor ihm stand, und starrte einen Moment lang hinein.

»Wünschen Sie einen Nachschlag, Sir?«

»So ist es.«

Absaloms Auferstehung

Nancy Holder

Es war ein warmer Sommerabend.

Rupert Giles stand im Hintergarten seines Apartment-Komplexes und wartete auf die Ankunft der anderen. Die Hände in den Taschen, lauschte er dem sanften Geplätscher des Springbrunnens ganz in seiner Nähe. Paradiesvögel rauschten durch die Lüfte, und der Duft von nachtblühendem Jasmin umfing ihn wie das Parfüm eines guten Geistes.

Doch trotz der friedlichen Stille, die ihn hier umgab, war Giles alles andere als entspannt. Denn auch der Geruch des Todes hing in der Luft. Und auf dem Beton kroch das Böse auf Krallen und Klauen durch die Nacht, bereit, zuzuschlagen, begierig darauf, zu töten. Das Grauen kroch ihm über den Rücken und zerrte an seiner Wirbelsäule, bis er glaubte, sie müsse unter dem Druck zerbrechen. Jeden Tag, jeden Abend trieb ihn das, was sich in seiner Wohnung befand, hier hinaus in den Garten. Weit genug, um dem Ganzen für eine Weile zu entkommen, aber nicht zu weit, um die Kontrolle darüber zu verlieren.

Er konnte keine Ruhe mehr finden. Keine Ruhe mehr seit dem Tag, da Buffy den Meister getötet hatte und seine Wohnung die letzte Ruhestätte für die sterblichen Überreste des Vampirkönigs geworden war.

Der Juni war nun schon fast vorbei. Die anderen Lehrkräfte an der Sunnydale Highschool hatten seit Wochen von nichts anderem mehr gesprochen als von den kommenden Sommerferien – alle samt und sonders ahnungslos im Hinblick auf das Böse, das in ihrer Mitte sein Unwesen trieb. Und die Schüler waren vor ungeduldigem Warten auf die Ferienzeit fast wahnsinnig geworden.

Giles war noch relativ neu in der Welt der Akademiker.

Sofern man die Arbeit in der Schulbibliothek der Sunnydale High als akademische Tätigkeit bezeichnen kann, dachte er. Einen Job zu haben, der einen dreimonatigen Urlaub beinhaltete, war ein Novum für ihn gewesen.

Genau wie die Abreise der Jägerin, die beschlossen hatte, die Sommerferien bei ihrem Vater in L.A. zu verbringen. Kein Wächter hatte jemals zuvor erleben müssen, wie sich seine Jägerin kurzerhand in die Sommerfrische verabschiedete. Der Rat der Wächter war über diesen Vorgang sehr verstimmt gewesen. Was mich nicht wirklich wundert.

Tatsächlich gab es in Bezug auf Buffy eine Menge, was den Rat der Wächter verstimmte – ihren Mangel an Disziplin zum Beispiel, oder ihr unorthodoxes Herangehen an das Training und nicht zuletzt ihr Beharren auf so etwas Trivialem wie einem Privatleben. Auch Giles war auf all das nicht vorbereitet gewesen. Seit er zehn Jahre alt war, wusste er, dass er eines Tages Wächter werden würde. Und als er sein Schicksal erst einmal angenommen hatte – keine einfache Sache –, hatte er alles getan, um der Beste seiner Zunft zu werden.

Doch wie es aussah, teilte Buffy nicht den gleichen ... Enthusiasmus hinsichtlich ihres eigenen Schicksals. In jeder Generation gab es eine Jägerin. Und ihr allein war es bestimmt, gegen die Kräfte der Finsternis anzutreten – gegen Dämonen, Vampire, Monster. Buffy war die Auserwählte ihrer Generation. Doch, wie sie nicht müde wurde zu betonen, hatte die Vokabel »Wahl« nicht das Geringste damit zu tun, da sie nie so etwas wie eine Wahl gehabt hatte.

»Das Ganze nervt!«, pflegte sie diesen Umstand oft und treffend zu kommentieren. Und natürlich »nervte« es, eine solche Verantwortung aufgebürdet zu bekommen, wenn man gerade einmal sechzehn Jahre alt war. Daher waren ein paar Kompromisse nötig gewesen, um sie bei der Stange zu halten und – nicht zuletzt – ihr Überleben zu gewährleisten.

Und schließlich hatte Giles dem Rat die Sache mit Buffys Sommerferien dann doch irgendwie beigebracht, hatte darauf hingewiesen, dass sie ja zu jener Zeit die Jägerin geworden war, da sie noch in L.A. gewohnt hatte. Bevor sie von der Hemery Highschool geflogen war (weil sie eine Turnhalle in Schutt und Asche gelegt hatte – so die offizielle Lesart) und als sie in der quirligen Metropole einer beachtlichen Zahl von Vampiren den Garaus gemacht hatte. Insofern konnte man davon ausgehen, dass sie sich dort, wie in Sunnydale, ihrer Bestimmung gemäß betätigen konnte und würde.

»Und ich bleibe ja in Sunnydale und habe auf alles ein Auge«, hatte Giles dem Rat versichert. Allerdings hatte er ihm die Tatsache verschwiegen, dass sich die Gebeine des Meisters in seiner Wohnung befanden. Auf keinen Fall hatte er Quentin Travers – der alles andere als ein Fan seines Schützlings war – dazu ermutigen wollen, Buffy allein aus diesem Grund die Reise zu ihrem Vater zu verbieten. Giles fand, dass sie eine Pause von Sunnydale dringend nötig hatte.

Sunnydale – Sonnental. Was für ein zynischer Name für einen solch finsteren Ort.

Die Spanier, die hier vor langer Zeit gesiedelt hatten, hatten für diesen Platz einen weniger subtilen Namen gehabt: Boca del Infierno, was »Mund der Hölle« bedeutet und so viel passender war. Denn bekanntlich lag das langweilige

Städtchen Sunnydale direkt über dem Höllenschlund – einem unheiligen Portal, durch das die Armeen der Finsternis in diese Dimension gelangen konnten. Es erforderte einen ständigen Kampf, den Höllenschlund geschlossen zu halten, und doch zog allein seine Anwesenheit Monster, Dämonen und Vampire aus nah und fern magisch an. Und so war Sunnydale seit Menschengedenken so etwas wie ein Magnet für Tod und Zerstörung. Kein Wunder also, dass die Stadt zur Operationsbasis der Auserwählten wurde.

Beim letzten Mal, als sich der Höllenschlund geöffnet hatte, war Buffy gestorben.

Das ist erst wenige Wochen her, dachte Giles, und ich frage mich, was der Preis für diese Erfahrung war. Zu Anfang der Ferien hatte Buffy ihn aus L.A. angerufen, weil sie von Bildsequenzen, in denen ihr nahe stehende Menschen starben, geradezu verfolgt worden war. Er hatte ihr versichert, dass solche Visionen ganz verständlich waren, nach allem, was sie durchgemacht hatte. Dennoch hatte er unterdessen verzweifelt versucht, das Phänomen zu erforschen. Und dann hatte sie sich erneut bei ihm gemeldet, um ihm kurz und knapp mitzuteilen, dass es – was immer es gewesen war – jetzt vorbei sei und dass es ihr wieder gut gehe. Seitdem hatte er nichts mehr von ihr gehört, und er wollte ihr den räumlichen wie mentalen Abstand von Sunnydale zugestehen. Sie sollte für eine Weile alles vergessen können, was hier im letzten Jahr passiert war.

Alles, einschließlich der Erinnerung an den Meister.

Zu Lebzeiten hatte der Meister den Namen Joseph Heinrich Nest getragen. Nest war ein Monster gewesen, ein brutaler, sadistischer Mann, dessen einzige Freude im Leben darin bestanden hatte, herauszufinden, wie weit man andere Menschen manipulieren und quälen konnte. Zum Beweis ihrer Loyalität mussten seine Anhänger unaussprechliche Verbrechen begehen, die in den Annalen der menschlichen Geschichte ihresgleichen suchten. Es hieß, dass Joseph Heinrich Nest schon ohne Seele zur Welt gekommen war.

Als Vampir dann hatte der Meister versucht, den Höllenschlund zu öffnen, und war daran gescheitert. Dabei hatte er sich selbst in den Tiefen der Erde eingeschlossen und konnte fortan sein unfreiwilliges Gefängnis nicht mehr verlassen. Indes, seine Gefolgschaft schon.

Ja, wir haben den Meister getötet, aber was ist mit seinem Gefolge?

Die sanfte Brise des lauen Sommerabends schlug plötzlich um in einen unerwartet kühlen Luftzug. Und Giles redete sich ein, dass dieser für sein plötzliches Frösteln verantwortlich war.

»So, Will«, meinte Xander zu seiner besten Freundin, nachdem sie sich in der Nähe ihres Hauses an der Ecke getroffen hatten, »du wirst also das Computer-Camp besuchen.«

Sie lächelte. »Ja, in zwei Tagen geht's los. Und was wirst du in der Sommerschule machen?«

Er verzog das Gesicht zu einem Schmollen. »Wieso glaubst du, dass ich überhaupt hingehe?«

»Du gehst doch immer zur Sommerschule.«

»Moment«, rief er und hob einen Finger. »Kleine Korrektur, mein lieber Watson: Ich melde mich immer an, aber hingehen tu ich so gut wie nie.« Er seufzte und hob die Schultern. »Die Jägerin ist nicht in der Stadt, was hoffentlich nur

Gutes bedeutet, und daher denke ich beim Thema Ferien an Strand, Sand, Mädchen und Sonnenbrand dritten Grades. Das einfache Leben eines geringfügig Unbeschäftigten.«

»Kirscheis nicht zu vergessen«, sagte Willow verträumt. »Vorausgesetzt, es tropft nicht in die Tastatur.«

»Meine Tastatur wird jedenfalls eisfrei bleiben«, versicherte er ihr, während er die Augenbrauen hob und senkte. »Was meinst du, lassen sich auch Jägerinnen von der Sonne verwöhnen? Egal, da, wo du surfst, holt man sich jedenfalls keine Sommersprossen, Will.«

Willow seufzte. Xander gibt wirklich niemals auf, dachte sie. Er wird immer in Buffy verknallt bleiben. Und wenn er mich anschaut, sieht er in mir nur eine gute Freundin, die nicht Buffy ist und niemals sein wird.

»Zu schade, dass Buffy im Haus ihres Vaters keinen Computer hat«, sagte sie. »Sonst hätten wir uns E-Mails schreiben können.«

»Ach, die wird schon anrufen, oder 'ne Karte schreiben«, sagte Xander leichthin. »Ich wette, sie wird uns ziemlich schnell vermissen und früher als geplant wieder nach Hause kommen. Immerhin ist Los Angeles ja todlangweilig, während wir in Sunnydale dem Tag entgegenfiebern dürfen, an dem wir zusehen können, wie die Grundierung am Auto meines Onkels Rory trocknet.«

Willow zuckte die Achseln. »Eigentlich freue ich mich auf ein paar geruhsame Tage«, gestand sie. »Ich für meinen Teil hatte in letzter Zeit genügend Vampire und Höllenschlund-Kram, dass es für den Sommer und das Herbstsemester zusammen reicht.«

»Yeah.« Xander sah sie einen Moment lang irritiert an. »Ich

freue mich ja auch, dass Buffy mal Urlaub machen kann«, sagte er dann. »Und ich glaube, wir könnten das auch ganz gut gebrauchen. Wird bestimmt prima, einen netten, normalen, schier endlosen Sommer der Unendlichkeit zu verleben.«

»Unendlichkeit«, murmelte Willow. »Da fällt mir ein, was will Giles heute Abend eigentlich von uns?«

»Vermutlich sich in aller Herzlichkeit von uns verabschieden. Wahrscheinlich ist er schon so gut wie auf dem Weg nach England.«

»Ich werde ihn vermissen«, sagte Willow.

Xander lächelte zaghaft. »Ich auch, wie ich gestehen muss.«

»Fi, fi, fo, fo, fum. Look out, baby, cuz here I come!«

Giles musste lächeln, als Xanders fistelstimmiges Geträller vom Bürgersteig an seine Ohren drang. Eine weitere Ungewöhnlichkeit in Buffys Leben war, dass ihre Freunde wussten, dass sie die Jägerin war. Zuerst war Giles darüber alles andere als erfreut gewesen, doch dann hatten sich Xander Harris und Willow Rosenberg ein ums andere Mal als wertvolle Hilfen für die Jägerin erwiesen.

»Hi!« Willow bog als Erste um die Ecke, wobei sie vorsichtig die riesigen herabhängenden Wedel einer Palme aus dem Weg schob. In ihrem langärmligen Shirt und dem praktischen Overall lächelte sie ihr typisches, liebenswertes Lächeln. Mit ihrem langen, roten Haar – ein klares Indiz dafür, dass sie eine Hexe sein musste –, wäre sie vor gar nicht allzu langer Zeit noch auf dem Scheiterhaufen verbrannt worden. Gott sei Dank waren diese Zeiten heute vorbei.

Xander folgte ihr auf dem Fuße. Er trug ein übergroßes

Baumwollhemd und Baggy-Pants, das dunkle Haar lockte sich in seinem Nacken. »Hey, G-Man«, begrüßte er den Bibliothekar fröhlich.

»Ich meine mich zu erinnern, dass ich dich gebeten hatte, mich nicht so zu nennen.«

»Und ich werde den ganzen Sommer G-Man-frei sein«, gab Xander zurück. Er runzelte leicht die Stirn. »Das meine ich natürlich nicht wörtlich. Es sei denn, Sie planen, vorübergehend die Stadt zu verlassen, wie Buffy es getan hat.«

»Nein, das hatte ich eigentlich nicht vor. Ich meine, ich habe noch keine weiteren Pläne gemacht«, sagte Giles. Er nahm seine Brille ab und putzte die Gläser. Er fühlte, wie sich Kopfschmerzen ankündigten.

Willow verzog das Gesicht. »Giles, was ist los?«, fragte sie und schlang ihre Arme um den Oberkörper. »Mich schaudert. Das ist nicht gut –«

»Du kannst es *auch* fühlen?«

»Ja.«

Giles Kopf ruckte herum. Er war einigermaßen erstaunt darüber, dass auch Willow die unheilige Atmosphäre, die hier herrschte, spüren konnte. Vielleicht steckt ja doch noch ein bisschen Hexe in ihr, dachte er.

»Es liegt an den Knochen. Die Gebeine des Meisters befinden sich in meiner Wohnung«, erklärte Giles.

»Aus ... Sentimentalitätsgründen?«, fragte Xander. »Wie dem auch sei, ich fühle gar nichts«, fügte er hinzu.

»Dann schätze dich glücklich. Es ist nämlich widerwärtig.« Willow fröstelte. »Und dabei sind es nur seine Knochen. Stellt euch mal vor, wie es erst sein muss, sich in seiner

Nähe zu befinden. Wenn sich sein Mund deinem Hals nähert ...«

»Und sich seine Zähne in deiner Kehle verbeißen«, beendete Xander ihren Satz. Tatsächlich hatte der Meister Buffy gebissen. Dieser Umstand hatte Giles mehr alarmiert als die Tatsache, dass sie für eine Weile tot gewesen war, doch er hatte seine Befürchtungen für sich behalten. Dennoch hatte er in dieser Angelegenheit Recherchen angestellt und war zu der Erkenntnis gelangt, dass Buffy durch den Biss keinen wie auch immer gearteten Schaden davongetragen hatte.

»Warum sind wir hier?«, fragte Willow mit kleinlauter Stimme, nachdem sie sich auf der niedrigen Mauer niedergelassen hatte, die den Innenhof umgab.

»Wir werden im Hinblick auf die Gebeine ein Reinigungsritual durchführen müssen«, erklärte Giles. »Ich bin der Überzeugung, dass ihnen die Essenz des Meisters noch immer innewohnt. Wir werden also über ihnen eine Zeremonie abhalten, die ihre Kraft zerstört.«

»Nur wir drei?« Willow sah sich besorgt um.

»Miss Calendar ist auf dem Weg in den Zauberladen«, erwiderte Giles. »Mir ist der wilde Wermut, auch als Beifuß bekannt, ausgegangen, und wir werden eine Menge davon für das Reinigungsritual brauchen.«

»Wilder Wermut? Gefällt mir. Klingt wie der Name eines ziemlich starken Gesöffs.« Xander stellte sich in Pose und verkündete im Stil eines Homeshopping-Anpreisers: »Zögern Sie nicht länger! Vertreiben auch Sie Ihre bösen Geister mit, tata!, wildem Wermut!«

»Das ist nicht witzig!« Willow umschlang sich noch ein

bisschen fester. »Das ist eine ziemlich ernste, ziemlich Furcht einflößende Angelegenheit, Xander.«

Xanders Lächeln verblasste. »*Deswegen* mach ich mich ja drüber lustig, Will.« Seine Stimme war sanft und ernst zugleich, und Giles war stolz auf ihn. Xander Harris mochte sich zwar oft wie ein hirnloser amerikanischer Teenager gebärden, doch es gab Momente, da war Giles sicher, dass mehr in dem Jungen steckte, als es auf den ersten Blick den Anschein hatte.

»Nun«, sagte Giles. »Ich habe ein paar Nachforschungen diese Sache betreffend angestellt. Wie ihr beide wisst, hört ein Vampir in dem Moment auf zu existieren, wenn er gepfählt wird.«

»Klar, er explodiert irgendwie und zerfällt zu Staub.« Willow nickte.

»Aber der Meister ist nicht zu Staub zerfallen«, bemerkte Xander.

»Das ist richtig.«

Stille trat ein.

»Aber warum?«, wagte Xander zu fragen.

»Ich weiß es nicht.« Wie Giles diese vier Wörter hasste. Vielleicht noch mehr als Xanders berühmtes »G-Man«. »Es wurde oft behauptet, dass Nest ohne Seele geboren wurde«, fuhr er fort. »Ich meine, als er noch ein Mensch war. Was zur Folge hätte, dass kein Dämon sich seines Körpers hätte bemächtigen können, als er zum Vampir wurde.«

»Wie ist er denn überhaupt zum Vampir geworden?«, wollte Willow wissen. »Immerhin haben wir gelernt, dass Vampire und andere Untote von einem Dämon in Besitz genommen werden. So steht es zumindest in allen Büchern, die wir zum Thema gelesen haben.«

»So ist es.« Giles schob sich seine Brille zurecht. »Er war zu seiner Zeit ein außergewöhnlicher Magier, verfügte über Kräfte, die anderen Vampiren nicht zur Verfügung standen. Nehmen wir zum Beispiel nur einmal ›Die Zeit der Ernte‹. Noch aus der Entfernung war es ihm möglich, die Energie, die das von ihm erwählte Gefäß in sich aufgenommen hatte, zu absorbieren. In unserem Fall hatte bekanntlich sein Handlanger die Besucher im *Bronze* ausgesaugt, während der Meister selbst unter der Erde gefangen war.«

»Nicht gerade typisch für einen Vampir, was?«, grübelte Willow.

»Eigentlich hatte er mehr was von einer Ratte«, fügte Xander hinzu und ließ sich in einen Gartenstuhl fallen. »Er wirkte irgendwie bleicher und knochiger als Otto-Normal-Vampir, wenn ihr mich fragt. Selbst Angel sah neben ihm aus wie das blühende Leben.«

»Schönen Dank auch«, sagte eine Stimme hinter Giles.

Der Bibliothekar fuhr herum. Er hatte ihn nicht näher kommen hören, und doch stand er nun da: Angel, der Vampir, der eine Seele besaß. Groß und blass, mit dunklem Haar und noch dunkleren Augen, war er im Leben offensichtlich ein überaus attraktiver Mann gewesen. Der lange schwarze Mantel, den er trug, erinnerte Giles stets an Fledermausschwingen. Und auch, dass er sich als Vampir auf die Seite der Guten gestellt hatte, war untypisch für jemanden aus seinen Reihen. Immer wieder riskierte er seine eigene Existenz, um den Menschen zu helfen. Und er schien von der Jägerin in vielerlei Hinsicht sehr angetan.

Eine ziemlich romantische Beziehung, so hatte Giles ihr Verhältnis zueinander im Geiste oft bezeichnet. Und tragisch dazu. Was soll schon aus solch einer Liebe werden?

»Angel. Danke, dass Sie gekommen sind«, sagte Giles.

»Ach, der tote Mann war eingeladen?«, fragte Xander verwirrt. Er war alles andere als begeistert von Buffys Objekt der Begierde. Es war klar, dass er Angel als unwillkommenen Rivalen betrachtete und ihm darüber hinaus auch nicht über den Weg traute. Und wenn Giles ehrlich war, so musste er zugeben, dass auch er dem Vampir nicht rückhaltlos vertraute.

»Ja«, sagte Giles. »Tatsächlich war es Angel, der mir hinsichtlich der Prophezeiung über den Meister am meisten geholfen hat.«

»Hi, Angel«, sagte Willow freundlich.

Angel nickte stumm in ihre Richtung.

»Hatten Sie Erfolg?«, fragte Giles.

Angel zuckte die Achseln. »Ich habe nichts gefunden, was Ihren Plan toppen würde. Weihen Sie also diese Gebeine und zerstören Sie sie.«

Giles nickte. »Nun gut, dann werden wir genau das auch tun. Miss Calendar besorgt nur noch eine fehlende Zutat.«

»Hokuspokus-Schnaps«, bemerkte Xander, während er in der Luft herumfuchtelte.

»Sie sollte sich beeilen.« Angel sah besorgt zum Nachthimmel auf. »Wir haben Vollmond.«

»Sorry, aber das Skelett des Meisters ist doch kein verkappter Werwolf, oder?«, plapperte Xander.

Willow sah besorgt in die Runde. »Gibt es überhaupt Werwölfe? Ich meine, wir haben doch noch nie einen Werwolf gesehen und –«

»Ja, es gibt Werwölfe. Und wie im Falle der Werwölfe sind auch andere magische Kräfte unter dem Einfluss des Vollmondes sehr viel stärker.« Giles sah Angel an.

Der wand sich unbehaglich und ergriff dann das Wort. »Der Meister liebte den Vollmond. Er konnte ihn spüren, selbst unter der Erde.«

Xander nickte und starrte Angel an. »Ach ja, ich vergaß, du hast ja 'ne Weile mit dem großen Meister zugebracht. Hast, genauer gesagt, einige Jahrzehnte damit zugebracht, Babys, Kätzchen und Welpen zu verstümmeln und zu töten.«

»Xander«, ermahnte ihn Willow. »Das ist nicht höflich.«

»Aber wenn er's doch getan hat! Ich hab's auch nur noch mal erwähnt, weil's ja außer mir niemand tut.« Er deutete auf Angel. »Er wollte in jener Nacht ja noch nicht mal Buffy retten. Er hatte zu große Angst vor dem Meister, zumindest hat er das gesagt. Ich war derjenige, der ihn schließlich dazu überredet hat. Woher sollen wir also wissen, dass er den Meister in Wahrheit nicht wieder beleben will. Dass er uns Deppen irgendwie dazu bringt, den Spruch falsch herum aufzusagen?«

»Xander!«, rief Willow, nun ein wenig schärfer. Peinlich berührt sah sie zu Angel hinüber. »Angel hat dir geholfen, Buffy zu retten. Und er hat auch versucht, ihr dabei zu helfen, den Meister zu töten.«

»Ja und?« Xander verschränkte die Arme vor seiner Brust. »Das alles beweist doch nur, dass er weiß, wie man sich mit heiler Haut durchs Leben laviert. Immerhin macht er das jetzt schon über zweihundertvierzig Jahre so.«

»Ich kann auch gehen«, sagte Angel ruhig.

»Nein, äh, Angel, bleiben Sie.« Giles hob eine Hand. »Wenn etwas nicht nach Plan verläuft, könnten wir angewiesen sein auf einen fähigen starken –«

»– Vampir«, fiel ihm Xander ins Wort.

»– Kämpfer in unserer Mitte.«

»Der ein Vampir ist«, insistierte Xander trotzig. »Der mit genau den toten Jungs herumgehangen hat, die wir nicht gerade zu unseren Freunden zählen.«

Mit unbewegter Miene sah Angel den Jungen an. »Mach dir keine Sorgen, Xander. Sollte was schief laufen, werde ich dich nicht retten, okay?«

»Er macht nur Spaß.« Willow kniff die Brauen zusammen. »Nicht wahr, Angel?«

Angel sah besorgt zum Mond auf. »Sie sollte sich besser beeilen«, murmelte er.

Drachenhöhle stand auf dem Neonschild im Fenster zu lesen. Die *Drachenhöhle* war der beste Zauberladen der Stadt.

Vor Jenny Calendar stand eine Tüte Beifuß auf dem Tresen, während sich auf ihrem Gesicht ein Lächeln abzeichnete. Der Junge, der neben ihr stand und aufgeregt schwatzte, hieß Jay Nichols. Der linkischste Bursche unter den vielen linkischen Burschen in ihrem Computerkurs an der Sunnydale High. Im fahlen Licht des Ladens wirkte er blass und kränklich. Vermutlich würde er am Ende der großen Ferien auch nicht anders aussehen. Jungen wie Jay gingen nicht oft an die frische Luft. Sie hockten Tag und Nacht vor ihren Computern, und sie liebten es.

»Wow, ich kann gar nicht glauben, dass ich Sie hier treffe«, plapperte Jay. »Ich meine, ist ja schon irgendwie komisch, wenn man seine Lehrerin beim Bäcker trifft, aber in einem Laden wie diesem?«

»Ich kaufe hier immer alle Zutaten für meine Kräuterteemischung«, erklärte sie.

Der Perlenvorhang, der den Verkaufsraum vom Hinterzimmer trennte, teilte sich, und der Besitzer der *Drachenhöhle* erschien hinter der Theke. Sein Hinterkopf war im Spiegel zu sehen, der an der Wand hinter der Kasse angebracht war.

»Kann ich Ihnen behilflich sein?«, fragte der Ladenbesitzer, wobei sein Blick von dem Jungen zu der Frau und wieder zurück zu dem Jungen wanderte. Er war ein freundlicher Mann mittleren Alters.

Jenny deutete auf die Tüte, die vor ihr auf der Theke stand. »Nein, danke, heute nur diese Tüte Beifuß, bitte.«

»Ah, für 'ne rituelle Reinigung, was?« Der Mann hob die Tüte an und wog sie in seiner Hand. »Das ist aber mindestens ein Pfund Beifuß. Sind Sie sicher, dass Sie so viel davon brauchen?«

Jay verfolgte die Szene interessiert. »Vielleicht sollte ich mir auch ein bisschen von dem Zeug zulegen.«

»Warum? Hast du böse Geister zu vertreiben?«, fragte der Ladenbesitzer und wandte sich dann wieder lachend Jenny zu. »Diese Kids von heute! Normalerweise kommen sie hierher, um schwarze Kerzen und Räucherstäbchen zu kaufen. Als ob die Sechzigerjahre nie aufgehört hätten zu existieren.« Er sah wieder zu Jay. »Was brauchst du denn, mein Junge?«

Doch Jay ignorierte ihn und sah immer noch unverwandt Jenny an. »Böse Geister?«

Aber Jennys Augen waren wie gebannt auf den Spiegel hinter dem Tresen gerichtet. Auf das, was sie darin sah beziehungsweise *nicht* sah, und das Blut gefror ihr in den Adern.

»Verdauungsstörungen«, murmelte sie wie abwesend. Dann sah sie den Jungen freundlich an und zwang ein Lächeln auf ihr Gesicht. »Tja, dann wünsche ich dir schöne Ferien.«

Plötzlich wirkte Jay bestürzt. »Aber ich hab doch gerade meinen Highschool-Abschluss gemacht, wissen Sie das denn nicht mehr?«

»Ach ja, natürlich, ich erinnere mich.« Es war gelogen.

Jay Nichols sah Miss Calendar nach, bis diese den Zauberladen verlassen hatte. Was für ein heißer Feger, dachte er. Die würde mein Herz zum Rasen bringen, wenn es denn noch schlagen würde …

Wie von fern drang die Stimme des Besitzers der *Drachenhöhle* zu ihm durch: »Gibt es irgendwas, was ich für dich tun kann? Ich hätte da zum Beispiel eine Reihe brandneuer Psychedelic-Poster. Interesse?«

Ohne sich zu dem Mann umzudrehen, schüttelte Jay den Kopf und verließ den Laden. Draußen wandte er sich nach rechts und begann, die Straße herunterzuschlendern. Es war dieselbe Richtung, die Jenny Calendar eingeschlagen hatte.

Aus den Augenwinkeln heraus bemerkte er etwas Weißes. Halb verdeckt hinter einer Ligusterhecke stand drohend ein Vampir und sah ihn an.

Jay ließ sein Gesicht zur Vampirfratze werden.

»Hi, Kumpel«, sagte der andere Vampir. Er hieß Corvelle

»Corvette« DuMont, und als Mensch hatte er jedes Auto reparieren können, das je gebaut worden war. Jay vermutete, dass das immer noch so war. »Da scheint was Interessantes im Gang zu sein.«

»Yeah, ohne Frage.« Jay verzog das Gesicht. »Kevin hatte Recht. Die haben die Knochen.«

Corvelles vampirische Züge wirkten noch entstellter, als er die Stirn in Falten zog. »Also stimmt es. Der Meister ist nicht zu Staub geworden.«

»Sieht so aus.«

Corvelle kaute ein bisschen auf seinem Tabak herum und spie dann einen tiefbraunen Strahl aus. Jay war angewidert, aber er sagte kein Wort. Neben seinen herausragenden Mechaniker-Kenntnissen war auch Corvelles leicht überschäumendes Temperament legendär.

»Da ist ein Neuer in der Stadt«, sagte Corvelle mit gedämpfter Stimme. »Er heißt Absalom. Gemein. Mächtig. Ziemlich alt. Der Gesalbte hat ihn herbeizitiert. Gehörte mal zum inneren Kreis des Meisters.«

Jays Augen weiteten sich. »Weiß er Bescheid? Was, wenn Kevin uns fallen gelassen hat?«

Plötzlich wirkte Corvelle, als wäre ihm ein wenig unbehaglich. »Vielleicht sollten wir einfach nicht mehr zurückgehen. Wenn der Gesalbte rauskriegt, dass wir illoyal waren –«

»Psst!«, machte Jay beklommen. »Wenn einer von *denen* dich hört, sind wir tot, Mann!«

»Wir sind doch schon tot, du Schwachkopf!« Corvelle spuckte wieder eine Fontäne Kautabak-Speichel-Gemisch auf den Boden. »Also, ich denke, wir gehen jetzt besser zurück. Sie haben mich losgeschickt, dich zu suchen. Jeder soll zur Begrüßung von Absalom anwesend sein, wenn er heute Nacht erscheint.«

Jay seufzte. »Man lernt doch nie aus.«

Corvelle hob eine Augenbraue. »Was?«, fragte er lahm.

»Untot zu sein ist fast noch schlimmer, als in der Highschool zu verrotten.«

»Was du nicht sagst«, sagte der andere Vampir.

Sie hielten sich in den Schatten, während sie zur Höhle zurückkehrten. Die große Kaverne war durch unzählige Kerzen erleuchtet, deren flackerndes Licht von den rauen Steinwänden zurückgeworfen wurde. Der kleine Tümpel im Zentrum stank; der Gesalbte hatte ein paar Ersatz-Footballspieler von der Uni in das Gewässer geworfen, nachdem er sich von ihnen genährt hatte.

Jay stolperte; ein Stein löste sich unter seinem Fuß und rollte auf die Ruine der Holzkirche zu. Die zersplitterten Balken und maroden Streben des ehemaligen Gotteshauses erinnerten Jay auf unangenehme Weise an Pflöcke. Der Anblick so viel zugespitzten Holzes war alles andere als beruhigend.

Alle sahen ihn und Corvelle an, der auf seinem Tabak herumkaute, als hinge sein Leben davon ab.

»Wo wart ihr?«, verlangte der Gesalbte zu wissen.

»Auf der Jagd.« Es gelang Jay, das Zittern in seiner Stimme zu unterdrücken. Das Jagen war ihnen schließlich erlaubt.

Ihr gebieterischer Führer kniff die Augen zusammen. Er sah aus wie immer, ein kleiner dunkelhaariger Junge. Jay musste sich sehr bemühen, um ihm gegenüber das nötige

Maß an Respekt aufzubringen. Zu leicht war es zu vergessen, dass eine überaus mächtige Kreatur vor ihnen stand: des Meisters Geheimwaffe!

Ja, und?, dachte er. Der Meister ist tot, Geheimwaffe hin oder her.

Und doch war der Junge gefährlich. Drehte man nur unerlaubterweise den Kopf, konnte man schon zum Inhalt eines Aschenbechers geworden sein.

Jay fühlte, dass ihn jemand ansah, und schaute auf. Kevin begegnete seinem Blick mit unerschütterlicher Ruhe. Kevin, der ein College-Student im zweiten Semester an der U.C. Sunnydale gewesen war. Kevin, der vorgehabt hatte, Politikwissenschaften zu studieren, bevor sich sein Leben geändert hatte.

Kevin war ein Genie, und ein wirklich großartiger Vampir. Er wusste, wie man stets an seinen eigenen Vorteil dachte. Er war unglaublich stark.

Und unglaublich ehrgeizig. Er hatte davon gesprochen, sich von der Gemeinschaft des Meisters loszusagen, noch bevor dieser gestorben war.

»Er sorgt nicht für uns, und er hält uns nicht den Rücken frei«, hatte Kevin zu Jay und Corvelle gesagt. »Alles, was der Gesalbte tut, ist, uns herumzukommandieren und uns zu töten, wenn wir nicht spuren. Doch was haben *wir* davon? Wir folgen ihm nur, weil wir Angst vor ihm haben. Doch wer die Mehrheit hinter sich versammeln kann, hat am Ende das Sagen, meine Freunde. Wenn ihr uns also beitretet, sind wir schon zwei mehr als zuvor. Und eines Tages werden wir dann diese Höhle übernehmen, so einfach ist das.«

»Und was ist mit dem Gesalbten?«, hatte Jay zu Tode erschrocken gefragt.

Doch Kevin hatte nur die Schultern gezuckt. »Wir töten ihn – zu gegebener Zeit.«

Es sah so aus, als ob sich die Machtverhältnisse geändert hätten. Und obwohl sich über ein Dutzend Vampire Kevin angeschlossen hatte und der Meister tot war, schien sich das Blatt erneut gewendet zu haben.

In der Mitte der Höhle stand ein großer, dunkler Vampir. Allein. Jay konnte die böse Aura, die ihn umgab, förmlich spüren. Es war beängstigend.

Das musste Absalom sein.

Der Mann war seltsam gekleidet. Er trug ein altmodisches Gewand, wie man es von den frühen Predigern der Neuen Welt kannte. Aber sicher war sich Jay in dieser Beziehung nicht, denn Geschichte war noch nie seine Stärke gewesen. Absaloms Gesicht sah irgendwie verschlagen aus, und er wirkte hungrig. Keiner der Anwesenden kam ihm näher als ein oder zwei Schritte.

Der Gesalbte drehte seinen verderbten kleinen Rücken dem Thron des Meisters zu und ging hinüber zu dem Neuankömmling. Der Vampir kniete auf einem Bein nieder und umarmte ihn. Der Gesalbte erwiderte die Zuneigungsbekundung. Es sah aus, als würde ein Lieblingsneffe nach langer Zeit seinen Lieblingsonkel wieder treffen.

Jay lief es eiskalt über den Rücken.

»Absalom ist unserem Ruf gefolgt«, verkündete der Gesalbte. Er klang wie ein übergeschnappter Alleinherrscher. Was er ja auch war, wie Jay sich erinnern musste. Vergiss das nie. Vergiss das niemals, Kumpel. Er kann dir die Augen aus den Höhlen bohren und dich einen Kopf kürzer machen, wann immer es ihm beliebt. Und wenn er den anderen befiehlt, dich in Stücke zu reißen, werden sie es tun.

»Cool«, sagte er mit schwacher Stimme. Köpfe drehten sich in seine Richtung, auch der von Kevin. Jay klappte den Mund wieder zu und räusperte sich.

»Ich grüße euch, Brüder und Schwestern«, sagte Absalom mit donnernder Stimme. »Eine Zeit voller Gram und Verlust liegt hinter uns. Doch das ist nun vorbei. Ich bin gekommen, die Unsrigen in eine Ära des Überflusses zu führen. Eine neue Ernte.« Er lächelte dem Gesalbten zu. »Ich bin hier, um unsere Mission zu Ende zu bringen, und ich werde unseren Anführer, wie auch euch, meine lieben Mitstreiter, nicht enttäuschen.«

Absalom hob die Arme zur Decke. »Gelobet seien die dunklen Mächte, ich bin gekommen, den Meister wieder zu erwecken!«

Ein vielstimmiges Keuchen und Murmeln ertönte, dann wurde es für eine Sekunde totenstill, und schließlich brandeten Jubel und Applaus auf.

Eine der anwesenden Vampirinnen, ein niedlicher Rotschopf ganz in Pink, hob eine Hand. »Aber wie?«, fragte sie.

»Du wagst es, die Worte meines Dieners in Frage zu stellen?«, brauste der Gesalbte auf. Seine Stimme klang wie ein vielstimmiger Höllenchor, dessen Gesang unheilvoll von den Felswänden widerhallte.

»Nein, mein Herr. Lasset uns frohlocken, dass eure Gemeinde so umsichtig und wachsam ist. Fürwahr, der Meister hat euch eine gute Herde hinterlassen.« Absalom machte eine Verbeugung in Richtung des jugendlichen

Führers, aber er senkte den Blick nicht. »Wir bedürfen solcher Vampire, die ihren Kopf zu gebrauchen wissen.«

»Und so viele können es nicht«, sagte der Gesalbte und seufzte vernehmlich.

Darüber musste Jay einen Moment lang nachdenken. Er wusste nicht, warum so mancher Vampir trotz aller Befähigung zu Höherem – wie er, Corvelle und Kevin – wieder zurückgekommen waren, wo doch die Mehrheit hier nur aus dumpfen, blutrünstigen Bestien bestand. Wusste nicht, ob es einfach nur Glück, Eingebung, ein Zeichen der Schwäche oder der Stärke des ihnen innewohnenden Dämons oder alles zusammen gewesen war, das sie wieder hierher geführt hatte.

»Und nun zu deiner Frage.« Absalom lächelte der Rothaarigen galant zu. »Ich habe wunderbare Neuigkeiten.« Er breitete die Arme aus. »Ein Wunder ist geschehen. Als die Jägerin unseren Meister niedergestreckt hat –«

Getuschel wurde laut und lauter, sodass er nicht mehr weitersprechen konnte.

Der Gesalbte stampfte mit dem Fuß auf und rief: »Ruhe!«

Das Geraune verebbte, und Absaloms Grinsen wurde noch ein bisschen breiter. »Eure Loyalität rührt mich ungemein, meine Brüder. Sie zeugt von eurer großen Liebe für den Meister. Nun denn, ja, es ist wahr, als sie ihn durch das Himmelslicht warf und er fiel, da wurde er zu Staub.«

Kevin sah Jay nun direkt an, als ob er ihn mit Blicken zum Schweigen bringen wollte. Kein Problem, dachte Jay und schluckte schwer. So viel zum Thema Staub, der sich ihm direkt in die Kehle gesetzt zu haben schien.

»Aber …«, fuhr Absalom fort und hob einen Finger.

»Gepriesen sei das unheiligste aller Wunder: Des Meisters Gebeine, sie blieben intakt.«

Auf einmal war es totenstill in der Höhle.

»Doch unsere Feinde, diejenigen, die Schuld daran tragen, dass uns unser großartiger Führer verließ, haben sie an sich genommen. Ja, die Gebeine des Gepriesenen befinden sich in ihrem Besitz.«

»Aber ... woher ... woher wusstet Ihr das alles?«, stammelte die Rothaarige verwirrt.

Gut so, Kleine, weiter so, dachte Jay. Natürlich war dies die Frage, die jeden hier beschäftigte – und ihn ganz besonders.

»Ich weiß alles, ich sehe alles«, antwortete Absalom dem Rotschopf augenzwinkernd und schmunzelte. »Die Macht des Meisters lebt in mir, wie ich in ihm lebe.«

Das Mädchen runzelte die Stirn. »Aber wie kommt es, dass niemand hier darüber Bescheid weiß, während Ihr noch nicht mal von hier seid.«

Unverwandt starrte Jay geradeaus. Sein Geist war vor Angst wie benebelt. Kevin hatte ihm versichert, dass niemand außer ihm, Kevin, gesehen hatte, wie die Freunde der Jägerin die Knochen des Meisters aus der Sunnydale-High-Bücherei getragen hatten. Wie glaubwürdig ist dieser Typ eigentlich?, fragte Jay sich nun.

Absalom wandte den Kopf und sah den Gesalbten an. Dieser nickte nur knapp.

Gemächlich ging Absalom auf die Rothaarige zu, zog einen Pflock aus seinem Wams und trieb das Holz blitzschnell in ihr Herz. Der Beginn ihres Schreiens markierte gleichzeitig ihr Ende.

»Es ist an der Zeit, mir zu vertrauen«, sagte Absalom.

Seine Augen glänzten golden, seine langen Reißzähne blitzten messerscharf im dämmrigen Licht der Höhle. Und er lächelte. »Denn wer nicht für mich ist, ist gegen mich. Wir werden seine Gebeine finden. Und so, wie ich heute Abend vor euch stehe, als Zeuge seiner Macht und Herrlichkeit, so werden wir auch unseren geliebten Meister bald wieder in unserer Mitte haben.«

Niemand jubelte lauter als Kevin.

Niemand außer Corvelle oder Jay vielleicht.

Ja, ich jubele, als ob mein Leben davon abhinge, dachte Jay schier außer sich. Weil es genau so ist!

Er warf einen raschen Seitenblick zu Corvelle, der nervös seinen Tabak von einer Backentasche in die andere schob. Der ehemalige Automechaniker gab Jay ein verstohlenes Zeichen, indem er einen Daumen zur Seite streckte wie ein Anhalter.

Doch es bedeutete: Wir müssen verdammt noch mal sehen, dass wir von hier verschwinden.

Jay wandte den Kopf und sah, dass Kevin ihn anstarrte. Und dann machte Kevin das gleiche Zeichen, das Corvelle ihm gerade gegeben hatte, und Jay fielen fast die Augen aus dem Kopf. Kevin hätte das vereinbarte Signal gar nicht kennen dürfen! Verdammte Scheiße, dachte Jay.

Giles' Herz machte einen kleinen Hüpfer, als Jenny mit einer Papiertüte im Arm in den kleinen Innenhof huschte. Ihr dunkles Haar war aufgesteckt, zwei lose Strähnen umrahmten ihr hübsches Gesicht. Sie trug eine mit Perlen besetzte graue Bluse und einen langen schwarzen Rock.

Hier haben wir unseren guten Geist, dachte er, als sie näher kam. Die ersten Zeilen eines Gedichtes des englischen Poeten Lord Byron kamen ihm in den Sinn: *In ihrer Schönheit wandelt sie. Wie wolkenlose Sternennacht ...*

»Giles«, begann sie ein wenig außer Puste, nachdem sie die anderen mit einem Kopfnicken begrüßt hatte. »Im Zauberladen hab ich einen Vampir getroffen. Es war einer meiner Schüler. Sie schlug sich leicht auf den Brustkorb, um wieder zu Atem zu kommen. »Ich glaube, er wollte mich verfolgen.«

»Ein Vampir?«, fragte Willow. »Woher wissen Sie das?«

»Kein Spiegelbild«, gab Jenny zurück.

Giles schien auf einmal sehr besorgt. »Glauben Sie, man weiß Bescheid?«

»Darüber, dass wir die Gebeine des Meisters in unserem Besitz haben?«, fragte sie. »Aber wir waren doch so vorsichtig. Ich hatte doch extra diesen Schutzzauber gesprochen, bevor wir sie eingesammelt haben.«

»Und ich hatte Wachen postiert«, murmelte Giles.

»Sie beide waren nach dem Showdown ja ganz schön beschäftigt«, feixte Xander und hob tadelnd einen Finger. »Und so ganz allein ... Klingt mir jedenfalls ganz nach einer Aktion, von der sich zwei Verliebte fern halten sollten.«

»Xander«, zischte Willow. »Bitte! Das sind schließlich unsere *Lehrer*!«

»Lehrer im Liebestaumel, wie mir scheint«, murmelte er. »Und, ach ja, Angel«, setzte er laut hinzu, »du hast nicht zufällig einem deiner Blutsauger-Kumpels von dieser Knochengeschichte erzählt? Oder die Sache gar in den Armen eines kleinen blutrünstigen, äh, Vamps ausgeplaudert?«

Angel sah Xander nur abschätzig an.

In diesem Moment trat Giles vor. »Das ist nicht der passende Moment, einander zu verleumden«, sagte er streng. »Es spielt keine Rolle, wie sie es herausgefunden haben könnten. Wichtig ist nur die Frage, ob sie tatsächlich *wissen*, dass *wir* das Skelett des Meisters in unserem Besitz haben.«

»Wir müssen dieses Reinigungs-Dingsbums so schnell wie möglich durchziehen«, rief Xander. »Ich sage nur: Wilder Wermut!«

»Mir ist … da was eingefallen«, meldete sich nun Jenny zögernd zu Wort. »Wir wissen nicht, warum die Knochen nicht zerfallen sind, und wir können die dämonische Präsenz des Meisters immer noch spüren, richtig?«

»*Einige* von uns können das«, korrigierte Xander.

Jenny sah ihn einige Sekunden lang verwirrt an, bevor sie weitersprach: »Was, wenn das Reinigungsritual genau der falsche Weg ist? Was, wenn es den Meister am Ende gar erlöst, wie wenn man –« Sie wedelte mit der Hand, als ob sie nach den richtigen Worten suchte. »– wie wenn man einen Dschinn aus seiner Flasche befreit.«

»Gin?«, fragte Xander verständnislos.

»Fürwahr«, sagte Giles nachdenklich. »Das wäre durchaus möglich.«

»Kurz: Es könnte sein, dass wir genau das Falsche tun«, fuhr Jenny fort, »wenn wir die Gebeine einem Reinigungsritual unterziehen.«

Giles dachte einen Moment lang darüber nach. »Also gut, dann begraben wir sie eben. In geweihter Erde. Danach bringen wir ringsum Abwehrzauber an, sodass kein Vampir auch nur auf die Idee kommt, Hand an sie zu legen.«

»Dafür werden wir 'ne Menge geweihter Erde brauchen«, meinte Willow beklommen. »Mehrere Hektar oder so.«

»Und ich nehme an, du, Will, weißt genau, wie viel ein Hektar ist, stimmt's?«, bemerkte Xander lahm.

»Wir sollten gleich jetzt damit anfangen«, ließ sich nun Angel vernehmen. »Wenn der Vampir aus dem Laden irgendwie misstrauisch geworden ist, werden sie schon bald hier sein.«

»Ja, wenn ...«, sagte Jenny und sah Giles an.

»Wie dem auch sei, wir dürfen kein Risiko eingehen.« Giles war schon bei der Hintertür zu seinem Apartment.

Xander folgte ihm. »Aber ... aber ich dachte, diese Reinigungszeremonie war unser Tagesordnungspunkt Nummer eins?«

»Gestrichen«, informierte ihn Giles knapp. Jenny nickte zustimmend.

»Ihr Lehrer ... steckt auch alle unter einer Decke«, grummelte Xander.

»Xander!«, ermahnte ihn Willow

Giles spürte, wie er errötete. Wenn er ehrlich war, so gefiel es ihm sehr, wie nahe er sich Miss Calendar inzwischen fühlte. Er war sehr erleichtert darüber, dass sie Sunnydale nach diesem Schuljahr nicht verlassen hatte, wie sie in der Vergangenheit ein paar Mal angedeutet hatte. Doch nun waren sie hier, gemeinsam, und versuchten wieder einmal, die Welt zu retten – was ihnen hoffentlich auch gelang. Und wie gewöhnlich war ihre Anwesenheit berauschend und verwirrend gleichermaßen.

Giles führte sie zu seinem großen Waffenkoffer. Überall im Zimmer stolperte man über diverse Knüppel und Kriegsäxte; Messer, Nagelkeulen und Schwerter lagen auf der Bettcouch. Der Grund für dieses Durcheinander war, dass Giles die Knochen des Meisters in dem großen Schrankkoffer zwischengelagert hatte, gesichert durch schwere Eisenketten und Vorhängeschlösser.

»Wow, Houdini lässt grüßen«, bemerkte Xander.

»Angel, kommen Sie doch bitte herein«, sagte Giles, als er die Anwesenden im Geiste durchzählte und bemerkte, dass sich alle bis auf den Vampir im Wohnzimmer eingefunden hatten.

»Angel?«

»Schweigen ist eben nicht immer Gold«, bemerkte Xander.

Willow seufzte.

Giles sah in die beklommenen Gesichter der beiden Schüler und dachte: Ich hätte Buffy nicht gehen lassen sollen.

Hastig krochen Jay und Corvelle aus dem Kanalschacht und blieben sodann wie angewurzelt gegenüber der Sunnydale Highschool stehen.

»Verdammt, wir haben's geschafft«, sagte Corvelle und sah Jay an. »Niemand hat uns aufgehalten.«

Jay nickte. »Hab immer gesagt, dass ich Sunnydale eines Tages verlassen werde. Schätze, jetzt ist's so weit.« Sprach's und rannte los.

»Hey! Warte auf mich!«, brüllte Corvelle und folgte ihm.

Sie hatten gerade die ersten hundert Meter im Sprint zurückgelegt, als sich ihnen etwas in den Weg stellte. Genauer gesagt, stellte sich ihnen *jemand* in den Weg.

Es war Absalom. Ruhig stand er da und hatte die Hände hinter dem Rücken verschränkt.

Wären Jay und Corvelle Autos gewesen, wären sie mit quietschenden Reifen zum Stehen gekommen.

»Aber, aber, meine lieben Brüder. Wohin des Weges in einer solch herrlichen Nacht?«, fragte Absalom liebenswürdig.

»Ähm«, antwortete Jay. »Wir wollten nur, äh, ja also ...« Hilflos sah er Corvelle an.

Bedächtig federte Absalom auf seinen Absätzen vor und zurück. »Ich glaube, die richtige Antwort wäre: ›Bruder Absalom, wir holen die Gebeine des Meisters heim.‹«

»Häh?«, krächzte Jay.

Doch Absalom lächelte nur und trat einen Schritt auf die beiden zu.

»Wir holen die Knochen des Meisters«, sagte Corvelle rasch.

»Und bringen sie nach Hause«, fügte Jay hinzu.

»Gepriesen sei seine Macht«, sagte Absalom. »Wir werden euch begleiten.«

Bei diesen Worten traten Vampire hinter den Büschen auf der anderen Straßenseite ins Mondlicht. Einer, zwei ... ein Dutzend.

Doch von Kevin war nichts zu sehen.

Absaloms Augen glühten in der nachtschwarzen Dunkelheit. »Vorwärts, Brüder. Auf dass die Schwachen und Zaudernden zu Staub werden.«

Er hielt ihnen eine zur Faust geballte Hand vors Gesicht und öffnete sie grinsend. Staub rieselte auf den Asphalt.

»Asche zu Asche, meine lieben Brüder. Auf dass die Schwachen und Zaudernden zu Staub werden ...«

Jay schluckte hart. Kevin?

»Miss Calendar hat Mr. Giles schöne Augen gemacht«, fuhr Absalom fort. »Der Wächter der Jägerin. Halleluja!« Er wirkte sehr zufrieden. »Der Mond ist voll, und er scheint hernieder auf diese Offenbarung. Oh, wie er lächelt.«

»Angel?«, rief Rupert Giles noch einmal.

Willow und Xander sahen einander stumm an.

Es sind doch noch Kinder, dachte Jenny. Genau wie Buffy. Viel zu jung, um in solche Angelegenheiten verwickelt zu werden.

Willow sah sie an, fast als ob sie ihre Gedanken gelesen hätte. Langsam ging Rupert wieder zurück in Richtung Terrassentür, während die anderen den Atem anhielten.

»Angel«, flüsterte Xander mit resignierter Stimme.

O mein Gott, vielleicht verrät er ja gerade den anderen Vampiren, dass wir die Gebeine haben, dachte Jenny. Trotz allem, was man mir über den Vampir Angelus erzählt hat, dem seine Seele wiedergegeben wurde, kann es da nicht sein, dass das Böse in ihm immer noch stärker ist als das Gute?

Sie räusperte sich und sagte ruhig: »Wir sollten die ... sterblichen Überreste jetzt hier rausschaffen.«

»In der Tat«, murmelte Rupert, der immer noch auf die Tür zuschlich. Sie sah, dass er einen Pflock in der Hand hielt. Langsam beugte sie sich nieder und nahm vom Boden eine Armbrust auf, die hinter der Couch gelegen hatte. Sie war nicht geladen. Weder wusste sie, wo die zugehörigen Bolzen waren, noch, wie man das Ding bediente.

»Aber wo ist er denn hin?«, verlangte Xander zu wissen.

»Mal eben Zigaretten holen, oder was? Das kennt man doch von diesen frustrierten Typen, die dann auf Nimmerwiedersehen verschwinden.«

Rupert gab Jenny ein Zeichen, und sie trat hinter ihn in seinen Schatten. Er zog einen Schlüsselring aus der Tasche und hielt ihn ihr hin. Er roch gut. Sein hellbraunes Haar war schon ein wenig grau meliert, aber das machte ihn in ihren Augen nur noch attraktiver. Sie blickte hinunter auf seine starken Hände, sah, wie sich die Venen unter der Haut abzeichneten, als er ihr den Schlüsselbund in die Hand drückte. Und dann verspürte sie ein Flattern in der Magengegend.

Wenn er je erfährt, wer ich wirklich bin und warum ich hier bin … Sie verdrängte den Gedanken sofort wieder. Für den Moment war sie Jenny Calendar, und nicht Janna, die Kalderash-Zigeunerin. Sie war eine Technoschamanin, die einen Magier im Kampf gegen ihren gemeinsamen Feind unterstützte. Alles andere war unwichtig.

»Also gut.« Rupert stieß scharf die Luft aus und sah sie direkt an. »Wenn Sie den Koffer öffnen, wird die unheilige Aura darin vermutlich sehr stark und konzentriert sein. Seien Sie also vorsichtig.«

Sie nickte, schloss die Augen und murmelte ein altes Zigeunergebet. Es beruhigte sie ein wenig. »Welcher Schlüssel ist es?«, wisperte sie.

»Der größte.« Er wandte seine Aufmerksamkeit wieder der Tür zu. Die Anspannung war so groß, dass Jenny am liebsten geschrien hätte.

»Öffnen Sie jetzt die Kiste, Jenny«, raunte er ihr zu. »Ich gehe raus.«

»Nein!«, rief sie eindringlich. »Rupert, nein!«

Er schenkte ihr ein Lächeln. »Ich passe auf.«

Er umrundete den Türpfosten und verschmolz mit der Nacht. Jenny hörte, wie Willow ängstlich aufkeuchte. Mit weit aufgerissenen Augen verfolgten die beiden Schüler, wie sie zum Koffer hinüberging und neben ihm niederkniete.

Sobald sie alle Vorhängeschlösser geöffnet hatte, konnte sie das Böse förmlich spüren. Es war wie ein bohrender Schmerz, der einem in die Glieder kroch, und ein leichter Verwesungsgestank erfüllte die Luft.

Dieser Ort wurde befleckt, dachte sie.

»So viel Unheil«, flüsterte Willow.

»Ja, übel«, bemerkte Xander kleinlaut. »Jetzt kann ich's auch fühlen.«

Jenny öffnete den Koffer.

Es kostete sie allergrößte Überwindung, in den Schrankkoffer zu schauen. Die Arme des Skeletts waren über der Brust gekreuzt, die Handflächen zeigten nach außen. Einige Fingerknochen hatten sich gelöst und waren links und rechts des Schädels zu liegen gekommen wie makabre Ohrgehänge.

In diesem Moment schoss eine Hand des Meisters hervor und packte sie an der Kehle.

Gleichzeitig stürzte Giles zurück in den Raum und rief: »Bewaffnet euch, schnell!«

»Was?«, krächzte Willow, die versuchte, Jenny aus dem eisernen Griff des Meisters zu befreien.

Xander deutete auf das Fenster und schrie: »Vampire im Anmarsch!«

»Jenny!«, rief Rupert.

Während Jenny nach dem Knochenarm schlug, schnappte

sich Giles die Tüte mit dem wilden Wermut, die sie auf den Boden gestellt hatte, riss sie auf und streute den Beifuß über das Gerippe.

Sie vermochte kaum zu atmen. Die Dinge begannen vor ihren Augen leicht zu verschwimmen, doch sie sah, wie das Fenster über dem Schrankkoffer zerbarst, als sei es aus dem Rahmen gerissen worden. Das entstellte Gesicht eines Vampirs erschien in der Öffnung, wurde jedoch sogleich wie von einer unsichtbaren Kraft wieder zurückgerissen.

»Hah!«, rief Xander. »Keine Einladung, keine Bedienung!«

Da schoss auch die andere Hand des Meisters aus dem behelfsmäßigen Sarg und legte sich um Jennys Hals.

Unverzüglich begann Rupert mit dem Reinigungsritual:

»Erde, Luft, Feuer, Wasser,
pure Elemente, pure Energie.
Die Zeichen der Reinheit.
Asche zu Asche,
woraus Phoenix erstanden.
Staub zu Staub,
reinige, was unrein ist.«

Der Griff der Skelettfinger wurde schwächer, und dann verloren die Knöchelchen jeglichen Halt und polterten zurück in den Koffer, wo sie in den Brustkorb des Gerippes fielen. Jenny sackte vornüber und musste sich mühsam am Schrankkoffer festhalten, während sie von einem Hustenanfall geschüttelt wurde.

Da ertönte ein Schuss, und Giles hatte nicht die geringste Chance, ihm auszuweichen. Er konnte nicht einmal sagen, woher die Kugel gekommen war, als er unter ihrem Einschlag zur Seite geschleudert wurde. Er wusste nur, dass es wehtat, höllisch wehtat.

Er stürzte hart zu Boden. Weitere Schüsse waren zu hören, und dann wurde etwas durch das zerbrochene Fenster geworfen. Es war ein Molotowcocktail – ein Brandsatz in einer Flasche. Sofort fingen die Vorhänge Feuer, und eine Flammenschneise arbeitete sich zur Decke hoch wie eine gefräßige Schlange. Feuer und Rauch explodierten in einem Feuerball.

»O mein Gott«, schrie Jenny auf. »Rupert!«

»Ich bin okay«, keuchte er, obwohl es ihn größte Anstrengung kostete. »Die Gebeine! Holt die Gebeine!«, presste er hervor.

Von da an liefen die nachfolgenden Ereignisse wie durch einen Schleier vor seinen Augen ab.

Er meinte, Angel ins Apartment stürmen zu sehen, das sich in Windeseile in ein Inferno verwandelt hatte. Und dann packte sich der Vampir an die Brust.

»Angel!«, schrie Willow auf.

»Raus hier!«, rief Angel und bleckte die Zähne. »Sie sind da!«

»Sie dürfen die Knochen nicht bekommen«, sagte Jenny zu Giles. Dieser nickte nur. Der Blick der Lehrerin flog umher, und dann schnappte sie sich ein großes Holzkreuz vom Boden, das ursprünglich ebenfalls im Schrankkoffer aufbewahrt worden war.

»Willow, Xander, macht, dass ihr hier wegkommt!«, schrie Angel, der ebenfalls in Richtung Schrankkoffer rannte. »Es sind zu viele!«

»Wir kämpfen«, sagte Willow entschlossen. Giles wusste nicht, ob er sie dafür am liebsten umarmt oder zur Tür hinausgejagt hätte. Diese Kids sind so tapfer, dachte er. Kein Wunder, dass die Jägerin sie liebt.

Doch es gab eine Zeit für Tapferkeit und eine Zeit für Taten. Es gab eine Zeit für Heldenmut, aus dem Widerstand erwuchs, und die Bereitschaft, für seine Ideale sogar zu sterben. Doch Giles konnte nicht zulassen, dass dies hier und jetzt geschah.

Er stemmte sich mit seinem unverletzten Arm in die Höhe und rief den Schülern zu: »Raus jetzt hier! Durch die Tür. *Sofort*!«

»Auf keinen Fall, Giles«, protestierte Willow mit angstverzerrter Miene. »Sie sind verletzt!«

Xander sah von Angel zu Giles und schließlich zu Jenny. Dann legte er einen Arm um Willow und zog sie mit sich in Richtung Vordertür.

In der Ferne war die Sirene eines Feuerwehrwagens zu hören, die immer näher kam.

Giles vermutete, dass der Löschzug auf dem Weg zu seinem Apartmentkomplex war.

Aus dem Garten drangen Rufe und Geschrei an sein Ohr. Eine Frau kreischte: »Diese armen Jungs. Wie fürchterlich verbrannt ihre Gesichter sind!« Er erkannte die Stimme als die von Mrs. Potter, der Hausverwalterin.

»Ma'am, ich und meine Freunde wollen versuchen, den Mann, der da wohnt, zu retten«, sagte eine ihm entfernt bekannte Stimme. »Ist es okay, wenn wir da jetzt reingehen?«

»Nein, Mrs. Potter!«, krächzte Giles.

»Mr. Giles ist noch da drin?«, rief Mrs. Potter außer sich. »Grundgütiger Gott! Ja, bitte, gehen Sie hinein!«

Damit war die Einladung ausgesprochen.

»Angel!«, hörte er neben sich Jenny verzweifelt rufen.

Bevor Giles sich versah, drangen zwei Vampire durch die Terrassentür ins Apartment ein, rannten durch den Qualm und die Hitze auf Jenny zu und schlugen sie brutal nieder. Keuchend ging sie zu Boden.

Auf der Schwelle drehten sich Xander und Willow nach ihnen um und stürmten auf die Eindringlinge zu. Willow schlug auf den einen ein, während Xander sich den anderen vornahm. Ein schier aussichtsloses Unterfangen. Gerade, als die beiden Vampire die jungen Leute endgültig niederstrecken wollten, explodierten sie in einer Wolke aus Staub. Dahinter wurde Angels Gestalt sichtbar, der die beiden Untoten mit je einem handgeschnitzten Pflock zur Hölle geschickt hatte. Giles hatte die Waffen auf seinem Esstisch abgelegt, als er den Waffenkoffer für die Knochen des Meisters ausgeräumt hatte.

Es blieb keine Zeit, Angel zu danken, denn schon wirbelte dieser herum und nahm sich einen weiteren Vampir vor, indem er ihn mit einem brutalen Roundhouse-Kick von sich stieß und das Ganze mit einem Side-Kick krönte. Die Kreatur geriet ins Straucheln, und Angel nutzte den Moment, ihr einen Pflock ins Herz zu rammen. Auch dieser Eindringling explodierte in einer Wolke aus Staub und wurde in Giles Apartment in den Mahlstrom des Vergessens gesogen.

»Holt die Knochen!«, schrie Jenny Xander zu.

»Würg«, murmelte Xander, tat dann aber doch, wie ihm geheißen.

Willow assistierte ihm beim Einsammeln der Gebeine, die sie sorgsam auf eine Decke legten.

Dann liefen sie mit ihrer makabren Beute durch die Hintertür, beziehungsweise durch die Öffnung, in der einmal die Hintertür gewesen war. Jetzt war sie nur noch ein gähnender Schlund aus lodernden Flammen und brennendem Holz.

»Xander!, Willow!«, rief Giles. »Rennt!«

Durch das brennende Fenster sah er, wie das Paar durch den Vorgarten hetzte und dabei die Aufmerksamkeit zweier Vampire auf sich zog, die Giles irgendwie bekannt vorkamen. Der eine hat mal mein Auto repariert, schoss es ihm durch den Kopf, während der Schmerz in seinem Körper schier unerträglich zu werden drohte. Wie hieß der noch gleich? Corbel, Co …, Corvelle.

Im Laufen wandte sich Willow immer wieder um und hielt ein Kruzifix in die Höhe. Xander trat panisch nach dem anderen Vampir und verschwand im Schatten einer Hecke. Der Vampir setzte ihm nach, während Willow den anderen auf Abstand hielt und dabei ängstlich über ihre Schulter schaute.

Sie werden sterben. Es ist alles meine Schuld …

»Verschwinden Sie von hier!«, zischte Angel in Richtung Jenny, während er mit einem weiteren Vampir kämpfte.

»Auf keinen Fall«, flüsterte die junge Lehrerin und legte beide Arme um Giles' Oberkörper. »Ich werde versuchen, Sie hier rauszuschleppen, Rupert.«

»Nein«, presste Giles hervor. »Gehen Sie –«

»Nicht ohne Sie.« Ihre dunklen Augen waren alles, was er durch den dichten Rauch noch erkennen konnte.

Ich liebe sie, dachte er. Ich kann nicht zulassen, dass sie stirbt.

Er nahm all seine verbliebene Kraft zusammen und kam schwankend auf die Beine. Sie stützte ihn, indem sie ihm einen Arm um die Schulter legte. Halb eilten, halb stolperten sie in Richtung Vordertür.

Als Giles sich noch einmal umwandte, sah er, dass Angels Lage schier aussichtslos geworden war. Der Vampir war von zahlreichen Angreifern umstellt. Der Kampf inmitten von Rauch und Flammen wirkte wie ein makabres Schattenspiel – wie ein Totentanz.

Es wird Buffy den Rest geben, wenn ihm etwas zustößt, dachte Giles düster.

»Angel!«, rief er und streckte eine Hand nach ihm aus.

In diesem Moment stürmten Feuerwehrleute in schwarzen Schutzanzügen in den Raum.

Ehe Giles sich versah, wurde er gepackt, geschultert und aus dem Apartment verfrachtet. Ein anderer Feuerwehrmann trug Jenny hinaus.

Als man ihn auf eine Krankenbahre legte, murmelte er: »Nein, Moment ... Halt.« Doch niemand hörte ihm zu. Und dann stülpte ihm auch schon ein Sanitäter eine Sauerstoffmaske aufs Gesicht.

Man trug ihn eilends zu einem Rettungswagen und schob ihn hinein. Die Türen des Fahrzeugs wurden geschlossen, und dann brauste der Wagen auch schon mit Sirenengeheul davon.

»Mir geht's gut«, sagte Jenny zu dem Feuerwehrmann, als sie sich draußen auf den Rasen sinken ließ.

In diesem Moment erschien Angel. Er trug sein menschliches Gesicht, doch es war übersät mit Blutergüssen. Er schüttelte nur stumm den Kopf.

Und sie sackte förmlich in sich zusammen.

Auf der anderen Straßeseite kamen Xander und Willow hinter einer großen Hecke zum Vorschein. Wie sie so im trüben Licht der Straßenlaternen heranschlichen, wirkten ihre Gestalten wie Luftspiegelungen.

Als sie Jenny auf dem Rasen erblickten, rannten sie zu ihr.

»Miss Calendar?« Willow sah sie aus panisch geweiteten Augen an. »Sie haben sie! Sie haben die Knochen! Wir haben versucht zu kämpfen, aber –«

Jenny nickte nur stumm ... geschlagen.

Wütend funkelte Xander Angel an. »Und wo warst du, wenn ich fragen darf?«

Der Vampir bedachte den Jungen mit einem düsteren Blick. »Ich war draußen ... hab ihre Spur verfolgt. Ich hatte sie gerochen und bin dann die Straße hinuntergegangen, um sie aufzuhalten.«

»Du hättest drinnen bei uns sein sollen. Giles und Miss Calendar sind fast getötet worden!«, rief Xander vorwurfsvoll.

»Nein, Xander, er hat das Richtige getan«, versicherte Jenny dem jungen Mann. »Wenn sie den Meister mit Erfolg wieder auferstehen lassen ...« Sie brach ab. Mein Gott, die Vampire haben die Gebeine des Meisters! Was in aller Welt sollen wir bloß tun?

Sie schluckte hart. »Ich möchte ins Krankenhaus. Ich muss nachsehen, wie es Rupert geht.«

»Ich bringe Sie hin«, sagte Angel.

»Was ist mit unserer Mission?«, verlangte Xander zu erfahren. »Geben wir denn jetzt einfach auf?«

»Was gedenkst du denn bitteschön zu tun?«, fragte Angel. »Willst du einfach deren Höhle stürmen?«

»Wenigstens bin ich Manns genug dafür«, schleuderte ihm Xander entgegen. »Ein Mann aus Fleisch und Blut, versteht sich.«

»Wir können es uns jetzt nicht leisten zu streiten«, sagte Jenny. »Ich habe die Gebeine mit Beifuß bestäubt und war noch in der Lage, eine Beschwörungsformel über sie zu sprechen. Das dürfte sie für eine Weile aufhalten.« Sie holte tief Luft. »Sofern diese Bemühungen wirklich das Richtige waren.«

»Es wäre wirklich eine gute Idee, Giles im Krankenhaus aufzusuchen«, meinte Willow leise. »Vielleicht kennt er ja ein Buch, das uns helfen könnte, oder etwas in dieser Art.« Halb schuldbewusst, halb hoffnungsvoll sah sie in die Runde. »Und danke, dass du versucht hast, sie aufzuhalten, Angel«, setzte sie hinzu.

»Ist doch schließlich auch der Job von jemandem, der auf der guten Seite steht, möchte man meinen«, grummelte Xander. »Stimmt's, toter Mann?«

Angel schwieg.

Miss Calendar sagte: »Ich habe Ruperts Autoschlüssel«, und mit Blick auf Willow und Xander: »Und ihr beide solltet jetzt besser nach Hause fahren.«

»Lassen Sie uns gehen«, sagte Angel. Ohne ein weiteres Wort drehte er sich um und ging davon.

Jenny folgte ihm. Als sie Seite an Seite den Bürgersteig entlanggingen, neben dem Giles' Wagen geparkt stand, drang

Willows Stimme zu ihnen. »Du bist so unhöflich zu ihm, Xander ...«

Jenny wandte ihren Blick Angel zu und sagte: »Ich kann auch allein fahren, Angel, mir geht's schon wieder sehr viel besser.«

»Kein Problem.« Er hielt ihr die Beifahrertür von Giles' Citroën auf, die bedenklich in den Angeln quietschte. »Obwohl ich lieber gegen ein paar Vampire kämpfen würde, als mit diesem Ding hier zu fahren«, fügte er hinzu.

Sie schaffte es zu lächeln. »Ja, ein wirklich grässliches Auto.«

»Allerdings.«

Xanders Augen verengten sich zu Schlitzen, als er und Willow dem davonfahrenden Wagen nachsahen. »Ich schwöre dir, das hat er alles so geplant«, zischte er und drehte sich auf dem Absatz um.

»Wohin gehst du?«

»Ich hole mir jetzt ein paar Vampirknochen zurück«, sagte er. »Oder ich sterbe bei dem Versuch ... metaphorisch gesprochen, versteht sich.«

Willow seufzte und huschte an seine Seite.

Er sah auf und lächelte sie an: »Bist du bereit, Fräuleinwunder?«

»So bereit wie nie.«

»Ich auch.«

Grimmig setzten sie ihren Weg fort.

Als sie sich eilig von dem brennenden Apartment entfernten und die Straße hinunterflüchteten, starrte Jay einmal mehr ungläubig auf das Bündel, das er bei sich trug.

»Wir haben's tatsächlich getan«, murmelte er. »Wir haben uns die Knochen geholt.«

Corvelle spie eine Fontäne Tabaksaft auf den Boden. »Klar, Mann.«

Jay verlangsamte seinen Schritt, bis er ganz zum Stehen gekommen war. Corvelle trat neben ihn.

Jay hielt das Bündel mit den Gebeinen des Meisters in sicherem Abstand von sich. »Sag mal«, meinte er dann, »wo sind eigentlich die anderen?«

Fakt war, sie waren allein. Es schien, als ob keiner der Vampire, die Absalom für seine Rettungsaktion zusammengetrommelt hatte, die Aktion überlebt hatte.

Jay brauchte einen Moment, um die Lage zu erfassen. Corvelle spie derweil einen weiteren Strahl Kautabak aus. »Was meinst du«, fragte Jay plötzlich mit bebender Stimme, »wie lange dieser Scheiß noch dauert, verdammt noch mal?«

»Häh?«

»Nichts. Nichts.« Jay fuhr sich mit einer Hand durchs Haar. »Also, was machen wir jetzt, Corvelle?«

»Häh?«

»Wir haben die Knochen«, erklärte Jay, als ob Corvelle nicht nur groß und stark, sondern in gleichem Maße blind und blöd wäre. »Die anderen sind zu Staub zerfallen. Was, wenn wir Absalom annehmen lassen, dass wir ebenfalls draufgegangen sind?« Argwöhnisch sah er auf das Bündel in seiner Hand. »Dann entsorgen wir das Zeug hier irgendwo und verschwinden aus der Stadt? Du könntest 'ne Karre kurzschließen. Verdammt, du könntest sogar 'ne Karre zusammenbauen, wenn es sein müsste.«

Corvelle schien über den Vorschlag nachzudenken, dann zuckte er die Achseln und schüttelte den Kopf. »Absalom ist zu gerissen. Die sind alle viel zu gerissen.« Er runzelte die Stirn. »Wieso hast du Kevin eigentlich unser Geheimsignal verraten?«

»Hab ich nicht. Aber wieso hat Kevin uns erzählt, er wäre der Einzige gewesen, der gesehen hat, wie die Jägerin den Meister bezwang? Der Einzige, der wüsste, dass der Meister nicht völlig zu Staub zerfallen ist? Absalom wusste es ganz offensichtlich auch.«

In der zusammengeschlagenen Decke begannen sich die Knochen zu bewegen. Jay schrie auf und ließ das Bündel fallen. Es landete im Rinnstein, direkt neben einem Abflussschacht.

»Die Knochen leben!«, schrie er.

Corvelle ächzte erschrocken auf, dann drehte er sich auf dem Absatz um und rannte davon.

Jay hatte vor, es ihm gleichzutun, doch dann sagte eine Stimme aus dem Straßengraben: »Schieb sie hier rein.«

Jay beugte sich hinab zu dem Bordsteingully. Hinter den Eisenstäben starrte ihm ein blasses Gesicht mit gelben Augen entgegen. Es war Kevin. »Hör zu, Mann, die sind irgendwie ... verhext«, sagte Jay. »Die haben sich bewegt!«

»Schieb sie runter zu mir, Jay«, sagte Kevin ruhig.

Jay wollte gerade tun, was man ihm befohlen hatte, als er einen brennenden Schmerz an seinem Rücken verspürte.

»Autsch!« Er wirbelte herum.

Vor ihm stand ein großer dunkelhaariger Typ und hielt ihm ein Kreuz vor die Nase. Er war in Begleitung von Willow Rosenberg, die er noch aus dem Computerunterricht kannte.

»Jay?«, fragte sie entsetzt. »Du bist gebissen worden?«

»Was geht da oben vor?«, zischte Kevin hinter dem Abflussgitter.

»Ungebetene Besucher«, verkündete Jay beunruhigt. Sein Rücken brannte wie Feuer. Der Typ musste ihm das Kreuz direkt aufs Fleisch gedrückt haben.

»Sag deinem Liebsten, danke, dass er mich verbrannt hat«, sagte er zu Willow.

»Er ist nicht mein Liebster«, gab sie zurück.

»Ich hab dich gebrandmarkt wie 'nen Bullen«, lachte der Typ neben Willow und hielt ihm das Kruzifix noch näher vors Gesicht. »Will?«

Sie zog einen Pflock aus der Brusttasche ihres Overalls. »Wir wollen nur die Gebeine«, sagte sie.

Jay verzog das Gesicht. »Die wollt ihr sicher nicht. Die leben nämlich noch.«

»Mach dir mal um uns keine Sorgen. Das kriegen wir schon hin«, sagte Willow selbstgefällig. »Wir beherrschen nämlich Magie und so.«

»Willow, du behältst unsere Geheimnisse besser für dich«, murmelte der Typ neben ihr.

»Ach ja?«, sagte Jay. »Ihr hängt in letzter Zeit ganz schön oft mit dieser Miss Calendar herum, stimmt's?«

Willow blinzelte ihn an. »Was weißt du über sie?«

Jay hob die Schultern. »Nur, was ich in diesem Zauberladen gesehen habe.«

»Jay«, bellte Kevin aus dem Abflussschacht. »Mach schon, gib mir die Knochen runter!«

Langsam hob Willow die Hand mit dem Pflock. »Wenn du das tust, bist du in null Komma nichts Geschichte, Freundchen.«

Jay hätte sie gern gepackt, doch das Kruzifix hielt ihn auf Abstand. Der Abflussschacht war zu eng, als dass er durch ihn hätte von hier verschwinden können, aber er hoffte, wenn er einfach losrannte, doch noch irgendwie unbeschadet aus der Sache rauszukommen. Er fragte sich, wo dieser Feigling Corvelle steckte.

»Jay, du wirfst mir jetzt sofort die Knochen runter, oder –« sagte Kevin drohend.

Willow hob das Kinn. »Fassen wir also mal zusammen. Wir haben ein Kruzifix und einen Pflock. Der Typ da unten steckt im Gully und wird uns nicht kriegen, bevor wir dich kriegen.«

Jay schwieg. Wo sie Recht hat, hat sie Recht.

»Was habt ihr Typen eigentlich immer nur mit diesem Meister?«, fragte Xander. »Der würde euch doch im Handumdrehen fallen lassen, wenn's sein müsste.«

»Wir mögen ihn nicht«, platzte Jay heraus. »Wir hatten vor, zu verhindern, dass er je wieder zurückkommen kann. Aber dann ist Absalom aufgetaucht und –«

»Halt's Maul!«, unterbrach ihn Kevins Stimme.

»Wenn ihr nicht wollt, dass er wieder erscheint, solltest du uns seine Gebeine geben, Jay«, sagte Willow. »Wir bringen sie an einen Ort, den nie ein Sonnenstrahl wird erreichen können. Oder so ähnlich«, fügte sie leicht verwirrt hinzu.

»Was Willow dir versucht zu sagen, ist«, meinte der dunkelhaarige Typ, »dass wir gemeinsame Interessen haben. Wir wollen nicht, dass der Meister wiederkehrt, und ihr wollt das auch nicht. Na ja, ich weiß zwar nicht, was das Ding da unten im Abfluss will, aber egal ... Wie sieht's aus, Jay, sind wir im Geschäft?«

»Kev?«, sagte Jay und starrte auf das Bündel. »Was er sagt, macht Sinn.«

»Nein!«, gellte Kevins Stimme aus dem Abflussschacht. Wütend rüttelte er an den Eisenstäben, die ihn von den anderen trennten. »Gib die Knochen verdammt noch mal nicht an Sterbliche!«

»Warum nicht?«, fragte Jay.

Er bückte sich, schnappte sich das Bündel und warf es dem Menschenjungen zu. Wie Jay vorausgesehen hatte, ließ dieser das Kreuz fallen, um es aufzuschnappen. Aber Willow hatte immer noch den Pflock, und sie kam drohend damit auf ihn zu, bevor Jay die Flucht antrat.

Er rannte wie der Teufel und bekam gerade noch mit, wie die beiden Menschen nun darüber diskutierten, was als Nächstes zu tun sei. Kevin rüttelte an dem Gitter und schrie wie ein Wahnsinniger. Und dann dämmerte Jay, dass Kevin ihn wegen der Gebeine angelogen hatte. Er hatte sie für sich allein haben wollen, bevor Absalom sie in die Finger bekam. Doch warum will er den Meister wieder erwecken? Nur, um dann um ein bisschen Macht zu buhlen? Jay vermutete, dass das jetzt auch keine Rolle mehr spielte. Alles, was er wusste, war, dass nun jeder einen Grund hatte, auf ihn wütend zu sein: Absalom auf der einen, und Kevin auf der anderen Seite.

Genauso gut hätte er auch gleich das Liedchen »Dust in the Wind« anstimmen können ...

Neben ihm kam ein Auto mit quietschenden Reifen zum Stehen. Gleichzeitig wurde die Beifahrertür aufgestoßen.

»Steig ein, Kumpel!«, rief Corvelle.

Darum musste man Jay nicht zweimal bitten. Erleichtert kam er der Aufforderung nach und knallte dann die Wagentür hinter sich zu. Als sie um die nächste Ecke schossen, hätten sie fast einen Briefkasten umgefahren.

»Danke«, sagte Jay.

Corvelle beförderte einen Strahl Kautabak aus dem Wagenfenster. »Sollen wir zurück und sie über den Haufen fahren?«, fragte er.

Jay überlegte, dann schüttelte er den Kopf. »Ach nee, lass mal. Rosenberg war immer nett zu mir in der Schule. Hat nicht die ganze Zeit das Computer-Equipment für sich allein beansprucht, wie die anderen. Außerdem werden jetzt einige versuchen, ihr die Knochen wieder abzujagen. Es könnte gut sein, dass sie uns darüber ganz vergessen.«

Corvelle grinste. »Bist 'n schlauer Vampir.«

»Danke, Corvelle.« Er legte den Kopf zurück. »Warum bist du wiedergekommen und hast mich aufgegabelt?«

»Du hättest mich anscheißen können. Den anderen erzählen können, dass ich noch lebe. Ihnen vorlügen können, dass *ich* die Knochen hab.« Er grinste Jay an. »Aber das hast du doch nicht getan, oder?«

»Nein, ich –«

Corvelle fuhr den Wagen an den Seitenrand. Dann langte er unter seinen Sitz, holte das abgebrochene Ende eines Kantholzes hervor und rammte es Jay in die Brust.

»Zur Hölle mit dir«, sagte Jay noch, bevor er sich selbst dorthin aufmachte.

Es war spät am Abend, als Jenny Calendar das Krankenzimmer betrat, in dem eine Krankenschwester einen Rollstuhl vor sich herschob.

»Mr. Giles, nun sind Sie offiziell entlassen«, zwitscherte die Pflegerin fröhlich.

»Gott sei Dank. Endlich«, erwiderte Giles.

»Sind Sie sicher, dass Sie nicht bis morgen früh damit warten wollen? Ihre Versicherung hat nämlich einen weiteren Tag im Krankenhaus genehmigt.«

»Ganz sicher«, sagte Giles.

Jenny trat auf ihn zu und nahm seine Hände in die ihren. Sie lächelte ihn an und sagte: »Ihr Apartment ist fast wieder bewohnbar, Rupert. Ein paar Dinge sind zwar unwiderruflich verloren, aber ich hab eine Firma aufgetan, die sich auf Rauchschäden spezialisiert hat. Wie es Sie vielleicht nicht überraschen wird, gibt's davon eine Menge in Sunnydale.«

»Nein, das überrascht mich wirklich nicht«, sagte er.

Auf dem Krankenhausparkplatz wartete Angel schon in Giles' Citroën auf sie. Sobald der Bibliothekar in dem Wagen Platz genommen hatte, sagte Jenny: »Wenn Sie es durchstehen, Rupert, fahren wir direkt zum Friedhof. Willow und Xander sind schon da.«

Giles nickte. »Ich vermute, ihr habt ausreichend Weihwasser und Hostien dabei?«

»In rauen Mengen«, versicherte sie ihm.

»Ich komme mir vor, als ob ich einen Lastwagen mit

Nitroglyzerin durch die Gegend kutschiere«, bemerkte Angel mit Blick auf die Pakete.

Es gefiel Giles, dass der Vampir nervös war.

»Es war falsch, dass ich die Jägerin habe gehen lassen«, sagte er reuevoll. »Ihre Freunde werden den ganzen Sommer über in Gefahr sein.«

»Dabei hat sich Willow so sehr auf das Computercamp gefreut«, murmelte Jenny nachdenklich. »Und Xander hat von nichts anderem gesprochen, als sich in den Ferien einfach dem süßen Nichtstun hinzugeben.«

»Und worin bitte unterscheidet sich das von seinem Verhalten in der Schule?«, fragte Giles. Sie lächelten einander melancholisch an.

»Wir müssen sie beschützen«, sagte Jenny. »Wenn es gilt, während der Ferien eine Gefahr zu bannen, dann müssen wir das eben selbst tun. Ohne dass sie davon erfahren.«

Giles dachte nach, dann nickte er. »Einverstanden.«

Angel hob den Kopf, als ob er irgendetwas sagen wollte, doch dann schien er es sich anders überlegt zu haben.

»Es sind doch noch Kinder«, sagte Jenny.

»Kinder«, stimmte Giles ihr zu.

Die Fahrt zum Friedhof ihrer Wahl fiel recht kurz aus.

Willow und Xander, beide mit Schaufeln bewaffnet, erwarteten sie schon. Die Gebeine des Meisters lagen in einem alten Koffer. Dieser hier jedoch gehörte Xanders Onkel Rory, in dem er seine leeren Flaschen versteckt hatte, nicht ahnend, dass die Familie über seine Trinkgewohnheiten sehr wohl im Bilde war.

Der leicht abnehmende Mond schien vom Himmel, während sich Giles unter Schmerzen aus dem Wagen hievte. Schnaufend wie ein alter Mann ging zu den beiden Schülern hinüber. Willow winkte ihm glücklich zu. Giles lächelte verlegen und winkte zurück.

Xander nickte freundlich und deutete dann auf das frisch ausgehobene Grab zu ihren Füßen, das schon fast einer Höhle glich. »Willkommen im Leben, G-M ..., äh, Giles.«

»Danke schön. Sehr erfreulich, wieder zurück zu sein«, erwiderte Giles und streckte eine Hand aus. Willow bückte sich, und dann kam wie von Zauberhand eine Bibel zum Vorschein.

»Ich werde das Totengebet sprechen«, verkündete er, »während ihr beide und Miss Calendar die Erde weiht.«

Schritt für Schritt zog sich Angel zurück, um dann gänzlich mit den Schatten der Nacht zu verschmelzen.

»Ich hasse es, wenn er das tut«, sagte Xander.

»Machen Sie bitte schnell«, flehte Willow. »Ich friere und habe Angst, und ich habe das Gefühl, dass wir nicht allein sind.«

Dein Gefühl trügt dich sicherlich nicht, dachte Giles. Wer weiß, was als Nächstes geschieht?

Doch er behielt seine Bedenken für sich, räusperte sich und begann zu lesen.

Der Gesalbte sah von seinem Thron aus zu, wie Kevin vor Absalom niederkniete.

»Ich habe versagt, Bruder«, sagte Kevin. »Die beiden Verräter haben mir nicht gehorcht und sind geflohen.«

Absalom hatte die Hände hinter dem Rücken verschränkt. Doch jetzt hob er seine linke Faust und öffnete sie. »Kein Grund zur Sorge, Bruder. Weit sind sie nicht gekommen.«

Staub rieselte auf den schlickigen Untergrund der Höhle. »Doch sage mir, wie konnten sie ihr Vertrauen in dich verlieren? Wie konnten sie wissen, dass du insgeheim dem Meister dienst und dass es deine Aufgabe war, in seiner Herde die Spreu vom Weizen zu trennen?«

Kevin schüttelte den Kopf. »Ich weiß es nicht. Ich bin mir nicht mal sicher, ob sie es überhaupt wussten.«

»Das bin ich mir auch nicht.« Absalom lächelte liebenswürdig. »Ich weiß, du gabst dein Bestes.«

Kevin hob ein wenig den Kopf, und trotz seines Versagens flackerte ein Fünkchen Hoffnung in seinem Blick. »Ja, ich gab mein Bestes«, wiederholte er.

»Aber dein Bestes war nicht gut genug«, sagte Absalom.

Er brachte seine Rechte zum Vorschein, in der ein Holzpflock lag. Und bevor Kevin auch nur den Mund öffnen und schreien konnte, war er schon zu Staub zerfallen.

Unruhig beugte sich der Gesalbte auf seinem Thron nach vorn und seufzte.

»Geduld, mein Prinz, habt Geduld«, sagte Absalom sanft. »Ich werde einen Spruch finden, der den Schutzzauber aufhebt.«

Er wandte sich zu dem Vampir um, der die ganze Zeit im Schatten der Höhle gestanden hatte. »Welcher Friedhof?«, fragte er.

Der Untote lächelte. »Shady Hill«, erwiderte er. »Sie haben ihn in Shady Hill begraben.«

Absalom grinste breit. Seine Fangzähne blitzten und seine Augen erglühten.

»Nicht mehr lange, Bruder«, versprach er. »Gepriesen sei seine Macht, nicht mehr lange.« Und dann erhob er seine Stimme. »So höret, was ich zu sagen habe: Noch vor Ende dieses Sommers wird der Meister wieder unter uns sein.«

Der Doppelgänger

Cameron Dokey

»Das gefällt mir nicht«, sagte Rupert Giles.

»Ich werde Sie nie verstehen, Rupert«, gab Jenny Calendar lächelnd zurück, doch Giles entging ihre Nervosität nicht.

Es war ihre erste gemeinsame Nacht auf Patrouille. Giles hatte befunden, dass sie für eine solche Aufgabe sehr wohl geeignet war. »Es ist mitten in der Nacht«, fuhr sie fort. »Wir stehen auf einem Friedhof. Was ist daran jetzt wieder auszusetzen?«

»Nun, es ist genau die Situation, in der ich befürchtete, Buffy zu vermissen«, sagte Giles.

»Vergleichen Sie mich etwa mit einem Teenager?«

»Wo denken Sie hin?«

»Gut.«

Ungeachtet des Geplänkels kehrten Giles Gedanken wieder zu seinem ursprünglichen Problem zurück: Ich hätte allein auf Streife gehen sollen.

Doch da die Jägerin für die Zeit der Sommerferien nun mal nicht in der Stadt war, blieb ihm nichts anderes übrig. Bei der Bewachung des Höllenschlundes brauchte er momentan alle Hilfe, die er kriegen konnte. Auch wenn das bedeutete, mit Jenny Calendar auf Streife zu gehen. Die Aussicht darauf hatte unterschiedliche Gefühle bei ihm ausgelöst.

Jenny war tapfer, das hatte sie während der fatalen Begegnung mit dem Meister aufs Trefflichste bewiesen. Fatal war die Begegnung vor allem für den Meister gewesen ... Aber sie war auch unerfahren und nicht gewöhnt an das, was einem als Mitglied des nächtlichen Spähtrupps in Sunnydale so alles widerfahren konnte.

Und zu allem Überfluss erwies sich Jennys Anwesenheit und Nähe in dieser potenziell gefährlichen Situation für Giles als schwieriger als erwartet.

Du liebe Güte, ich bin bei weitem zu alt, um noch ein Opfer meiner Hormone zu werden, dachte er.

Und doch machten sie sich bemerkbar. Genauer gesagt spielten sie im Moment fast ein bisschen verrückt.

Die Wahrheit war, dass Rupert Giles tiefe Gefühle für Jenny Calendar hegte. Gefühle, von denen er befürchtete, dass sie mit seiner Aufgabe, das Böse erfolgreich zu bekämpfen, kollidieren könnten, solange sie ihm so nah war wie jetzt.

Er war ein Gentleman durch und durch, genau wie er durch und durch ein Wächter war. Eine Kombination, die ihn im aktuellen Fall, wie er befürchtete, außer Gefecht setzen konnte. Sein Bedürfnis, jene zu beschützen, für die er sich verantwortlich fühlte, war überdimensional groß ausgebildet.

Vorsichtig umrundete Giles einen Erdhörnchenbau. Zumindest hoffte er, dass es ein Erdhörnchenbau war und nicht das Schlupfloch von etwas Kleinem, Widerwärtigem, das ans Licht gekrochen war, um sich hier oben ein wenig umzusehen ... Er wandte sich um, Jenny zur Vorsicht zu ermahnen, um gerade noch mitzubekommen, wie sie einbrach.

Ihre rechte Hand hielt noch immer den Pflock umklammert, als sie mit einem Bein ein gutes Stück in dem Loch versank, den Halt verlor und vornüberkippte. Fast automatisch hob sie den linken Arm und fegte sich den Dreck vom Jackenkragen, als sei ein tadelloses Äußeres in dieser Situation das Wichtigste überhaupt.

»Alles in Ordnung, ist nur ein Erdhörnchenloch«, rief sie. Giles fühlte, wie sich sein Magen ver- und dann wieder entkrampfte. Das hier war schlimmer, als er befürchtet hatte.

»Wäre es Ihnen möglich, nicht immer gleich so vorschnelle Einschätzungen zu treffen?«, fragte er in scharfem Tonfall.

Jenny rappelte sich wieder auf und verstaute den Pflock in ihrem Hosenbund. So sehr sie sich auch bemühte, es zu überspielen, Giles bemerkte doch, dass sie sich beim Sturz wehgetan hatte. »Ich sagte, es ist nur ein Erdhörnchenloch gewesen.«

»Das hätten Sie im Vorfeld gar nicht wissen können«, fuhr Giles fort. »Genauso gut hätten Sie in die Tiefe gezogen werden können von ... na ja, von was auch immer da unten gelauert hätte.«

Zweifelnd beäugte Jenny das, was von dem Erdloch noch übrig war. »Ich glaube nicht, dass ich da durchgepasst hätte, Rupert.«

»Alles kann überall und jederzeit passend gemacht werden, wenn nur die rechte Macht im Spiele ist«, sagte Giles knapp.

»Okay«, meinte Jenny und hob herausfordernd das Kinn. »Was hätten Sie denn in diesem Fall getan?«

»Meinen Fuß gebraucht«, erwiderte er. Er wandte sich ab und ging weiter. Sein vorsichtiger Gang strafte seine vermeintliche Sicherheit Lügen.

»Sie tun es schon wieder, stimmt's?«, fragte Jenny, als sie ihn eingeholt hatte. »Ich weiß es genau.«

»Tue ich nicht.«

Schweigend legten sie ein paar Meter zurück.

»Was?«

»Was was?«

»Was tue ich schon wieder?«, fragte Giles und verlangsamte seinen Schritt.

»Sich wünschen, dass ich ein braves kleines Frauchen wäre, das einfach zu Hause bleibt.«

»Soll das heißen, Sie halten mich für einen Chauvi?« Nun war Giles gänzlich zum Stehen gekommen. »Damit degradieren Sie uns beide, das ist Ihnen doch klar?«

»Allerdings.« Langsam kam sie in Rage. »Und daher wüsste ich es sehr zu schätzen, wenn Sie das in Zukunft sein lassen könnten. Ich kann sehr gut auf mich selbst aufpassen, Rupert. Ich denke, das sollten Sie mittlerweile begriffen haben.«

»Ich fürchte, es geht hier nicht um Ihre Fähigkeiten«, schnappte Giles. »Vielmehr geht es darum, dass –«

»Runter!«

Ohne Vorwarnung hatte sich Jenny nach vorn geworfen und riss ihren Begleiter mit sich zu Boden. Giles fühlte, wie im die Luft aus den Lungen gepresst wurde, als er hart aufschlug.

»Miss Calendar …, äh, Jenny«, keuchte er. »So sehr ich Ihre Kühnheit schätze, glaube ich kaum, dass –«

»Ich habe was gesehen«, flüsterte Jenny, als sie sich von ihm herunterrollte. »Ich bin ziemlich sicher, dass sich etwas im Schatten der Bäume dort drüben bewegt hat.«

Sie zeigte in die entsprechende Richtung, und Giles bemerkte, dass ihre schlanke Hand leicht zitterte.

»Ich sehe nichts«, sagte er und kam vorsichtig wieder auf

die Knie. »Aber die Bäume stellen natürlich auch einen exzellenten Schutz dar.«

»Was machen wir jetzt?«, fragte Jenny. »Ich weiß! Wir trennen uns und versuchen, es von zwei Seiten in die Zange zu nehmen.«

Sie sprang auf die Beine und duckte sich ein wenig. Bevor sie aber auch nur einen Schritt machen konnte, schoss Giles' Rechte vor und hielt sie am Handgelenk fest. »Das kommt überhaupt nicht in Frage!«

Jennys Kopf schoss herum. Fassungslos starrte sie ihn an. »Wie bitte?«

»Ich sagte, das kommt gar nicht in Frage«, wiederholte Giles. »Wir wissen nicht, was es ist. Der Gegner könnte in der Überzahl sein. Entweder wir gehen zusammen, oder wir lassen es bleiben.«

»Also gut«, sagte Jenny. Sie wirkte gekränkt. »Wie Sie wünschen. Wenn Sie meinen, dass das richtig ist, dann machen wir es so.«

»Ja, das meine ich.«

Jenny zog ihren Arm weg. »Das Macho-Gehabe steht Ihnen nicht.«

»Ich werde darüber nachdenken«, meinte Giles, als er aufstand. »Bleiben Sie direkt hinter mir.«

In gebückter Haltung schlich er voran und legte mit jedem Schritt an Tempo zu. Schließlich begann er zu rennen. Noch im Laufen holte er aus seiner Jackentasche einen Pflock hervor.

Giles wusste nicht, ob sich da zwischen den Bäumen ein Vampir versteckte, aber irgendwo musste man ja mal anfangen, nicht wahr? Das Gefolge des kürzlich verblichenen

Meisters hatte sich zwar zerstreut, aber das hieß nicht, dass sie die Stadt auf Nimmerwiedersehen verlassen hatten.

Und wenn er sich nicht ganz schwer täuschte, so stand ihnen der Sinn sicherlich nach Rache.

Als sie die Baumgruppe fast erreicht hatten, verlangsamte Giles das Tempo wieder. Es macht keinen Sinn, da blind reinzutappen, dachte er.

»Sind Sie sicher, dass Sie hier was gesehen haben?«, flüsterte er zu Jenny, die hinter ihm stand.

»Ganz sicher«, antwortete sie. »Ich finde ja immer noch, wir sollten –«

»Sieh mal einer an, wer vorbeigekommen ist«, unterbrach sie da eine Stimme. »Nett, dass Sie mich besuchen kommen. Und Sie haben sogar noch jemanden mitgebracht.«

Giles kam so abrupt zum Stehen, dass Jenny ihn fast umgerannt hätte. Er geriet leicht ins Straucheln und bedeutete ihr, hinter ihm zu bleiben. Zwischen den Bäumen konnte er nur eine Silhouette ausmachen. Groß. Schlank.

»Sehen Sie das?«

»Ja, ich sehe es«, erwiderte Jenny, »aber ich kann nicht erkennen, was es ist.«

Ein Neuer in der Stadt?

Giles trat einen Schritt näher auf den Umriss zu. Wäre Buffy hier gewesen, hätte sie erst gekämpft und danach Fragen gestellt. Aber das war nicht Giles' Stil. »Ich fürchte, ich kenne Sie nicht«, sagte er. »Insofern haben Sie mir etwas voraus.«

»Nicht nur in dieser Hinsicht«, kam es aus der Baumgruppe. Ein Rascheln ertönte, das ihm signalisierte, dass der Unbekannte nun auf sie zukam. Im gleichen Moment spürte Giles, wie Jenny hinter ihm lossprintete.

»Jenny, nein!«

Aber sie war schon auf und davon und rannte direkt zur rechten Seite der kleinen Baumgruppe. Sich aufteilen und den Gegner einkreisen, schoss es Giles durch den Kopf. Er sah, wie der unbekannte Widersacher innehielt.

Giles zögerte, hin- und hergerissen von unterschiedlichen Impulsen. Sein Kopf befahl ihm, nach links zu gehen, um so Jennys Plan zu folgen und den Gegner in die Zange zu nehmen.

Sein Innerstes jedoch sagte ihm, dass es um jeden Preis Jenny zu beschützen galt. Und sein Kopf hatte bei dieser Entscheidung nicht wirklich eine faire Chance.

Mit einem stummen Fluch auf den Lippen setzte er Jenny nach. Aus den Augenwinkeln sah er, wie das Ding sich ebenfalls umdrehte und nach rechts wandte. Über kurz oder lang würde Jenny ihm direkt in die Arme laufen. Ich muss zuerst bei ihr sein!

Giles hatte Jenny eingeholt, als sie gerade im Schutz der Bäume angekommen war. Seine rechte Hand schoss vor, packte sie am Oberarm und riss sie hart zurück. Das Geräusch, das ertönte, als sie dabei mit Wucht gegen einen Baumstamm prallte, brach Giles fast das Herz. Jenny fiel um und blieb reglos am Boden liegen.

Mein Gott, was hab ich getan?

Auch die dunkle Gestalt war zum Stehen gekommen. Sie und Giles wechselten einen raschen Blick. Giles versuchte, die Sache logisch anzugehen. Sein Gegner wirkte dünn, fast schmächtig, ein Umstand, der Giles zum Vorteil gereichen konnte, wie er vermutete. Aber sicher war er sich dessen nicht, denn irgendetwas an seinem Gegenüber erinnerte ihn an straff gespannten Eisendraht.

Die Gestalt machte eine Bewegung auf Jenny zu, die noch immer reglos am Boden lag. Giles trat ihm in den Weg, und das Wesen wich wieder einen Schritt zurück.

»Das ist ja prima gelaufen«, schnarrte es. »Würden alle Menschen, mit denen ich es zu tun habe, sich so verhalten wie ihr, wäre das Leben um einiges einfacher.«

»Können wir uns den Smalltalk sparen?«, fragte Giles. Sein Herz klopfte wie verrückt.

»Sicher. Kein Problem.«

Wie schwer ist Jenny verletzt?, fragte sich Giles. Braucht sie womöglich ärztliche Hilfe? Und wie wird sie reagieren, wenn sie jetzt wieder erwacht? Zumindest die letzte Frage war einfach zu beantworten: Sie würde toben und ihn anschreien! Und höchstwahrscheinlich würden sie beide das Ende dieser Szene nicht überleben.

Das Wesen kam wieder ein Stück näher, und Giles straffte sich. Nur über seine Leiche würde diese Kreatur Hand an Jenny legen können, so viel wusste er.

»Wer sind Sie eigentlich, wenn man fragen darf?«

»Keine Sorge. Das finden Sie früher oder später schon raus. Wobei ... wie wär's mit sofort?«

Mit einer fließenden Bewegung sprang die Kreatur direkt auf ihn zu. Giles verlor das Gleichgewicht und landete, nachdem er über Jennys reglosen Körper gestolpert war, mit dem Rücken auf dem weichen Boden. Noch bevor er sich wieder aufrappeln konnte, legten sich ihm starke, biegsame Hände um den Hals, während ein paar silberfarbene Augen ihn anstarrten.

Quecksilber, schoss es ihm durch den Kopf. Ein wichtiger Hinweis vielleicht, den er momentan aber nicht richtig einzuordnen vermochte, nicht zuletzt, da ihm langsam der Sauerstoff knapp wurde.

»Ich muss sagen, das war einfacher, als ich dachte«, bemerkte das Ding über ihm im Plauderton. »Nicht, dass ich eure Hilfe nicht zu schätzen wüsste –«

Giles bäumte sich auf, hob einen Arm und versuchte, den Pflock in den Rücken der Kreatur zu rammen. Einen Atemzug später wurde eben dieser Arm mit Leichtigkeit wieder zu Boden gepresst. Dabei ließ der eiserne Griff um seinen Hals keine Sekunde lang nach.

Giles konnte nur noch stoßweise atmen. Lichter explodierten vor seinen Augen, und seine Brust fühlte sich an, als ob sie von feurigen Eisenringen eingeschnürt war, die sich immer enger zusammenzogen.

»Aber irgendwie macht es so keinen rechten Spaß«, fuhr die Kreatur fort. »Hier fehlt ganz eindeutig so etwas wie eine Herausforderung.«

»Das lässt sich ändern«, sagte da eine Giles wohl bekannte Stimme.

Wie durch einen Nebel sah er, wie sich zwei Hände auf die Schultern seines Widersachers legten. Gleich darauf ließ der Schmerz in seiner Brust abrupt nach, bevor das Ding mit einem hohen Satz durch die Luft flog. Er hörte, wie es irgendwo hinter ihm auf dem Boden aufschlug.

Zum ersten Mal im Leben war Giles dankbar, direkt in das Gesicht eines Vampirs starren zu dürfen.

»Sind Sie okay?«, fragte Angel.

»Äh, glaube schon«, stöhnte Giles.

Angel nickte. »In diesem Fall bin ich gleich zurück. Rühren Sie sich nicht von der Stelle.«

Mir scheint, das dürfte kein allzu großes Problem darstellen.

»Was um Gottes Willen war das?«, fragte Jenny.

Die drei vom nächtlichen Patrouille-Trupp hatten sich in Giles' Apartment eingefunden. Kurz nachdem Angel, was auch immer es war, aus dem Weg geräumt hatte, war Jenny wieder zu sich gekommen. Sie hatte es vehement abgelehnt, von Giles ins Krankenhaus gebracht zu werden.

»Ich finde, du hast dich für heute Abend genug um mich gekümmert, Rupert«, hatte sie noch bissig hinzugefügt.

Er hatte beschlossen, die Sache erst einmal auf sich beruhen zu lassen, und war in die Küche gegangen, um eine Kanne Tee zuzubreiten. Nun befanden sich alle wieder im Wohnzimmer, während auf dem Tisch drei dampfende Tassen standen.

Für den Vampir, den Wächter und die Schamanin.

Sogar Angel, der auf einem von Giles' altertümlichen Stühlen saß, hatte sich eine Tasse genommen, die er nun nachdenklich in der Hand hielt. Offensichtlich hatte er heute seinen »Wir-passen-uns-an-die-menschlichen-Konventionen-an-Abend«.

»Was haben Sie eigentlich auf dem Friedhof gemacht, Angel?«, fragte Giles ihn unvermittelt. Jenny räusperte sich, um Giles zu signalisieren, dass er sich in Bezug auf Angel ein wenig entspannen und zurücknehmen sollte. Immerhin war dies nun schon das zweite Mal, dass der Vampir ihnen zu Hilfe gekommen war. Erst hatte er die Jägerin gerettet, und nun ihren Wächter. Von ihr, Jenny, ganz zu schweigen.

»Nicht, dass ich undankbar wäre«, fuhr Giles daher in verbindlicherem Tonfall fort.

Jenny schnaubte und trank einen Schluck Tee. Er war so heiß, dass sie sich die Zunge verbrannte. »Der ist wirklich gut«, sagte sie. »Welche Sorte?«

»Irish Breakfast«, gab Giles knapp zurück.

Angel setzte seine Teetasse auf dem Beistelltisch ab, während Giles ebenfalls ein Schlückchen trank.

»Tja, also ... was glauben Sie, Angel, womit hatten wir es auf dem Friedhof zu tun?«

»Keine Ahnung«, sagte der Vampir. »Aber ich glaube, der kam nicht hier aus der Gegend. Ich hab ihn aber nicht genau erkennen können. Er ist sofort geflüchtet, als ich ihm nachsetzen wollte. Sie, Giles, scheinen ihn, oder es, oder was auch immer es war, als Einziger genauer in Augenschein genommen zu haben.«

»Nun, Rupert?«, fragte Jenny.

»Sie werden mir vielleicht nachsehen, dass ich mich für die Details nicht wirklich interessieren konnte«, sagte Giles. »Vielleicht erinnern Sie sich, dass das Leben langsam, aber sicher aus mir herausgepresst wurde, als das Ding über mir hockte. Allerdings war da etwas, das –«

Er versuchte sich krampfhaft die Szene ins Gedächtnis zu rufen, dann schüttelte er den Kopf. »Tut mir Leid, aber es ist mir irgendwie entfallen. Keine Sorge, ich werde schon wieder drauf kommen, wie immer wenn ich am wenigsten damit rechne. Vermutlich mitten in der Nacht.«

»Es *ist* mitten in der Nacht«, erinnerte ihn Jenny.

»Ja, nun ... Wie gesagt, im Moment kann ich mich wirklich an nichts mehr erinnern«, sagte Giles brüsk. »Doch was immer es war, es war schnell und stark.«

»Also, ich gehe wieder raus«, sagte Angel und erhob sich.

»Mal sehen, was sich da draußen sonst noch rumtreibt.« Er ging zur Tür.

»Passen Sie auf sich auf«, sagte Giles plötzlich.

Angel hielt einen Moment lang inne. Seine unergründlichen dunklen Augen starrten den Wächter unverwandt an.

»Sie ebenfalls«, sagte er dann und verschwand in der Nacht.

Diejenigen, die dem Meister gefolgt waren, hatten sich wieder in den Untergrund zurückgezogen.

Lange Tunnel zogen sich tief unter der Erde dahin. Unerbittlich tropfte Wasser aus den Ecken und Ritzen. Die Luft war zum Schneiden und beißend. Dennoch herrschte hier unten eine Kälte, die die Seele eines Menschen erfrieren lassen konnte.

Praktischerweise besaß niemand der Anwesenden eine Seele.

Absalom saß auf einem Betonklotz und ließ seinen Blick über des Meisters Gefolge schweifen, über das, was von seinem Königreich übrig geblieben war.

Zu Hause ist es doch am schönsten, sinnierte er.

Doch dies war nicht der rechte Zeitpunkt für Sentimentalitäten. Die Jägerin muss zur Rechenschaft gezogen werden, dachte Absalom. Sie und alle, die ihr geholfen haben, werden noch wünschen, nie geboren worden zu sein.

Das war natürlich leichter gesagt als getan, und doch sollte jeder Vampir einen Traum haben. Etwas, nach dem er trachten durfte, wenn die Sonne unterging. Die Frage war nur, wie man diesen Traum in die Tat umsetzte. Wie vermochte man aus diesem mutlosen Haufen eine effektive Kampftruppe zu bilden?

Eine Armee, die unerbittlich und zielgerichtet Rache nahm. Das war es, was er brauchte!

Eine Bewegung in einem der Tunnel riss ihn aus seinen Gedanken. Schritte, Stimmen und ein Handgemenge wurden laut. Es folgte eine Sequenz von Kampfgeräuschen, und dann erschien eine Gestalt im Eingang des Tunnels, die Absalom noch nie zuvor gesehen hatte. Offensichtlich wurde sie von hinten gestoßen, denn nun fiel die Kreatur vornüber auf die Knie.

Absalom erhob sich. »Was geht hier vor?«, verlangte er zu wissen.

Die beiden Vampir-Wachen, die in dem betreffenden Tunnel patrouilliert hatten, traten vor. »Wir haben ihn in den oberen Schächten beim Rumschnüffeln erwischt«, sagte einer von ihnen und deutete auf die Gestalt, die gerade versuchte, wieder auf die Beine zu kommen. Doch der Vampir versetzte ihr einen harten Fußtritt, woraufhin sie wieder mit dem Gesicht im Dreck landete und reglos liegen blieb.

»Eure Befehle lauteten, dass wir jeden, der sich hier unerlaubt rumtreibt, zu Euch bringen sollen, also ... haben wir ihn dazu überredet, mit uns zu kommen«, setzte die Wache hinzu.

»Dann wollen wir uns unseren Besucher einmal genauer anschauen«, sagte Absalom.

Die zweite Wache trat vor, und gemeinsam mit seinem Kollegen zerrten sie den ungebetenen Gast wieder auf die Beine und schleiften ihn vor Absalom, wo man ihn erneut zu Boden stieß. Langsam erhob sich der Eindringling, und nun konnte Absalom erkennen, dass es sich bei ihm um einen schlanken, jungen Mann handelte.

Seelenruhig zog der Fremde ein schneeweißes Taschentuch aus einer Hose und wischte sich damit den Schmutz aus dem Gesicht. Dann verstaute er das Taschentuch wieder und ordnete seine Kleidung. Erst danach wandte er seine Aufmerksamkeit Absalom zu.

»Ich versichere Ihnen, es geschah nicht aus mangelndem Respekt, dass ich hier eingedrungen bin«, sagte er.

»Was du nicht sagst«, erwiderte der alte Vampir. Ob er vom Hohen Rat kommt?, fragte er sich. Eine Art Spion vielleicht? Keine wirklich erbauliche Vorstellung.

Er sah noch ziemlich jung aus, doch jung war auch die Jägerin. Und die Ausdrucksweise des jungen Mannes erinnerte Absalom an die eines Wächters – knapp, höflich und klar. Wie dem auch sei, wer immer – oder was immer – hier vor ihm stand, sah sich konfrontiert mit einem Kräfteverhältnis zwanzig zu eins. Unter diesen Umständen bedeutete er daher nicht wirklich eine Gefahr.

Aus den Winkeln seiner wilden, gelben Augen konnte Absalom erkennen, wie die Getreuen des Meisters sich langsam zusammenrotteten.

»Wer bist du?«, fragte er den jungen Mann. »Was willst du?«

»Eigentlich geht es hier doch eher um die Frage, was Sie wollen«, erwiderte der Eindringling.

Aha, dachte Absalom. Eine Art Herausfoderung also. Er konnte ihn gleich töten und später Antworten auf seine Fragen suchen, oder er konnte ihn weiterreden lassen, um Zeit zu gewinnen.

»Und du glaubst zu wissen, was das ist?«, fragte er.

»Das tue ich.«

»Und du kannst es für mich erledigen?«

»Das kann ich«, erwiderte der ungebetene Gast.

Unter den Vampiren in der Höhle wurde Gemurmel laut.

»Ruhe!«, bellte Absalom. Langsam umrundete er den mysteriösen Besucher. Wer oder was ist das?, fragte er sich. Der junge Mann war groß und schlank. Er wirkte leichtfüßig und doch außerordentlich energiegeladen. Ein womöglich brandgefährlicher Widersacher, von dem ein Gegner nie wissen konnte, was als Nächstes kam. Und irgendetwas an seinen Augen war seltsam. Sie wirkten wie ... Quecksilber.

»Du bist nicht menschlich«, konstatierte Absalom schließlich.

»Nicht immer.«

Absalom beendete seinen Rundgang und kehrte wieder an seinen Ausgangsort zurück. Wieder stand er der Kreatur von Angesicht zu Angesicht gegenüber, wobei er sich ihr allerdings nur auf Armeslänge näherte.

»Was bist du?«, verlangte er erneut zu wissen.

Die Kreatur lächelte. »Sie weichen der eigentlichen Frage aus«, sagte sie. »Warum nur?«

Absalom straffte sich. »Hast du vor, meine Autorität in Frage zu stellen?«

»Nicht im Mindesten«, sagte der andere. »Vielmehr bin ich gekommen, Ihnen meine Dienste anzubieten. Ich bin davon überzeugt ... über Fähigkeiten zu verfügen, die Sie recht nützlich finden könnten. Kurz: Ich glaube, ich vermag etwas zu tun, das Sie nicht vermögen.«

Wieder wurde unter den Vampiren Getuschel laut. Absalom brachte sie mit einem Blick zum Schweigen.

»Und das wäre?«, fragte er den Fremden.

»Ich kann helfen, ein großes Unrecht wieder gutzumachen. Ich kann helfen, den Tod des Meisters zu rächen.«

»Wie?«

Die Kreatur lächelte, als habe Absalom nun endlich die alles entscheidende Frage gestellt. »Ich kann Ihnen die Jägerin bringen.«

Als in Jenny Calendars Apartment das Telefon klingelte, sprang die junge Lehrerin unversehens auf und eilte auf den Apparat zu. Hoffentlich ist das Rupert, der anruft, um sich endlich zu entschuldigen, dachte sie.

Mit voller Wucht gegen einen Baumstamm zu prallen, war nicht eben eine angenehme Erfahrung gewesen. Selbst jetzt, einen ganzen Tag später, prangte an ihrem Hinterkopf eine Beule von der Größe Minnesotas.

»Hallo?«, meldete sie sich.

Die Stimme am anderen Ende sprach schnell und mit einer gewissen Dringlichkeit.

»Ich bin nicht sicher, ob das jetzt geht«, protestierte Jenny. »Momentan ist es wirklich schlecht –«

Sie hielt das schnurlose Telefon ein Stück von ihrem Ohr weg, als der Anrufer seine Stimme erhob.

»Ist ja schon gut, ich komme ja«, sagte sie. »Kein Grund, gleich loszuschreien. So bald ich kann. Ja. Okay.«

Sie beendete das Gespräch und verharrte einen Moment

lang nachdenklich auf der Stelle. Dann wählte sie eine Nummer, und nur wenige Sekunden später ertönte Giles' Stimme aus dem Hörer.

»Rupert Giles hier. Danke für Ihren Anruf, den ich im Moment leider nicht persönlich entgegennehmen kann. Bitte hinterlassen Sie Namen und Rufnummer, und ich rufe so bald wie möglich zurück.«

Irritiert unterbrach Jenny die Verbindung und legte das Telefon beiseite. Dann ging sie in ihr Schlafzimmer, öffnete den Schrank und schnappte sich ihren Matchsack, der stets gepackt und einsatzbereit darin stand. Rasch holte sie sich noch eine Flasche Wasser aus dem Kühlschrank, bevor sie das Apartment verließ.

Rupert ist vermutlich in der Bibliothek, dachte sie. Sie würde versuchen, ihn während ihrer Fahrt aus der Stadt hinaus dort zu erreichen.

Ein Trip aus der Stadt hinaus. Einfach großartig ...

Denn das hieß, dass in dieser Zeit nur Giles und Angel den Höllenschlund bewachen konnten.

»So, du kannst mir also die Jägerin beschaffen«, sagte Absalom. Plötzlich fühlte er sich um einiges besser. Von dieser Kreatur, was immer sie war, würde keine Gefahr ausgehen. Nicht so lange er, Absalom, um Dinge wusste, die sie nicht wusste.

»Und wie gedenkst du das zu tun?«, hakte er nach. Er ließ sich wieder auf dem Betonklotz nieder. »Es heißt, sie habe Sunnydale verlassen. Man sagt, ihr Wächter habe sie irgendwohin abgeschoben, auf dass sie sich ihre Wunden lecken kann.«

Die Kreatur verzog das Gesicht. »Wie bedauerlich«, bemerkte sie. »Ich hatte wirklich gehofft, Sie würden Verwendung für mich haben. Ich glaube allerdings, dass ich ihren Wächter getroffen habe. Letzte Nacht.«

»So?«

»Ja«, sagte die Kreatur. »Aber Sie haben Recht, mir scheint, ich habe einen wichtigen Teil meiner Vorstellung versäumt. Mit Ihrer Erlaubnis bitte ich Sie daher, eine kleine Demonstration meines Könnens abgeben zu dürfen.«

Absalom machte eine gönnerhafte Geste.

Und dann veränderte sich die Kreatur vor aller Augen und verschwamm wie die Welt hinter einem regenüberströmten Fenster. Die Silhouette seines Körpers begann zu wabern und an Form zu verlieren, um sich sogleich neu zu gestalten.

Arme und Beine verkürzten sich ein wenig, der Leib wurde gedrungener, das Gesicht älter und kantiger. Selbst die Kleidung veränderte sich hin zu Khakihosen, einem Oberhemd mit Schlips und einem Tweed-Sakko. Zum Schluss erschien noch eine randlose Brille auf seiner Nase.

»Ich vermute, es bedarf keiner weiteren Erklärungen mehr?«, sagte die Kreatur.

»Du bist ein Gestaltwandler«, erwidertete Absalom.

»Gut erkannt«, sagte Rupert Giles.

»Wie geht das?«, wollte Absalom wissen.

Der Formwandler hatte wieder seine ursprüngliche Gestalt angenommen und war nun allein mit Absalom in der Höhle. Für das, was nun folgte, wollte der alte Vampir kein Publikum. Was er wollte, war ein ernsthaftes Gespräch mit seinem neuen Verbündeten.

»Das ist sehr einfach«, sagte der Gestaltwandler. »Um die Form eines Geschöpfes anzunehmen, bedarf es eines körperlichen Kontakts mit ihm. Sodann kann ich später seine Gestalt annehmen, wann immer ich will.«

»Kann irgendjemand den Unterschied zum Original erkennen?«

»Es gibt keinen Unterschied«, sagte der Formwandler. »Wenn ich zum Beispiel die Gestalt eines Vampirs annehme –« Sein Körper veränderte sich wieder auf die bekannte Weise, um sich dann in jenen Vampir zu verwandeln, der ihn im Tunnel aufgegriffen hatte. »– dann *bin* ich ein Vampir. Dann jage ich wie ein Vampir und töte wie ein Vampir.«

»Und wenn du die Gestalt eines Menschen annimmst, dann stirbst du auch wie ein Mensch«, warf Absalom ein.

Der Formwandler nahm wieder seine alte Gestalt an. »Richtig«, bestätigte er. »Allerdings hatte ich nicht daran gedacht, die Jägerin zu töten. Vielmehr hatte ich geplant, sie zu Ihnen zu bringen, um dann ihre Gestalt anzunehmen, während Sie und Ihr Gefolge ein bisschen Spaß mit ihr haben können.«

»Nein«, grunzte Absalom. »Ich will sie tot.«

»Das wird sie auch sein – zu guter Letzt«, sagte der Formwandler sanft. »Doch warum die Dinge überstürzen? Wenn Sie sie auf der Stelle töten, wird sogleich ein anderer ihren Platz einnehmen.«

»Tatsächlich kann ich sie nicht töten, so lange sie nicht hier ist«, bemerkte Absalom treffend.

»Das ist wahr«, räumte der Formwandler ein. Er erhob sich von seinem Platz neben Absalom und begann, in der

Höhle auf und ab zu wandern. »Wenngleich wir nicht ganz ohne Vorteil sind.«

»Der da wäre?«

»Kein Wunder, dass die letzte Runde nicht an euch ging«, murmelte der Gestaltwandler.

»Wie bitte?«

»Nichts. Ich habe nur laut gedacht«, sagte der Fremde. »Ich kann die Gestalt ihres Wächters annehmen, des Mannes, der für sie verantwortlich ist. Des Mannes, dem sie mehr vertraut als jedem anderen. Wenn das kein Vorteil zu *unseren* Gunsten ist, was dann? Und der Wächter wiederum ist unsere direkte Verbindung zum Hohen Rat.« Er lächelte. »Je länger ich darüber nachdenke, umso mehr Möglichkeiten, Chaos zu stiften, eröffnen sich uns«, fügte er hinzu. »Selbst, wenn die Jägerin nicht in der Stadt ist. Und wenn wir erst einmal diejenigen, die ihr nahe stehen in unserer Gewalt haben, dann haben wir früher oder später auch sie.«

»Das gefällt mir«, sagte Absalom.

Der Gestaltwandler schmunzelte. »Das dachte ich mir«, bemerkte er. »Sind wir also im Geschäft? Ich gebe Ihnen die Zeit, die Sie brauchen, um ihren Haufen da draußen auf die anzusetzen, die der Jägerin am nächsten stehen, und Sie lassen mich meine kleinen Spielchen spielen, okay?«

»Einverstanden«, sagte Absalom.

»Ich glaube, ich nehme mir zuerst diesen Wächter vor«, überlegte der Gestaltwandler. »Er ist derjenige, der die Kontrolle über alles hat.«

»Fast klingen sie schon wie er«, murmelte Absalom.

»Finden Sie wirklich? Sehr nett.«

»Nein, danke, ich kaufe nichts an der Tür«, sagte Angel.

Er stand auf der Schwelle zu seiner Wohnung, während Giles im Hausflur unbehaglich von einem Fuß auf den anderen trat.

»Ihr schwacher Versuch, witzig zu sein, wurde zur Kenntnis genommen«, sagte der Wächter. »Bitten Sie mich nun herein oder nicht? Wir haben ein paar wichtige Dinge zu besprechen.«

Mit unbewegter Miene trat Angel einen Schritt zurück und bedeutete Giles, einzutreten. »Seien Sie mein Gast«, sagte er. »Sie werden verstehen, dass ich Ihnen nichts zu trinken anbieten kann.«

Giles' Blick wanderte durch den Raum. Überall waren Bücher verstreut. An den Wänden hingen ausdrucksstarke Gemälde, in einer Ecke stand eine alte Rüstung … Als er begriff, dass das alles ihn nur noch mehr aufwühlte, nahm er die Brille ab und rieb sich verstört über den Nasenrücken.

Komm schon, bring's hinter dich, beschwor er sich.

Er und Angel hatten schon früher zusammengearbeitet. Na ja, wenn man es denn so nennen konnte. Ihre Sorge hinsichtlich der Prophezeiung den Tod der Jägerin betreffend hatte sie in der Not zusammengebracht. Und immer war es der Wächter gewesen, der sich an den Vampir gewandt hatte – wie auch heute. Das hätte die Sache eigentlich einfacher machen sollen, aber so war es nicht.

Du hast es schon einmal getan, du kannst es wieder tun.

Er setzte die Brille wieder auf. »Ich fürchte«, begann er, »wir haben eine Situation …«, er machte eine Pause. »Um es kurz zu machen: Jenny, also Miss Calendar, hat soeben die Stadt verlassen müssen.«

Angel murmelte irgendetwas Unverständliches.

»Wie bitte?«

»Nichts«, sagte Angel. »Das heißt also, jetzt sind nur noch Sie und ich übrig?«

»So ist es«, bestätigte Giles.

»Und wo ist das Problem, Giles?«, fragte Angel. »Befürchten Sie, nun, wo Buffy nicht da ist, dass ich zu meinen Wurzeln zurückkehre? Falls Sie es vergessen haben sollten, sie war auch an jenem Abend nicht da, und ich war es, der Sie gerettet –«

»Ja, natürlich«, unterbrach ihn Giles gereizt. »Sie werden es mir sicherlich nachsehen, wenn diese Situation noch ein klein bisschen schwierig für mich ist. Immerhin geht es darum zu ignorieren, dass Sie länger als ein Menschenleben einer Tätigkeit nachgegangen sind ... nun, Sie wissen, was ich meine. Ich weiß, Sie sind die große Ausnahme, Angel, aber –«

»Ich glaube nicht, dass es noch viele von uns gibt.«

»Das ändert aber nichts an der Tatsache, dass Sie ein Vampir sind«, sagte Giles.

»Nichts kann das ändern«, sagte Angel, und seine Worte klangen wie ein Peitschenhieb. »Sie müssen mir keinen Hausbesuch abstatten, um das Offensichtliche zu konstatieren, Giles. Was muss ich also noch tun, um mich Ihnen zu beweisen? Seelenruhig zusehen, wie man mir einen Pflock ins Herz stößt?«

Dieser Gedanke ist mir durchaus schon gekommen.

»Ich verstehe«, sagte Angel.

»Sie verstehen gar nichts. Im Übrigen habe ich Ihre Frage noch gar nicht beantwortet.«

»Ich finde, das haben Sie durchaus«, sagte Angel. »Aber auch das ändert nichts wirklich, richtig? Nun, da Jenny fort ist, sind nur noch wir zwei übrig: Sie und ich – im Angesicht des Höllenschlundes.«

»Korrekt«, sagte Giles. »Ich bin gewillt ... daran zu arbeiten ... meine natürlichen Vorurteile abzulegen, wenn Sie es auch sind.«

»Pflegt der Rat neuerdings eine Politik des respektvollen Miteinanders? Wie fortschrittlich.«

»Wenn der Rat wüsste, dass ich mich der Hilfe eines Vampirs bediene, läge meine Kopf schon jetzt auf dem Silbertablett«, erwidertete Giles. »Ich bin ersetzbar, Angel. Vielleicht erinnern Sie sich daran. Möglicherweise überzeugen Sie mich eines Tages von Ihren guten Absichten. Aber den Rat werden Sie niemals überzeugen, das kann ich Ihnen versichern.«

»Mit anderen Worten: Wir sind aneinander gebunden.«

»So könnte man es formulieren, ja.« Giles sah Angel, der reglos am anderen Ende des Raums stand, nun direkt an. »Ich werde es *versuchen*. Das werde ich aufrichtig tun.«

»Nun, auf mehr kann ich wohl derzeit nicht hoffen, ist es nicht so?«, fragte Angel.

»Also, wenn Sie jetzt auch noch anfangen zu jammern, dann vergessen wir die ganze Sache am besten gleich wieder«, meinte Giles.

Ein schwaches Lächeln huschte über Angels Gesicht. »Haben Sie eigentlich schon was Neues über dieses Was-immer-es-Ist rausgefunden?«

»Leider nein«, erwiderte Giles. »Und Sie?«

»Nichts«, sagte Angel. »Trotzdem ist es irgendwie komisch ...«

»Was meinen Sie damit?«

»Seit dieses Ding aufgetaucht ist, ist nicht mehr viel passiert. Was ich meine: Es ist verdächtig ruhig geworden hier.«

»Das ist in der Tat interessant«, bemerkte Giles. »Ich nehme an, wir sollten daher warten, bis das Was-immer-es-Ist den nächsten Schritt macht?«

»Das könnten wir tun, ja.«

»Haben Sie eine bessere Idee?«, fragte Giles.

»Na ja, es gibt immer noch den direkten Weg, nicht wahr?«, sagte Angel.

»Und der wäre?«

»Wir stellen und töten es.«

Aus den Schatten heraus beobachtete der Gestaltwandler, wie der Wächter das Domizil des Vampirs wieder verließ, in ein klappriges Auto stieg und versuchte, es zu starten.

»Sehr interessant«, sagte er zu sich selbst. »Scheint, als ob sich gerade eine unheilige Allianz zusammenfindet.«

Das Auto des Wächters erwachte langsam zum Leben, und dann fuhr Giles davon in die Nacht. Nur einen Moment später trat der Gestaltwandler ins kalte Licht einer Straßenlaterne, das von den Gläsern seiner metallgefassten Brille reflektiert wurde.

»Mal sehen, was ich tun kann, um die Dinge ein bisschen voranzutreiben«, murmelte er.

»Mir ist langweilig«, sagte Willow Rosenberg.

Sie und ihr alter Freund Xander Harris saßen im *Bronze* an einem Tisch, auf dem sich die Überreste einer üppigen Süßigkeitenschlacht türmten.

»Das ist keine Langeweile«, meinte Xander. »Dein Glukosespiegel ist zu hoch. Zu viel Zucker. Du befindest dich schlicht und einfach in einem diabetischen Koma.« Er griff nach einem ungeöffneten Päckchen Kaffeegebäck. »Und wie es scheint, bin ich auf dem besten Wege, es dir gleichzutun.«

»Ach komm, du weißt genau, was ich meine«, protestierte Willow. »Seit wir die Knochen des Meisters begraben haben, ist es hier verdächtig ruhig. Keine übernatürlichen Ereignisse oder Mordfälle, keine drohende Apokalypse, keine Vampire.«

»Würdest du mir bitte erklären, was daran so schlecht sein soll?«

»Na ja, im Grunde nichts«, räumte Willow ein, »aber du musst zugeben, dass das Leben im direkten Vergleich jetzt doch ein bisschen öde erscheint. Ich meine, die Mächte der Finsternis zu bekämpfen, das hatte irgendwie schon was ...«

»Also, ich für meinen Teil kann darauf gut verzichten«, informierte sie Xander.

»Was ich eigentlich damit sagen will, ist –«

»Ich weiß«, unterbrach Xander sie, »ich vermisse sie auch.«

Für einen Moment saßen die beiden Freunde einfach nur schweigend da und starrten auf die leeren Bonbonverpackungen, die sich vor ihnen auf dem Tisch häuften.

»Ich hab 'ne Postkarte von ihr gekriegt«, sagte Willow schließlich. »Darauf stand: ›Amüsiere mich prächtig. Wünschte, ihr könntet hier sein‹.«

»Was soll denn dieser belanglose Quatsch bedeuten?«, fragte sich Xander.

»Na ja, immerhin zeigt es, dass sie an uns denkt.« Sie

machte eine kleine Pause. »Sie musste meine Adresse extra raussuchen.«

»Vermutlich hat sie sich meine gar nicht erst notiert.«

»Xander, ich –«

»Gib dir keine Mühe, Willow«, sagte er. »Aber jetzt mal im Ernst: Ich hab ihr Leben gerettet – ist das etwa keine schäbige kleine Postkarte wert? Wie dem auch sei, mich kann so was nicht mehr erschüttern ...«

»Du klingst trotzdem ziemlich gekränkt.«

»Du hast ja keine Ahnung.«

»Lass uns von hier verschwinden«, schlug Willow vor.

»Gute Idee.«

Die beiden rutschten von ihren Barhockern und bahnten sich einen Weg Richtung Ausgang.

»Ich begleite dich nach Hause«, bot Xander ihr draußen an.

»Nicht nötig«, meinte Willow. »Schon vergessen? Hier herrscht zurzeit tote Hose.«

»Sollen wir morgen wieder was zusammen unternehmen?«, fragte Xander. »Man könnte zum Beispiel dem Gras beim Wachsen zusehen, was meinst du?«

Willow nickte. »Okay, ich ruf dich an. Wir könnten uns dann zum Lunch treffen.«

»Bitte nicht von Essen sprechen! Danke.«

Das rothaarige Mädchen lächelte. »Also dann bis morgen.« Sie wandte sich um, schlug die Richtung zu ihrem Haus ein, bog um eine Ecke und sah sich dabei unbewusst von Zeit zu Zeit über die Schulter. Als sie bemerkte, was sie tat, verzog sie das Gesicht. Es scheint, ich werde des Nachts nie wieder durch Sunnydale gehen können, ohne mich ständig umzusehen.

Ja, es stimmte, in letzter Zeit was es hier auffallend ruhig geworden. Und doch war da noch immer dieses Wissen darum, dass all die Kreaturen, vor denen man sich Zeit seines Lebens gefürchtet hatte, tatsächlich existierten. Und das Gefühl, dass die Hälfte von ihnen einem vermutlich gerade folgte ...

Da sah sie einen Schatten, der vor ihr die menschenleere Straße überquerte.

»Giles?«, rief sie.

Die Person hielt inne und drehte sich zu ihr um.

»Giles, ich's bin's ... Willow!«, sagte sie und trat auf ihn zu. »Was machen Sie hier?«

Ihr Gegenüber schwieg und schaute Willow mit ausdruckslosem Gesicht an, als ob er sie noch nie zuvor gesehen hätte. Willow fühlte, wie sie erschauderte.

»Giles, alles in Ordnung mit Ihnen?«, fragte sie.

Plötzlich trat ein Ausdruck von Erkennen in Giles' Züge. »Ach, Willow, du bist's«, sagte er. »Kein Grund zur Sorge. Bin nur ein bisschen spazieren gegangen. Wenn du Angel triffst, grüße ihn von mir, ja? Einen schönen Abend noch.«

Bevor Willow auch nur zu einer Antwort ansetzen konnte, ging das Ding, das wie Giles aussah, sich aber nicht wie Giles benahm, die Straße hinunter und war kurz darauf um die nächste Ecke verschwunden.

Ihr Kopf schoss herum, als kurz darauf ein Geräusch aus eben dieser Richtung an ihr Ohr drang, und sie hätte schwören können, dass es ein Lachen war.

»Xander?«, sagte eine Stimme hinter ihm.

Xander drehte sich blitzschnell um und verfluchte sich im

selben Moment dafür, dass er erschrocken einen Schritt zurückgewichen war. »Hat dir deine Mutter nicht beigebracht, dass man sich nicht einfach so von hinten an Leute heranschleicht?«

»Um ehrlich zu sein, ich kann mich nicht mehr daran erinnern«, sagte Angel.

»Muss ja auch schon ’ne Weile her sein«, bemerkte Xander. »Andererseits sind deine Hirnzellen ja ebenfalls abgestorben, stimmt’s?«

Angel runzelte die Stirn und wirkte irgendwie irritiert. »Sag mal, bist du eigentlich sauer auf mich, oder was?«, fragte er. »Ich meine, andernfalls könnten wir doch ein bisschen um die Häuser ziehen, was meinst du?«

Verdammt, dachte Xander. Jetzt hat mich das diabetische Koma doch noch erwischt. Der letzte Mensch auf dieser Welt, mit dem er um die Häuser ziehen wollte, war Angel. Und er hatte angenommen, dass dies auf Gegenseitigkeit beruhte.

Nicht, dass Angel in seinen Augen als Mensch zählte.

»Okay«, sagte Xander. »Wo ist der richtige Angel, und was haben Sie mit ihm angestellt?«

Für den Bruchteil einer Sekunde wurde das Gesicht des Vampirs völlig ausdruckslos, dann lachte er. »Der war echt gut«, sagte er. »Aber Spaß beiseite: War das jetzt ein Ja oder ein Nein?«

»Ich hab Stubenarrest«, informierte ihn Xander.

»Zu schade«, meinte Angel. »Ach ja, und wenn du Giles siehst, grüße ihn von mir, okay?«

Xander hatte das ungute Gefühl, mitten in die höllische Variante von »Versteckte Kamera« geraten zu sein. Was war geschehen, wenn man unverhofft auf einen Typen traf, der wie ein Vampir namens Angel aussah, sich aber nicht wie eben jener Angel benahm?

»Was läuft hier eigentlich? Eine neue Folge von ›Die lustigsten Blutsauger der Welt?‹, oder was?«

Angel versetzte ihm einen kumpelhaften Klaps auf den Rücken, der Xander ein wenig aus dem Gleichgewicht brachte. »Du bist so ungemein witzig«, sagte er. »Wieso hab ich das früher eigentlich nie bemerkt?«

Xander wusste es nicht. Was er indes wusste, war, dass er so schnell wie möglich aus dieser Sache rauswollte. Auf der Stelle. Sofort. »War's das?«, fragte er. »Weil ich nämlich jetzt wirklich ins Haus möchte. Du verstehst sicherlich, dass ich dich nicht hereinbitten kann.«

»Kein Problem«, sagte Angel. »Dann bis zum nächsten Mal.« Mit wehendem Mantel ging er davon.

Das hat man jetzt davon, dachte Xander, als er die Tür zu seinem Elternhaus aufschloss. Ich schwöre, ich werde nie wieder 'ne Familienpackung M&Ms auf einmal in mich reinstopfen.

Fraglos konnte so was zu ernsthaften gesundheitlichen Problemen führen.

Nicht schlecht für einen Abend, dachte der Gestaltwandler, als er durch die nächtlichen Straßen streifte. Damit war Phase eins abgeschlossen: Zweifel säen unter den Freunden der Jägerin und ein bisschen Verwirrung stiften.

Nicht, dass es besonders viel Arbeit gekostet hätte, und das dumme Gesicht des Jungen war einfach unbezahlbar gewesen.

Ich hätte früher nach Sunnydale kommen sollen, dachte er. Es erschien ihm der perfekte Ort, seine Fähigkeiten zu trainieren. Obwohl das Spielen mit den Kids nicht mehr als eben genau dies gewesen war: Kinderspielchen. Zu einfach. Nicht wirklich befriedigend.

Er musste dafür sorgen, dass sich Phase zwei ein wenig interessanter gestaltete. Und das dürfte auch klappen, dachte er, denn in Phase zwei hatte er es mit den Erwachsenen zu tun.

»Er wollte *was* mit dir tun?«, fragte Giles.

Es war am frühen Abend des nächsten Tages, und Giles hatte sich gerade für seine Patrouille bereitmachen wollen. Natürlich hatte er Xander nichts davon erzählt. Er hielt sich an sein Versprechen, Buffys Freunden einen ganz normalen Sommer zu bescheren. Einen Sommer ohne all jene Dinge, die einen nicht nur um den Schlaf brachten.

Angel und er hatten einen Dienstplan aufgestellt, demzufolge Giles von Sonnenuntergang bis Mitternacht im Einsatz sein würde, während die Schicht des Vampirs von Mitternacht bis zum Morgengrauen dauerte. Auf diese Weise wäre der Höllenschlund die ganze Nacht über unter Kontrolle, während sich die beiden Männer nur beim Wachwechsel kurz zu begegnen brauchten.

Ein Arrangement, das ihnen beiden sehr entgegenkam.

Als Giles von der Bibliothek nach Hause gekommen war, hatte ihn Xander bereits vor dem Apartmentkomplex erwartet. Den ganzen Tag über hatte der Wächter einmal mehr versucht, etwas über die Kreatur herauszufinden, die ihn und Jenny auf dem Friedhof angegriffen hatte. Doch ohne

Erfolg. Langsam, aber sicher begann diese ergebnislose Recherche ihn zu frustrieren und an seinem Stolz zu nagen.

Andererseits war es mehr als schwierig mit den Angaben »schlanker Körperbau und seltsame Augen« auch nur einen Schritt weiterzukommen. Giles Bücher und Aufzeichnungen boten zahlreiche Informationen zu zahlreichen Themen aus zahlreichen Quellen in zahlreichen Auslegungen. Aber eine Auflistung von Dämonen hinsichtlich ihrer personalausweistauglichen besonderen Kennzeichen gehörte leider nicht dazu.

»Er wollte mit mir um die Häuser ziehen«, wiederholte Xander. »Als ob wir alte Kumpel wären oder so. Ich sage Ihnen, das war nicht normal, vor allem völlig untypisch für jemanden wie Angel. Ich befürchte, dass –« Er senkte die Stimme. »Na ja, dass hier irgendwas nicht stimmt.«

»Ja, also«, sagte Giles. »Danke für den Hinweis. Ich werde diese Information berücksichtigen.«

»Heißt das jetzt, Sie gehen der Sache nach?«

»Korrekt«, sagte Giles. »Und wenn du mich jetzt bitte entschuldigen würdest, Xander, aber ich muss dringend los.«

Giles ging zu seinem Wagen, und Xander folgte ihm auf dem Fuße. Er wirkte ein wenig enttäuscht.

»Sie meinen, das ist alles? Keine Anweisungen, kein Auftrag? Ich könnte versuchen, ihn noch mal zu treffen und ihn ein bisschen auszuquetschen oder so.«

Kaum auszudenken!, schoss es Giles durch den Kopf.

»Danke, aber das wird nicht nötig sein«, sagte er. »Doch ich weiß die Information wohl zu schätzen. Ich lasse dich wissen, wenn sich was Neues ergibt.«

Er stieg in seinen altertümlichen Citroën und fuhr davon.

Angel hat um Xanders Freundschaft gebuhlt? Sehr ungewöhnlich.

In etwa so ungewöhnlich, dachte Giles, wie die Allianz zwischen einem Wächter und einem Vampir.

»Er hat *was* getan?«, fragte Angel.

»Er ließ dir Grüße ausrichten«, wiederholte Willow.

»Sicher, dass wir über denselben Giles reden?«

Willow und Angel standen vor dem *Bronze*. Sie hatte sich hier mit Xander verabredet, als sie den Vampir vor dem Eingang herumlungern sah, und ihn gefragt, ob er ihnen nicht Gesellschaft leisten wolle. Angel hatte dies abgelehnt. Doch Willow hatte ihm bei dieser Gelegenheit Giles' Gruß von letzter Nacht übermittelt. Auch hatte sie ihm erzählt, wie der Bibliothekar im Davongehen gelacht hatte.

»Weißt du«, sagte sie jetzt. »Je länger ich darüber nachdenke, desto seltsamer kommt es mir vor.«

»Giles? Der Spaßvogel?«

»Nein, es war nicht seltsam, *dass* er gelacht hat, sondern *wie* er gelacht hat«, erklärte Willow. »Es klang irgendwie grotesk, fremd. Vor allem, da er mich zuvor gar nicht erkannt zu haben schien.«

»Vielleicht war er einfach nur in Gedanken versunken oder so.«

»Möglich«, meinte Willow. »Und …« Sie zögerte einen Moment. »Wie läuft's so bei dir in diesem Sommer? Irgendwas – du weißt schon, was ich meine – Neues?«

»Nicht dass ich wüsste«, log Angel. »Hör mal, Willow, nett von dir, dass du mir die Nachricht überbracht hast, aber ich muss jetzt dringend weiter. Bis demnächst!«

»Okay«, sagte Willow. »Hey«, rief sie ihm nach. »Hast du vielleicht was gehört von –«

Aber Angel war schon verschwunden.

»Das dauert alles viel zu lange«, schnarrte Absalom wenig später.

Er und der Gestaltwandler befanden sich in der Hauptkammer der Höhle des Meisters. »Die anderen werden langsam unruhig. Sie wollen auf die Jagd gehen.«

»Halten Sie sie in Schach«, meinte der Gestaltwandler.

Mit einer blitzschnellen Bewegung schoss Absaloms Hand vor und packte den Formwandler an der Kehle. »Hör auf, mich hinzuhalten«, zischte er. »Du hast mir Rache versprochen.«

»Und Rache werden wir auch üben.«

»Wann?«

Der Gestaltwandler verlor seine ursprüngliche Form und verwandelte sich in Angel. Mit einem Zischen ließ Absalom ihn los und trat einen Schritt zurück. Lächelnd strich sich der Gestaltwandler die Falten seines schwarzen Mantels glatt.

»Schon sehr bald.«

Hinter mir ist irgendwas.

Vorsichtig bewegte sich Giles durch die dunkle Seitenstraße und lauschte auf jedes Geräusch. Er war sich fast sicher, dass er verfolgt wurde. Und zwar schon seit mehreren Blocks.

Bleib ruhig! Genau aus diesem Grund war er schließlich hier draußen.

Langsam schob Giles die rechte Hand in die Tasche seines Sakkos. Seine Finger fanden und umschlossen den Pflock, der sich darin befand.

Versuche, ganz normal zu wirken, dachte er. Die Tatsache, dass er bereit war, sich zu verteidigen, war *ihm* bekannt, wohingegen sein Verfolger dies erst noch herausfinden musste.

Vielleicht sollte ich mich einfach umdrehen ... in die Offensive gehen ... mich der unbekannten Gefahr einfach stellen. So würde sich Buffy in diesem Moment wohl verhalten. Doch der Unterschied zwischen Wächtern und Jägerinnen bestand nicht allein im Alter und Geschlecht.

Jägerinnen nutzten im Allgemeinen das Überraschungsmoment und überrumpelten ihre Gegner, wohingegen Wächter mit Vorsicht zu Werke gingen.

Ganz davon abgesehen, dass man ihn, Giles, beim letzten Mal, als er ausnahmsweise mal überstürzt vorgegangen war, ganz schnell eines Besseren belehrt hatte, was die Vorangehensweise betraf ...

So oder so, was immer oder wer immer ihn verfolgte, er schien es nicht sonderlich eilig zu haben. In Anbetracht dessen musste Giles daher einfach nur weitergehen, als ob nichts wäre. Schon in wenigen Minuten würde er an dem vereinbarten Treffpunkt auf Angel stoßen, und dann stünde es zwei gegen einen.

Giles hob den Kopf und lauschte auf das Geräusch von Schritten. Kamen sie näher? Er ging ein wenig schneller, bog um eine Ecke und hielt auf die einzige Straßenlaterne weit und breit zu. Ihr Treffpunkt lag am Ende dieses Blocks, genau zwischen zwei Lagerhäusern.

Wenn man mal den Umstand außer Acht ließ, dass er verfolgt wurde, empfand Giles den Abend alles in allem als positiv. Alles war vollkommen ruhig gewesen, seit Jenny Sunnydale verlassen hatte. Verdächtig ruhig ...

Was wiederum stets ein schlechtes Zeichen ist.

Es gab eine Ruhe, die bedeutete, dass die Dinge unter Kontrolle waren, und dann gab es eine Ruhe, die bedeutete, dass sich große Dinge ankündigten. Für gewöhnlich Dinge der nicht so menschlichen, nicht so freundlichen Art.

Gleich bin ich da, dachte Giles und legte noch einen Schritt zu. Er warf einen raschen Blick über die Schulter. Sein Verfolger kam im Schein der Laterne zum Stehen. Als Giles ihn erkannte, erstarrte er mitten in der Bewegung.

Aber das ist doch –

»Sie sind zu spät«, sagte da eine Stimme neben ihm.

Giles' Kopf ruckte herum, und dort, in der Lücke zwischen den beiden Lagerhäusern, stand wie verabredet Angel.

»Was machen Sie denn *hier*?«, zischte Giles.

»Ich warte auf Sie, was dachten Sie denn?«, erwiderte der Vampir. »Dieser Treffpunkt war Ihre Idee, wenn ich Sie daran erinnern darf. Ich bin nur der gute Junge, der darauf wartet, dass man ihm die Staffel überreicht.«

»Aber –«, begann Giles. »Ich hätte schwören können, dass –«

Er fuhr auf dem Absatz herum. Sein Verfolger stand immer noch unter der Straßenlaterne. Giles sah, wie er in die Tasche seiner schwarzen Lederjacke griff, ein Päckchen Zigaretten hervorholte und sich eine anzündete. Gemächlich blies er den Rauch in die Luft, während er die Zigarettenschachtel wieder einsteckte.

Irgendeiner dieser Jungpunks in einer schwarzen Lederjacke, dachte Giles.

Der Mann unter der Laterne war nicht Angel und war nie Angel gewesen. Wie auch? Schließlich stand Angel ja direkt vor ihm, oder nicht?

»Ich muss mich entschuldigen«, sagte Giles und wandte sich wieder zu dem Vampir um. »Ich dachte, ich hätte –«

»Ruhe«, zischte Angel plötzlich und trat zurück in den Schatten zwischen den beiden Gebäuden. Giles roch Zigarettenrauch und vernahm sich nähernde Schritte.

»So spät noch unterwegs?« Der Typ in der schwarzen Lederjacke kam direkt vor Giles zum Stehen und blies ihm eine Wolke Zigarettenqualm ins Gesicht. Unwillkürlich hielt Giles so lange wie möglich den Atem an, doch dann musste er doch husten.

»Ich wüsste ein sichereres Plätzchen für dich«, sagte Angel und trat aus seiner Deckung hinter den jungen Mann.

Der Punk bewegte sich keinen Millimeter vom Fleck. Stattdessen schnippte er den Rest seiner Zigarette in den Rinnstein. »Ach ja? Und wo soll das sein?«

»Irgendwo. Nur nicht hier.«

Der junge Mann lachte. »Okay«, sagte er schließlich. »Wink mit dem Zaunpfahl verstanden.« Er wandte sich um und machte sich pfeifend von dannen.

»Folgen Sie ihm«, sagte Giles.

»Was?«

»Folgen Sie ihm!«, wiederholte der Wächter. »Ich bin mir ziemlich sicher, dass er mir eine ganze Weile bis hierher nachgegangen ist.«

»Giles«, sagte Angel betont geduldig. »An diesem Punk

ist nichts Besonderes. Typen wie er, die nur auf Ärger aus sind, gibt's hier zuhauf. Das war schon immer und zu allen Zeiten so.«

Sie müssen es ja wissen, dachte Giles.

»Vielleicht halten Sie mich für verrückt«, sagte er dann, »aber ich habe ... ich habe da so ein Gefühl, dass hier mehr im Spiel ist, als wir mit bloßem Auge sehen.«

Tatsächlich war schleichend und leise eine Ahnung in ihm aufgestiegen wie Morgendunst in einer Niederung. Eine Ahnung, die es galt, in der Bibliothek einer genaueren Überprüfung zu unterziehen.

Angel hob die Schultern. »Also gut, wie Sie meinen.«

»Kommen Sie morgen nach Sonnenuntergang in die Bibliothek. Dort können wir unsere Beobachtungen von heute Abend miteinander vergleichen.«

Angel hatte schon aufregendere Abende erlebt.

Er war dem Typen, von dem Giles *dachte*, dieser sei ihm gefolgt, jetzt seinerseits über eine Stunde gefolgt. So weit, so ermüdend.

Da ist ja im *Bronze* mehr Action, dachte Angel.

Und an diesem Möchtegernpunk war nichts, aber auch gar nichts Außergewöhnliches. Alles, was dieser bisher getan hatte, war, Giles Rauch ins Gesicht zu blasen und einen alten Säufer zu belästigen. Wie es schien, war der Typ nicht sonderlich clever und nur auf ein bisschen Stunkmachen aus.

Womit er bisher nicht besonders erfolgreich war.

Und Angel wiederum hatte es satt, mit diesem Kid seine Zeit zu vergeuden.

Ich hab Wichtigeres zu tun, als mir mit irgendeinem Spätpubertierenden die Nacht um die Ohren zu schlagen.

Er fand, es war an der Zeit, sich mal wieder ein bisschen auf dem Friedhof umzuschauen. Früher oder später traf man alle Subjekte, die aus ihren Löchern gekrochen waren, um Ärger zu machen, an jenem Ort wieder. Was dort geschah, war wichtig, doch einem gelangweilten Kid, das eine schlechte Imitation seiner eigenen Lederjacke trug, durch die Nacht zu folgen, war es definitiv nicht.

Angel machte auf dem Absatz kehrt und verschwand in der Dunkelheit. Im gleichen Moment drehte sich der Gestaltwandler um und sah ihm nach. Dann lächelte er.

»Meine Damen und Herren«, murmelte er, »Showtime!«

»Hilfe! So helft mir doch, bitte!«

Angel wirbelte herum. Der Schrei war von irgendwo hinter ihm gekommen, aus der dunkelsten und am weitesten entfernten Ecke des Friedhofs. Er hastete auf die Geräuschquelle zu und hörte, wie das Kreischen urplötzlich abbrach.

Als er näher kam, sah er, wie sich eine schemenhafte Gestalt über etwas, das am Boden lag, beugte. Und dann vernahm er ein Geräusch, das klang wie …

Tatsächlich war es besser, sich darüber keine konkreten Gedanken zu machen.

Als ob sie Angels Anwesenheit gespürt hätte, hob die Kreatur ihren Kopf. Angel sah, wie sich das Mondlicht in ihren Brillengläsern brach, als sie ihm ihr Gesicht zuwandte.

Aber das ist doch Giles!, schoss es ihm durch den Kopf.

Im selben Moment floh die Kreatur und sprintete auf den

Zaun zu, der den Friedhof umgab. Mit einem Satz sprang sie über ihn hinweg und verschwand außer Sicht. Jede Faser in Angels Körper wollte ihr nachsetzen. Doch er war allein hier, und dort am Boden lag ein Mensch, der seiner Hilfe bedurfte.

Er kniete sich neben dem Opfer nieder. Es war der Punk, dem er vor nicht allzu langer Zeit durch die Stadt gefolgt war. Eine Seite seines Gesichts war zertrümmert. Doch er lebte noch und stöhnte.

»Bleiben Sie ruhig liegen«, sagte Angel. »Hilfe ist schon unterwegs.«

Dafür würde er sorgen, doch er würde nicht warten, bis der Krankenwagen eintraf. Das hätte nur Fragen zur Folge, die zu beantworten er nicht die geringste Lust verspürte.

Im Übrigen hatte Angel selbst ein paar Fragen, die einer Antwort bedurften.

»Erzählen Sie mir nicht, dass Sie gleich nach Hause gegangen sind, nachdem wir uns getrennt haben!«, donnerte Angel. »Ich hab Sie doch auf dem Friedhof wieder erkannt!« Er war schnurstracks zur Bibliothek gegangen und sicher gewesen, Giles dort vorzufinden.

So überraschte es ihn wenig, dass er den Wächter an seinem Schreibtisch sitzend und von Büchern umgeben angetroffen hatte. Auch nicht, dass dieser behauptete, während Angels Schicht die ganze Zeit über dort gewesen zu sein.

»Und wie erklärt es sich dann, dass ich Sie auf dem Friedhof gesehen habe?«, fragte Angel. »Ich bin kein Idiot, Giles. Ich mag es nicht, wenn jemand mich manipuliert. Insbesondere nicht, wenn dieser Jemand so viel jünger ist als ich.«

»Was genau machen Sie mir eigentlich zum Vorwurf?«, fragte Giles mit brüchiger Stimme. Er saß stocksteif da und war sichtlich um Fassung bemüht.

»Ich hab diesen Punk, auf den Sie mich angesetzt haben, auf dem Friedhof wieder getroffen. Allerdings hatten Sie ihm da schon das Gesicht zertrümmert, bevor Sie sich über ihn gebeugt hatten. Na, erinnern Sie sich?«, sagte Angel. »So sehen also Ihre speziellen Fähigkeiten aus, oder was?«

»Aber warum sollte ich so etwas tun?«, fragte Giles. »Beantwortet das allein nicht schon Ihre Frage?«

»Nein«, presste Angel zwischen den Zähnen hervor. »Ich will eine Erklärung, und zwar jetzt!«

»Es ist mir reichlich egal, was Sie wollen«, sagte Giles. »Sie haben kein Recht hier einfach hereinzuplatzen und mich zu beschuldigen. Sie am allerwenigsten von allen Menschen. Andererseits sind Sie ja gar kein Mensch mehr, nicht wahr? Vielleicht können Sie ja aus diesem Grund nicht anders.«

»Das letzte Mal, als ich versucht habe, über meinen Schatten zu springen, bin ich ziemlich hart gelandet. In dieser Hinsicht sind wir uns vielleicht sogar ein bisschen ähnlich.«

»Sie sind mir nicht im Geringsten ähnlich.«

»Hallo, Leute! Was liegt an?«, rief da eine Stimme.

Angel fuhr herum und sah Willow mit verwirrter Miene in der Tür stehen.

Giles erhob sich von seinem Schreibtisch und ging auf sie zu. »Es ist schrecklich spät. Solltest du nicht längst zu Hause sein, Willow?«

»Mhm, also, ja, vielleicht«, stammelte die Rothaarige. »Ich

denke, meine Eltern sind sowieso schon im Bett. Jedenfalls hab ich gesehen, dass hier noch Licht brennt, und dachte, dass Sie vielleicht ... na ja, Sie wissen schon ...« Sie sah Angel an, und ihre Augen verengten sich zu Schlitzen. »Wie bist du denn so schnell hierher gekommen?«

»Was?«

»Ich hab dich doch eben erst vorm *Bronze* gesehen«, sagte sie.

»Ich bin schon mindestens eine Viertelstunde hier«, sagte Angel.

»So wie ich schon seit Stunden hier bin?«, murmelte Giles.

Angel starrte ihn verdutzt an.

»Irgendwas stimmt hier nicht, richtig?«, fragte Willow. »Ich könnte helfen ... irgendwas recherchieren oder so ...« Sie machte ein paar Schritte in den Raum hinein.

»Nicht nötig, danke, Willow«, sagte Giles schnell. Er wollte das Mädchen am Arm ergreifen und aus der Bibliothek geleiten. Als er an Angel vorbeikam, trafen sich kurz ihre Blicke.

»Angel war gerade hier, um ...« Giles geriet ins Stottern.

»Um einen Besuch zu machen«, sagte Angel. Sanft packte er Willows anderen Arm, und dann beförderten die beiden Männer sie aus der Bibliothek hinaus und den Korridor hinunter.

»Giles und ich haben versucht, ähm –«

»– einander besser kennen zu lernen«, beendete der Wächter Angels Satz.

»Ja, genau«, meinte Angel. »Auf diese Weise können wir nämlich –«

»– im Ernstfall noch viel besser zusammenarbeiten«, warf Giles mit sanfter Stimme ein.

»So ist es.«

Willows Kopf ruckte zwischen den beiden Männern hin und her, als ob sie ein Tennismatch verfolgte. »Sicher, dass hier alles in Ordnung ist?«, fragte sie argwöhnisch.

»Absolut sicher«, antworteten Giles und Angel wie aus einem Munde. Das Trio hatte inzwischen die Eingangstür der Schule erreicht.

»Noch mal danke für das Angebot, Willow«, sagte Giles, »aber ich denke wirklich, du solltest jetzt nach Hause gehen. Ich rufe dich an, wenn ich deine Hilfe brauche. Nett, dass du mal vorbeigeschaut hast.«

Er öffnete die Tür.

»Aber –«, protestierte Willow.

Angel schob sie hinaus auf den Fußweg. »Schlaf schön«, sagte er.

Knallend wurde die Tür wieder geschlossen.

Mit grimmiger Entschlossenheit marschierten der Vampir und der Wächter zurück in die Bibliothek. Es folgte eine Minute absoluter Stille, in der keiner von ihnen ein Wort sprach.

»Okay, ich höre«, sagte Angel schließlich. »Wie konnte ich gleichzeitig im *Bronze* und hier sein?«

»Genauso, wie ich gleichzeitig auf dem Friedhof und hier war«, gab Giles zurück.

»Und wie soll das gehen?«

»Das geht, wenn man es mit einem Gestaltwandler, auch Formwandler genannt, zu tun hat«, sagte Giles.

»Wie halten wir ihn auf?«, fragte Angel ohne Zögern.

»Das kommt drauf an, welche Gestalt er angenommen hat«, erwiderte Giles. »Nach meinen Recherchen verhält es sich folgendermaßen …« Er ging hinüber zu seinem Schreibtisch, nahm ein Buch zur Hand und legte es auf den Tisch neben Angel. »Wenn ein Gestaltwandler eine neue, äh, …«

»Form angenommen hat?«, schlug Angel vor.

»Ruhe, bitte«, sagte Giles. »Wenn ein Gestaltwandler also eine neue – wie ich es nennen würde – *Identität* angenommen hat, dann besitzt er auch all deren Eigenschaften. Das heißt, wenn man die Gestalt, die der Formwandler angenommen hat, vernichtet, dann vernichtet man auch den Formwandler selbst.«

»Klingt einfach«, bemerkte Angel.

»So einfach ist es dann doch nicht«, sagte Giles. »Hat ein Gestaltwandler einmal eine bestimmte Form angenommen, ist es praktisch unmöglich, ihn vom Original zu unterscheiden. Sie selbst konnten das auf dem Friedhof ja auch nicht. Es mag daher theoretisch simpel erscheinen, ihn zu töten, in der Praxis erweist es sich jedoch als äußerst schwierig, das Original von der Fälschung zu unterscheiden.«

»Was können wir also tun?«

»Nun«, sagte Giles. »Es erscheint mir unabdingbar, dass wir den Aufenthaltsort dieses Gestaltwandlers ausfindig machen und uns seiner entledigen. Denken Sie nur an den Ärger, den er bereits verursacht hat. Wie er uns beide an der Nase herumgeführt hat –«

»Buffy«, sagte Angel plötzlich.

»Richtig«, sagte Giles. »Ich befürchte, wir müssen davon ausgehen, dass die Jägerin das eigentliche Ziel des Formwandlers ist. Um ihre Identität anzunehmen, bedarf es nur *eines* flüchtigen körperlichen Kontakts mit ihr, und wenn wir davon ausgehen, dass er bereits Ihre oder meine Gestalt annehmen kann, dürfte das kein großes Problem mehr für ihn darstellen. Unser einziger, wenngleich winziger Vorteil besteht darin, dass die Jägerin nicht in der Stadt ist.«

»Also müssen wir dieser Sache ein Ende bereitet haben, bevor Buffy nach Sunnydale zurückkehrt.«

»So ist es.«

»Und wie genau sollen wir das anstellen?«

Giles ließ sich schnaufend in einen Stuhl fallen. »Nun, sämtliche Vorschläge hierzu sind überaus willkommen.«

Jenny Calendar setzte den Blinker und verließ den Freeway. Es war spät, und sie hatte eine lange Autofahrt hinter sich. Sie war müde. Doch bevor sie auch nur daran denken konnte, zu Bett zu gehen, hatte sie noch etwas Dringendes zu erledigen.

Sie betrat ihr Apartment, ging geradewegs zum Telefon und wählte Giles' Nummer.

Sei bitte zu Hause, flehte sie innerlich, als sie den Hörer an ihr Ohr presste.

Giles hastete durch seine Wohnung und stopfte, was immer ihm nützlich erschien, in seinen Lederrucksack. Weihwasser, Pflöcke, eine Taschenlampe, ein großes Kruzifix, ein Hackebeil aus der Küche, eine Dose Mineralwasser. Möglicherweise bekam er irgendwann Durst. Man konnte schließlich nie wissen, wie lange man dort draußen sein würde.

Je länger der Gestaltwandler unerkannt sein Unwesen trieb, umso größer wurde die Gefahr. Er musste ausgeschaltet werden. Möglichst schon gestern.

Ich hab ihn schon zu nah an die Jägerin herangelassen, dachte er.

Doch nun war nicht der rechte Zeitpunkt, sich Vorwürfe zu machen. Zu jammern mochte ja manchmal durchaus gut tun, doch das hatte nun erst einmal zurückzustehen.

Giles schulterte den Rucksack, zog die Vordertür auf und huschte auf die Straße hinaus.

»Rupert Giles hier. Danke für Ihren Anruf, den ich im Moment leider nicht persönlich entgegennehmen kann ...«

Jenny umklammerte den Telefonhörer mit verschwitzten Fingern und stöhnte. Dieser verdammte Anrufbeantworter!

War Rupert nicht zu Hause? War er noch in der Bibliothek? Oder draußen auf Streife?

Wo?

»Rupert, hier ist Jenny«, sagte sie nach dem Signalton. »Bitte rufen Sie mich so schnell wie möglich an. Es könnte sein, dass ich ein paar wichtige Informationen über das Ding habe, das uns neulich angegriffen –«

Sie hörte ein Klick, als ob die Nachricht, die sie gerade hinterlassen wollte, unterbrochen worden war.

»Jenny?«, meldete sich daraufhin Giles' verschlafene Stimme.

Jenny fühlte, wie die Erleichterung ihren erschöpften Körper erfüllte. »Rupert, Gott sei Dank, Sie sind da«, sagte sie. »Hören Sie zu, ich glaube, wir haben großen Ärger. Das Ding, das uns neulich angegriffen hat, könnte ein –«

»Gestaltwandler sein«, beendete Giles ihren Satz.

»Sie wissen es schon?«, fragte Jenny.

»Habe es heute Nacht herausgefunden, ja«, erwiderte Giles. »Sind Sie bereit, uns zu helfen, oder sind Sie zu müde dazu? Sind Sie gerade erst nach Hause gekommen?«

»Ja, nein und ja, in dieser Reihenfolge.«

»Also gut«, sagte Giles, »ich möchte, dass Sie Folgendes für mich tun.«

Jenny hörte aufmerksam zu und versuchte zu ignorieren, wie sich ihr Magen langsam, aber sicher immer enger zusammenschnürte.

»Sind Sie sich dessen sicher?«, fragte sie schließlich.

»Absolut«, sagte Giles. »Nur so macht es Sinn. Und es ist nicht halb so riskant, wie es auf den ersten Blick scheinen mag. Ich hab Angel gebeten, mich dort zu treffen.«

»Wie Sie meinen«, stimmte Jenny schließlich zu. »Ich komme so schnell ich kann.«

»Ausgezeichnet«, sagte Giles. »Und noch was, Miss Calendar –, »*Miss Calendar*?«

»Ich bin froh, dass Sie wieder da sind.«

Damit beendete er das Gespräch. Jenny trennte die Leitung, legte das Telefon zurück in die Ladestation und schloss den Mund, nachdem sie bemerkte, dass dieser noch immer weit offen stand. In dieser Reihenfolge.

Dann eilte sie zur Haustür hinaus, um den Treffpunkt aufzusuchen, den Giles ihr durchgegeben hatte.

In Giles' Apartment legte der Gestaltwandler lächelnd den Telefonhörer zurück auf die Gabel. Er war hierher gekommen in der Hoffnung, vielleicht einen Hinweis auf den Aufenthaltsort der Jägerin zu finden. Doch ohne Erfolg. Andererseits konnte man sein Eindringen hier schwerlich als Misserfolg bezeichnen. Nicht nach dem, was er soeben angezettelt hatte.

»Denn so«, murmelte er, als er in seine ursprüngliche Gestalt zurückkehrte, »gehen *wir* zur Werke.«

Der Gestaltwandler verließ das Apartment des Wächters und schloss hinter sich sorgfältig die Tür.

Was um alles in der Welt tue ich eigentlich hier?

Diese Frage hatte sich Giles in den letzten fünf Minuten bereits mehrmals gestellt. Genauer gesagt, seit dem Moment, da er herausgefunden hatte, dass sich der Gestaltwandler höchstwahrscheinlich dort versteckte, wo er, Giles, am wenigsten sein wollte.

In der Höhle des Meisters.

Eine routinemäßige Überprüfung der einschlägigen Orte, auf die er und Angel sich verständigt hatten, hatte nichts ergeben, was auf die Anwesenheit des Gestaltwandlers hingewiesen hätte. Ja, Giles hatte noch nicht mal die üblichen Verdächtigen dort angetroffen. Auch Angel hatte dort, wo er sich auf Giles' Bitte hin umgesehen hatte, nichts Auffälliges bemerkt.

Und so war als einziges Versteck nur noch der Platz übrig geblieben, der gleichzeitig auch der nahe liegendste war: der Tunnel, der direkt vor ihm lag.

Ich will da nicht hineingehen. Ich will den Ort nicht wieder sehen, an dem Buffy getötet worden ist … und wieder zurück ins Leben geholt wurde, weil ihre Freunde die Courage aufgebracht haben, ihr hierher zu folgen, dachte Giles.

Ein Beweis von Mut, an dem er sich ruhig ein Beispiel nehmen sollte.

Was ein Xander Harris konnte, konnte er schließlich schon lange. Sofern ich es will, versteht sich.

Giles holte tief Luft und betrat den Tunnel.

Das Erste, was ihn anfiel, war die hier herrschende Kälte.

Das Zweite war die Feuchtigkeit. Überall schien Wasser zu tropfen, das wie schmutzige Tränen an den Tunnelwänden herabrann. Noch bestand der Boden aus Beton, doch als Giles tiefer in die Kanalisation vordrang, wechselte der Untergrund allmählich zu matschigem Erdreich.

Vielleicht hätte ich auch einen Schnorchel einpacken sollen, dachte Giles humorlos.

Etwas am Boden weckte seine Aufmerksamkeit. Giles zerrte die Taschenlampe aus seinem Rucksack und schaltete sie ein. Im schlammigen Untergrund waren Fußabdrücke zu erkennen. Sie waren kleiner als seine eigenen, und sie wirkten noch sehr frisch.

Hier unten ist noch jemand, dachte er. Und es schien sehr unwahrscheinlich, dass es sich dabei um Angel handelte. Es sei denn, es gab da etwas, das Giles im Zusammenhang mit der Schuhgröße des Vampirs übersehen hatte.

Er griff in seine Manteltasche und zog den Pflock heraus, den er dort zwecks schnellem Zugriff deponiert hatte. Dann setzte er seinen Weg fort.

Weit bin ich ja noch nicht gekommen, dachte er, als sich der Schacht vor ihm plötzlich vergrößerte. Er knipste die Taschenlampe wieder aus, denn er schien sie hier nicht mehr zu benötigen. Es sah aus, als hätte dieser Bereich der Kanalisation seine ganz eigene Beleuchtung. Giles wollte gar nicht wissen, warum, wichtig war nur, dass seine eigene Lichtquelle ihm hier nicht mehr weiterhelfen konnte.

Einem geschenkten Gaul sieht man schließlich nicht ins Maul.

Er bog um die nächste Ecke und stieß gegen irgendetwas Festes. Sein Arm mit dem Pflock schoss in die Höhe.

»Rupert! Nein!«, hörte er da eine Stimme rufen.

Langsam ließ Giles die Hand mit der Waffe wieder sinken; in seinem Kopf überschlugen sich die Gedanken. »Jenny?«, fragte er verständnislos. »Wann sind Sie zurückgekommen? Und was zum Teufel machen Sie hier?«

»Sie haben mir doch selbst gesagt, dass ich herkommen soll!«

»Ganz sicher habe ich das nicht.«

»Aber natürlich haben Sie das«, insistierte Jenny. »Heute Abend, eben noch, am Telefon ... Ich hatte Ihnen davon berichtet, dass es sich bei der Kreatur, die uns angegriffen hat, um einen Gestaltwandler handeln muss, und Sie sagten, Sie wären froh, dass ich wieder in der Stadt sei.«

»Das weiß ich, aber alles andere habe ich nie zu Ihnen gesagt«, sagte Giles. »Moment mal, lassen Sie mich das mal kurz zusammenfassen –«

»Sie sagten auch, dass Sie das mit dem Gestaltwandler schon wüssten?«, unterbrach ihn Jenny.

»So ist es«, erwiderte Giles. »Ich hab's mir heute Nachmittag selbst zusammengereimt ... Jenny, es tut mir Leid, aber ich habe heute Abend ganz gewiss nicht mit Ihnen telefoniert.«

»Aber das würde ja bedeuten, dass –«

»Ms. Calendar!«, ertönte da eine Stimme neben Giles. »Wann sind Sie zurückgekommen?«

Giles machte einen kleinen Satz zurück und zog Jenny mit sich in die Mitte des Tunnels.

»Halten Sie sich im Hintergrund«, warnte er die junge Lehrerin.

»Ach du liebe Güte, nicht *das* schon wieder«, sagte Angel.

»Ich weiß, wer ich bin«, sagte Giles, »aber wer bitte sind *Sie*?«

»Und wer bitte sind *Sie*?«, verlangte Jenny von dem Bibliothekar zu wissen. Sie riss sich von ihm los und trat einige Schritte zurück. Sie, Giles und Angel bildeten nun ein unregelmäßiges Dreieck. »Einer von Ihnen scheint der Gestaltwandler zu sein«, bemerkte Jenny zutreffend.

»Und Giles hat soeben die Möglichkeit erhalten, sich in Sie zu verwandeln«, sagte Angel zu Jenny.

»Das habe ich nicht!«

»Das müssen Sie ja jetzt behaupten«, meinte Angel zu Giles.

»Das ist ja völlig lächerlich.«

Angel nickte. »Ich bin ganz Ihrer Meinung. Das Ganze sieht mir sehr nach einem Patt aus.«

»Das würde ich so nicht sagen«, ertönte da eine neue Stimme aus dem Tunnel.

Eine Sekunde später trat Angel in das dämmrige Licht der Höhle.

Sofort rückten Giles und Jenny ein Stück zusammen. Damit dürfte sich ein Problem geklärt haben, dachte der Wächter. Oder vielleicht doch nicht?

»Ich würde sagen, wir haben es hier mit einer Frage des

Vertrauens zu tun«, sagte der zweite Angel. »Wie sehr vertraut Giles mir wirklich?«

»Ich denke, du meinst, *mir*?«, korrigierte der erste Angel.

»Warum gibt er Ihnen nicht einfach das vereinbarte Signal?«, flüsterte Jenny Giles ins Ohr.

»Was für ein Signal?«, fragte dieser.

»Was soll das heißen: ›Was für ein Signal?‹«, fragte Jenny mit leicht erhobener Stimme zurück. »Das Signal natürlich, auf das Sie beide sich für einen solchen Fall geeinigt hatten. Wenn Sie beide wussten, dass Sie es mit einem Gestaltwandler zu tun haben, dann haben Sie sich doch wohl so etwas wie einen Plan überlegt, oder nicht?«

»Ich bin Wächter, kein Stratege«, schnappte Giles.

Natürlich hatte Jenny Recht, er hätte an eine Situation wie diese denken und sich darauf vorbereiten müssen. Und weil er das nicht getan hatte ...

»Giles«, sagte der erste Angel plötzlich. »Versuchen wir's mal hiermit: Erinnern Sie sich noch, als wir –«

»Stopp!«, schrie Giles. »Liefern Sie ihm keine Informationen über das hinaus, was er schon weiß!«

»Sehr gut«, kommentierte Angel Nummer zwei die Szene. Er kam ein paar Schritte weiter in die Höhle hinein und verringerte den Abstand zwischen sich, Jenny und Giles. Die beiden Menschen standen nun Rücken an Rücken, und jeder von ihnen hatte einen Vampir im Blick.

»Du wusstest«, sagte der zweite Angel zum ersten Angel, »dass Giles dich nicht zu Ende sprechen lassen würde, also konntest du diesen Schuss ins Blaue in aller Ruhe abgeben.«

»Wenn du meinst«, sagte der erste Angel. »Zu schade, dass wir das jetzt nicht mehr herausfinden können.«

»Besuch! Wie nett«, donnerte da eine neue Stimme durch die Höhle. Eine Stimme, die Giles das Blut in den Adern gefrieren ließ.

Absalom?

Als ob nicht alles schon schlimm genug wäre.

Ein weiterer Vampir betrat die Höhle und stellte sich direkt Giles und Jenny gegenüber auf, sodass die beiden Menschen nun mit ihm ein Dreieck bildeten, flankiert von je einem der Angels.

Giles spürte, wie ihm der kalte Schweiß von der Stirn in die Augen rann.

Rein rechnerisch und ganz und gar theoretisch schien das Team um den Wächter in der Überzahl, doch Absalom hatte sich so postiert, dass für Jenny und Giles keine Chance bestand, sowohl ihn als auch die beiden Angel-Vampire im Auge zu behalten. Sie mussten also ihren Fokus verlagern.

Sich aufteilen, Gegner einkreisen und zuschlagen.

Eine Taktik, die hier und jetzt offensichtlich einiges für sich hatte.

»Ich hab mir ein hübsches Spielchen für euch beide ausgedacht«, sagte Absalom. Fast schwebte er ein weiteres Stück auf Giles und Jenny zu. Der Wächter drehte leicht den Kopf, um zu sehen, ob der Angel, der sich ihm am nächsten befand, Angel Nummer zwei, seine Position verändert hatte. Doch der stand nach wie vor reglos an Ort und Stelle. Noch.

»Wenn die Nacht hereinbricht, habe ich immer ganz besonders viel Spaß«, plauderte Absalom weiter.

»Ich glaube nicht, dass wir dabei an dieselben Dinge denken«, murmelte Jenny neben Giles. Ein sonderbares Gefühl durchströmte ihn bei ihren Worten. Es konnte sich dabei nur um so etwas wie Stolz handeln, denn soeben hatte ihn Jenny sehr an die Jägerin erinnert. Selbst wenn die Dinge noch so aussichtslos erschienen, ließ sie sich nicht unterkriegen.

»Zu schade, dass die Jägerin nicht hier ist«, fuhr Absalom fort und kam noch ein Stück auf sie zu. »Aber ihre Zeit wird kommen.«

Angel Nummer zwei machte einen fast unmerklichen Schritt voran. Giles merkte, wie sich jeder Muskel in seinem Körper straffte, während in seinem Kopf die Gedanken umherwirbelten.

»Hat er sich bewegt?«, flüsterte er Jenny zu.

»Was?«

»Hat sich Ihr Angel bewegt?«

»Er ist zwei Schritte auf mich zugekommen, und er hat vorher nicht mal ›Mutti, darf ich?‹ gefragt.«

»Eure Zeit hingegen schon«, sagte Absalom. Giles musste sich zwingen, seine Aufmerksamkeit wieder dem Diener des Meisters zuzuwenden. »Eure Zeit ist gekommen. Und zwar jetzt!«

Mit diesen Worten stürzte er auf Giles und Jenny zu, womit in der Höhle eine Kette von Aktionen ausgelöst wurde. Angel Nummer zwei stürzte sich sogleich auf Absalom. Die beiden gingen in einem Knäuel aus Armen und Beinen zu Boden.

Giles hatte gerade einmal Zeit für einen einzigen Gedanken: Ich hoffe, ich irre mich jetzt nicht.

»Nimm sie!«, rief er. Er wirbelte herum und schubste Jenny geradewegs in die Arme von Angel Nummer eins, der schon in ihre Richtung unterwegs war. Er hörte, wie Jenny aufschrie, als die starken Arme des Vampirs sie packten und festhielten.

Mit einem Aufschrei riss Giles den Pflock in die Höhe und rannte auf die beiden Kämpfer am Boden zu.

»Alles okay, Giles«, keuchte Angel Nummer zwei, der nun über Absalom hockte und ihn fest im Griff hatte. »Ich hab ihn.«

»Danke für die Zusammenarbeit«, gab Giles zurück. »Und nun schön stillhalten.« Sprach's und rammte Angel Nummer zwei den Pflock geradewegs in den ungeschützten Rücken. Der Vampir warf den Kopf zurück und stieß ein unmenschliches Knurren aus.

Und nun folgt der spannende Moment der Wahrheit, dachte Giles.

Der durchbohrte Leib der Kreatur, die wie Angel aussah, krümmte sich und begann dann, sich zu verändern. Wieder und wieder und wieder. Denn während es starb, durchlief das Ding zu Giles' Füßen sämtliche Formen, die es im Laufe seiner Existenz je angenommen hatte. Es war, als ob ein Film rückwärts ablief.

Und dann, für den Bruchteil einer Sekunde, erhaschte Giles einen Blick auf das wahre Gesicht des Gestaltwandlers, auf quecksilberfarbene Augen, die ihn anstarrten.

»Woher wussten Sie, wer der Richtige ist?«, fragte er, bevor er zu Staub zerfiel. Und ehe sich Giles versah, starrte er nur mehr auf Absalom, der nun allein am Boden lag.

Blitzschnell schoss Absaloms Fuß empor, traf Giles am Unterarm und schleuderte ihm den Pflock aus der Hand. Bevor Giles auch nur reagieren konnte, war der alte Vampir aufgesprungen und hatte Giles' Handgelenk gepackt. Dann drehte er dem Wächter brutal den Arm auf den Rücken und schob ihn wie einen menschlichen Schutzschild in Richtung Angel.

»Nun, *das* nenne ich ein Patt«, sagte Absalom. Giles' Arm noch immer in einem äußerst schmerzhaften Winkel haltend, bewegte er sich mit seiner Geisel langsam rückwärts zum Ausgang des Tunnels hin. »Man sieht sich«, rief er. »Zu einer anderer Zeit, an einem anderen Ort. Darauf könnt ihr euch verlassen!«

Er versetzte Giles einen kräftigen Stoß, sodass der Wächter hart auf die Knie fiel, und rannte durch den Tunnel von dannen.

»Rupert!«, rief Jenny und eilte zu ihm. »Geht es Ihnen gut?«

Angel reichte ihm wortlos seine Hand. Giles ergriff sie und ließ sich von dem Vampir wieder auf die Beine ziehen.

»Lasst uns von hier verschwinden«, sagte er nur.

»Woher wusstest du, wer der richtige Angel war?«, fragte Jenny.

»Das wusste ich nicht wirklich«, musste Giles zugeben.

Sie waren wieder draußen und gingen gerade durch die Ruine der alten, ausgebrannten Kirche zu Giles' Citroën. »Es war eine mehr oder weniger anspruchsvolle Mutmaßung.«

»Wie kommt es, dass ich es bisher nie zu würdigen gewusst habe, dass Sie in einer Bibliothek arbeiten?«, fragte Angel.

»Doch auf welche Erkenntnisse stützte sich Ihre Mutmaßung, Rupert?«, hakte Jenny nach. »Etwas muss doch für

Ihre Entscheidung den Ausschlag gegeben haben. Nachdem Sie ja bekanntlich keinen Plan hatten –«

»Moment mal«, mischte sich nun Angel wieder ein. »Was meint sie mit ›wir hatten keinen Plan‹, Giles? Wir hatten durchaus einen Plan und der lautete: Wir stellen und töten es.«

»Jenny bezieht sich auf die Tatsache, dass Sie und ich uns hätten ein Geheimzeichen überlegen sollen«, erklärte Giles. »Damit wir einander auch erkennen können. Für den Moment, dass der überaus vorhersehbare Ernstfall, der ja dann auch eingetreten ist, tatsächlich eintritt.«

»Ach so, das meinen Sie mit Plan. Also, *wie* haben Sie es denn nun letztendlich rausgefunden?«

»Nun, in Ermangelung einer besseren Erklärung, nennen Sie es einfach menschliche Intuition«, meinte Giles. »Sehen Sie, ein Gestaltwandler, egal, in welcher Form er vor einem steht, ist nun mal eine reinrassige Kreatur der Finsternis, ein seelenloses Geschöpf, ein ziemlich atemberaubend böses Ding.«

»Schön und gut, aber er hat doch Absalom angegriffen«, warf Jenny ein.

»Genau«, sagte Giles. »Er griff an. Das ist alles, was er konnte, alles was sein – sagen wir mal – Selbstverständnis ihm erlaubte zu tun. Absalom war daher das logische Ziel, wenn man diese Parameter voraussetzt.«

»Weil es dann für uns so aussehen musste, als ob der Gestaltwandler auf unserer Seite wäre«, warf Jenny ein.

Giles nickte. »Nur der wahre Angel vermochte sich anders zu entscheiden«, sagte er. »Er konnte –« Er brach ab und starrte auf seine schlammverkrusteten Schuhe. »Er konnte tun, was auch ich getan hätte«, sagte er schließlich.

»Den Versuch unternehmen, mich zu beschützen«, sagte Jenny.

Giles nickte wieder. »Dergleichen erfordert mehr als Selbstverständnis. Es erfordert ein Gewissen.«

»Wusste ich's doch!«, ertönte da plötzlich eine Mädchenstimme.

Das Trio wandte sich um und sah, wie Xander und Willow auf sie zustürmten. Atemlos kamen sie vor Jenny, Giles und Angel zum Stehen.

»Ich wusste, dass irgendwas im Busch ist«, japste Willow. »Das hat nämlich alles keinen Sinn ergeben ... Oh, hi, Miss Calendar!«

»Hallo, Willow und Xander«, sagte Jenny.

»Also, wie lautet Ihr Plan, und wo sind die üblen Gestalten?«

»Es gibt keinen Plan und auch keine üblen Gestalten«, sagte Giles ruhig.

»Was machte keinen Sinn?«, fragte Angel das Mädchen.

»Dass ihr, du und Giles, in der Bibliothek rumgehangen habt wie alte Freunde«, erwiderte Willow in triumphierendem Tonfall.

»Vergiss nicht die Sache mit der Tür«, murmelte Xander.

»Und dann war da noch die Sache mit der Tür«, fuhr Willow fort. »Ihr habt mich rausgeschmissen!«

»Ich hab niemanden rausgeschmissen« protestierte Angel. Er sah Giles an. »Haben Sie jemanden rausgeschmissen?«

»Nicht in diesem Leben«, erwiderte Giles.

»Also gut, aber was ist mit der Tatsache, dass es schon so spät war?«, fragte Willow. »Auf dem Nachhauseweg hätte mir alles Mögliche zustoßen können, doch es war Ihnen völlig wurscht.«

»Es hätte dir nichts passieren können, weil in der Stadt alles in Ordnung ist, so einfach ist das«, sagte Giles.

»Also gut«, mischte sich nun Xander ein. »Dann, liebe Quizkandidaten, beantworten Sie mir doch bitte folgende Frage: Wenn in der Stadt alles in Ordnung ist, was zum Teufel haben Sie dann mitten in der Nacht vor dem Eingang der Höhle des Meisters zu suchen?«

Eine Sekunde lang herrschte betretenes Schweigen.

»Wir sind –«, begann Giles.

»– spazieren gegangen«, beendete Jenny rasch seinen Satz.

»So ist es«, meinte Angel.

»Jenny und ich haben –«, führte Giles weiter aus.

»– einen Spaziergang unternommen«, setzte sie seinen Erklärungsversuch fort. »Weil ich gerade eben erst in die Stadt zurückgekehrt war, und dann –«

»– hab ich die beiden getroffen, und wir sind ein bisschen durch die Gegend geschlendert«, fügte Angel hinzu.

»Durch die Gegend geschlendert? Geradewegs zur Höhle des Meisters?«, fragte Willow.

Angel sah sich um, als erkannte er erst jetzt, wo sie sich befanden. »Ach, hier sind wir? Sieh mal einer an!«

Willow und Xander wechselten einen viel sagenden Blick.

»Ich hab da eine Idee«, ließ sich nun wieder Giles vernehmen. »Nun, da wir alle wieder so einträchtig vereint sind, wie wäre es, wenn wir bei mir noch eine heiße Schokolade trinken würden?«

»Wieder sahen sich Xander und Willow an.

»Nun, Sie haben Recht«, sagte Willow.

»Danke«, erwiderte Giles, »aber womit genau habe ich Recht?«

»Es ist schon reichlich spät. Wir sollten besser nach Hause gehen, falls es wirklich nichts mehr gibt, wobei wir Ihnen behilflich sein könnten.«

»Nein, wirklich nicht, Willow«, sagte Giles und musste ein Grinsen unterdrücken.

»Ich könnte euch nach Hause fahren«, bot Jenny den beiden an.

»Danke, Miss Calendar, das wäre toll«, sagte Xander.

»Wir sehen uns dann gleich bei Ihnen, Rupert, okay?«, sagte Jenny.

»Was? Oh, ja, natürlich«, meinte Giles.

»Mein Auto steht da drüben«, informierte Jenny die beiden Schüler, und dann marschierte sie mit Xander und Willow im Schlepptau davon.

Angel und Giles blieben neben dem Citroën des Wächters zurück.

»Soll ich Sie nach Hause fahren?«, fragte Giles.

Für den Bruchteil einer Sekunde entstand Schweigen. Dann trat Angel einen Schritt zurück. »Nein, danke, aber ich gehe zu Fuß. Ich glaube, das geht schneller.«

»Jetzt fangen Sie auch noch damit an, auf meinem Wagen herumzuhacken …«

Der Anflug eines Lächelns erschien auf Angels Gesicht. »Nächstes Mal machen wir einen besseren Plan«, sagte er.

»Das machen wir«, stimmte Giles zu.

Angel drehte sich um und ging davon.

»Danke!«, rief Giles ihm nach.

Angel hielt nicht inne, drehte sich nicht um, doch der Wächter hörte, wie die Antwort des Vampirs durch die Stille der Nacht an sein Ohr drang: »Nicht der Rede wert.«

Es ist nirgends besser als daheim

Cameron Dokey

Ich werde sterben. Und ich kann nichts dagegen tun.

Buffy Summers versuchte sich freizukämpfen und spürte, wie die kräftigen Arme, die sie festhielten, sich noch enger um sie schlossen. Es ist hoffnungslos, dachte sie. Alles um sie herum begann hinter einem dunstigen Schleier zu verschwimmen. Jegliches Gefühl war aus ihren Beinen gewichen.

Blut, dachte sie. Ich habe zu viel Blut verloren. Ich habe –

»Was ist los, Jägerin?«, höhnte die Stimme des Meisters in ihrem Ohr. »Angst davor, tot aufzuwachen?«

Nein!

Mit wild hämmerndem Herzschlag fuhr Buffy jäh in ihrem Bett auf. Grelles Sonnenlicht flutete durch das Fenster in das Gästezimmer hinein, in dem sie sich befand, in L.A., in der Wohnung ihres Vaters.

Alles ist gut, dachte sie. Es ist vorbei. Dies ist L.A., und nicht Sunnydale. Ich bin hier, bei Dad.

Sie war wach und ganz offensichtlich nicht tot.

Buffy schlug die Bettdecke zurück und warf blinzelnd einen Blick auf den Digitalwecker, der auf dem Nachttischchen neben ihrem Bett stand. 10:00 a.m. verkündeten die rot leuchtenden Ziffern.

Na super. Wieder ein Morgen, an dem sie ihren Vater verpasst hatte, weil sie nicht aus den Federn gekommen war. Wenn das so weiterging, würde sie ihren Dad erst auf der Rückfahrt von L. A. nach Sunnydale wieder sehen.

Sie schlüpfte in ihre Lieblingshäschenpantoffeln und setzte sich gähnend Richtung Küche in Bewegung.

Schon die Hinfahrt war ein voller Erfolg gewesen, oder etwa nicht?, dachte sie.

Hank Summers hatte sich während der ganzen Fahrt von Sunnydale nach L. A. wirklich die allergrößte Mühe gegeben, mit seiner Tochter ins Gespräch zu kommen. Hatte versucht, ihr die Sache mit der neuen Frau in seinem Leben zu erklären. Und was habe ich getan? Mich in Ms. Neandertaler verwandelt, ging ihr durch den Kopf. Das Kommunikativste, das sie zur Konversation beigesteuert hatte, war ein dann und wann unverständliches Nuscheln gewesen.

Sicher, der Umstand, dass sie einen Kloß von der Größe Nebraskas im Halse hatte, war der Situation natürlich wenig zuträglich gewesen.

Eigentlich will ich gar nicht so viel über ihn wissen, dachte Buffy. Das Einzige, was sie wollte, war, sich in Sicherheit fühlen. Und diese Visionen loswerden.

Sie öffnete den Kühlschrank und schenkte sich ein Glas Orangensaft ein.

In L.A. angekommen, war es zwischen ihnen dann ein wenig besser gelaufen. Seit jenem ersten Tag hatte ihr Vater alles Mögliche von ihr und über sie wissen wollen. Aber was, um alles in der Welt, hätte sie auf die Flut seiner Fragen antworten sollen?

»Wie ist es denn so am Ende des Schuljahres gelaufen, Liebes?«

»Ach, ganz gut, Dad. Abgesehen vielleicht von den paar Minuten, in denen ich gestorben bin.«

Ich verstehe.

Doch nun nahm der Job ihres Vaters ihn beinahe rund um die Uhr in Beschlag. Und besagte Freundin hatte sich – nach einigen höflich-distanzierten gemeinsamen Abendessen in von kühlem Ambiente beherrschten Restaurants – von der Bildfläche verabschiedet. »Wir haben einfach nicht zusammengepasst«, hatte Hank Summers dazu gesagt. Doch Buffy nahm eher an, dass Wendy sich auf die Suche nach einem Mann gemacht hatte, der keine Tochter im Teenageralter im Schlepptau hatte.

Im Grunde war auch Hank praktisch von der Bildfläche verschwunden. Und ein jeder von Buffys alten Freunden.

Dafür waren die Erinnerungen umso zahlreicher.

Ich werde mich nicht unterkriegen lassen, sagte sie sich.

Es verging kein Tag, an dem sie sich nicht mit diesem Vorsatz immer wieder aufs Neue Mut zu machen versuchte, seit jenem Moment, als sie die Augen aufgeschlagen und in Xanders angsterfülltes Antlitz geblickt hatte. Das war an dem Tag gewesen, an dem sie die bittere Erfahrung gemacht hatte, dass auch sie nicht unbesiegbar war.

Und die Prophezeiung mochte sich immer noch erfüllen.

Der Tag ihres Kampfes gegen den uralten Vampir, der so mächtig und stark gewesen war, dass er schlicht nur »Der Meister« genannt wurde, hatte damit geendet, dass sie mit dem Gesicht nach unten in einem Wassertümpel lag.

Es war der Tag, an dem sie gestorben war.

In drei tiefen Schlucken trank Buffy knapp die Hälfte ihres Orangensafts aus. Das eiskalte Getränk schmerzte in ihrer Kehle.

Etwas, womit tote Mädchen für gewöhnlich keine Probleme hatten.

Auch du nicht, bevor man dich wieder zurück ins Leben geholt hatte und du dem Meister gehörig in den Arsch getreten hast, sagte sie sich. Heftig schlug sie die Kühlschranktür zu.

Sie war am Leben. Der Meister nur mehr Staub.

Er hatte verloren. Sie triumphiert.

Das ist das Einzige, das von Bedeutung ist. Das Einzige, das zählt, schoss ihr durch den Kopf.

Buffy trank den Rest ihres Orangensafts, stellte das leere Glas in die Spüle und wandte sich dann nochmals zu dem Kühlschrank um. An der Klappe des Gefrierfaches hing ein *Cathy*-Memoblock, dessen oberstes Blatt mit der Handschrift ihres Vaters voll gekritzelt war.

Die Jägerin erschauerte.

Cathy. Nicht gerade ihre bevorzugte Art, den Tag zu beginnen.

Aber sie war sich ziemlich sicher, dass ihr Vater sich etwas dabei gedacht hatte, ausgerechnet diesen Notizblock an den Kühlschrank zu pappen.

Wahrscheinlich denkt er, dass sie ein gutes Vorbild ist oder so was.

Cathy mochte vielleicht mehr Neurosen haben, als selbst Freud zu behandeln in der Lage gewesen wäre, aber sie hatte zumindest noch niemals irgendetwas abgefackelt. Jedenfalls nicht Buffys Wissen nach.

Sie riss das oberste Blatt von dem Block und ging ins Wohnzimmer.

Mal sehen, was der Briefpapi heute Morgen zu erzählen hat.

Nachdem sie sich so selten sahen und Hanks Terminkalender kaum Raum ließ, etwas daran zu ändern, waren eilig gekritzelte Notizen oder Mitteilungen auf dem Anrufbeantworter für sie und ihren Vater zu den vorrangigen Mitteln der Kommunikation geworden. Jeden Morgen nach dem

Aufstehen fand sie am Kühlschrank eine neue Nachricht von ihm vor.

Stets war der Ton von beinahe besonnener Zuvorkommenheit, als hätte ihr Dad einen Kurs absolviert mit dem Thema »Wie kommuniziere ich richtig mit meiner problembeladenen Tochter«.

Das musste ein Fernkurs gewesen sein. Ganz ohne Frage.

Guten Morgen, Faulpelze, bewegt eure müden Knochen, vermeldete der aufgedruckte *Cathy*-Spruch auf dem heutigen Zettel.

Buffy verzog das Gesicht. Genau das hab ich jetzt gebraucht. Irgendeinen blöden Hinweis auf Knochen, dachte sie.

»Wichtige Besprechung heute Nachmittag«, schrieb ihr Vater, »bin aber wahrscheinlich früh genug zu Hause, um meine Lieblingstochter zum Essen auszuführen. Zieh dir was Schickes an. Melde mich auf dem Heimweg noch mal telefonisch bei dir. Vergiss nicht, dich einzucremen, falls du raus an den Pool gehst.«

Zum ersten Mal an diesem Morgen erschien so etwas wie ein Lächeln in Buffys Gesicht. Diese letzte Bemerkung rangierte auf der Nettigkeitsskala ziemlich weit oben, fand sie. Immerhin schien sie dafür zu sprechen, dass sich ihr Vater Sorgen machte, ihr könnte irgendetwas zustoßen – und wenn es nur ein Sonnenbrand war –, während er seinem Tagwerk nachging.

»Mach dir einen schönen Tag, Liebes. Bis heute Abend«, war der letzte Satz.

Buffy spürte, wie sich ihre Stimmung hob. Ganz offensichtlich macht unsere Vater-Tochter-Beziehung Fortschritte, entschied sie. Nicht nur, dass ihr Dad sich aufrichtig bemühte, mehr Zeit mit ihr zu verbringen, nein, er hatte sogar darauf verzichtet, einen von diesen dämlichen Smileys unter seine Nachricht zu malen, wie er es beim letzten Mal getan hatte.

Sie legte den Notizzettel neben sich auf das Sofa und stützte ihre Füße gegen die Couchtischkante, in einem Winkel, dass es, wenn sie mit den Zehen wackelte, so aussah, als würden sich die beiden Pantoffelhäschen miteinander unterhalten.

Das gemeinsame Abendessen mit ihrem Vater war möglicherweise eine zweite Chance. Diesmal werde ich es anders anpacken, beschloss sie. Sie würde ihm von Sunnydale berichten, davon, wie sie lebte und was sie dort so alles unternahm.

In zensierter Fassung natürlich, und höchstens auszugsweise.

Tief in Gedanken versunken wackelte Buffy mit den Zehen. Zum Beispiel konnte sie ihm von der Schulbibliothek erzählen, in der sie so eine Art Dauergast war. Das würde ihrem Vater sicher gefallen.

Zumindest solange sie die kleine, unwichtige Information unterschlug, dass sich diese Bibliothek direkt über dem Höllenschlund befand.

Na ja, dann war da natürlich noch Willow, ihre beste Freundin. Hank Summers hatte sich immer gewünscht, seine Tochter würde bessere Noten nach Hause bringen. Vielleicht konnte sie ein paar Pluspunkte sammeln, wenn sie beiläufig erwähnte, dass Willow zu den Besten ihres Jahrgangs zählte.

Dass Willows Intellekt und ihr Hang, sich von den anderen Schülern abzusondern, sie zu einem leichten Opfer für Moloch gemacht hatte, jenem Dämon, der in der Maskerade eines hypersensiblen Chat-Teilnehmers im Internet sein Unwesen trieb, musste Dad ja nicht unbedingt wissen.

O Gott, ich geb's auf.

Sie konnte ihrem Vater genau das erzählen, was sie auch ihrer Mutter erzählt hatte. Nämlich nichts. Null. Niente. Nada.

Das Abendessen würde genauso ablaufen wie die Fahrt nach L. A ... Von Anfang bis Ende eine einzige Katastrophe.

Ich muss hier raus, dachte die Jägerin.

Sie war in die Stadt der Engel gekommen, um sich zu erholen, um zu vergessen.

Und bislang hast du das ja wirklich klasse hingekriegt.

Das reicht!, schalt sie sich selbst. Wenn es etwas gab, was sie hasste, dann Selbstmitleid.

Was, wenn sie einfach nur Schwierigkeiten hatte, sich hier einzugewöhnen? Wenn der eigentliche Grund dafür, dass sie bis in die Puppen schlief, der war, dass sie solche Probleme mit dem Einschlafen hatte? Weil sie nach wie vor total überreizt und völlig aus der Bahn geworfen war.

Sie war aus dem Reich der Toten zurückgekehrt. Es war ihr gutes Recht, ein wenig von der Rolle zu sein.

Sie brauchte einfach nur ein wenig mehr Zeit, um wieder zu Atem zu kommen, das war alles.

Zu Atem kommen. Ha ha. Sehr komisch.

Mit Schwung stand sie vom Sofa auf. Wie immer führte Nachdenken in diesem Fall mit Riesenschritten in ein unergründliches Nichts. Ich sollte aufhören zu grübeln, sagte sie sich. Und schließlich gehörten Gehirnakrobatik und das Überstrapazieren der kleinen grauen Zellen eher in Willows Ressort. Buffy war von jeher die Macherin gewesen.

Entschlossen begab sie sich ins Bad, um zu duschen. Es war an der Zeit, Schluss zu machen mit dem Abhängen. Zeit, wieder in Aktion zu kommen. Neuen Lebensmut zu fassen.

Du musst auf andere Gedanken kommen, sagte sie sich.

Und es gab etwas, wodurch sich dies so effektiv wie durch nichts anderes erreichen ließ.

Es war an der Zeit, shoppen zu gehen.

»Möchten Sie vielleicht kandierte Kaktusfrüchte kaufen, Señorita?«

Buffy schaute nach unten, und ihr Blick fiel auf einen kleinen Jungen, der einen Bauchladen umgeschnallt hatte, auf dem kleine weiße Tütchen voller durchscheinender Candystückchen lagen.

Klar, dachte sie. Warum nicht?

War sie nicht hierher gekommen, um mal was ganz anderes zu tun als sonst? Und Süßigkeiten zu essen, die aus einer Pflanze gemacht waren, an der man sich ernsthaft bis tödlich verletzen konnte, schien kein schlechter Anfang zu sein.

Buffys Einkaufsbummel hatte sie schließlich bis in die Olvera Street geführt, der ältesten Straße in ganz L. A. Zugleich der letzte Ort, an den sie zu gehen beabsichtigt hatte, als sie zum Shoppen aufgebrochen war. Doch jedes Mal, wenn sie ihre Schritte Richtung Beverly-Center gelenkt hatte, war sie plötzlich von dem Gefühl übermannt worden, dass sie, wenn sie dorthin ging, ebenso gut auch gleich in der Wohnung ihres Vaters hätte bleiben können.

Immer das Gleiche. Immer das Gleiche, schoss ihr durch den Kopf.

Es gab nicht Außergewöhnliches in dem sterilen Einkaufscenter. Kein Treiben. Kein Leben.

Und Buffy war gerade dabei zu entdecken, dass sie mit jeder Faser ihres Seins genau das spüren wollte, was sie war.

Am Leben.

Und was wäre besser dazu geeignet, als dafür zu sorgen, dass mir so richtig schlecht wird?, dachte sie. Sie kaufte dem Jungen eine Tüte Kaktusfrüchte ab und machte sich daran, sie im Weiterschlendern zu vertilgen.

Es war drückend heiß auf der Olvera Street, auch etwas, was die Straße vom Beverly-Center unterschied. Buffy wusste, dass die Händler und Geschäfte hier hauptsächlich von Touristen lebten, trotzdem erschien ihr dieser Ort irgendwie wirklicher, authentischer als das klimatisierte Einkaufszentrum.

Aus der offenen Tür eines Restaurants drangen Essensdüfte auf die Straße hinaus und mischten sich mit dem Geruch des heißen Asphalts. Sie konnte die Hitze, die vom Gehweg aufstieg, durch die dünnen Sohlen ihrer Sandalen deutlich spüren. Und von oben brannte brutal die Sonne auf sie hinab und stach ihr ins Gesicht.

Schätze, Dad hatte Recht mit dem Eincremen, fiel ihr ein.

Doch das, was Buffy am meisten genoss, war das Gefühl völliger Anonymität. Niemand hier wusste, dass sie die Jägerin war. Niemand unter all diesen Menschen hatte mit der »Auserwählten« auch nur irgendetwas am Hut. Niemand von ihnen musste gerettet werden, und falls doch, dann zumindest nicht vor Dingen, die einzig und allein Buffy regeln konnte.

Ohne Eile und glücklich darüber, dass zum ersten Mal seit Wochen die Anspannung ein wenig nachzulassen schien, setzte sie ihren Weg fort, wechselte mal von der einen auf die andere Straßenseite und wieder zurück, und ließ sich auch von der beständig drängelnden und dahinströmenden Menschenmenge die Laune nicht verderben.

In aller Muße begutachtete sie ausgestellte Terrakotta-Ware und Schmuckstände. Ließ ihren Blick über kunstvoll arrangierte Früchte und Gewürzkräuter schweifen, die farbenprächtig zum Einkauf lockten. Rot. Orange. Grün. Gelb. Sie sah sich handgeflochtene Körbe an. Bestickte Kleider und Tischdecken. Widerstand nur mit Mühe dem heftigen Impuls, Giles einen mit Fransen besetzten riesigen Sombrero zu kaufen. Ein Wächter mit Fransen. Das war allerdings ein ziemlich beängstigender Gedanke.

Der einzige Laden, zu dem sie geflissentlich einigen Abstand hielt, war der, neben dessen Eingang eine Wahrsagerin saß.

Es war eine hutzelige, alte Frau, die auf einem Campingstuhl hinter einem kleinen Klapptisch kauerte, der von einem handelsüblichen Sonnenschirm überschattet wurde. Die Augen der Alten waren dunkel und klar und stachen aus einem Gesicht heraus, das entfernt an die vertrocknete Schale eines Apfels erinnerte.

»Einen Blick in die Zukunft, Señorita?«, sprach sie Buffy an.

Wohl kaum, dachte die Jägerin. Von Prophezeiungen hab ich erst mal die Nase voll, vielen Dank.

Abgesehen davon wollte sie nicht für den plötzlichen Tod der armen Frau verantwortlich sein. Sollte die Alte tatsächlich irgendetwas von dem sehen, was die Zukunft für Buffy noch so alles bereithielt, würde sie vor lauter Entsetzen wahrscheinlich der Schlag treffen. Und zudem würde gewiss nichts dabei herauskommen, was die Jägerin nicht ohnehin schon wusste.

Sie schüttelte dankend den Kopf, schob sich an dem kleinen Tisch vorbei und versuchte, den stechenden Blick der Hellseherin zu ignorieren. Die Art, wie ihre Augen ihr folgten, fokussiert wie ein Laser, hart und pechschwarz wie schimmernde Kohlestückchen.

Hör auf, mich anzustarren, dachte Buffy. An mir ist überhaupt nichts Besonderes. Ich bin ein Tourist, wie jeder andere hier auch.

Ja, genau.

»Dennis Michael Jones, du kommst sofort zurück!«, hörte Buffy eine Stimme aufkreischen. Im nächsten Moment raste ein kleines, tapsiges und erhitztes Irgendwas von hinten mit voller Wucht gegen ihre Beine und ließ die Jägerin zur Seite straucheln. Reflexartig versuchte sie, sich irgendwo festzuhalten, bekam die Kante des Klapptisches zu fassen und spürte, wie sich etwas um ihr Handgelenk schloss, so unerbittlich wie ein Schraubstock.

Finger.

Buffy wollte sich losreißen, doch die Finger gaben nicht nach. Sie fuhr herum, holte instinktiv mit der anderen Hand aus, um sich zur Wehr zu setzen – und blickte in die stechenden Augen der Wahrsagerin.

In der Iris der Alten konnte sie ihr eigenes Spiegelbild

erkennen, das blonde Haar zerzaust, die Augen vor Bestürzung weit aufgerissen.

Sehe ich etwa wirklich so aus?, schoss es ihr durch den Kopf.

»Du hast es dir also anders überlegt«, sagte die Hellseherin mit einer Stimme, die wie das Rascheln dünner Buchseiten klang. Buffy spürte, wie sich trotz der brütenden Hitze des Tages eine Gänsehaut auf ihren Armen bildete. »Sie wartet schon auf dich. Die Zeit drängt.«

Wer wartet auf mich?

Streich das. Ich will's nicht wissen, ging ihr durch den Kopf.

Das letzte Mal, als jemand auf sie gewartet hatte, war ein Kurztrip ins Jenseits die Folge gewesen.

»Ich warte auf dich«, hatte der Meister gehöhnt, als er mit ihr Katz und Maus gespielt hatte. *»Ich möchte diesen Moment auskosten.«*

»Aber ich nicht«, hatte die Jägerin geantwortet. Kurz bevor sich seine kräftigen Arme um sie legten, er sie außer Gefecht setzte und seinem Bann unterwarf.

»Das verstehe ich.«

Nein!, versuchte Buffy, die Erinnerungen zurückzudrängen. Ich werde nicht dorthin zurückkehren!

Ihr Magen bäumte sich auf, als hätte ihr jemand die Faust direkt in den Solarplexus gerammt. Die kandierten Kaktusfrüchte in ihrem Bauch gerieten in Aufruhr und drängten einen Moment lang bedrohlich dem Tageslicht entgegen. Gewaltsam riss Buffy die Hand zurück und entzog sich dem Griff der Wahrsagerin.

Sie vernahm ein ächzendes Keuchen, als die Alte mit dem Oberkörper auf den Klapptisch fiel. Vornübergebeugt, die

Hände gegen ihren revoltierenden Magen gepresst, rannte Buffy taumelnd in das nächstbeste Geschäft.

Drinnen war es stickig, dunkel, eng.

Fort mit euch. Lasst mich in Ruhe, kämpfte sie dagegen an.

»Was ist mit Ihnen, Señorita?«, hörte sie eine Frauenstimme fragen. »Fehlt Ihnen was? Hier hinten ist ein Stuhl. Bitte, kommen Sie und ruhen Sie sich einen Moment aus.«

Buffy spürte an ihrem Ellbogen eine weitere Hand, die nach ihr griff. Sanft. Behutsam. Einladend. Immer noch gegen die Übelkeit ankämpfend, ließ sie sich weiter in den Laden hineinziehen. Nach dem grellen Sonnenlicht draußen schien es in dem Geschäft stockfinster zu sein, abgesehen von einem merkwürdigen Leuchten im hinteren Bereich des Raumes.

»Hier, setzen Sie sich«, forderte sie die Frauenstimme auf. Sacht wurde Buffy nach unten gedrückt. Das kalte Metall eines Klappstuhls berührte die Rückseite ihrer Schenkel. »Schließen Sie die Augen«, sagte die Frau. »Und legen Sie den Kopf zurück. Ich hol Ihnen ein Glas Wasser.«

Buffy befolgte die Anweisungen der Frau, hörte das leise Rascheln ihres Kleides, als sie sich von ihr entfernte. Kopf zurück, Augen zu. Buffy nahm einen tiefen Atemzug, dann einen zweiten. Dankbar registrierte sie, wie die Kaktusfrüchte in ihrem Bauch allmählich ihre Revolte aufgaben und ihr Puls wieder auf Normalfrequenz sank.

Nur weiter so, du Superass, dachte sie. Konnte irgendein Mensch blöder sein als sie? Sie hatte sich von dieser Wahrsagerin einen Schrecken einjagen lassen wie ein kleines Kind von einer Halloween-Maske. *»Sie wartet schon auf Sie.«*

Hör auf zu spinnen, sagte sie sich wieder.

Dieser Spruch gehörte zu den ältesten Tricks solcher Jahrmarktbuden-Orakel und kam gleich hinter »Ich sehe einen großen, dunkelhaarigen, attraktiven Mann in ihrem Leben«.

Hat er zufällig gelbe Augen und einen ziemlich miesen Zahnarzt?

Buffy setzte sich aufrecht und rieb sich das Gesicht. Sie öffnete die Augen – und blickte in den flackernden Schein von Dutzenden und Aberdutzenden geweihter Kerzen.

Was um Himmels willen ist denn hier los?

Im hinteren Bereich des Ladens stand ebenfalls ein zusammenklappbares Tischchen, dieses hingegen war mit einer grellbunten Tischdecke verschönert. Genau in der Mitte, umringt von entzündeten Kerzen, stand in einem silbernen Rahmen das Foto eines jungen Mädchens.

Neugierig und aller Übelkeit zum Trotze stand Buffy auf und trat näher.

Eine Stoffpuppe lehnte an einer Seite des Rahmens. Über die andere hatte jemand das Ende eines Springseils gelegt. Entlang der hinteren Kante des Tisches stand eine Reihe Einmachgläser voller knallgelber und orangefarbener Ringelblümchen. Weitere Blütenblätter lagen auf der Tischdecke verstreut. Trotz der schweren, stickigen Luft im Raum schien ein leichter Duft nach Wiese und Frühling von ihnen auszugehen.

Ein Gedenkaltar, dachte sie.

Vor der Fotografie lag ein Päckchen mit kandierten Kaktusfrüchten. Winzige viereckige Schnitten, mit kleinen Papierstückchen zum Anfassen und ein jedes mit einem blassrosa schimmernden Zuckerguss überzogen.

Direkt über dem Tisch an der Wand hing ein weiteres Bild von dem Mädchen, dieses jedoch ausgeschnitten aus feinstem Seidenpapier. Es zeigte das Kind auf einer Schaukel, die dünnen Beinchen hoch in die Luft gestreckt, den Kopf weit zurückgeworfen und mit wehenden Zöpfen. Hinter ihr waren die Umrisse einer Gestalt zu erkennen – wahrscheinlich die Mutter des Mädchens, wie Buffy annahm –, welche die Schaukel offenbar in Bewegung hielt.

Irgendwie erinnerte das Bild Buffy an die Schneeflocken aus Papier, die sie und ihre Cousine Celia in der Weihnachtszeit ausgeschnitten und im Heim der Summers an die Fenster geklebt hatten. Nachdem Celia gestorben war, hatte Buffy nie wieder Schneeflocken gebastelt.

Celia, dachte sie. Das Mädchen auf dem Schattenriss sah ihr sogar ein bisschen ähnlich. In der stickigen Luft, die sich in dem hinteren Teil des Ladens staute, bewegte nicht ein einziger Lufthauch das hauchdünne Papier.

»Ah, geht es Ihnen wieder besser?«, fragte hinter ihr eine Stimme. Buffy machte vor Schreck beinahe einen Satz. Sie war so in die Betrachtung des Gedenkaltars versunken gewesen, dass sie die Ladenbesitzerin gar nicht bemerkt hatte.

»Ja, viel besser«, gab sie ein wenig verlegen zurück. Irgendwie hatte sie das Gefühl, ertappt worden zu sein – wobei auch immer. »Danke, dass ich mich bei Ihnen ausruhen durfte.«

Die Frau schüttelte den Kopf, als sei eine derartige Selbstverständlichkeit nicht der Rede wert. Sie hielt Buffy ein Glas entgegen.

»Hier, Ihr Wasser.«

»Vielen Dank«, sagte Buffy und fühlte sich noch eine Spur verlegener. Sie nahm das Glas, trank davon und behielt das kühle, erfrischende Nass einen Moment lang im Mund, bevor sie es hinunterschluckte.

Wie alt ist diese Frau wohl, fragte sie sich. Ihre Haut war fast ohne Falten und Runzeln, doch ihr Haar bereits schlohweiß. Wahrscheinlich nicht so alt wie die Wahrsagerin draußen vor der Tür, doch auf jeden Fall älter als Giles oder ihre Mutter, entschied Buffy. Die Augen der Ladenbesitzerin waren müde und getrübt und traurig.

»Sie haben sich den Scherenschnitt angesehen?«, fragte sie.

Buffy glaubte, aus ihrer Stimme einen merkwürdig lauernden Ton herauszuhören. Sie nickte.

»Sagt Ihnen *Los Dias de Muertos* etwas, die Tage der Toten?«

Buffy nickte abermals. In einer der unvermeidlichen »Was-eine-Jägerin-unbedingt-wissen-sollte« – Sitzungen hatte Giles ihr einmal das Wichtigste darüber erzählt. Da die Lektion mit einer Ausstellung von Scherenschnitten zusammengefallen war, die Joyce zur gleichen Zeit in ihrer Galerie präsentierte, hatte Buffy tatsächlich einiges davon behalten.

Los Dias de Muertos war das Fest, mit dem die Mexikaner die Wiederkehr ihrer Verstorbenen feierten. Aber fand das nicht im Oktober statt? Und zwar ziemlich genau am gleichen Tag wie Halloween, wenn sie Giles' Vortrag noch richtig in Erinnerung hatte. Die Nacht, in der die Geister der toten Kinder zu den Lebenden zurückkehrten, war die vom 31. Oktober zum 1. November, *All Hallow's Eve.*

Was soll das Ganze also? Wir haben doch erst Juli?, wunderte sich Buffy.

»Ich hab es selbst gemacht«, erklärte die Ladeninhaberin. »Für meine Tochter.«

Die Scherenschnitte gehörten zur üblichen Festtagsdekoration, doch darüber hinaus hatten sie noch eine weitere Funktion. Wenn sie sich bewegten, galt das als sicheres Zeichen dafür, dass der Geist des Verstorbenen anwesend war.

»Wie hieß Ihre Tochter?«, fragte Buffy. Im gleichen Moment hätte sie sich dafür ohrfeigen können. Sie wollte nicht noch mehr über das Privatleben dieser Frau erfahren, als sie bereits jetzt schon wusste. Sie hatte ihr eigenes Leben in Ordnung zu bringen.

»Cecelia«, antwortete die Ladenbesitzerin.

Buffy hatte das Gefühl, als ginge ein jäher Ruck durch den Raum. Gebannt starrte sie auf den Scherenschnitt, der immer noch völlig ruhig und unbewegt an der Ladenwand hing.

Ich wusste es! Es war ein Fehler, sie danach zu fragen, schalt sie sich. Das Mädchen hatte sie ohnehin schon ein wenig zu sehr an Celia erinnert. Es war nicht notwendig zu wissen, dass sie zudem fast den gleichen Namen hatte wie ihre Cousine.

»Sie war erst sieben Jahre alt«, fuhr die Frau neben ihr mit leiser Stimme fort.

Knapp vorbei ist auch daneben, dachte Buffy. Immerhin jedoch knapp genug, dass ihr ein Schauer über den Rücken lief und sich die feinen Härchen in ihrem Nacken aufrichteten. Und viel zu dicht dran, um noch ein Zufall zu sein. Celia war acht gewesen, als sie starb. In einem Krankenhaus. Allein.

Und du hast ihr Grab noch nie besucht, fiel ihr ein.

»All die Jahre habe ich auf sie gewartet«, fuhr die Frau mit flüsternder Stimme fort. Schweigend trat sie an Buffys Seite. »Auf ihren Geist, wieder und wieder. Habe gebetet und gehofft. Doch nie ist sie zu mir zurückgekehrt. Nicht ein einziges Mal.«

Das erklärt den Gedenkaltar, dachte Buffy. Diese Frau wollte nur eins: den Geist ihrer Tochter in ihre Nähe holen, egal, an welchem Tag im Jahr.

»Also haben Sie sich und Ihre Tochter in einem Scherenschnitt vereint?«

Der Kopf der Frau fuhr herum, als hinge er an einer unsichtbaren Gummistrippe. »Sie denken, das bin *ich* mit meiner Tochter? Sie haben nicht richtig hingesehen. Das bin nicht ich. Es ist die, die meine Tochter davon abhält, zu mir zurückzukehren. Es ist die Hexe. Es ist die *bruja*.«

Abermals starrte Buffy auf den Scherenschnitt. Auf den ersten Blick wirkte die Szene friedvoll und heiter. Ein kleines Mädchen auf der Schaukel und ein Erwachsener, der ihr Schwung gab. Doch nun, als Buffy etwas genauer hinsah, fiel ihr auf, was ihr zuvor entgangen war.

Das Mädchen hatte den Kopf in den Nacken gelegt, aber Buffy konnte erkennen, dass das, was sie im Gesicht des Kindes zunächst für einen Ausdruck von Freude gehalten hatte, in Wirklichkeit seinen Schmerz darstellte. Der Mund der Kleinen war weit aufgerissen, doch nicht zu einem entzückten Jauchzen, sondern zu einem angsterfüllten Schrei. Und die Enden ihrer Zöpfe flatterten mitnichten frei im Wind. Sie wurden von der Gestalt, die hinter der Schaukel stand, mit eiserner Hand festgehalten.

Buffy betrachtete das Gesicht der Gestalt genauer. Und in

diesen ihr völlig unbekannten Zügen entdeckte sie etwas, das sie jederzeit und überall auf der Welt erkannt hätte.

Das Böse.

Lass sie gehen!, schrie sie in Gedanken auf. Sie will nur zu ihrer Mutter. Das ist nicht fair!

Ohne sich dessen bewusst zu werden, trat sie einen Schritt nach vorn.

Und der Scherenschnitt bewegte sich, ohne dass ein Lufthauch durchs Zimmer ging.

Er wich ein Stück zurück, als wollte er Schwung nehmen, bog sich sodann gleichsam aufbäumend nach oben und verharrte wie ein kleine Markise über Buffys Kopf in der Schwebe. Ein leises Rascheln von dünnem Papier, und im nächsten Moment sank das Bild wieder in seine ursprüngliche Position zurück. Tot und reglos hing es wieder an der Wand.

»Gütiger Gott!«, rief die Ladenbesitzerin, bevor sie ungeachtet des harten Betonbodens vor dem Klapptisch auf die Knie fiel. »Sie sind wahr, die Worte der Hellseherin. Endlich bist du gekommen. Du bist die Eine. Die Kriegerin, die meine Tochter erretten wird.«

Trotz der drückenden Hitze begann Buffy mit einem Mal zu frösteln.

Ich will das nicht!, dachte sie in einem Anflug von Verzweiflung. Sie brauchte nicht noch einen weiteren Menschen, der ihr sagte, was sie zu tun hatte und worin ihre Pflichten bestanden. Nicht noch jemanden, der ihrer Hilfe bedurfte. Sie war sozusagen inkognito hier, wollte einfach nur in Ruhe gelassen werden. Und vor allem wollte sie definitiv nicht dazu auserkoren sein, irgendjemandes Tochter zu erretten.

Ich wäre vermutlich ohnehin nicht die Richtige dafür. Ich kann ja nicht mal mich selber retten, dachte sie.

Sie stellte ihr Glas neben dem Tisch ab. Ich muss hier raus, schoss ihr durch den Kopf. Aber sie konnte unmöglich die Frau hier einfach auf dem Boden kniend zurücklassen.

»Bitte«, sagte sie, indem sie sich zu der Ladenbesitzerin herabbeugte. »Bitte stehen Sie auf. Es tut mir Leid. Aber hier liegt offensichtlich ein Missverständnis vor. Tut Ihnen irgendetwas weh? Soll ich vielleicht Hilfe holen?«

»Nein, nein«, murmelte die Frau, während sie sich von Buffy aufhelfen und zu dem Klappstuhl führen ließ. »Du bist die einzige Hilfe, die ich brauche. Du bist die, deren Ankunft die Hellseherin vorausgesagt hat. Endlich bist du da. Du wirst für meine Cecelia kämpfen.«

Wird Zeit für 'ne Neuveröffentlichung auf CD, dachte Buffy. Diese Frau klang immer mehr wie eine Schallplatte mit einem Sprung.

»Ich bin *nicht* die Eine«, widersprach Buffy, diesmal deutlich energischer. Sie spürte, wie sich das schlechte Gewissen in ihr zu regen begann. War das nicht gelogen? War sie in Wahrheit nicht etwa die *Eine*? Die Auserwählte? Ja, und das bedeutet, ich bin die Jägerin und kein Ghostbuster.

»Es tut mit Leid, aber ich kann Ihnen nicht helfen.«

Die Frau sah verwirrt zu ihr auf. »Aber der Scherenschnitt, er hat sich bewegt«, protestierte sie leise. »Das ist der Beweis, dass der Geist meiner Tochter anwesend war, wenn auch nur für einen kurzen Moment. Sie war hier, in diesem Raum.«

Zu Buffys Bestürzung begannen sich die Augen der Ladenbesitzerin nun auch noch mit Tränen zu füllen. »Niemals, in all den Jahren, seit meine Tochter von mir ging, ist so etwas geschehen«, fuhr die Frau fort. »Zu mir konnte sie nicht kommen, aber bei dir war es ihr möglich. Denn du bist –«

»– eine *Touristin*«, fiel Buffy ihr ins Wort.

»Ich will heute Abend das Grab meiner Tochter besuchen«, sagte die Ladenbesitzerin hastig, ohne auf Buffys Bemerkung einzugehen. »Ich zeige dir, wo sie liegt. Dann kannst du ihren Geist befreien.«

»Nein«, entgegnete Buffy, »das kann ich nicht.« Wie soll ich diese Frau bloß zur Vernunft bringen?, fragte sie sich. Plötzlich kam sie sich vor wie Giles. »Hören Sie – ich bin Ihnen wirklich sehr dankbar dafür, dass Sie mir geholfen haben, als mir übel war, doch das ändert nichts daran, dass ich nicht die bin, für die Sie mich halten, und jetzt muss ich leider wieder los.«

Die Ladenbesitzerin schwieg, die dunklen Augen zweifelnd auf Buffy gerichtet, die Lippen einen winzigen Spalt breit geöffnet. Dann presste sie sie fest aufeinander, zerrte ein Taschentuch hervor und erhob sich wieder vom Boden.

»Wie Sie wünschen, Señorita«, sagte sie überraschend gefasst. Sie wischte sich die Tränen aus den Augen, wandte sich abrupt um und ging voraus zur Tür.

Absolvieren eigentlich alle Mütter einen Crashkurs »Wie man Schuldgefühle weckt«, wunderte sich Buffy, während sie ihr folgte.

Sie verbrachte hier ihre Ferien. Sie hatte sich für die Hilfe bedankt. Anfang, Fortgang und Ende der Geschichte. Es war nicht ihre Schuld, dass es eine ziemlich kurze war.

Im Vorbeigehen griff sie sich ein paar der geweihten Kerzen, die auf einem Holzgestell im vorderen Bereich des Ladens standen. »Ich möchte die hier gern kaufen«, sagte sie, als sie die Kerzen auf den Verkaufstresen schob.

»Wie Sie wünschen«, erwiderte die Ladeninhaberin erneut. Sie tippte den Preis in die Kasse ein, steckte Buffys Einkauf in eine Papiertüte und gab mechanisch ein Heftchen Streichhölzer dazu. Als sie Buffy über den Tresen hinweg die Tüte reichte, berührten sich ihre Finger. Buffy konnte spüren, dass die Hand der Frau leicht zitterte.

»Bitte, Señorita, ich ... ich werde bis acht Uhr hier sein«, brach es wie unbeabsichtigt aus ihr heraus. »Falls Sie Ihre Meinung ändern sollten, kommen Sie einfach wieder her. Sie können immer noch mit mir zum Friedhof gehen.«

»Nein, kann ich nicht«, erwiderte Buffy. Erst jetzt fiel ihr ein, dass sie ja tatsächlich eine triftige Entschuldigung hatte. »Ich bin mit meinem Vater verabredet.«

Um ihm all die Dinge zu erzählen, die sie niemals gemacht hatte.

»Das mit Ihrer Tochter tut mir wirklich Leid, glauben Sie mir. Aber ich werde nicht wiederkommen. Ich kann Ihnen nicht helfen.«

Bevor die Ladenbesitzerin irgendetwas entgegnen konnte, trat Buffy hinaus in das grelle Licht des Spätnachmittags und hätte um ein Haar die Wahrsagerin über den Haufen gerannt, die ihr den Weg versperrte.

»Du kannst dem Schicksal nicht entfliehen«, zischte die Alte.

Ich wusste, dass das noch kommen würde, dachte Buffy resigniert. Die gute alte »Es-gibt-kein-Entkommen«-Warnung. Sie versuchte, sich an der Hellseherin vorbeizuschieben.

»Entschuldigen Sie bitte«, sagte sie. Sie hatte es absolut satt, irgendjemandem zu erklären, wann und warum sie etwas tat. Oder nicht tat.

»Du kannst nicht davonlaufen. Es ist deine Bestimmung«, giftete die Wahrsagerin sie an.

Buffy spürte, wie ihr allmählich die Galle überlief.

»Das Schicksal ist nicht unveränderbar«, fuhr sie das Hutzelweib über die Schulter hinweg an. Wenn es irgendjemanden gab, der das wissen sollte, dann sie. Mit weit ausholenden Schritten eilte sie die Olvera Street hinab. Sie war fast am Ende angelangt, als die Wahrsagerin ihr noch einen Abschiedsgruß hinterherkeifte.

»Du wirst wiederkommen!«

»Nur wenn Sie mir versprechen, die Klappe zu halten!«

Er ist noch nicht daheim.

Buffy betrat das Apartment ihres Vaters. Ohne überhaupt nachzusehen wusste sie, dass sich niemand in einem der Zimmer befand. Die Wohnung hatte irgendwie ein anderes Flair, wenn ihr Dad zu Hause war.

Vielleicht steckt er im Stau, oder ist aufgehalten worden, so wie ich, dachte sie. Auf dem Heimweg hatte Buffy einen Zahn zugelegt, aus lauter Sorge, zu ihrer Dinner-Verabredung zu spät zu kommen. Nun schlenderte sie gemächlich durch das Wohnzimmer zu dem im Sekundentakt blinkenden Anrufbeantworter hinüber.

Bitte, sag, dass du unterwegs bist, Dad, sprach sie mit sich selbst.

Sie drückte auf den Wiedergabeknopf. Die leicht verzerrte Stimme ihres Vaters ertönte.

»Hey, Sportsfreundin«, sagte er. Er hört sich müde an, stellte Buffy fest. Im gleichen Moment spürte sie einen leichten unangenehmen Druck auf den Schläfen. Sie wusste genau, was jetzt kam.

»Hör zu, es ... es tut mir wirklich Leid, aber es ist etwas dazwischengekommen, und ich komme hier nicht weg. Ich schätze, das mit dem gemeinsamen Abendessen klappt heute nicht. Aber wir holen's auf jeden Fall nach. Vielleicht morgen oder übermorgen, okay? Ich ... ich glaube, da ist noch 'ne Pizza oder so was im Gefrierfach. Meine Güte – erzähl deiner Mutter bloß nicht, wie sträflich ich deine gesunde Ernährung vernachlässige. Die Folgen wären wahrscheinlich nicht abzusehen.«

Buffy konnte beinahe spüren, wie frustriert ihr Vater war.

»Ich weiß nicht, wie lange ich hier noch beschäftigt bin, also warte lieber nicht auf mich. Es tut mir Leid. Ich werde – was?« Buffy hörte, wie eine Stimme im Hintergrund irgendetwas sagte. »Ich muss jetzt Schluss machen, Liebes«, fuhr ihr Vater schließlich fort. »Bis später. Ich – ist ja gut, Moment noch, ich komm ja schon.«

Ende der Durchsage.

Okay, das war das. So viel zum Thema zweite Chance.

Im Übrigen hab ich die längst bekommen, fiel ihr plötzlich ein.

Denn immerhin war sie nicht tot.

Langsam schritt Buffy in Gedanken versunken durch den Flur zur Schlafzimmertür ihres Vaters, stieß sie auf und steuerte direkt die große Frisierkommode an. Dort stand es, genau wie sie vermutet hatte.

Das letzte gemeinsame Foto von ihr und Celia.

Es war an Celias Geburtstag gewesen, und ihre Cousine hatte ein niedliches Rüschenkleidchen angehabt. Buffy selbst war als Powergirl verkleidet. Das Foto hatte ihr Vater geschossen, damals, im Wohnzimmer der Summers, auf dem Boden kniend. Arm in Arm blickten die beiden Mädchen in die auf Augenhöhe gehaltene Kamera. Und beide grinsten von einem Ohr bis zum anderen.

Das Foto hatte lange Zeit seinen Platz auf dem Kaminsims gehabt. Bis zu jenem Tag, an dem Celia gestorben war. Danach hatten ihre Eltern, da alles, was mit ihrer Cousine zusammenhing, Buffy immer wieder aufs Neue aus dem Gleichgewicht warf, das Bild in ihrem Schlafzimmer aufgestellt. Buffy wusste, dass ihre Mutter einen Abzug davon besaß. Er stand auf ihrer eigenen Schlafzimmerkommode. Dieses Foto war eines der wenigen Dinge, die ihre Eltern noch gemeinsam hatten.

Wie würden sie sich fühlen, wenn sie erführen, dass ihre Tochter tot gewesen war?

Wie würden sie sich fühlen, wenn sie in jener Nacht, als sie dem Meister von Angesicht zu Angesicht gegenüberstand, nicht mehr nach Hause gekommen wäre? Sie wussten nichts von alledem. Sie würden niemals irgendetwas darüber wissen.

Dies hier wäre alles, was ihnen bliebe, dachte sie.

Erinnerungen. Fotos. Und nicht eine einzige Erklärung für den frühen Tod ihrer Tochter. Einfach nur ein Loch, wo einmal ein Leben gewesen war.

Auch das hier ist ein Gedenkaltar, wurde Buffy klar.

Meine kleine Heldin.

So hatte ihr Vater sie immer genannt, wenn sie ihr Powergirl-Outfit trug.

Wenn ich so eine Heldin war, warum konnte ich Celia nicht retten?, quälten sie die Erinnerungen. Warum konnte ich nicht einmal mich selber retten, Dad?

Ihre Freunde waren es gewesen, die sie zurück ins Leben geholt hatten. Indem sie ihr eigenes riskierten. Indem sie ihr gefolgt waren, obwohl sie sie nicht darum gebeten hatte. Direkt in den Rachen des Todes.

Und wenn sie so eine Heldin war, warum stand sie jetzt hier und rührte keinen Finger?

Zu mir konnte sie nicht kommen, aber bei dir war es ihr möglich, hatte die Frau in dem Laden gesagt.

Buffy war sich mehr als unschlüssig, ob sie den Worten der Frau Glauben schenken wollte, doch sie fing an zu begreifen, dass es nicht wichtig war, was sie selbst glaubte oder nicht. Was zählte, war die Tatsache, dass diese Mutter ihre Hilfe brauchte. Was zählte, war, dass sie dieser Frau, vielleicht, etwas von dem zurückgeben konnte, was Xander und Angel ihr geschenkt hatten.

Eine zweite Chance.

Buffy drehte sich auf dem Absatz um und eilte in ihr eigenes Schlafzimmer. Es hilft alles nichts, dachte sie. Vielleicht hatte die Wahrsagerin am Ende doch Recht gehabt. Vielleicht war es Teil ihres Schicksals, dieser Frau und ihrer Tochter zur Seite zu stehen. Nicht weil sie die Jägerin war. Sondern weil ihr eine zweite Chance gegeben wurde.

Irgendwie wird L.A. Sunnydale immer ähnlicher, dachte sie. Nirgendwo konnte man hingehen. Nirgendwo hatte man seine Ruhe.

Und wieder einmal erwartete sie eine Nacht auf dem Friedhof.

»Außer mir kommt niemand mehr dorthin«, sagte Mrs. Aragon.

Buffy und die Ladenbesitzerin befanden sich auf der Straße nach Osten, in Richtung der Berge, die vor der Stadt lagen. Erst als das Fahrzeug die erste Steigung erklomm, hatte Buffy überrascht die beinahe ländliche Gegend zur Kenntnis genommen, durch die sie fuhren. Allzu leicht vergaß man inmitten des urbanen Getümmels, wie wenige Meilen zwischen der Stadt und Landstrichen wie diesem lagen und dass L.A. von Hügelketten und Bergen umgeben war. Normalerweise blieben die Wipfel hinter einer Glocke aus Dunst und Smog verborgen.

Seit sie losgefahren waren, hatten die beiden kein einziges Wort miteinander gesprochen, obwohl sie sich immerhin gegenseitig ihre Namen genannt hatten. Zumindest wusste Buffy nun, dass es sich bei der Ladenbesitzerin um Mrs. Theresa Aragon handelte. Danach waren sie in Schweigen versunken. Mrs. Aragon hatte sich in den Verkehr auf der stadtauswärts führenden Autobahn eingefädelt und war kurz darauf wieder abgefahren und einigen Nebenstraßen gefolgt, während die Sonne immer tiefer und tiefer dem Horizont entgegensank.

Bis wir am Friedhof sind, dürfte es stockduster sein, dachte Buffy.

Natürlich. Wie immer.

Am Fuß eines steilen Hügels bog Mrs. Aragon links in eine schmalere Straße ein. »Wir sind bald da.«

Gleich ist Showtime, dachte Buffy. Das Dumme war nur, dass sie nicht wusste, welches Programm gerade lief. Was würde sie dort erwarten?

Buffys Finger schlossen sich um den Riemen ihrer Schultertasche. Was auch immer es sein würde, sie hatte versucht, sich so gut es ging vorzubereiten. In dieser Hinsicht war eine gute Jägerin einer Pfadfinderin ziemlich ähnlich. Allerdings musste eine Jägerin auf Gemeindefesten keine Plätzchen verkaufen.

Mrs. Aragon nahm eine weitere enge Haarnadelkurve, in deren Verlauf die asphaltierte Straße jäh in einen unbefestigten, steilen Schotterweg überging. Die Hinterräder drehten durch, und das Fahrzeug geriet einen Moment lang ins Schlingern, sodass es in einer einzigen Staubwolke versank. Rasch kurbelte Buffy das Fenster hoch. Die Ladenbesitzerin indes fuhr ungerührt weiter den Hügel hinauf. Oben angekommen, parkte sie den Wagen direkt neben einer alten, aus Lehmstein erbauten Kirche.

»Da wären wir«, stellte Mrs. Aragon unnötigerweise fest. »Der Friedhof ist gleich dort drüben.« Mit einer knappen Geste wies sie zur Windschutzscheibe hinaus. Im schwachen Licht der Dämmerung konnte Buffy am Rand der Hügelkuppe eine Reihe schief stehender Grabsteine erkennen, dahinter, undeutlich und wegen des abschüssigen Geländes immer kleiner werdend, noch einige mehr. Ein Maschendrahtzaun trennte den Friedhof vom Rest der Hügelspitze ab.

»Kurz nachdem meine Celia hier beerdigt wurde, haben sie den Friedhof für weitere Begräbnisse gesperrt. Das Erdreich dort kann bei Regen ganz schön tückisch sein.«

Gemeinsam stiegen sie aus dem Wagen, und Buffy folgte der Frau zum Friedhofstor. Es quietschte in den Angeln, als sie es aufstieß.

»Einen Moment noch«, sagte Buffy. Mrs. Aragon hielt inne, wandte sich um und blickte ihre junge Begleiterin erwartungsvoll an.

Und nun?, fragte sich Buffy.

»Ich wollte nur sagen ... ich werde auf jeden Fall mein Bestes tun ... Aber wir wissen immer noch nicht genau, worauf wir uns hier einlassen«, schloss sie schließlich stockend. »Machen Sie sich also nicht zu große Hoffnungen.«

Echt spitze, Summers, dachte sie. Und so einfühlsam. Womöglich gewann sie am Ende noch den diesjährigen Award für die taktvollste Jägerin.

»War das alles?«, fragte die Ladenbesitzerin. Buffy nickte. »Dann kommen Sie«, forderte Mrs. Aragon sie auf. Sie schlüpfte durch das Tor und hielt es der Jägerin auf.

Buffy setzte sich in Bewegung und betrat den Friedhof.

Fast im gleichen Moment stolperte sie über ein Büschel Unkraut. Da lob ich mir doch die ordentlich gepflegten Vorstadtgräber in Sunnydale, schoss es Buffy durch den Kopf. Sie hatte schon Tierfriedhöfe gesehen, die besser in Schuss gehalten waren als dieses Fleckchen heilige Erde. Zudem befand sich dieser Gottesacker in derart luftigen Gefilden, dass sie nur einen einzigen falschen Schritt zu machen brauchte, um einen Purzelbaum nach dem anderen zu schlagen und den Hügel hinunterzukullern.

Vorsichtig folgte sie Mrs. Aragon den Abhang hinab. Der Friedhof erstreckte sich über eine große freie Fläche, wie eine Aussichtsterrasse für Tote mit freiem Blick ins Tal. Das Ende des Maschendrahtzauns erweckte fast den Eindruck, als würde es noch ein Stück weit ins Leere ragen.

Kein Wunder, dass niemand hierher kommt, dachte die Jägerin.

Schließlich blieb Mrs. Aragon stehen. Dann kniete sie sich auf die nackte Erde. Schweigend trat Buffy an ihre Seite. Ihr Blick fiel auf einen oben abgerundeten Grabstein. Schlicht. Ohne jeglichen Schmuck.

Cecelia Micaela Aragon, stand darauf. *Geliebte Tochter.*

Und wie geht's jetzt weiter?, fragte sich Buffy. Soll ich einfach an den Stein klopfen und rufen: »Lass die Meinen ziehen?«

Irgendwie hatte sie das Gefühl, dass das nicht funktionieren würde.

Buffys Blick fiel auf die Jahreszahlen, die die Spanne von Cecelias kurzem Leben markierten: 1952-1959. Als sie selbst das Licht der Welt erblickt hatte, war Cecelia Aragon bereits seit mehr als zwanzig Jahren tot.

Und all die Jahre hat ihre Mutter nach dem Geist ihrer Tochter gesucht. Auf irgendein Zeichen von ihr gehofft, dachte Buffy.

Eine seltsames Gefühl überkam Buffy, eine Empfindung irgendwo zwischen Trauer und Wut. *Es ist nicht richtig*, dachte sie.

Cecelia und ihre Mutter gehörten zusammen, auch wenn es nur für die kurze Zeit der *Los Dias de Muertos war.*

Und ich werde dafür sorgen, dass sie diese Zeit bekommen, sagte sie sich.

Die Frage war nur, wie?

Buffy war völlig auf sich allein gestellt. Keine Rückendeckung oder irgendwelche Hintertürchen. Keine Willow und kein Giles. Sie musste ihre eigenen Regeln aufstellen, ihren eigenen Plan entwerfen, zumindest fürs Erste.

Bisher allerdings hatte sie nicht viel mehr getan, als einfach nur hier herumzustehen, und das ging ihr allmählich empfindlich auf die Nerven.

Vielleicht bringt es ja was, wenn ich einfach mal ganz laut brülle, alberte sie.

Mrs. Aragon kauerte, das Gesicht hinter den Händen verborgen, vor dem Grab. Leise zog Buffy sich von ihr zurück und begann, sich auf dem Friedhof umzusehen, schritt Reihe um Reihe die Grabsteine ab. Und je weiter sie in den Gottesacker vordrang, umso älter wurden die Gräber und desto höher das Unkraut. Hinter ihrem Rücken versank die Sonne wie ein lodernder Ball.

So viele Frauen und Kinder, dachte Buffy. Traurigkeit und Kummer hingen fast greifbar in der staubigen Luft. Irgendwo, hoch in den Bäumen, weinten Zikaden.

Buffy strauchelte. In der einsetzenden Dunkelheit geriet ihre Exkursion zum reinsten Blindflug. *Moment mal*, fiel ihr plötzlich ein. Sie hockte sich auf den Boden und ließ ihre Tasche von der Schulter gleiten. Einen Augenblick später hatte sie gefunden, wonach sie suchte. Die geweihten Kerzen aus Mrs. Aragons Laden. Die Geschäftsinhaberin hatte sogar ein Heftchen Streichhölzer dazugelegt, soweit sich Buffy erinnerte.

Buffy fand auch dieses und zündete eine der Kerzen an, als sie aus den Augenwinkeln heraus etwas Weißes aufblitzen sah. Das jähe Aufflammen des Streichholzes hatte einen Vogel aufgescheucht. Hektisch flatternd erhob er sich steil in die Lüfte, flog über Buffy hinweg und ließ sich schließlich auf irgendetwas nieder, das sich jenseits der Friedhofsumzäunung befand.

Sieht aus wie ein Grab, dachte die Jägerin.

Aber wer mochte dort liegen, außerhalb des Friedhofs?

Mit einer Hand die Kerzenflamme schützend, lief Buffy zu dem Maschendrahtzaun und setzte darüber hinweg. Abermals aufgeschreckt ergriff der Vogel ein zweites Mal die Flucht, und nun konnte Buffy die von Wind und Wetter angefressene Oberkante eines Grabsteins ausmachen, der aus dem hohen Gras ragte. Langsam und vorsichtig, um nicht wieder zu stolpern, ging sie auf ihn zu.

Der Name auf dem Stein war nicht zu erkennen. Buffy beugte sich hinab und rupfte ein paar Grasbüschel aus, doch immer noch war nichts zu sehen. Ein wenig verärgert stellte sie ihre Kerze auf dem Grabstein ab und begann, mit beiden Händen an dem Gras zu zerren.

Der eiskalte Atem, der sie wie eine plötzliche Windböe erfasste, warf sie beinahe um.

Mit dem Kopf voran wurde sie gegen den Grabstein geschleudert, als um sie herum ein infernalisches, wildes Geheul ausbrach. Sie warf sich herum, schlang einen Arm um den Stein, während sie mit dem anderen ihr Gesicht vor dem über sie hereinbrechenden Sturm zu schützen suchte.

Und dann sah sie die *bruja*, in der Luft schwebend vor dem Stein. Das wehende Haar zerzaust. Das Gesicht zu einer hässlichen Grimasse verzerrt. Sie hob die Hand und streckte einen ihrer knochigen Finger aus.

Dann schoss sie direkt auf die Jägerin zu.

Blitzschnell sprang Buffy auf und wollte um den Grabstein herumrennen, um irgendetwas Massives zwischen sich und die *bruja* zu bringen, doch sie hatte nicht daran gedacht, dass sie sich am Abhang eines steilen Hügels befand.

Zu heftig! Zu schnell!, registrierte sie. Hatte Giles ihr nicht immer wieder gesagt, sie solle sich im Eifer des Gefechts nicht dazu hinreißen lassen, etwas Unüberlegtes zu tun?

Zu spät. Sie purzelte bereits den Steilhang hinab.

Unkraut und Gräser schlugen ihr ins Gesicht, während sie sich vergeblich bemühte, den Sturz zu bremsen. Sie schlitterte heftig und überschlug sich, versuchte in Bauchlage zu kommen und mit den Fingern irgendeinen Halt auf dem dicht bewachsenen Untergrund zu erwischen.

Wenn es ihr nicht gelang, die Rutschpartie irgendwie zu beenden, würde sie direkt über die steil abfallende Kante der Hügelkuppe hinwegsegeln. Das Einzige, was zwischen Buffy und der Katastrophe stand, war …

Der Maschendrahtzaun des Friedhofs.

In letzter Verzweiflung warf sich Buffy nach links, fuchtelte wild mit den Armen und suchte mit den Händen nach dem rettenden Zaun. Schmerzhaft schrammten ihre Finger an den spitzen Drahtenden entlang, doch dann packten sie zu. Buffys Beine flogen über die Abhangkante ins Leere hinaus, bevor ihr Sturz mit einem so jähen Ruck gestoppt wurde, dass sie glaubte, beide Arme würden ihr aus den Gelenken gerissen. Schwer atmend blieb sie einen Moment lang liegen.

Lieg hier nicht einfach so rum. Tu irgendwas, rief sie sich zur Räson. Da ist eine *bruja*, die es zu bekämpfen gilt. Bislang hatte sich noch niemals eine Jägerin durch ein paar unfreiwillige Purzelbäume vor irgendetwas abringen lassen, und Buffy hatte nicht die Absicht, die erste zu sein.

Sie rappelte sich hoch und stand wieder auf. Dann bemerkte sie, dass ihre Schultertasche weg war. Na großartig. Es sah ganz danach aus, als käme heute eines zum anderen. Nicht, dass das ein Problem für sie war.

Eine zweite eiskalte Böe schlug ihr ins Gesicht, als direkt vor ihr die *bruja* materialisierte. Buffy hielt sich mit einer Hand am Zaun fest, holte zu einem mächtigen Tritt aus – und hielt wie versteinert inne.

Um die *bruja* herum waren lauter Kinder. Körperlos. Geisterhaft. Dutzende von ihnen, mehr als Buffy zählen konnte. Und es waren ausnahmslos Mädchen, die Münder halb geöffnet zu wehklagendem Gewimmer.

»Cecelia!«, hörte Buffy Mrs. Aragon schreien.

Das Mädchen, das sich Buffy am nächsten befand, lief einige Meter auf die Ladenbesitzerin zu. Dann wurde sie mit einem Ruck zurückgerissen, als hinge sie an unsichtbaren Ketten.

»Mama! Mama!«

Zornig blickte Buffy die *bruja* an. »Lass sie los«, sagte sie in drohendem Ton.

Tränen flossen das Gesicht der *bruja* hinab. Moment mal, dachte Buffy. Seit wann weinten Hexen?

»Ich kann nicht«, erwiderte die *bruja* mit erstickter Stimme. »Sie sind an mich gefesselt, solange bis –«

»Bitte«, hörte Buffy Mrs. Aragon schluchzen, die herangelaufen kam. »Dort ist meine Tochter! Sie müssen sie retten. Tun Sie doch etwas!«

Als sie ihre Mutter sah, begann Cecelia Aragon laut zu klagen, und steckte mit ihrem Weinen alle anderen Mädchen um sie herum an. Als würde das Wehgeschrei ihr eigenes Leid noch vergrößern, warf die *bruja* nun verzweifelt den Kopf hin und her. Tränen strömten ihre Wangen hinab wie ein Sturzbach.

Irgendetwas liegt hier definitiv im Argen, dachte Buffy.

Die *bruja* hob abermals einen Arm und zeigte mit dem Finger auf die Jägerin. Dann war sie, so schnell, wie sie aufgetaucht war, verschwunden, und mit ihr die weinenden Kinder. Langsam verebbte ihr Lamento über dem nächtlichen Friedhof. Hinter Buffy schluchzte Mrs. Aragon sich die Seele aus dem Leib.

»Ich habe an Sie geglaubt«, stieß die Ladenbesitzerin von Weinkrämpfen geschüttelt hervor. »Ich habe an Sie geglaubt. Warum haben Sie nichts unternommen?«

Sie wandte sich ab und schlurfte den Maschendrahtzaun entlang zum Eingangstor des Friedhofs hinauf. Müde und mit schmerzenden Gliedern setzte Buffy über den Zaun hinweg, um Mrs. Aragon zu folgen.

Na, das wird ja 'ne schöne Rückfahrt werden, dachte sie.

Sie war kaum zwei Meter weit gekommen, da stolperte sie der Länge nach über eine Grabsteinplatte.

Wohl eine Minute lang blieb sie in dem von Unkraut durchwucherten Gras liegen. »*Wie ich meine Sommerferien verbrachte*«, *von Buffy Summers.*

Ich hab mich drauf eingelassen. Also bring ich es auch zu Ende. Ich komme wieder, nahm sie sich vor, während sie sich aufraffte und auf die Suche nach ihrer Schultertasche machte.

Bei Tageslicht. Wenn sie sehen konnte, wohin sie trat.

»Du hast *was* getan?«, fragte Giles.

Buffy verdrehte die Augen. Nur ein einziges Mal würde sie gern erleben, dass der Wächter so etwas sagte wie »Bei Gott, Buffy, das war einfach brillant«. Dann wären sie wenigstens beide überrascht.

»Man nennt es ›Das Richtige‹, Giles. Sie erinnern sich? Das, was ich Ihrer Meinung nach ruhig ein bisschen öfter tun sollte.«

Einen Augenblick lang herrschte Stille in der Leitung.

»Ich bitte vielmals um Verzeihung«, sagte Giles schließlich mit knochentrockener Stimme. »Manchmal rutschen mir Dinge einfach so heraus, wenn man mich mitten in der Nacht aus dem Bett klingelt. Ich weiß auch nicht, wieso.«

»Gibt es denn einen Zeitunterschied zwischen L.A. und Sunnydale?«, fragte Buffy so unschuldig sie konnte. Zu ihrer eigenen Überraschung fühlte sie sich tatsächlich amüsiert. Die Wahrheit war, dass es gut tat, Giles' Stimme zu hören. Irgendwie kam sie sich plötzlich nicht mehr ganz so verlassen vor.

Wahr war auch, dass er sich bisweilen als ebenso anstrengend wie begriffsstutzig erwies. Und darüber hinaus ein wenig zu sehr an seinen eigenen Prinzipien hing. Dennoch war Buffy ziemlich sicher, dass der Wächter ihr helfen konnte. Immerhin war er schon groß und erwachsen.

»Hier ist es nämlich gerade mal kurz vor Mitternacht«, fuhr sie fort. »Versuchen Sie nicht, mir weiszumachen, Sie hätten schon geschlafen. Wahrscheinlich haben Sie im Bett gelegen, sich irgendeinen alten illustrierten Wälzer angesehen und Teegebäck geknabbert.«

»Käsecracker, genau genommen«, gab Giles zurück. »Die krümeln so schön.«

»Bitte ersparen Sie mir die Details, Giles.«

»Gehe ich recht in der Annahme, dass es sich hier nicht um einen Anstandsanruf handelt?«

»Heißt das, wir können gleich zum ›Giles-hilft-Buffy‹-Programmteil übergehen?«

Schlagartig bekam Giles' Tonfall etwas Geschäftsmäßiges. »Erzähl mir alles von Anfang an.«

In kurzen Worten setzte Buffy ihn über die Lage in Kenntnis. »Mir ist klar, dass das eigentlich kein Job für die Jägerin ist, aber irgendwas ist faul an der Geschichte, Giles. Ich meine, ich weiß, meine Kenntnisse in Sachen *bruja* mögen nicht ganz dem Stand der Forschung entsprechen, aber ich glaube nicht, dass wir es hier mit einer zu tun haben. Sie hat *geweint*, Giles.«

»Nach allem, was du erzählt hast, könntest du damit durchaus richtig liegen«, sagte Giles.

»Ich nehme an, es macht Ihnen nichts aus, mir das schriftlich zu geben.«

»Der Fall wirft eine ganze Reihe von Fragen auf«, fuhr Giles, ohne auf die Bemerkung einzugehen, fort. »Ich werde ein paar Quellen konsultieren und dich morgen früh zurückrufen. In der Zwischenzeit solltest du versuchen zu schlafen. Wer weiß, was dich bei dieser Sache noch alles erwartet. Besser, du ruhst dich aus und schonst deine Kräfte.«

»Okay, Papi«, erwiderte Buffy mit albern verstellter Stimme.

»Da wir gerade davon sprechen, wie geht es deinem Vater?«, fragte Giles nach.

»Gut«, entgegnete Buffy knapp. Na ja, das ist nicht mal gelogen, dachte sie. Es ging ihrem Vater gut. *Sie* war diejenige, die Probleme damit hatte, wie sich ihre familiären Angelegenheiten entwickelten.

»Nun denn«, meinte Giles. »Dann hören wir morgen früh voneinander. Und Buffy – nebenbei bemerkt, ich bin ganz deiner Meinung. Du *hast* das Richtige getan.«

Dann hörte Buffy ein Klicken in der Leitung.

»Danke«, sagte sie und stellte das schnurlose Telefon ihres Vaters wieder in die Ladestation zurück.

Dann ging sie zu Bett, wo sie sogleich in einen tiefen Schlaf fiel und von einem Paar roter Schuhe träumte und von einer Mädchenstimme, die unablässig nur den einzigen Satz wiederholte: »Es ist nirgends besser als daheim.«

»Okay«, sagte Giles am nächsten Morgen. »Ich versuche, mich kurz zu fassen.«

Das wär ja mal ganz was Neues, dachte Buffy. Sie nippte an ihrem Kaffee und verbrannte sich prompt die Zunge. Es sah nicht so aus, als würde das heute ihr Tag werden. Als sie sich endlich aus dem Bett herausgequält hatte, war das Einzige, was sie von ihrem Vater hatte entdecken können, eine Tasse mit kaltem, abgestandenem Kaffee und eine weitere Nachricht an der Gefrierfachklappe gewesen.

Sie hatte sie nicht einmal gelesen, sondern sie stattdessen einfach zusammen mit dem benutzten Kaffeefilter in die

Mülltonne geworfen. Anschließend hatte sie sich selbst eine Tasse des lauwarmen Kaffees in der Mikrowelle heiß gemacht und dann auf Giles' Anruf gewartet.

»Ich denke, du hattest Recht mit deiner Annahme, dass das, was du gesehen hast, keine *bruja* war«, sagte Giles in diesem Moment. »Wahrscheinlich hat es sich auch nicht um irgendein anderes Wesen des Diesseits gehandelt, das über übernatürliche Kräfte verfügt. Meine Vermutung ist vielmehr, dass diese Erscheinung selbst ein Geist war. Ein ziemlich verstörter allerdings, wie ich zugeben muss. Du sagtest, du hast eine Kerze auf dem Grabstein abgestellt?«

»Kurz bevor der ganze Spuk losging«, bestätigte Buffy.

»Das macht durchaus Sinn«, fuhr Giles fort. »Du hast unwissentlich ein Ritual vollzogen, das Bestandteil der *Los Dias de Muertos* ist. Eine brennende Kerze auf dem Grab soll dem Geist eines Verstorbenen helfen, den Weg in die irdische Welt zu finden. Auch wenn das mexikanische Totenfest erst in ein paar Monaten beginnt, kommt das, was du getan hast, einer direkten Aufforderung an einen Geist gleich, die Schwelle zwischen dem Jenseits und dem Reich der Lebenden zu überschreiten.«

»Sie meinen, ich habe den Geist selbst gerufen, wer immer auch dort begraben sein mag?«

»Das ist zumindest die einleuchtendste Erklärung«, stimmte Giles zu. »Ich habe ziemlich umfassende Nachforschungen über die Tage der Toten betrieben. Demnach geht das Fest auf die Vorstellungswelt der alten Azteken zurück.

Die Azteken glaubten, dass die jenseitige Existenz eines Menschen von den Umständen seines Todes bestimmt wird. Daher würde ich zunächst vorschlagen, wir versuchen herauszubekommen, wer die Frau eigentlich war, die dort begraben liegt, und wie sie ums Leben kam. Bedauerlicherweise kann ich dir von hier aus dabei leider nicht helfen.«

»Auf dem Hügel steht eine kleine Kirche. Direkt neben dem Friedhof. Vielleicht gibt es dort irgendwelche Dokumente oder so was.«

»Gute Idee«, sagte Giles. »Wenn du erst herausgefunden hast, auf welche Weise die Frau gestorben ist, bist du schon mal einen Riesenschritt weiter. Meine Quellen sind zwar nicht sehr detailliert, doch in einem Punkt sind sie sich alle einig: Am besten konfrontiert man einen gequälten Geist wie diesen mit dem Ereignis seines Todes. Dadurch sollte es möglich sein, die Frau von ihrem Fluch zu befreien.«

»Und was ist mit den Kindern?«, fragte Buffy.

»Ich nehme an, wenn die Frau erlöst ist, sind sie es auch«, erwiderte Giles. »Sehr wahrscheinlich ist der Grund dafür, dass sie sie festhält, in ihrer Vergangenheit zu suchen. Finde heraus, wer sie war und wie sie starb, und du hast vermutlich alle Antworten, die du brauchst. Ach ja, eins noch, Buffy –«

Ich wusste, dass da noch irgendein Haken ist. »Was?«

»Habe ich das richtig verstanden, das Grab befindet sich *außerhalb* des Friedhofs?«

»Ja, direkt am Zaun«, sagte Buffy. »Das hat doch bestimmt irgendetwas zu bedeuten, hab ich Recht?«

»In der Tat«, bemerkte Giles. »Das heißt, dass sie nicht in geweihter Erde bestattet wurde, was wiederum darauf hindeutet, dass sie Selbstmord begangen hat. Es könnte sich als nicht ganz ungefährlich erweisen, dieser Frau den eigenen Tod vor Augen zu führen.«

»Ich pass auf mich auf«, beruhigte ihn die Jägerin.

»Vielleicht möchtest du –«, setzte Giles an.

»Giles«, unterbrach ihn Buffy. »Ich werd vorsichtig sein, ich versprech's.«

»Eigentlich solltest du dort Ferien machen, weißt du«, bemerkte Giles.

Buffy seufzte. »Erzählen Sie mehr davon.«

»*Was* willst du sehen?«

Buffy stand in dem Eingangsportal der alten Kirche aus Lehmstein und blickte den etwa gleichaltrigen Jungen, der vor ihr stand, so freundlich sie konnte an.

Warum bloß ist nie mal irgendetwas einfach?, fragte sie sich.

Buffy hatte bereits ein Telefonpalaver mit Giles hinter sich, ein persönliches Treffen mit Mrs. Aragon und die weite Anfahrt hierher zum Friedhof. Zudem war sie schon am Friedhof gewesen, um erste Recherchen zu betreiben.

Das Grab, das jenseits des Maschendrahtzauns lag, gehörte einer jungen Frau. Das, über welches sie in der etwas abseits gelegenen Ecke des Friedhofs gestolpert war, einem kleinen Mädchen.

Beide waren im Jahre 1889 gestorben.

Und beide hatten den gleichen Namen getragen: Josefina Maria Alonzo.

Mutter und Tochter?, fragte sie sich.

Die Kirchenbücher würden sicher Auskunft darüber geben. Und möglicherweise auch darüber, warum die jüngere Josefina auf dem Friedhof lag, und die ältere nicht.

Wenn Buffy in Sunnydale wäre, würden an diesem Punkt

Giles und Willow übernehmen. Sie würden sich durch Giles' alte Wälzer wühlen und eine Antwort zutage befördern.

Aber Buffy war nicht in Sunnydale. Auf Will und Giles musste sie diesmal verzichten. Der einzige Mensch, der ihr hier und jetzt weiterhelfen konnte, war sie selbst. Und der etwas schwerfällige Kirchenwart.

Nur ich und ein jugendlicher Krimineller, der hier seine Sozialstunden ableistet, dachte sie.

»Ich stelle ein paar Nachforschungen über diesen Friedhof an«, erklärte sie ihm abermals und gab sich Mühe, so langsam wie möglich zu sprechen. »Es wäre nett, wenn ich einen Blick in die Kirchenbücher werfen –«

»Was bist du? So eine Art Freak oder was?«

Du hast ja keine Ahnung, hätte sie fast gesagt. »Weißt du nun, wo sie sind, oder weißt du es nicht?«

»Schon gut, schon gut, ich weiß, wo sie sind. Kein Grund, Stress zu machen. Da hinten.« Er deutete mit dem Daumen auf eine schmale Tür in der Nähe des Altars. »Aber glaub bloß nicht, dass ich dir helfe. Ich hab nämlich zu arbeiten, verstehst du?«

Ja, klar, dachte Buffy. Und ich bin der Weihnachtsmann.

Sie ließ den Typen stehen und begab sich in den Seitenraum, den er ihr gewiesen hatte. Er war genauso wie alles andere, was Buffy bisher in der Kirche gesehen hatte.

Staubig.

Allerdings beherbergte er einige Regale, in denen sich tatsächlich Bücher befanden – dicke, große, in Leder gebundene Bücher. Und in einer Ecke standen sogar ein Tisch und ein Stuhl. Buffy schnappte sich ein paar der Bände und trug sie, kleine Wölkchen von Staub aufwirbelnd, hinüber zum

Tisch. Dann arbeitete sie ein Buch nach dem anderen durch, bis sie schließlich auf das aus dem Jahr 1889 stieß. Es war durchgängig in enger Handschrift abgefasst.

Buffys Mut sank.

Das war ja klar. Da musste sie einmal im Leben etwas selbst recherchieren, und geriet natürlich prompt an einen Schinken, der aus einer Zeit stammte, zu der an so etwas wie eine Suchfunktion überhaupt noch nicht zu denken war. Nicht einmal ein Personenregister war vorhanden.

Und natürlich stand der Eintrag, der sie interessierte, fast ganz am Ende des Buches.

Heute trugen wir Josefina Maria zu Grabe, einziges Kind des Rafael Alonzo. Auf Verlangen ihres Vaters wurde sie weit von den anderen Gräbern zur letzten Ruhe gebettet. Das ihre schmückt nun nichts als ein schlichter, kleiner Stein. Rafael Alonzo gab ihr als Einziger das letzte Geleit. Andere Trauernde ließ er nicht zu.

Nicht einmal die Mutter des Kindes?, wunderte sich Buffy.

Auf dem Grabstein draußen stand lediglich die Jahreszahl 1889. Wie viel Zeit lag wohl zwischen dem Tod dieser und der anderen Josefina Maria Alonzo?

Buffy schlug die nächste Seite auf.

Leer.

Klasse, dachte sie. Eine Sackgasse. Genau, wie ich's mag.

Sie blätterte in dem Buch wieder zurück. Vielleicht hatte sie den Eintrag über Josefinas Mutter einfach übersehen.

Hatte sie nicht.

Ich werd nie wieder irgendwas Abfälliges über Giles und Willow sagen, nahm sie sich vor.

Verglichen mit Recherchearbeit erschien ihr der Job einer Jägerin plötzlich geradezu einfach. Schlag einstecken und zurückschlagen. Töten oder getötet werden. Und vor allem wusste man immer, was als Nächstes zu tun war.

Aber das hier! Wie ging's jetzt weiter? Sollte sie etwa jeden einzelnen Band im Bücherregal durchackern? Nicht sehr verlockend.

Im Film wäre das der Moment, in dem ich irgendein geheimes Tagebuch entdecken würde, dachte sie frustriert. Sie schlug die letzte Seite um und ließ ihre Finger über die Innenseite des Einbands gleiten.

Ich glaub, ich spinne!, schoss es ihr durch den Kopf.

Da war etwas. Ohne Zweifel.

Buffy kramte das Schweizer Taschenmesser, das sie immer dabei hatte, aus ihrer Schultertasche und schlitzte den Buchdeckel auf. Einige weitere Blätter kamen zum Vorschein, allesamt in der gleichen engen Handschrift geschrieben wie das Buch.

Was denn, keine Schatzkarte?, dachte Buffy.

Er wollte nicht, dass sie in geweihter Erde ruht, las sie.

Jetzt kommen wir der Sache schon näher, stellte die Jägerin fest. Sie beugte sich weiter vor, um die verblasste Schrift zu entziffern.

Die Welt soll die Wahrheit erfahren über Josefina Maria Alonzo, an der ich, Pater Paolo Hernandez, am heutigen Tage schweres Unrecht beging.

Ich gab ihre Seele der Verdammnis preis, und der ewige Friede bleibt ihr versagt, da ich sie auf ungeheiligtem Boden begrub, obgleich ich doch überzeugt davon bin, dass ihr Tod in völliger Unschuld geschah. Ich beugte mich dem Willen ihres Mannes, Rafael Alonzo, dessen Vermögen mir und meiner Kirche manch irdische Last von den Schultern nimmt.

Hätte ich doch nur nicht – doch dafür ist es nun zu spät. Ich bekenne meine Schwäche und mein Versagen unserem Heiligen Vater im Himmel.

Möge Er sich unser aller erbarmen.

Hätte ich doch nur nicht – was?, fragte sich Buffy verärgert. Sie blätterte in den Seiten wild umher, in der Hoffnung, noch mehr zu erfahren. Jeder Bogen war mit Pater Hernandez' selbstquälerischen Gedanken voll geschrieben. Was auch immer geschehen war, es war ziemlich offensichtlich, dass der Priester sich zumindest mitverantwortlich fühlte für das Schicksal der älteren Josefina.

Hätte ich doch niemals diese Ehe geschlossen. Buffy hatte den Eindruck, als würden sie die Worte förmlich anspringen. *Hätte ich ihr nur geraten, der Stimme ihres Herzens zu folgen und nicht den Wünschen ihrer Familie. Doch das steht einem Mann der Kirche nicht zu. Das Trachten der Tochter ist gebunden an den Vorsatz des Vaters, so wie das des Eheweibs an den ihres Gatten. Und der Gatte, auf den die Wahl von Josefinas Vater fiel, war Rafael Alonzo.*

Oft denke ich, ihr Schicksal wurde besiegelt am Tag ihrer Hochzeit.

Das ist ja die reinste Seifenoper, dachte Buffy. Nur dass die Protagonisten keine Schauspieler waren und die Folgen ihres Tuns von tödlicher Konsequenz.

Während draußen die Sonne immer tiefer sank, las die Jägerin die Geschichte der Josefina Maria Alonzo. Als sie damit fertig war, lehnte sie sich erschöpft zurück.

Viel war es nicht, was sie herausbekommen hatte, doch es

musste reichen. Zumindest wusste sie nun, wer welche Rolle in diesem Bühnenstück spielte. Die beiden Josefinas waren, natürlich, Mutter und Tochter.

Josephian Sanchez war von ihrer Familie gezwungen worden, den wohlhabenden Rafaelo Alonzo zu ehelichen, obwohl ihre Liebe einem anderen galt. Ihr einziges Kind, eine Tochter, erhielt den Namen der Mutter.

Das Mädchen, dessen Grab sich in der hintersten Ecke des Friedhofs befindet, schlussfolgerte Buffy.

Nachdem sie in ihrer Ehe kein Glück fand, nahm sich die ältere Josefina einen Geliebten, eben jenen Mann, dem sie vor langer Zeit bereits ihr Herz geschenkt hatte und dem ihr eigentliches Jawort galt. Sie fassten den Plan, gemeinsam zu fliehen und die junge Josefina mitzunehmen, doch Rafael Alonzo blieb ihre Absicht nicht unverborgen, und er lauerte ihnen am Tag ihrer Flucht auf.

Rafael stellte seine Frau vor die Wahl. Entweder sie gab die Tochter heraus, oder er würde ihren Liebhaber vor ihren Augen erschießen. Als Josefina ihm in ihrer Verzweiflung die Tochter überließ, tötete er entgegen seinem Versprechen den Nebenbuhler mit nur einem Schuss. Der einzige Grund, warum Josefina davonlief, war das hysterische Schreien der Tochter.

Das Kind hatte Angst, ihr Vater würde ihre Mutter nun ebenfalls erschießen.

Die kleine Josefina hatte sich niemals von dem entsetzlichen Ereignis, dessen Zeugin sie geworden war, erholt. Kurze Zeit später wurde sie von einem tödlichen Fieber erfasst. Noch auf dem Sterbebett rief sie nach ihrer Mutter.

Als Josefina davon erfuhr, brach ihr der Kummer fast das

Herz. Nichts gab es mehr, was Rafael ihr noch anzutun vermochte. Sie verließ ihr Versteck und machte sich auf zum Friedhof.

Sie kam niemals dort an.

Es war ein ungewöhnlich regnerischer Frühling gewesen, und wilde Sturzbäche strebten auf immer neuen Wegen ins Tal. Einer von ihnen wurde Josefina zum Verhängnis, als sie sich auf dem Weg zu ihrer toten Tochter befand.

In dem krankhaften Verlangen, Mutter und Tochter auch im Tod nicht vereint wissen zu wollen, bestand Rafael Alonzo darauf, dass seine Frau in ungeweihter Erde beigesetzt wurde und gab als Grund dafür an, sie hätte Hand an sich gelegt, weil sie sich die Schuld am Tod ihrer Tochter gab.

Obwohl der Priester sich zuerst weigerte, der Forderung nachzukommen, war es doch schließlich Rafaels Wohlstand, der die Sache entschied. Und so wurde die ältere Josefina vor den Toren des Friedhofs bestattet. Und ihre Tochter in dessen hinterster Ecke. Allein. Vergessen.

Und nun saß Buffy hier zurückgelehnt auf dem Stuhl und trommelte mit ihren Fingern auf den Tisch.

Ich schätze, eine kleine Familienzusammenführung wäre durchaus in Ordnung, dachte sie.

Was hatte Giles noch gesagt? Um den umherirrenden Geist zu erlösen, musste man ihn mit den Umständen seines Todes konfrontieren.

Buffy faltete Pater Hernandez' Geständnis zusammen und steckte es in ihre Tasche. Vielleicht würde sie es noch ein weiteres Mal zu Rate ziehen müssen. Darüber hinaus konnte sie nur darauf hoffen, dass der vage Plan, der in den Hinterstübchen ihres Bewusstseins allmählich Gestalt annahm, sich nicht als kompletter Schuss in den Ofen erweisen würde.

Sie hatte geweihte Kerzen. Sie hatte Streichhölzer. Nur eines fehlte ihr noch.

Sie fand den Jungen draußen vor dem Kirchenportal, wo er gerade seine wahrscheinlich x-te Zigarettenpause an diesem schweren Arbeitstag machte.

»Was willst du denn jetzt«, empfing er sie grantig.

Buffy schenkte ihm ihr bezauberndstes Lächeln. »Kannst du mir sagen, wo ich hier meine Wasserflasche auffüllen kann?«

»Ich wiederhole das wirklich nicht gern«, sagte Buffy. »Aber ich will, dass Sie verstehen, dass –«

»Ich weiß – keine Versprechungen«, unterbrach sie Mrs. Aragon.

Die beiden Frauen standen vor dem Hauptportal der Kirche und betrachteten die untergehende Sonne. Der übellaunige Kirchendiener wider Willen war längst verschwunden. Wie Buffy ihr bereits am Morgen versprochen hatte, hatte sie auf die Ankunft der Ladenbesitzerin gewartet, ehe sie irgendetwas Konkretes unternahm. Und nun wurde es Zeit, den Plan, den sie gefasst hatte, in die Tat umzusetzen.

Rasch checkte Buffy ihre Requisiten. Kerzen. Streichhölzer. Eine Flasche Wasser. Alles da.

»Okay«, sagte sie. »Ich denke, die Show kann –«

»Warten Sie!«, rief Mrs. Aragon, als Buffy sich entschlossen in Bewegung setzte. Überrascht blieb die Jägerin stehen. »Ich möchte mich bei Ihnen entschuldigen«, erklärte Mrs. Aragon und schien einen Moment nach den richtigen Worten zu suchen. »Für ... das ... was ich gestern Abend zu Ihnen gesagt habe. Ich hätte so nicht reden dürfen.«

»Schon in Ordnung. Ich denke, ich kann das verstehen«, sagte Buffy mit sanfter Stimme. Irgendwie war es so ähnlich wie zwischen ihr und Angel. So nah, und doch so fern. »Ich kann mir nur einfach nicht vorstellen, dass wir es mit etwas zu tun haben, das uns etwas Böses will.« Buffy ging weiter.

»Das werden wir noch früh genug erfahren«, erwiderte Mrs. Aragon.

Sie haben's erfasst, dachte Buffy.

»Sind Sie bereit?«, fragte sie.

Die Frau nickte.

»Dann bringen wir es also hinter uns«, sagte Buffy. Gemeinsam begaben sich die beiden Frauen zum Friedhof.

Mrs. Aragon nahm ihre Position ein, um auf Buffys Zeichen zu warten, während die Jägerin außerhalb des Friedhofs den Maschendrahtzaun entlangschritt bis zu der Stelle, wo sich das Grab der älteren Josefina Maria Alonzo befand. Wie am Abend zuvor stellte sie eine geweihte Kerze auf den verwitterten Stein. Dann klemmte sie sich die Flasche mit dem Wasser unter den Arm und zog das Streichholzheftchen hervor.

»Sind Sie so weit?«, rief sie über ihre Schulter.

»Ja, ich bin bereit«, hörte sie Mrs. Aragons Stimme.

Okay, dachte die Jägerin, *rien ne va plus.*

Sie riss ein Streichholz an und steckte die Kerze in Brand.

Fast im selben Moment spürte sie einen eiskalten Windzug. Wie aus dem Nichts erschien vor ihr der Geist Josefina Alonzos, den Mund geöffnet zu trauriger Klage.

»Warum quälst du mich?«, rief sie aus. »Warum holst du mich zurück, wenn du mir doch keinen Frieden bringst?«

Wie von ihrem Schmerz angesteckt, begannen die Kinder um sie herum zu weinen und klammerten sich an Josefinas Kleid fest.

Hastig riss Buffy die Verschlusskappe der Wasserflasche auf.

Vielleicht sollte ich irgendwas sagen, schoss ihr durch den Kopf. Wie bei einem Ritual oder so.

»Josefina Maria Alonzo, empfange erneut, was dein Leben dir nahm.«

Buffy ließ die Flasche nach vorne schnellen und schüttete dem Geist einen mächtigen Schwall Wasser ins Gesicht.

Ein wilder Schrei zerriss die Stille der Nacht. Vor Buffys Augen begannen Josefinas Umrisse sich aufzulösen und zu zerfließen, wie ein Pflastergemälde, das der Regen fortwusch.

Bingo!, dachte sie.

»Warum hast du mir das angetan?«, wimmerte der Geist. »Mein einziges Begehr war, meine Tochter zu finden, meine Josefina. Nun bleibt mir dessen Erfüllung auf immer verwehrt. Mein Geist wird fortan hüllenlos durch das Schattenreich irren, bis in alle Ewigkeit. Selbst wenn ich ihrer angesichtig würde, sie könnte mich nimmer erkennen. Alles, alles wäre vergebens.«

»Nein, wäre es nicht«, erwiderte die Jägerin. »Ich weiß, wo sie ist. Aber du musst versprechen, die anderen freizugeben.«

»Mein Kind! Du hast mein Kind gesehen?«, rief der Geist.

»Nein, aber ich weiß, wo wir sie finden«, sagte Buffy. »Doch du musst die anderen gehen lassen. Es ist nicht richtig, sie festzuhalten.«

»Alles, was du willst, wenn ich nur meine Tochter zurückbekomme«, entgegnete Josefina. »Es war nie mein Verlangen, all die anderen um mich zu scharen. Doch nachdem ich sie gerufen hatte, wurden sie zu meinen steten Begleitern. Ich ertrage es nicht, sie ziehen zu lassen, bevor ich meine Tochter gefunden habe. Wenn du mich zu meiner Josefina bringst, gebe ich die anderen frei. Das gelobe ich, beim Heil meiner Seele.«

Das sollte reichen, dachte Buffy.

»Jetzt!«, brüllte sie.

In der hinteren Ecke des Friedhofs flammte ein Streichholz auf. Für den Bruchteil einer Sekunde konnte Buffy in dem jäh aufflackernden Schein Mrs. Aragons Gesicht erkennen. Dann zündete die Frau eine weitere Kerze an, die sich auf dem Grabstein der jüngeren Josefina befand. Zuerst drohte der Docht zu erlöschen, doch dann verbreitete die Flamme ihr ruhig glimmendes Licht.

Und aus den tanzenden Schatten erhob sich die Gestalt eines Kindes über dem lang vernachlässigten Grab.

Sanft ergoss sich ihr pechschwarzes Haar bis hinab zu den Schultern. Sie trug ein Totenhemd, schlicht und so weiß wie der Schnee.

»Mama«, erklang ihre Stimme über dem nächtlichen Hügel. »Mama, wo bist du? Ich habe Angst.«

»Josefina!«, rief ihre Mutter.

Mit einem Aufschrei löste sich das kleine Mädchen von seinem Grab und strebte nach oben. Der Geist seiner

Mutter schwebte ihm eilig entgegen. Dann streckte Josefina die Ältere die Hände aus und schloss ihre Tochter in die Arme.

»Mein Kind. Meine Tochter. Endlich habe ich dich gefunden«, hörte Buffy sie unter Tränen hervorstoßen.

In der nächsten Sekunde setzte die Jägerin über den Maschendrahtzaun und rannte zu Cecelia Aragons Grab. Mrs. Aragon erwartete sie bereits. Sobald sie die Kerze für die kleine Josefina angesteckt hatte, war sie ohne zu zögern zum Grab ihrer eigenen Tochter geeilt, so, wie sie und Buffy es vereinbart hatten.

»Denk an dein Versprechen«, rief Buffy dem Geist zu.

Josefina hob den Kopf. »Meine kleinen Begleiter, ihr seid wieder frei«, wandte sie sich der Kinderschar zu. »Mögt ihr euren Frieden finden. Harret dem Tage, an dem eure wahren Mütter euch zu sich rufen werden.«

Die Geister der Kinder stiegen empor in die Luft. Einen Moment lang schien es, als wollten sie sich eng aneinander schmiegen, dann stoben sie in alle Himmelsrichtungen davon. Ihr Lachen und ihre Freudenschreie hallten weit in die Nacht. Schließlich lösten sie sich eines nach dem anderen auf. Beim nächsten Totenfest würde es ein paar glückliche Wiedersehen geben, dachte Buffy.

»Können wir?«, fragte sie.

»Wir können«, erwiderte Mrs. Aragon. Vorsichtig entzündete die Jägerin das letzte Streichholz und steckte die Kerze an, die sie und Mrs. Aragon bereits am frühen Abend auf Cecelias Grabstein gestellt hatten. Die Kerze, die den Geist des kleinen Mädchens endlich heim zu seiner Mutter geleiten sollte.

»Zeit, nach Hause zu kommen, Cecelia«, flüsterte Buffy leise.

Zeit für deine zweite Chance.

»Hallo, Liebling«, rief Hank Summers.

Es war bereits spät, als Buffy an diesem Abend in der Wohnung ihres Vaters ankam. Das Licht im Wohnzimmer war heruntergedimmt, und der Fernseher lief ohne Ton. Ein verführerischer Duft stieg der Jägerin in die Nase, der ihr das Wasser im Mund zusammenlaufen ließ.

»Hey, Dad«, rief sie zurück. »Rieche ich da etwa Popcorn?«

Das Gesicht ihres Vaters tauchte im Durchgang zur Küche auf. »Erraten«, sagte er. Dann zögerte er einen Moment, als wäre er mit der Situation ein wenig überfordert. »Na, wie war's?« fragte er schließlich.

»Nett«, erwiderte Buffy. Bevor sie zum Friedhof aufgebrochen war, hatte sie auf dem *Cathy*-Block am Kühlschrank eine Nachricht für ihren Vater hinterlassen und ihm mitgeteilt, dass sie sich abends mit ein paar alten Freunden treffen wollte. Außerdem hatte sie Cathy einen Riesenschnurrbart verpasst.

»Ich dachte, ich schau mir noch einen Spätfilm an. Wie sieht's aus? Lust, mir dabei Gesellschaft zu leisten?«, fragte ihr Vater.

»Können wir uns nicht vorher ein *Bugs-Bunny*-Video ansehen?«, schlug Buffy vor.

Überrascht blickte ihr Vater sie an, bevor in sein Gesicht ein breites Grinsen trat. Die jeden Samstagvormittag gemeinsam vor der Glotze verbrachten Stunden mit Bugs

Bunny hatten in der Familie Summers beinahe Kultcharakter gehabt.

»Du weißt, wo sie liegen«, erwiderte Hank Summers. »Nimm eins, auf dem auch ein paar Folgen mit Karl dem Kojoten drauf sind, okay?«

»Gebongt«, sagte Buffy. »Ich räume nur noch rasch meine Klamotten weg.«

Buffy begab sich in ihr Schlafzimmer und warf ihre Schultertasche und die Jacke aufs Bett. Dann zog sie sich die Straßenschuhe aus und die Häschenpantoffeln an. Auf dem Rückweg ins Wohnzimmer machte sie noch einen Abstecher ins Bad und spritzte sich ein paar Tropfen Wasser ins Gesicht. Einen Moment lang betrachtete sie im Spiegel ihr Gesicht.

Alles in allem gar kein schlechter Abend, fasste sie bei sich die Ereignisse zusammen. Auch wenn er nicht den üblichen Gepflogenheiten einer Jägerin entsprach. Buffy hatte zwei Mütter und zwei Töchter zusammengeführt. Und sie hatte niemanden dafür umbringen müssen. Nicht einmal jemanden, der ohnehin schon tot war.

Pater Hernandez' Geständnis hatte sie Mrs. Aragon überlassen. Die Ladenbesitzerin hatte versprochen, sich darum zu kümmern, dass die ältere Josefina an anderer Stelle erneut bestattet wurde, auf dem Friedhof diesmal. Und in der Nähe ihrer Tochter, sodass sie nie wieder getrennt voneinander sein würden. Wenn es auch mehr als hundert Jahre gedauert haben mochte, das Gute hatte über die Schlechtigkeit von Rafael Alonzo gesiegt.

Beide, Josefina und auch ihre Tochter, würden eine zweite Chance bekommen.

Buffy trocknete sich das Gesicht ab und ging ins Wohnzimmer zurück. Ihr Vater kauerte vor dem Videorecorder und stöberte in seiner Filmsammlung herum. Auf dem kleinen Tisch vor dem Fernseher stand eine riesige Schüssel mit Popcorn.

»Ich wusste nicht, wann du nach Hause kommst, sonst hätte ich uns noch irgendwas ausgeliehen«, sagte Hank Summers. »Ich fürchte, ich hab die alten Kassetten alle ausrangiert oder überspielt. Sieht ziemlich schlecht aus mit – wie heißen die Dinger noch – Witzfilmen?«

»Fachterminologie sehr gut«, lobte Buffy. »Hast du wieder angefangen zu studieren?«

Ihr Vater lachte.

Zum ersten Mal seit Wochen wieder von so etwas wie einem Glücksgefühl durchströmt, kniete sich Buffy neben ihn und sah mit ihm gemeinsam die Videokassetten durch. »Was ist mit dem hier?«, meinte sie.

Auch ein Film, der zur Familientradition gehörte, als das Leben für sie noch in Ordnung war, und den sie sich immer zusammen angeschaut hatten, wenn auch nicht unbedingt mitten im Sommer.

»Du willst tatsächlich *Ist das Leben nicht schön?* sehen?«, fragte ihr Vater erstaunt.

»Unbedingt«, erwiderte die Jägerin.

Ihr Vater zerzauste ihr lachend das Haar, so wie er es immer getan hatte, als sie noch ein kleines Mädchen war. »Okay, meine Heldin«, sagte er. »Du bist der Boss.«

Der Tod kam am vierten Juli

Yvonne Navarro

»Was haben Sie gesagt?«

Jenny Calendar tippte mit dem Finger auf den farbigen Flyer, der auf dem Büchertresen lag und den sie soeben Rupert Giles vor die Nase geschoben hatte. »Kommen Sie schon, Rupert. Das wird bestimmt ganz lustig.«

Flüchtig schaute Giles auf den rot-weiß-blauen Zettel. Auf ihm war in schreienden, knallroten Lettern die Ankündigung zu lesen: UNCLE SAM LÄDT SIE HERZLICH EIN!!! ›Das wird bestimmt ganz lustig‹«, äffte er sie nach. »Warum kriege ich bloß immer eine Gänsehaut, wenn ich diese Worte höre?«

Jenny neigte ein wenig den Kopf. »Das *wird* es«, beharrte sie, verschränkte die Arme und sah ihn mit strengem Blick an. »Außerdem kommen Sie dann endlich einmal aus dieser alten, muffigen Bibliothek heraus. Es ist Sommer, schon vergessen? Die Vögel singen, die Sonne scheint –«

»Ja«, fiel er ihr ins Wort. »Und überall schwirren Mücken herum und stechen einen in den Sonnenbrand. Müssen wir das wirklich haben?«

»Müssen wir«, sagte sie. »Nebenbei bemerkt, Sie sollten langsam anfangen zu lernen, wenigstens in den Ferien mal auszuspannen. Das macht man so.«

»Ich weiß sehr gut selbst, was man von mir erwartet«, entgegnete er bissig.

»Ja, in England vielleicht«, konterte Jenny. »Aber jetzt leben Sie *hier*. Sie sollten sich öffnen und sich ein bisschen vom viel zitierten amerikanischen Geist durchdringen lassen.«

Er blickte sie finster an. »Vielen Dank, aber so, wie die Dinge hier in Sunnydale liegen, ziehe ich es vor, mich von gar nichts durchdringen zu lassen. Weder spirituell noch sonst irgendwie.«

Jennys Mund verzog sich zu einem unwiderstehlichen Lächeln, und Giles spürte, wie sein Widerstand erlahmte. »Ein Punkt für Sie«, sagte sie, »aber im Ernst, Rupert – Sie brauchen dringend eine Auszeit. Ich kann unmöglich zulassen, dass Sie sich die schönsten Monate des Jahres über in Ihrer Bücherei eingraben. Und kommen Sie mir nicht wieder mit der Ausrede, Sie müssten sich unbedingt um die paar Ferienkurs-Teilnehmer kümmern.« Sie wies auf den Flyer. »Abgesehen davon, es ist ein Samstag.«

Verdammt. »Der vierte Juli ist ein ... Samstag?« Giles sah bereits seine Felle davonschwimmen.

Sie nickte. »Ja, Rupert. Genauer gesagt, morgen. Schon erstaunlich, wie toll so ein Kalender funktioniert. Nach Montag kommt Dienstag und nach Freitag der Samstag –«

»Schon gut«, unterbrach er sie. »Ich denke, ich hab's verstanden.« Ein leichtes Frösteln überkam ihn, als die Klimaanlage plötzlich ansprang und ein kalter Luftzug seinen Nacken und die blanken Arme berührte.

Auch etwas, was er am Sommer nicht mochte: die für seinen Geschmack einem Bibliothekar wenig gut zu Gesichte stehende Kleidung. Er persönlich hätte sich in Oberhemd, Weste und Tweedjacke, seinem Standard-Outfit für den Rest des Jahres, viel wohler gefühlt, doch Jenny hatte ihn freundlich darauf hingewiesen, dass er damit unter all den Sonnenanbetern in etwa den gleichen Anblick bieten würde wie ein Grünkohl in einem Petunienbeet. Er war sich ziemlich sicher, dass sich hinter dieser Bemerkung irgendein höhnischer Seitenhieb verbarg, doch da er ihn nicht konkretisieren konnte, hatte er die Sache auf sich beruhen lassen.

»Also ist es okay, wenn ich Sie um drei abhole?«

Giles kniff die Augen zusammen und ging im Geist seinen Terminkalender durch, in der Hoffnung, auf etwas – irgendetwas – zu stoßen, was ihn retten würde. »Nun, ich –«

»Großartig«, sagte Jenny und strahlte ihn an. »Wir sehen uns dann also morgen.« Mit diesen Worten wandte sie sich um und eilte gut gelaunt davon.

»Warten Sie«, rief Giles ihr hinterher. »Was ist, äh, mit heute Abend …?«

Verwundert blieb Jenny stehen und sah ihn an. »Heute Abend? Tut mir Leid, geht leider nicht. Gestern war Neumond. Das heißt, ich treffe mich nach Einbruch der Dämmerung mit meiner Hexengruppe zu einem Online-Chat. Ich schätze, vor Mitternacht werden wir wieder mal kein Ende finden.«

Giles nickte. »Ein Online-Chat. Natürlich. Kann ich Sie dann wenigstens anrufen?«

»Morgen früh«, erinnerte sie ihn. »Heute Abend ist die Leitung besetzt.« Mit einem undefinierbaren Ausdruck im Gesicht lächelte sie ihn zum Abschied freundlich an. »Ich wünsche Ihnen einen netten Abend.«

»Ja, vielen Dank.«

»Und Giles?«

Er blickte nochmals auf. »Ja?«

»Bitte, versuchen Sie mal, aus dieser stickigen alten Bibliothek herauszukommen. Dort draußen liegt eine riesige, wunderschöne Welt, die nur darauf wartet, von Ihnen entdeckt zu werden.«

Giles nickte nur, während ein weiterer kalter Luftzug in inakzeptabler Weise über seinen Nacken strich.

Es war ein langer Heimweg für Patrick Beverly gewesen.

Obwohl das Zuhause, an das er unterwegs gedacht hatte, ein gänzlich anderes war, eines mit Klimaanlage, einem Wohnzimmer voller antiker Möbel und einem Wasserbett im eigenen Zimmer, einem Dad, der gemütlich seine Pfeife schmauchte und sich die sonntägliche Basketball-Übertragung im Fernsehen ansah, und mit einer Mom, die währenddessen in der Küche herumhantierte und für ihren Bridge-Abend am Montag Plätzchen oder manchmal auch einen Kirschkuchen buk. Ein frecher, alter Kater strich in diesem Heim umher, der dank seines wenig umgänglichen Wesens »Faucher« hieß. Im Winter war es behaglich warm im Haus, und elektrisches Licht erhellte die Zimmer, wenn durch die selbst gehäkelten Spitzengardinen der Mutter einmal nicht das Sonnenlicht fiel.

Ja, vor allem *Sonnenlicht* hatte es dort wirklich reichlich gegeben.

Mit finsterer Miene schaute Patrick sich in seinem neuen und hoffentlich nur vorübergehenden Wohnsitz um. Das wenig komfortable Domizil verfügte tatsächlich über ein Fenster, in das irgendjemand eine dunkle Buntglasscheibe eingesetzt hatte, dankenswerterweise mit der Abbildung irgendeines Schutzpatrons anstatt eines Kreuzes. Darüber hinaus bestach es durch sein schimmelfeuchtes Mauerwerk, einen schmutzigen, kalten Steinboden sowie sechs in die Wand eingelassene Grüfte. Eine davon war seine, und, o welche Freude – da stand auch sein neues Bett: ansprechendes Eichenholz, ein Laken aus Seide und selbstredend ein Kissen. Zu dumm, dass es ein Sarg anstelle eines Nachtlagers war.

Er streifte die Schuhe ab, kickte sie quer durch den Raum und verzog angewidert das Gesicht. Das hatte er nun also davon. Zur Army gehen, dem Vaterland dienen und einfach mal sehen, was passiert – sie hatten ihn kurzerhand nach Bosnien verschifft, wo ihm nicht einmal die Ehre zuteil geworden war, von einem feindlichen Scharfschützen getroffen oder von einer Rakete zerfetzt zu werden. O nein, Gefreiter Patrick Beverly geruhte, nachdem er einen Atemzug zu viel in der rauch- und rußgeschwängerten, eiskalten Luft getan hatte (und nachdem ihn sein Vorgesetzter zum wiederholten Male dazu aufgefordert hatte, eine Atemschutzmaske anzulegen), an einer Lungenentzündung zu erkranken.

Ein kräftezehrender und von Fieberträumen begleiteter Transportflug hatte ihn wieder zurück in die Staaten geführt, genauer gesagt in ein Militärkrankenhaus in Washington D.C. Unglücklicherweise öffneten dort seine Lungen einem weiteren Gast die Tür – man stelle sich vor, *er*, ein junger Mann von kaum neunzehn Jahren, und TB! Er hatte immer geglaubt, dass diese Krankheit schon lange nicht mehr zu den Geißeln der Menschheit zählte und ihren Schrecken im 21. Jahrhundert längst verloren hatte. Herrgottnochmal, seine *Großmutter* hatte in den 1920er Jahren Tuberkulose gehabt und sie besiegt. Warum musste es ausgerechnet ihn so schlimm erwischen?

Schuld daran waren seine zu diesem Zeitpunkt ohnehin bereits angegriffenen Lungen – der Qualm aus den brennenden Fässern, die er und seine Kameraden zusammengestellt hatten, um sich an ihnen die Hände zu wärmen, der Ruß und die Asche in den ausgebombten Häusern, all das hatte sich in einem Organ abgesetzt, von dem er niemals angenommen hätte, dass es derartig anfällig sein konnte.

Monate waren vergangen, zu viele, um sie zu zählen, in denen er in einem nebelhaften Zustand dahingedämmert war, isoliert von allen, wenn man von den hinter Mundschutz verborgenen Ärzten, Krankenschwestern und Pflegern absah, die seinen immer schwächer werdenden Körper wuschen und versorgten, als wäre er ein kleines Kind.

Doch schließlich war es mit ihm wieder aufwärts gegangen, sein Organismus hatte die Tuberkulose allmählich zurückgedrängt, und seine Lungen begannen, den ganzen abgelagerten Müll wieder abzubauen. Er war viel zu krank gewesen – beinahe in einem komatösen Zustand –, um sagen zu können, wie viele Wochen oder Monate ins Land zogen, bis seine Eltern schließlich grünes Licht bekamen, ihn wieder heim nach Sunnydale zu holen.

Danach hatte es nochmals ein oder zwei Monate gedauert, bis endlich ein Bett frei geworden war, und dann, voilá – befand er sich näher an seinem Zuhause, als er ihm während all der Zeit, die zwischen dem Rekrutenlager und seinem endgültigen Army-Beitritt in Fort Stewart/Georgia lag, jemals gewesen war. Ein freundliches, helles Zimmer im hinteren Trakt eines kleineren Militärkrankenhauses, das sich direkt in seiner Heimatstadt befand, ein paar weitere Monate der Genesung, und hey, er konnte tatsächlich wieder *laufen*, anstatt sich in einem Rollstuhl durch die Gegend karren zu lassen.

Kurz darauf begann die Reha, und dann ... was? Es

mochte vielleicht ein oder zwei Wochen vor dem Zeitpunkt gewesen sein, an dem man ihn endlich, *endlich* wieder nach Hause entlassen hätte, als er dem Mädchen begegnete.

Er konnte sich ums Verrecken nicht mehr an ihren Namen erinnern oder daran, was sie dort eigentlich zu suchen hatte, oder … an sonst irgendetwas außer der Tatsache, dass sie bereits am zweiten Abend in sein Zimmer gehuscht war und sich ausgiebig an seinem Hals gütlich getan hatte. Wusste der Geier, warum sie ihn nicht komplett ausgesaugt hatte – vielleicht weil er ihr gefiel, vielleicht aber auch aus dem etwas befremdlichen Schuldgefühl heraus, dass es nicht angehen konnte, einen tapferen Streiter fürs Vaterland bis zur letzten Neige auszusaufen. Einen Mann zudem, der dem Tod gerade eben so von der Schippe gesprungen war und kurz davor stand, wieder nach Hause geschickt zu werden.

Nun, »nach Hause« geschickt hatte sie ihn auf ihre Art allerdings.

Diese ganze Vampirgeschichte ging Patrick gehörig gegen den Strich. Um die Wahrheit zu sagen: Sie kotzte ihn an. Er konnte nicht mehr hinaus ans Tageslicht, fühlte sich völlig verdreckt, hauste zudem in einem Rattenloch, in dem es nach Verwesung stank, war völlig ausgehungert und hatte zu allem Überfluss dieses unstillbare Verlangen nach Blut. Und das, nachdem er noch wenige Tage zuvor an nichts anderes hatte denken können als daran, dass ihn nur noch Stunden trennten von Mutters hausgemachtem Cornedbeef mit Kohl.

Er kam sich vor wie ein kleines Kind, das von zu Hause weggelaufen war und nun allein und schmutzig in irgendeinem blöden Versteck hockte, anstatt rauszugehen und mit den anderen zu spielen.

Doch selbst mit dem Versteck hatte es bei ihm eine besondere Bewandtnis. Seines war knapp formuliert die hinterste Gruft unten. Es hatte eine Weile gedauert, bis er überhaupt begriff, wohin es ihn hier eigentlich verschlagen hatte, doch dann war ihm klar geworden, dass seine Eltern ihm die ungenutzte Grabstelle in einer Veteranengruft zugedacht hatten, die die Familie auf dem Friedhof von Sunnydale besaß.

Eigentlich war der Platz für seinen Großvater reserviert gewesen, einem alten Militärhaudegen und Kriegshelden vergangener Zeiten. Wie auch immer, sein Großvater war heil aus dem Zweiten Weltkrieg zurückgekehrt und hatte sich allen Vorkehrungen zum Trotze weiter seines Lebens gefreut. Insbesondere nachdem er irgend so eine Matrone aus Seattle kennen gelernt hatte. Patrick war noch klein gewesen, als Großpapa zu ihr übersiedelte und sich auf seine alten Tage noch einmal auf eine Ehe einließ. Und jetzt moderte das glückliche Paar in irgendeinem vom Regen aufgeweichten Doppelgrab im Nordwesten des Landes vor sich hin.

Also war er nun hier, Patrick Beverly, knapp neunzehn Jahre alt, als er ins Militärkrankenhaus eingeliefert worden war, und zur letzten Ruhe gebettet neben einem Haufen verknöcherter Kriegsveteranen. Grundgütiger Himmel!

Gelangweilt und ruhelos stöberte Patrick in dem kleinen Mausoleum umher und las die Inschriften, die sich auf den anderen Gruftsteinen befanden. Nicht eine wies auf einen Mitbewohner hin, der jünger als siebzig gewesen war, als er starb – anscheinend war er der Grünschnabel hier. Und was sollte diese Uniform, in die seine Eltern ihn gesteckt hatten? Blöd, blöd, blöd, mal ganz abgesehen davon, dass er vom Militär bereits die Nase voll gehabt hatte, als er noch am Leben gewesen war. Man sah ja, wohin das alles führte.

Schau an ... einer dieser alten Fürze hat es doch tatsächlich zu etwas gebracht, dachte er.

Rasch überflog er die Inschrift ein zweites Mal. Wie hieß der Kerl ... General Samson Murray? Er erinnerte sich vage, von diesem Typen schon einmal etwas gehört zu haben, einem fanatischen Kriegsbefürworter, wenn er sich recht entsann, der in einem anderen Flügel von Sunnydales Militärkrankenhaus, das Patrick erst vor wenigen Tagen verlassen hatte, untergebracht gewesen war. Offensichtlich hatte sich General Murray ebenfalls vorzeitig von dort verabschiedet – sein Tod lag nur wenige Wochen zurück.

Hey, dachte Patrick, vielleicht besaß der gute alte General ja ein paar Klamotten, die ein wenig mehr hermachten als die grüne Soldatenuniform, die ihm selbst um die abgemagerten Hüften schlotterte.

Grinsend und froh darüber, endlich etwas zu tun zu haben, machte sich Patrick daran, den losen Mörtel aus den Ritzen rund um die Grabplatte zu entfernen, die den Zugang zu General Murrays letzter Ruhestätte verschloss. Es kostete ihn wenig Mühe, sie zu öffnen – einer der wenigen Vorteile eines Vampirdaseins bestand in der immensen Körperkraft, die man mit einem Male besaß. Und nachdem es Patrick erst einmal gelungen war, seine Finger in die Fugen zu bekommen, war es für ihn ein Leichtes, die Platte durch beharrliches Rütteln und Reißen immer weiter zu lockern; schließlich fiel sie herunter und zerbarst. Um ein Haar wäre sie direkt auf seinem Fuß gelandet, hätte er ihn nicht blitzschnell zurückgezogen. Können sich Vampire die Zehen brechen?, fragte er sich. Er hatte keine Ahnung.

Der Geruch, der ihm aus der geöffneten Gruft entgegenschlug, war beißend und streng und, gemessen an seinen alten, menschlichen Standards, alles andere als angenehm. Doch jetzt machte er Patrick nichts aus, und neugierig spähte er in dem schummrigen Licht, das durch das schmale Fenster fiel, in die Grabnische. Kurz darauf zerrte er den Sarg aus dem Loch in der Wand und ließ ihn auf den Boden krachen. Was er sah, zeugte von keinem schlechten Geschmack: Die Bettstatt des Generals war aus teurem, dunklen Mahagoni gefertigt und an allen Seiten mit dekorativen Schnitzereien verziert. Patricks Hoffnung, dass der alte Furzknochen mit ein paar Sachen aufzuwarten hatte, die es zu konfiszieren lohnte, stieg.

Ein kräftiger Ruck, und der Sargdeckel fiel seiner übermenschlichen Muskelkraft zum Opfer. Dann blickte er auf die sterblichen Überreste von General Samson Murray.

Dank moderner Konservierungstechniken sah der alte Stratege nicht halb so schlimm aus wie befürchtet. Ein wenig wie eine Backpflaume, und seine geschlossenen Augen waren eingefallen, ebenso wie die Nase, die Wangen und die Spitzen seiner Finger – alles in allem machte er einen ziemlich fettfreien Eindruck. Was Patrick jedoch weitaus mehr interessierte, war die fesche Uniform, die er trug: bester Zwirn in warmem Dunkelblau und mit jeder Menge Ehrenmedaillen geschmückt; und sie machte ganz den Eindruck, als könnte sie ihm sogar passen. Patrick hatte die meisten der Orden, die auf der Heldenbrust des gefallenen Kriegers prangten, bereits irgendwo schon einmal gesehen, doch einer fiel ihm besonders ins Auge. Eine seltsame, ovale Medaille aus verziertem Gold, in die ein Opal eingelassen war, steckte knapp oberhalb des Herzens. Dem Stein schien ein dunkles Feuer innezuwohnen, und als er ihn berühren wollte, begann er hell und heiß zu pulsieren.

Hastig zog Patrick die Hand wieder zurück. Was war das? Irgendeine Art okkulter Magie? Noch vor einer Woche hätte er über eine solche Annahme gelacht, aber *Hey, Mom – schau mich doch jetzt nur mal an!* Sein Gehirn war vielleicht in klinischem Sinne tot, doch sein Verstand hellwach und plötzlich allem Neuen und Unerklärlichen auf merkwürdige Weise geöffnet. Nichts schien mehr unmöglich, alles konnte geschehen. Und was konnte schon passieren, wenn er dem toten Typ dort in dem Sarg die Uniform stahl und sie selbst anzog? Möglicherweise nichts. Doch dann wiederum …

Neugierig begann Patrick, die Uniformtaschen zu durchstöbern, wobei er sorgsam darauf achtete, dass er den unheimlichen Opal nicht versehentlich berührte. Er war bereits kurz davor, die Suche wieder aufzugeben und sich selbst einen Narren zu schimpfen, als er, eher spaßeshalber, mit zwei Fingern in die Innentasche der Jacke fuhr und etwas rascheln hörte.

Bingo.

Doch das Einzige, was er aus Murrays Tasche ans Tageslicht beförderte, war ein Blatt Papier, auf dem irgendwelche nicht zu entziffernden Kritzeleien standen. Irgendwie kamen sie Patrick vertraut vor, so als sollten es Buchstaben sein, nur spiegelverkehrt geschrieben oder so ähnlich, aber sie ergaben für ihn überhaupt keinen Sinn.

Schließlich drehte er das Blatt um und wurde für diese intellektuelle Glanzleistung damit belohnt, dass er auf der Rückseite einen Text in gutem, altem amerikanischen Englisch vorfand. Es handelte sich ... nun ja, um einen Spruch oder irgendetwas in der Art, und dann ging ihm auf, dass sich darin so etwas wie eine Anleitung verbarg, nicht allzu kompliziert, wie er fand. Abermals flüsterte die innere Stimme, die ihm zuvor noch geraten hätte, den Zettel einfach wegzuwerfen, ihm zu, dass er hier möglicherweise auf etwas gestoßen war, von dem er früher noch nicht einmal zu träumen gewagt hätte. Ja, es war ein Spruch, ein magischer Spruch, um genau zu sein.

Ein Spruch, um jemanden von den Toten auferstehen zu lassen.

Patrick Beverly las die Beschwörungsformel erneut, und dann ein drittes Mal, nur um sicherzugehen, dass er nicht irgendetwas falsch verstanden hatte.

Als er wieder aufblickte, trat ein breites Grinsen in sein Gesicht.

»Oh, Rupert, sehen Sie nur!« Jenny zupfte an seinem Ärmel und deutete nach vorn. »Sie haben sogar das Dach vom Pavillon geschmückt.« Als Giles artig in die Richtung blickte, hätte sie beinahe laut aufgelacht – er gab sich wirklich die *allergrößte* Mühe. Wenn man von Kooperationsbereitschaft Schweißausbrüche bekam, würde Giles jeden Augenblick anfangen zu triefen. Und sollte dieser Fall tatsächlich eintreten, hatte sie immer noch ein rot-weiß-blaues Taschentuch zur Hand.

Doch einstweilen studierte er interessiert die farbenfrohen Bänder, die entlang der Straßenmasten gespannt waren, und bewunderte mit Kennermiene den herausgeputzten Blumenpavillon im Zentrum des Weatherly Parks. Die Parkverwaltung hatte sich in diesem Jahr zur Feier von Uncle Sam wirklich selbst übertroffen, und das betraf nicht nur vereinzelte Highlights wie dieses. Überall bezeugte irgendetwas ihren rührigen Einsatz, von den obligatorischen dreifarbigen Luftballons, die man an jeder verfügbaren Parkbank und an jeder Laterne befestigt hatte, bis hin zu den Uncle-Sam-Bannern, die lustig zwischen den Baumstämmen flatterten. Jedes Mal, wenn sie sich umblickte, sah sie irgendwelche der Jahreszeit gemäß gekleideten Parkangestellten; einige verkauften Hotdogs oder extragroße Luftballons und Kinderrasseln, andere wanderten einfach nur herum und machten aus Ballonschläuchen die verrücktesten Tiere.

Ein schlaksiger, in die Höhe geschossener Teeanger grinste sie an, als er an ihnen vorüberging, und drückte Giles einen weiteren rot-weiß-blauen Zettel in die Hand; Jenny konnte einen Blick auf die in großen Lettern gesetzte Überschrift erhaschen: GENERAL SAMSON MURRAY – SUNNYDALES EINZIGER WAHRER KRIEGSHELD.

Ein einziger Lärm erfüllte die Luft – Kinder schrien und lachten, während Erwachsene nach ihnen riefen, Hunde kläfften, Lautsprecher plärrten blechern die Nationalhymne und ließen, sehr zu Ruperts offensichtlich wachsendem Missfallen, nicht minder verzerrte Versionen des »Yankee Doodle Dandy« erschallen.

»Los, kommen Sie«, sagte Jenny begeistert. »Auf der anderen Seite vom Pavillon haben sie ein paar Imbissbuden aufgestellt. Ich krieg langsam Hunger. Sie könnten uns eine Runde Hotdogs spendieren.«

Giles schien über die Maßen geschockt, und einmal mehr musste sie den Impuls unterdrücken, ihm lauthals ins Gesicht zu lachen. »Hotdogs? Grundgütiger Himmel! Wissen Sie eigentlich, was da alles drin ist? Können wir nicht einfach irgendwo hingehen und ein gutes Truthahnsandwich –«

Jenny sah ihn streng an ... nun ja, nicht *so* streng vielleicht. »Hotdogs und Apfelkuchen, Rupert. Das gehört in Amerika einfach dazu. Und zwar jetzt gleich. Und dann stürzen wir uns ins Getümmel. Denken Sie daran, um sechs beginnt die Parade.«

Es war schwer zu sagen, ob der Ausdruck in Giles' Gesicht mehr Frustration oder mehr Widerwillen bekundete. Seufzend blickte er auf das Flugblatt, das er immer noch in der Hand hielt. »Zumindest hält sich das hier –«, er wedelte mit dem Zettel vor ihrer Nase, »wenigstens *etwas* genauer an die Geschichte. Sehen Sie sich doch mal an, wie sie alle herumrennen. Himmelherrgott, nicht einmal die britischen Uniformen sind historisch korrekt! Ein Land sollte seine Unabhängigkeit nicht mit aus irgendwelchen unaussprechlichen Dingen gemachten Hotdogs, herumplärrenden Kindern, grässlicher Blasmusik und –« Er hielt jäh inne und starrte geradeaus. »Was zum Teufel machen die da?«

»Wo?« Jenny blinzelte in die grelle Nachmittagssonne und versuchte seinem Blick zu folgen. »Oh«, sagte sie schließlich, »Sackwetthüpfen.«

Angesichts seiner entsetzt aufgerissenen Augen konnte sie sich nun doch ein Kichern nicht verkneifen. »Gütiger Himmel, Jenny. Sie erwarten doch nicht im Ernst von mir, dass ich meine Beine in einen von diesen Säcken stecke, oder?«

Lachend hakte sie sich bei ihm ein. »Lassen Sie uns erst mal mit den unaussprechlichen Hotdogs und ein paar fettigen Pommes beginnen, dann sehen wir weiter.«

»Wir werden uns eine Lebensmittelvergiftung holen, ganz ohne Frage«, murmelte Giles und verzog das Gesicht. Doch so sehr er sich auch Mühe gab, es zu verbergen, entging Jenny doch nicht, wie glücklich er darüber war, den Tag mit ihr zu verbringen.

»Es ist gleich halb sieben«, sagte Jenny. »Die Parade sollte längst angefangen haben – offenbar ist es zu irgendwelchen Verzögerungen gekommen.« Sie reckte den Hals und versuchte, über ihren Vordermann in der Menge hinwegzublicken.

Giles unterbrach die Lektüre seines General-Murray-Flyers und hob kurz den Kopf. »Hmmm? Ach ja – die Parade.« Sogleich wollte er sich wieder dem Studium der Broschüre zuwenden, doch Jenny knuffte ihn in die Seite.

»Kommen Sie schon, hier spielt die Musik«, sagte sie. »Was lesen Sie denn da eigentlich so interessiert?«

»Was? Nun ja, ich nehme an, Sie würden den Artikel, der hier steht, eher langweilig finden.« Stirnrunzelnd wies er auf den Flyer, als könne ein gestrenger Gesichtsausdruck bewirken, dass das, was darin stand, irgendeinen Sinn für ihn ergab. »Ich vermute, da sind jemandem beim Schreiben ein wenig die Pferde durchgegangen. Ich erinnere mich, vor kurzem mal was über diesen General Murray gelesen zu haben – ist noch gar nicht so lang her, dass er verstorben ist. Erst ein paar Wochen.«

Jenny nickte und sah ihn erwartungsvoll an. Doch da kam nichts mehr. Durch den ständigen Umgang mit Buffy und ihren Freunden war Giles so sehr daran gewöhnt, immer dann, wenn er etwas Wichtiges mitzuteilen hatte, in teilnahmslose Gesichter zu blicken, dass es ihn stets aufs Neue überraschte, dass Jenny sich für das, was ihn umtrieb, tatsächlich interessierte. Sie war einfach dermaßen … *entzückend*, dass es ihm bisweilen fast die Sprache verschlug.

»Und?«, hakte sie schließlich nach.

»Nun«, begann er und griff seinen ursprünglichen Gedanken wieder auf, »wenn ich mich recht erinnere, war der General mitnichten der Held, als den ihn das Festkomitee unseres sauberen Städtchens hinzustellen versucht.« Er tippte auf den aufwändig gestalteten Flyer, auf dem unter anderem das Foto von einem distinguiert wirkenden älteren Herrn mit weißem Rauschebart zu sehen war. Samson Murrays Augen, die unter dem steifen Rand einer Generalsmütze hervorlugten, waren klein und schmal und zeigten nicht den kleinsten Anflug von Wärme. »In der Tat habe ich eine ganze Reihe Artikel über ihn gelesen. Demnach war seine militärische Laufbahn von einer auffallend großen Anzahl … nun, sagen wir unschöner Ereignisse begleitet.«

»Tatsächlich?« Jennys Augen leuchteten neugierig auf. »Zum Beispiel?«

Giles zog die Stirn in Falten und verscheuchte eine Mücke, die auf seinem Nacken Platz genommen hatte. Kleine fliegende Vampire, nichts anderes sind diese verdammten Biester. Gibt's nicht schon genug von der Sorte in Sunnydale?, ging ihm durch den Kopf. »Ich fürchte, die Details sind mir entfallen. Was ich noch weiß, ist, dass er mehrfach vor dem Kriegsgericht stand, allerdings jedes Mal von dem Verdacht auf zumindest sporadisch auftretende geistige Verwirrung reingewaschen wurde. Die letzten paar Jahre verbrachte er in dem Militärkrankenhaus am Rande der Stadt.« Giles hob die Augenbrauen. »Die haben dort doch eine Psychiatrie, oder?«

Jenny zuckte mit den Schultern. »Keine Ahnung. Ich hab von dem Kerl jedenfalls bis heute noch nie etwas gehört.«

»Wie auch immer.« Giles hielt die schmale Broschüre über das Leben des großen Vaterlandshelden hoch. »Diese nette, kleine Abhandlung hier versäumt es völlig, die einzige Tatsache zu erwähnen, von der ich absolut sicher bin, dass sie stimmt – dass es nämlich niemand geschafft hat, den einstmals angeblich so großen General davon zu überzeugen, dass der Zweite Weltkrieg längst zu Ende ist. Er hat die letzten Jahre seines Lebens damit zugebracht, Pläne und Strategien für Gegenschläge zu entwickeln für den Fall, dass der Feind über Sunnydale herfällt, womit, seiner unumstößlichen Auffassung nach, täglich zu rechnen sei.« Der Bibliothekar schüttelte verständnislos den Kopf. »Und trotz alledem gilt er hier nach wie vor als große Berühmtheit und tapferer Held.«

Jenny lächelte sanft. »Zumindest für diesen einen Tag.« Etwas hinter seinem Rücken erweckte ihre Aufmerksamkeit. »Oh, sehen Sie nur – endlich!«

Giles wandte sich um. »Was denn?«

»Die Parade fängt an. Wird auch langsam Zeit. Wie ich hörte, ist sie dieses Jahr besonders groß. Schätze, die müssen sich ganz schön ranhalten, damit vor Sonnenuntergang auch alle vorbeiflaniert sind. Wir haben jetzt –«

»Sonnenuntergang ist um 20.09 Uhr.«, sagte Giles abwesend. »Ich hab die Zeiten immer parat – Macht der Gewohnheit und so.« Er spähte über die wogenden Köpfe hinweg, um einen Blick auf den ersten Festwagen zu erhaschen und wünschte im nächsten Moment, er hätte dieses Privileg nie gehabt. Was er sah, war eine riesige Uncle-Sam-Karikatur, die winkend auf einer Art Federkonstruktion auf und ab wippte und mehr an einen Papierdrachen in einer chinesischen Neujahrsparade erinnerte. Giles fand sie abgrundtief hässlich.

»Vielleicht ist es gar nicht so schlecht, dass sie etwas später angefangen haben«, meinte Jenny neben ihm, indem sie ihn gnadenlos weiter nach vorn an den Straßenrand schob. Na fabelhaft, dachte Giles säuerlich. Die lange Reihe von Wagen, tanzenden Clowns, Fahnenträgern und selbst die erste Schulblaskapelle schien endlos zu sein; und um die Sache noch ermüdender zu gestalten, hatte man den Teilnehmern der Parade offenbar eingebläut, sich auf keinen Fall schneller als eine altersschwache Schildkröte von der Stelle zu bewegen. »So ein Feuerwerk wirkt eigentlich nur, wenn es richtig dunkel ist.«

»Ich kann's kaum erwarten«, bemerkte Giles.

»Nun seien Sie doch kein Spielverderber, Rupert.« Sie nutzte einen Moment seiner Ablenkung, beugte sich blitzschnell vor und drückte ihm einen dicken Kuss auf die Wange; dann schüttelte sie die rote Wolldecke aus, die sie über dem Arm getragen hatte, und legte sie auf die Kante des Bordsteins. »Einen besseren Platz können wir nicht kriegen, weder für die Parade noch für das Feuerwerk. Schauen Sie doch nur, von hier aus kann man sogar das Rathaus sehen. Kommen Sie, wir setzen uns einfach hin und genießen das Ganze. Wir werden bestimmt jede Menge Spaß haben. Und noch bevor der Abend vorüber ist, das verspreche ich Ihnen, werden Sie den vierten Juli mit völlig anderen Augen sehen.«

»Aufgepasst da draußen«, flüsterte Patrick.

Er empfand wenig Vergnügen bei der Vorstellung, dass ihm die Augäpfel im Schädel gegrillt wurden und verpasste der schweren Tür zu seiner Gruft einen mächtigen Tritt. Kräftig genug, um das Schloss zu ruinieren, doch weit davon entfernt, eine Öffnung zu schaffen, die groß genug für ihn war. Würde sein Herz noch arbeiten, hätte es jetzt sicherlich vor Aufregung heftig geschlagen, doch von so etwas wie Furcht ließ er sich jetzt nicht mehr beirren. Obwohl das keineswegs hieß, dass er furchtlos war. Nachdem er die Tür endlich einen ausreichend großen Spalt weit aufgestoßen hatte, sprang er zurück wie ein kleines Hündchen, dessen empfindliche Nasenspitze soeben erste Bekanntschaft mit Feuer gemacht hatte.

Es war die Zeit der Abenddämmerung, oder zumindest ganz knapp davor – die Sonne stand noch immer am Himmel, doch tief genug, um schon hinter den Bäumen zu verschwinden, die den westlichen Teil von Sunnydales Friedhof säumten und nun lange, dunkle Schatten warfen. Eine sonnenbrandfreie Zone … prima.

Dennoch, Vorsicht war die Mutter der Porzellankiste, und so sondierte Patrick zunächst sorgsam die nähere Umgebung, bevor er aus dem Mausoleum ins Freie trat, in der Hand den Zettel, den er aus General Murrays Jackentasche stibitzt hatte.

Da stand er nun, einsam und verlassen, obwohl die zahlreichen frischen Blumenarrangements, die allenthalben zu sehen waren, darauf schließen ließen, dass nicht wenige Bürger Sunnydales den Unabhängigkeitstag zum Anlass genommen hatten, wieder einmal die Gräber ihrer Toten zu besuchen – er konnte von Glück sagen, dass niemand mit ähnlichen Ambitionen in sein eigenes kleines Reich hineingeplatzt war. Patrick schüttelte den Kopf. Wieso nur hatte er an eine solche Möglichkeit nicht gedacht?

Wie alle Begräbnisstätten war auch dieser Friedhof ein recht lauschiges Plätzchen. Üppig bepflanzt mit Büschen und Sträuchern und voller dicht belaubter Bäume und hübscher Beete mit Blumen, deren Namen er nicht kannte. Obwohl er ein Neuling in der Welt der Vampire war, konnte sich Patrick bereits seiner übersteigerten Sinne erfreuen: Insekten summten überall herum, doch nicht eines nahm auf ihm Platz; über ihm, in den höchsten Ästen der Bäume, zwitscherten Vögel die letzten Lieder des Abends. Irgendwo in der Ferne konnte er Fetzen des »Yankee Doodle Dandy« hören, hinausposaunt von einer sich hauptsächlich durch herausragendes Engagement auszeichnenden Kapelle, wahrscheinlich die ersten Gehversuche irgendeines Junior-Highschool-Orchesters. Für seine überempfindlichen Ohren klang das Ganze, als würde eine wild gewordene Meute mit Holzlöffeln auf Topfdeckel und Pfannen schlagen.

»Okay«, sagte Patrick und erschrak über den Klang seiner eigenen Stimme, die in der Stille des Friedhofs überlaut in seinen Ohren dröhnte. Mann, wie er es hasste, allein auf weiter Flur zu sein – man sollte meinen, es müsste irgend so eine Art Pflegschaftsgruppe geben, die neue Vampire unter ihre Fittiche nahm und mit dem Wichtigsten vertraut machte. Doch da sich bis jetzt noch kein Empfangskomitee hatte blicken lassen, musste er sich wohl oder übel mit seiner eigenen Gesellschaft begnügen.

Er faltete den leicht zerknitterten Zettel auseinander und versuchte, ihn zu glätten. Dann hielt er ihn nah an sein Gesicht, um in der hereinbrechenden Dunkelheit die Worte lesen zu können. »Okay«, sagte er abermals und registrierte, wie heiser und brüchig seine Stimme war. Würde es irgendeinen Unterschied machen? Er räusperte sich und versuchte es erneut. »Auf geht's.«

Ich rufe euch, ihr fernen Mächte,
hienieden unter Sternen und Mond,
die ihr wohnt auf den Feldern der Ehre,
und schmauset in den Hallen der Schlacht,
erblicket den finsteren Ruhm dieses Mannes,
dem mehr noch gebührt als die ewige Nacht.
Lasset die Kraft dieses einen Opals,
dem Schlüssel zu den Pforten des untoten Seins,
sich zu dieses Streiters Lobe entfalten,
auf dass er erneut wandle durch der Menschen Gefilde.
Und so es sein Wille, dass er Gefährten sich rufe,
so soll auch dies nicht versaget ihm sein.
Gehorchen und dienen sei ihrer aller Behufe,
einzig ihm, und nur ihm ganz allein.

Patrick war sich nicht sicher, was er eigentlich erwartet hatte – plötzliche Stille, ein fernes Donnergrollen – dann ein ohrenbetäubender Knall gefolgt von einem jäh einsetzenden Unwetter, mit vom Himmel zuckenden Blitzen und fürchterlich heulendem Sturm, so wie er es immer in Filmen gesehen hatte. Doch stattdessen geschah zunächst einmal gar nichts, und er stand einfach nur da und kam sich so betrogen vor wie ein zwölfjähriger Junge, der noch an den Weihnachtsmann geglaubt hatte und soeben in der Geschenkabteilung des Kaufhauses eines Besseren belehrt worden war.

Und dann hörte er das Schaben und Kratzen in der Gruft.

Patrick wandte sich auf dem Fuße um und huschte durch den Türspalt in das Mausoleum zurück, den Zettel zerknüllt in den plötzlich kraftlosen Fingern. Was er sah, ließ ein kaltes Grinsen in seine Züge treten.

General Samson Murray war ausgesprochen lebendig.

Na ja … zumindest *bewegte* er sich. Ob das nun hieß, dass er lebendig oder untot war, war Patrick ziemlich egal. Der Opal, offensichtlich der Stein, auf den der Spruch sich bezog, leuchtete, fast wie das Auge einer bösartigen Kreatur, und erfüllte die kleine Kammer mit heißem roten und gelben, blauen und weißen Licht. Knochige, gleichwohl kräftige Finger umfassten die Kante des Sarges, und langsam zog sich der alte Mann in die Höhe.

»Hervorragend!«, rief Patrick aus. Achtlos warf er den Zettel beiseite und reichte dem General die Hand. Er fühlte eiskaltes Fleisch, sodass mit Sicherheit anzunehmen war, dass er hier einen Zombie aus der Kiste gezaubert hatte, doch irgendwie fand er das cool. Ihm konnte es recht sein, solange er mit dem Alten nette Spaziergänge unternehmen und angenehm plaudern konnte. Ein »Willkommen zurück in Sunnydale« lag ihm bereits auf der Zunge, doch als er den teuflischen Blick bemerkte, mit dem General Murray ihn fixierte, blieben ihm die Worte im Halse stecken.

»Stillgestanden, Soldat!«

Oh-oh.

Einmal Ausbildungslager, immer Ausbildungslager, und alte Gewohnheiten waren schwer abzulegen, auch dann, wenn zwischen dem Hier und dem Gestern eine endlos lange Krankengeschichte lag. Patrick schlug automatisch die Hacken zusammen und nahm Haltung an, die Augen starr geradeaus. Sein freier Wille war ihm immerhin geblieben, doch das war seinerzeit auch nicht viel anders gewesen …

Was zur Hölle hab ich mir da bloß eingebrockt?, schoss ihm durch den Kopf.

Die Gedanken sausten und prallten in seinem Kopf umher wie eine Flipperkugel.

»Kommen Sie mit nach draußen, Soldat, und passen Sie auf, wo Sie hintreten!« Die Stimme des Generals klang kratzig und rau, beinahe als hätte er Kieselsteine im Rachen. Es lag etwas in ihr, das jeden Anflug von Ungehorsam undenkbar machte, und wenn Patrick zuvor geglaubt hatte, er wäre frei von Sorgen und Furcht, so musste er nun erkennen, dass er damit sehr, sehr weit daneben gelegen hatte.

»Yes, *Sir*!«, bellte Patrick wie aus der Pistole geschossen zurück.

Und ebenso wenig wie damals bei der Army blieb ihm keine andere Wahl, als seinem General zu folgen, hinaus aus der Gruft und hinein in die Nacht.

Und wie es aussah, zeitigte der Spruch auf dem unscheinbaren Zettel noch weitaus gewaltigere Auswirkungen, als Patrick es sich in seinem kleinen Vampirgehirn so gedacht hatte. Unfähig zur Befehlsverweigerung hinter General Samson Murray hermarschierend, musste Patrick mit weit aufgerissenen Augen mitansehen, wie der Veteran von einem Grab zum nächsten schritt und einzig Kraft seines Willens, allein durch seine *Präsenz*, eine Armee von Toten um sich scharte.

»Ich kann mich nicht entsinnen, jemals einen so langen Umzug gesehen zu haben«, nörgelte Giles. Er klatschte sich mit der Hand auf den Arm. »Mein Gott, Jenny, diese Mücken fressen uns noch bei lebendigem Leibe auf!«

»Muss an dem britischen Blut in Ihren Adern liegen«, erwiderte sie gut gelaunt. »Mich hat noch keine einzige gestochen.«

»Ich glaube nicht, dass es eine Frage der Herkunft ist«, entgegnete er. »Mücke ist Mücke, und –«

»Sie sind Patrioten, wissen Sie.«

Er sah sie über den Rand seiner Brille hinweg an. »Wie bitte?«

»Die Mücken«, erklärte sie. »Die picken sich Sie heraus, weil Sie Ausländer sind.«

»Ich bin ziemlich sicher, dass es nichts mit der Nationalität zu tun hat«, gab Giles gereizt zurück.

»Halten Sie durch, die Parade ist gleich vorbei«, sagte sie in beschwichtigendem Ton. »Dann fängt das Feuerwerk an, und der Pulvergeruch wird sie vertreiben.«

»Ja«, erwiderte er, wenig besänftigt. »Der ganze Schwefelgestank hat auf mich in etwa die gleiche Wirkung. Mir wird sicher –« Er unterbrach sich und blickte sie stirnrunzelnd an. Sie hörte ihm gar nicht mehr zu. »Jenny?«

Sie hatte sich neben ihm auf der Wolldecke jäh aufgerichtet. »Rupert, was ist das? Da hinten, am Ende des Umzugs?«

Giles reckte den Hals und versuchte etwas zu erkennen. Und als er es tat, konnte er nicht glauben, was er sah: aschgraue Gesichter, mit schwarz verfärbten Lippen und Augen bar jeden Ausdrucks, die ruckartigen Bewegungen von Sehnen und Knochen, die nicht mehr so recht ihren Dienst verrichten wollten. Waren das ... konnte es sein, dass ...

Eine Sekunde später war er auf den Beinen und zerrte sie zu sich hoch. »Jenny, das sind *Zombies*!«

Doch als er sich bereits nach einem Fluchtweg umsehen wollte, hielt ihn Jenny zurück. »Warten Sie, Rupert. Sehen Sie doch nur, irgendwas ist merkwürdig an ihnen. Sie greifen gar nicht an ... Es sieht fast aus, als würden sie einfach nur *marschieren.*«

Alle seine Instinkte rieten ihm, auf der Stelle von hier zu verschwinden, doch seine Neugier war geweckt. »Marschieren?«, fragte er. »Sie meinen wie in ›vorwärts, marsch, zwo, drei vier‹?«

»Exakt.« Sie presste seine Hand. »Los, lassen Sie uns näher rangehen und sehen, was da los ist.«

Er wollte widersprechen, doch er konnte es nicht. Auch wenn Buffy den Sommer in L.A. verbrachte, Cordelia in Urlaub geflogen war und Xander und Willow sich zu irgendeinem fürchterlichen Rock-Konzert in einen Nachbarort aufgemacht hatten, er war immer noch der Wächter und trug nach wie vor ein gewisses Maß an Verantwortung für diese nette, kleine Gemeinde. Und solange die untoten Kreaturen keinerlei Aktivitäten zeigten, die darauf hindeuteten, dass sie die Bürger dieser Stadt aufzufressen gedachten ...

»In Ordnung«, sagte er. »Aber wir müssen vorsichtig sein. Was immer sie an der Kandare hält, wir sollten uns nicht darauf verlassen. Vergessen Sie das nicht.« Er packte Jenny bei der Hand, begann sich durch die Menge zu kämpfen und verringerte langsam, aber stetig den Abstand zwischen ihrem ursprünglichen Standort und den neu angekommenen Gästen. Als sie ihr Ziel erreicht hatten, fanden sie sich zwischen beklommen schweigenden Menschen wieder, die alle ungläubig auf die Legion von Untoten starrten, die sich in Reih und Glied vor dem Haupteingang des Rathauses formierte.

»Oje, ich schätze, hier braut sich was zusammen«, meinte Jenny, noch völlig außer Atem.

Da niemand in der Menge gesteigerten Wert darauf zu legen schien, noch näher heranzugehen, war es nicht schwer, bis in die vorderste Reihe zu gelangen. Die wenigen Zuschauer, die es dort noch hielt, standen stumm da und blickten sichtlich nervös auf das Ende der Parade, unschlüssig, was sie von dem makabren Aufmarsch halten sollten. In der Tat war der Anblick alles andere als amüsant, doch immerhin konnten Jenny und Giles von ihrem Standort aus genau beobachten, was sich dort tat.

»Mein Gott«, keuchte Jenny. »Das sieht ja aus wie –«

»Eine Heereskompanie«, beendete Giles ihren Satz. So sehr es ihm auch widerstrebte, diese Tatsache zu akzeptieren, dort vor ihm stand der sichtbare Beweis – ein mindestens fünfzehn Reihen starker Trupp, und in jeder von ihnen acht Soldaten, darunter auch einige Frauen. Die meisten waren in Uniform, und Giles wäre jede Wette eingegangen, dass die übrigen unter ihnen auf die eine oder andere Weise ebenfalls mit der Army zu tun gehabt hatten, als sie noch unter den Lebenden weilten. Darüber hinaus machten sie allesamt nicht den Eindruck, als wären sie noch vor kurzem auf Erden gewandelt.

Abgesehen von ihrem Anführer vielleicht.

»Werfen Sie mal einen Blick da rüber«, flüsterte Giles Jenny zu, während er den bereits mehrfach gelesenen Flyer wieder aus der Tasche fischte. »Der Kerl da ganz vorne – sehen Sie die schicke Uniform, die er trägt? Das ist General Samson Murray.«

Sie nickte. »Ich erkenne ihn wieder«, raunte sie zurück. »Na ja ... so halbwegs. Der Alte scheint ein bisschen, äh, schmal um die Hüften geworden zu sein. Warten Sie – er sagt gerade was. Ist das nicht Allan Finch, der stellvertretende Bürgermeister, mit dem er da spricht?«

Langsam, ganz langsam, um nicht so viel Aufmerksamkeit auf sich zu ziehen, gingen Giles und Jenny näher heran. Schließlich trennten sie nur mehr knappe fünf Meter vom Brennpunkt des Geschehens. Nur vereinzelt standen hier noch Leute herum und bildeten die Ausläufer der Menge – Menschen, die wie sie ein wenig neugieriger sein mochten, als möglicherweise gut für sie war. Immer weiter schoben sich Jenny und der Bibliothekar voran, so nah, dass sie schließlich dem General fast die Knöpfe von der Uniform hätten reißen können.

Tot oder nicht, Samson Murray war eine imposante Erscheinung. Nun dröhnte seine herrische Stimme ebenso gewaltig über die Menge hinweg wie über die schmächtige Gestalt des stellvertretenden Bürgermeisters, der verängstigt den Kopf einzog. »Welches Rindvieh trägt hier die Verantwortung? Vortreten und Meldung machen!«

»Rupert«, flüsterte Jenny, »ist Ihnen aufgefallen, dass dieser kleine Militärtrupp bewaffnet ist?«

Und das war er in der Tat. Die grausigen Soldaten standen sozusagen Gewehr bei Fuß, ein jeder präsentierte, nach guter, alter Soldatenart, das eine oder andere Kampfutensil. Die meisten irgendwelches Gartengerät – Schaufeln, Hacken, Äxte und ähnliche Dinge –, das sie sich während des langen Marsches von ihren Gräbern bis hierher irgendwo unter die abgefaulten Nägel gerissen hatten. Andere dagegen hatten tatsächlich echte Waffen wie Flinten oder Bajonette dabei. Möglicherweise waren sie ihnen mit ins Grab gelegt worden, und Giles konnte nur hoffen, dass die Hinterbliebenen und die Bestattungsbehörde es verabsäumt hatten, sie auch noch zu laden.

Völlig eingeschüchtert und mit nicht zu übersehendem Widerwillen trat Allan Finch einen Schritt vor; tatsächlich sah es so aus, als hätte jemand von hinten mit einem kleinen Schubs nachgeholfen.

»I-i-ich trage h-h-hier die V-v-verantwortung«, stammelte er. »W-w-was kann ich f-f-für Sie tun?«

»Fürwahr, ein Mann der Vertrauen schafft«, stellte Jenny trocken fest.

General Murray starrte Finch an. »Wo ist Bürgermeister Wilkins?«, polterte er.

»In Urlaub«, ergriff ein Mann, der rechts vom stellvertretenden Bürgermeister stand, mutig das Wort. »Er ist nicht zu erreichen. Ich bin hier der Polizeichef, vielleicht kann ich –«

Mit einer herrischen Bewegung brachte der General ihn zum Schweigen. »Sie hat niemand gefragt.« Dann richtete er seinen tief in den Augenhöhlen glühenden Blick wieder auf den stellvertretenden Bürgermeister. »Also werde ich wohl mit Ihnen Vorlieb nehmen müssen.« Er trat einen Schritt vor und Finch höflich einen ebensolchen zurück. »Ich bin General Samson Murray, Angehöriger der Armee der Vereinigten Staaten. Ich habe sicheren Grund zu der Annahme, dass Sunnydale vom Feind infiltriert wurde, und ich fordere Sie auf, mir umgehend die Stadt zu übergeben oder die Konsequenzen zu tragen.«

Giles atmete vernehmlich ein. »O mein Gott.«

Finchs Augen weiteten sich. »D-d-die Stadt überg-g-geben? Wie m-m-meinen Sie das?«

Blitzschnell stieß General Murray mit dem Kopf nach vorn und berührte mit seiner halb eingefallenen Nase beinahe die von Finch. »Sie sind doch der Landessprache mächtig, oder? Falls nicht, besorgen Sie sich schleunigst ein Wörterbuch.«

Allan Finch runzelte ob der Zurechtweisung die Stirn und schien in seiner Brüskiertheit sogar von seinem Stottern kuriert. »Natürlich weiß ich, was das heißt.« Er zögerte und sah sich schließlich zu seinem Polizeichef und den anderen Hütern der städtischen Ordnung um, die näher herangetreten waren, um ihm den Rücken zu stärken. Sie hatten die Hände an die Revolver gelegt und ihre Gesichter zeigten äußerste Angespanntheit, die sich mit kaum bezwingbarem Ekel mischte. Sie verfolgten jede noch so kleine Bewegung in dem Bataillon des Grauens, das hinter dem General Aufstellung bezogen hatte. »Und was ist ... wenn wir uns einfach weigern?«

Die Mundwinkel des Generals verzogen sich zu der schrecklichen Karikatur eines Grinsens und entblößten eine

Reihe gelbbrauner Zähne. »Dann werden Sie sich wohl auf einen Kampf einstellen müssen, junger Mann. Ich werde meinen Leuten den Befehl erteilen, jeden Feind zu eliminieren.«

Inzwischen war die Parade klugerweise fortgesetzt worden, und Finch ließ seinen Blick zuerst über das entschlossen wirkende Polizeiaufgebot und dann über die schaulustige Menge hinter ihnen gleiten. In seine Züge trat ein Ausdruck, den Giles sehr gut kannte und der ihm während seiner Laufbahn als Highschool-Bibliothekar wohl mehr als hundertmal in den Gesichtern aufmüpfiger Schüler begegnet war.

»Schätze, unser Herr Vizebürgermeister wird ihm gleich sagen, dass er sich zum Teufel scheren soll«, murmelte Giles ein wenig beunruhigt.

»Ich erinnere mich an Sie«, sagte in diesem Moment Allan Finch. »Und soweit ich weiß, sollten Sie eigentlich tot sein. Bürgermeister Wilkins ist nicht vor Ort, also ist ihm vermutlich auch nichts über diese Sache bekannt. Ich nehme demnach an, es handelt sich hier um einen üblen Scherz, hab ich Recht? Eine Art Dummerjungenstreich, um es ein wenig wohlwollender auszudrücken. Ich wette, Ihre so genannten Soldaten haben allesamt Halloween-Masken auf.« Er schüttelte den Kopf, und selbst bis dorthin, wo Giles und Jenny standen, war die Aura von Sturheit und Trotz, die er verbreitete, als er mit verschränkten Armen sein Kinn emporreckte, zu spüren. Nicht die klügste Entscheidung vielleicht, doch Giles musste zugeben, dass dem Mann die Verwandlung vom stammelnden Vollidioten zum Selbstsicherheit ausstrahlenden Krisenmanager nicht schlecht gelungen war. Natürlich würde sich dieser Anflug von Tapferkeit alsbald wieder verflüchtigen. »Also, *General*, ich glaube nicht, dass es viel Sinn macht –«

»Vielleicht könnte ich in dieser Angelegenheit behilflich sein«, unterbrach Giles den Vizebürgermeister Finch, der in seiner Überraschung ganz vergaß, den Mund wieder zu schließen.

Samson Murray fuhr herum und funkelte ihn wütend an. »Und Sie sind?«

»Giles«, stellte der Bibliothekar sich vor, wobei er sich bemühte, seinen britischen Akzent hervorzuheben. »Äh ... Kommandant Giles, von den alliierten Truppen.«

»Wieso spielen Sie sein Spiel mit?«, zischte Finch. »Er –«

»Ich denke, Diplomatie ist hier der beste Weg«, unterbrach ihn Giles rasch und blickte den stellvertretenden Bürgermeister scharf an. »Im Interesse der Sicherheit der Bevölkerung.«

Wenig überzeugt verzog Finch das Gesicht, hielt sich aber dankenswerterweise mit weiteren Kommentaren zurück, während der General auf Giles zustakste. »Wir befinden uns mitten im Krieg«, knurrte er. »Warum sind Sie nicht in Uniform?«

»Ich bin ... freigestellt, für einen Kurzurlaub«, improvisierte Giles. »Trotzdem sollten wir diese Angelegenheit zunächst besprechen –«

»Ich bespreche keine militärischen Maßnahmen mit Zivilisten«, fiel ihm Murray mit knarziger Stimme ins Wort. Hinter ihm konnte Giles sehen, wie sich der Chef des hiesigen Polizeiapparats zusammen mit Finch ins Innere des Rathauses zurückzog, während einige Polizisten die herumstehenden Gaffer aufforderten, weiterzugehen.

»Ich gebe Ihnen dreißig Minuten Zeit, um in ordnungsmäßiger Kleidung vor mir zu erscheinen, *Kommandant*. Wenn Sie wirklich der sind, für den Sie sich ausgeben, sollte das kein Problem für Sie darstellen. Sind Sie nach Ablauf dieser Frist nicht wieder zurück, fürchte ich, muss ich meinen Leuten Order erteilen, die Stadt gewaltsam zu übernehmen.«

Sie waren ein ungeordneter und reichlich heruntergekommener Haufen, doch Giles hegte keinerlei Zweifel, dass dieser Haufen ausreichen würde, den Platz vor dem Rathaus in ein totales Schlachtfeld zu verwandeln, wenn auch in eines von eher bescheidener Größe.

Ohne Frage würde die Polizei rasch feststellen, wie nutzlos ihre Pistolenkugeln gegen eine Schar von Gegnern waren, die allesamt den Tod bereits hinter sich hatten; es war verdammt schwierig, einen Angreifer zurückzuschlagen, der weder Schmerz kannte, noch um sein Leben fürchten musste. Die meisten Schaulustigen waren aus der Gefahrenzone herausgebracht worden, doch einige waren von General Murrays verrottender Armee eingekreist worden. Sie stellten nun gewissermaßen die ersten Kriegsgefangenen dar, in Schach gehalten von einer Hand voll gefühlloser und buchstäblich eiskalter Soldaten, die im Falle des Widerstands mit niemandem das geringste Erbarmen haben würden.

»Die entsprechende Uniform wird wohl beim Kostümverleih aufzutreiben sein«, sagte Giles zu Jenny, als sie durch die Bibliothekstür stürmten. »Aber vielleicht finden wir vorher noch irgendetwas in einem der Bücher, das uns Aufschluss darüber gibt, wie es überhaupt so weit kommen konnte –«

»Versuchen Sie's mal hiermit.«

Sowohl Giles als auch Jenny machten einen jähen Satz zurück, als Angel aus dem Schatten eines der Bücherregale trat. »Ich hab unseren geschätzten Herrn General aus seiner Gruft steigen sehen. Offenbar hat ihm dabei ein geistig umnachteter Leidensgenosse von mir ein wenig Schützenhilfe geleistet«, sagte der hoch gewachsene Vampir. In seiner Stimme lag ein unüberhörbarer Ton der Verachtung. »Ich bin ihm eine Weile gefolgt und durfte Zeuge werden, wie er seine kleine Armee zusammengetrommelt hat. Also hab ich mir des Generals letzte Ruhestätte mal etwas genauer angesehen.« Er hielt ein zerknittertes Stück Pergamentpapier in die Höhe. »Und sehen Sie mal, was ich dort gefunden hab.«

Giles nahm ihm das Schriftstück aus der Hand und studierte es einen Augenblick lang. »Ein Wiedererweckungsspruch«, sagte er schließlich. »Na wunderbar. Es hätte wirklich keinen netteren Mann treffen können. Jenny –«

»Bin schon dabei«, ertönte hinter ihm ihre Stimme, und als er sich umwandte, sah er sie bereits vor dem Computerbildschirm sitzen und hektisch auf die Tastatur einhacken. »Wollen doch mal schauen, was uns dieser hübsche, kleine Hochglanz-Flyer über General Samson Murray so alles verschwiegen hat.« Kaum eine Sekunden später lehnte sie sich überrascht zurück. »Okay.«

»Was steht da?«, fragte Giles, der mit Angel rasch zu ihr eilte. »Was haben Sie gefunden?«

»Na ja, er scheint tatsächlich der Held gewesen zu sein, als den ihn die Broschüre bezeichnet«, klärte Jenny ihn und Angel auf. »Aber Sie hatten Recht – seine Karriere bei der Army war alles andere als unumstritten. Es scheint, als hätte er sich vor allem durch die grausame und inhumane Behandlung von Kriegsgefangenen und seine brutale Härte im Umgang mit Untergebenen ausgezeichnet. Seine gesamte Laufbahn war ein einziger Skandal.«

»Nicht gerade der Typ, den man sich als uneingeschränkten Herrscher über Sunnydale wünscht«, bemerkte Giles.

»Allerdings«, stimmte Jenny ihm zu. »Und dies ganz besonders vor dem Hintergrund, dass Sie ebenfalls richtig lagen mit der Behauptung, er habe die letzten Jahre seines Lebens in der Psychiatrie des Militärkrankenhauses verbracht.«

Giles zog die Augenbrauen zusammen und rieb sich die Stirn, während er erneut den Pergamentbogen in Augenschein nahm. Dann bemerkte er, dass auch auf der Rückseite etwas geschrieben stand. »Was ist das denn?«

Angel schaute ihm von hinten über die Schulter. »Kann ich nicht lesen.«

Mit gerunzelter Stirn betrachtete Giles die ihm merkwürdig vertraut vorkommenden Zeichen. Dann plötzlich hellte seine Miene sich auf. »Natürlich können Sie das – jedes Kind könnte das! Die Buchstaben sind rückwärts geschrieben, man braucht das Blatt nur vor einen Spiegel zu halten.«

Angel verzog keine Miene. »Schätze, das habe ich übersehen. Spiegel sind ja bekanntlich nicht so mein Ding.«

Giles blinzelte irritiert. »Oh – ach ja, natürlich.« Er verschwand hinter den Empfangstresen, rumorte einen Augenblick herum und kam schließlich mit einem kleinen, viereckigen Spiegel in der Hand wieder hoch. »Mal sehen – ausgezeichnet!« Triumphierend blickte der Bibliothekar die beiden anderen an. »Es ist ein Umkehrungsspruch, das heißt, wir können damit den General und seine untote Horde wieder zurück in ihre Gräber schicken.«

»Glauben Sie wirklich?« Jenny bedachte ihn mit einem skeptischen Blick. »Warum nur hört sich das für meine Ohren viel zu leicht an?«

Kopfnickend wies Angel auf Giles. »Weil es bei ihm so einfach klingt. Umkehrungssprüche sind eine ziemlich alltägliche Sache, hab ich Recht, Giles?« Er verschränkte die Arme. »Nur leider erfordern sie auch ein paar ziemlich spezifische Vorgehensweisen.«

Mit zusammengekniffenen Augen schaute Giles auf den Spiegel und versuchte, den Rest des Spruches zu entziffern. Seine Züge verdüsterten sich erneut. »Verdammt! Immer gibt es irgendeinen Haken.«

Nur mühsam unterdrückte Jenny ihre wachsende Ungeduld. »Jedes Mal, Rupert. Und welcher ist es diesmal?«

»Angel hat Recht«, fuhr er fort, als er endlich wieder aufblickte. »Dieser Spruch sorgt zwar tatsächlich dafür, dass sie allesamt wieder in ihren Gräbern verschwinden, aber es muss natürlich der *genaue* Wortlaut sein, der hier steht. Außerdem ist hier von irgendeinem ›Opal des untoten Seins‹ die Rede, der zerstört werden muss, zweifellos direkt nachdem der Spruch rezitiert wurde. Oh, und da wäre noch ein weiteres kleines Detail – es scheint, als müsste dies alles an dem gleichen Tag geschehen, an dem die betreffende Person ins Leben zurückgekehrt ist.«

»Großartig«, sagte Angel. »Dann packen wir's am besten sofort an. Alles, was wir zu tun haben, um diesen Armeefuzzi wieder zurück ins Jenseits zu befördern, ist, uns diesen Opal zu schnappen und das Ding, gleich nachdem wir den

Spruch aufgesagt haben, zu zerschlagen. Also, wo ist das Prunkstück?«

Betreten sahen Giles und Jenny sich an. Dann richtete der Bibliothekar seinen Blick wieder auf Angel. »Ich fürchte fast«, sagte er, »dass unser allseits geschätzter General Samson Murray ... ihn an seiner Jacke trägt.«

»Ich soll *was*?«

»Das hier halten«, sagte Jenny und drückte Angel die kleinere Nachbildung von Sunnydales Schulfahne in die Hand, die sie im örtlichen Gymnasium aufgetrieben hatte. »Sie werden als ›Kommandant‹ Giles' persönlicher Stellvertreter auftreten und sein baldiges Erscheinen ankündigen. Das lässt alles viel glaubwürdiger erscheinen.«

Angel versuchte, sein Lachen hinter einem Husten zu verbergen. »Tut mir Leid«, stieß er unter Mühen hervor. »Hatte, äh, irgendwas im Hals.« Einen Augenblick lang presste er krampfhaft die Lippen aufeinander, dann hatte er sich wieder unter Kontrolle. *Kommandant* Giles? »Und wie, äh, lautet mein Text?«

»Couragiert wie er ist«, fuhr Jenny fort, »hat sich unser stellvertretender Herr Bürgermeister zweifellos in irgendein sicheres Schlupfloch verzogen. Rupert hat bereits darauf hingewiesen, dass General Murray in der festen Überzeugung starb, der Zweite Weltkrieg wäre noch in vollem Gange, es wird also niemand dort sein, der Ihnen widersprechen würde, wenn Sie seinem Glauben weiterhin Nahrung geben, dass, als offizieller Repräsentant Stadt –«

»Jetzt kommen Sie ins Spiel, Kommandant«, warf Angel ein. Er grinste.

»– Giles mit der Absicht zu ihm kommt, die konkreten Übergabebedingungen auszuhandeln«, beendete Jenny ihren Satz.

Giles bedachte Angel mit einem finsteren Blick. »Lachen Sie nur, aber *Sie* könnten diesen Part ganz bestimmt nicht übernehmen. Mehr als eine Nebenrolle ist nicht drin, wenn es gilt, einen Sterblichen zu mimen, und man nicht einmal über ein schlagendes Herz im Leib verfügt.«

Angel zuckte die Achseln. »Touché.«

»Wir müssen so nah wie möglich an ihn rankommen«, sagte Jenny. »Vielleicht lässt er sich irgendwie von seiner Meute weglocken.«

»Der günstigste Fall wäre, wir schnappen uns die Medaille und rennen, was das Zeug hält, davon«, wandte Giles ein. »Wir *müssen* das blöde Ding einfach kriegen und noch vor Mitternacht den Umkehrspruch sprechen. Wenn die Uhrzeiger auch nur eine einzige Sekunde weiter rücken als zwölf, kann es gut sein, dass der General und seine widerliche kleine Armee für immer bleiben, was sie sind – lebende Tote.«

»Warum überrennen wir ihn nicht einfach?«, fragte Angel.

»Nun, zunächst einmal, weil wir wissen, dass Zombies so gut wie unverwundbar sind«, setzte Giles ihm geduldig auseinander. »Und dann weil der General ein absoluter Experte ist, wenn es ums Töten und um Überlebenstaktiken geht – was ihn zu einer echten Herausforderung für uns macht. Wir müssen näher an ihn heran, als es für jemanden, der aus heiterem Himmel auf ihn zugestürmt kommt, durchführbar wäre. Es ist unsere einzige Chance.«

»Na wunderbar. Bleibt nur noch zu hoffen, dass er nicht

die Angewohnheit hat, den Unterhändler umzubringen.« Skeptisch blickte der Vampir auf die kleine Fahnenstange in seiner Hand. »Sind Sie sicher, dass das hier was bringt?«

»Keine Sorge«, beruhigte ihn Jenny. »Der General will den Oberbefehl über die Stadt, und er hat bereits durchblicken lassen, dass er durchaus bereit ist zu verhandeln. Nur noch ein kleiner Abstecher zum Kostümverleih, um seinen Erwartungen ein wenig entgegenzukommen, und dann wären wir so weit.« Sie grinste Giles vergnügt an. »Denken Sie doch nur, Rupert. Sie werden die Rolle eines loyalen Waffenbruders der Vereinigten Staaten von Amerika spielen.«

»Reden Sie keinen Quatsch«, sagte Jenny. »Natürlich komme ich mit.«

»Oh nein«, protestierte Giles. »Ich halte es für besser, Sie kehren um und passen in der Bibliothek auf –«

»Aufpassen worauf?«, fragte sie. »Falls Sie es noch nicht bemerkt haben sollten, Ihr Plan beschränkt sich bislang lediglich darauf, irgendwie an den Opal zu kommen und dann so schnell wie möglich abzuhauen. Sie werden alle Hilfe brauchen, die Sie kriegen können.«

»Aber –«

»Sie hat Recht, Giles«, wandte Angel ein. »Wenn Sie sich den Opal geschnappt haben, ist es an mir, Sie dort rauszuhauen. Ein wenig Rückendeckung kann dabei nicht schaden.«

Sichtlich gereizt versuchte Giles erneut, den viel zu engen Kragen seiner formidablen Kommandeursuniform zu schließen. Endlich gelang es ihm, doch er hatte das Gefühl, jemand würde ihm langsam, aber stetig die Luft abschnüren. »Ich schlage vor, Sie bleiben dicht neben mir«, wies er den Vampir an. »Schließlich sind Sie mein persönlicher Stellvertreter.«

Angel verzog das Gesicht. »Ich bin nicht gerade begeistert von dieser Idee, zu viele spitze Gegenstände in der Nähe für meinen Geschmack, aber ich schätze, das lässt sich wohl nicht vermeiden. Nach meinem Auftritt werde ich Ihnen das Feld überlassen, doch ich bleibe höchstens ein paar Schritte hinter Ihnen.« Er blickte Jenny an. »Ich würde sagen, der beste Platz, um den Spruch aufzusagen, ist das Dach, was meinen Sie?«

Sie nickte. »Also werde ich mich direkt dorthin begeben und da auf Sie beide warten.«

Alle Einzelheiten schienen geklärt. Mit ein paar letzten Handgriffen rückte er das goldene Uniformlametta zurecht und schaute an sich herab. »Ich bin mir noch nie in meinem Leben dermaßen affig vorgekommen.«

»Stellen Sie sich nicht so an«, sagte Jenny. »Sie sehen richtig klasse aus.«

Giles wollte eine bissige Bemerkung machen, doch irgendetwas in ihrem Ton hielt ihn davon ab. Als er sie anblickte, sah er, dass ihre Augen voller Stolz glänzten. »Ich ... äh, ja, vielen Dank«, rang er sich schließlich ab.

»Die Sachen sind wie für Sie geschaffen, glauben Sie mir.« Sie schaute ihn lächelnd an. »Hier«, sagte sie und trat mit raschen Schritten auf ihn zu. »Als kleiner Glücksbringer.« Noch ehe er wusste, wie ihm geschah, drückte sie ihm einen dicken Kuss auf den Mund, und für einen kurzen Moment vergaß Giles General Murray, dessen untote Armee, das beschauliche Städtchen Sunnydale und überhaupt alles auf der Welt.

Angel räusperte sich. »Wenn Sie beide fertig sind mit Ihrem patriotischen Lebewohl, würde ich vorschlagen, wir machen uns mal langsam auf die Socken.« Er warf einen flüchtigen Blick auf die Uhr, die über der Bibliothekstür hing. »Mitternacht, schon vergessen?«

»Jenny, ich bin immer noch nicht davon überzeugt, dass es gut ist, wenn Sie mitkommen«, sagte Giles ein wenig außer Atem.

»Unsinn«, erwiderte sie. »Was, wenn einer von Ihnen gefangen genommen wird ... oder Schlimmeres? Wer soll dann das Beschwörungsritual vollziehen? Nein, nein, sicher ist sicher, drei sind auf jeden Fall besser als zwei.«

Darauf wusste Giles nichts mehr zu sagen.

Der Blick, mit dem General Samson Murray ihn anstarrte, war lodernd und heiß, schien direkt aus der Hölle zu kommen, und erinnerte Angel an eine ganze Reihe von Dingen, über die er es in diesem Moment vorzog, lieber nicht nachzudenken.

»Sie gehören nicht zu den Lebenden«, donnerte der wandelnde Leichnam. »Wieso sollten Sie sich als Stellvertreter des Kommandanten hergeben?«

Angel unterdrückte ein Schulterzucken, wohl wissend, dass der Militär dies als Beleidigung empfunden hätte. »Sagen wir einfach, ich bin derjenige, dem die Aufgabe des Diplomaten zukommt«, entgegnete er. »Irgendjemand muss es ja tun. Wollen Sie nun mit Kommandant Giles sprechen oder nicht?«

Während er auf Murrays Antwort wartete, ließ Angel den Blick über die Zombiewachen huschen, die jede noch so kleine Bewegung von ihm genauestens registrierten. Und dahinter, nur wenige Meter von ihm entfernt, befand sich der »Opal des untoten Seins«, direkt an die uniformbewehrte Brust des Generals geheftet und nicht zu übersehen … so nah und doch so fern. Er hatte gehofft, dass Giles' ursprünglicher Plan – schnappen und wegrennen – sich als durchführbar erweisen würde, doch leider war dem nicht so. Zu viele untote Soldaten waren zwischen dem General und ihm selbst an strategisch entscheidenden Stellen positioniert, und allesamt trugen sie Waffen mit unschönen spitzen Enden, die ihn, um es vorsichtig auszudrücken, ein wenig nervös werden ließen.

Samson Murray fixierte Angel mit einem langen, harten Blick, als könnte er dessen Gedanken lesen. Angel wartete, sicher, dass der General dergleichen nicht vermochte, und gleichzeitig hoffte er darauf, dass der alte Haudegen, sauer, wie er war, seinen Grufties nicht den Befehl erteilte, ihn mit ihren Bajonetten aufzuspießen. Nach einem schier endlosen Augenblick schließlich kam wieder Bewegung in die geschwärzten Lippen des Generals. »Sei's drum, halten wir uns nicht mit Lappalien auf, obwohl es mir riskant erscheint, einem abtrünnigen Vampir zu vertrauen. Sagen Sie Ihrem Kommandanten, er soll vortreten.«

»Nun ja«, setzte Angel an, »wir dachten, die Angelegenheit ließe sich am besten in kleinem Kreise –«

»Wollen Sie noch länger hier herumstehen und schwatzen?«, wies der General ihn scharf zurecht.

Angel zuckte zusammen, als ein paar Zombies auf ihn

zustaksten und drohend ihre Flinten in Anschlag brachten, die eindeutig aus Armybeständen stammten. »Nein, nein.« Er räusperte sich und trat beiseite, und während Giles näher kam und seinen Platz einnahm, zog sich Angel unauffällig einige Schritte zurück.

Zackig und kerzengerade, als hätte er einen Besenstiel verschluckt, baute der Bibliothekar sich vor dem Teufelsgeneral auf.

Angel erschauerte, als er die beiden Männer sich gegenüberstehen sah. Er wusste nicht, ob es einfach daran lag, dass Murray ein Zombie *und* so durchgeknallt wie eine Fledermaus im Sonnenschein war. Er wurde nur das scheußliche Gefühl nicht los, dass es mit ihrem Vorhaben nicht zum Besten stand.

»Ich bin gekommen, um mit Ihnen die Konditionen zur Übergabe der Stadt auszuhandeln«, erklärte Giles so förmlich wie möglich. Bluff und Hochstapelei, entschied er, mussten ausgleichen, was er an tatsächlichem militärischem Drill vermissen ließ. Und natürlich war ihm klar, dass dies alles zu ihrem Plan gehörte, doch war es nicht dennoch eine überaus entsetzliche Vorstellung, Auge in Auge mit einem Toten zu konferieren ... der, nebenbei bemerkt, genauso fürchterlich stank, wie seine von Fäulnis angefressene Haut vermuten ließ.

General Murray brach in lautes und barsches Gelächter aus. »Sie Narr«, drang es unter keuchendem Pfeifen aus seiner Kehle. »Haben Sie im Ernst geglaubt, Sie könnten irgendwelche Bedingungen stellen. Schauen Sie sich doch bloß einmal um!« Mit ruckartigen Bewegungen wies er auf die kleinen Grüppchen völlig verschreckter Menschen ringsum, und Giles bemerkte, dass die meisten von ihnen mit vorgehaltenen Waffen in Schach gehalten wurden; einige wenige, die so unklug gewesen waren, Widerstand zu leisten, lagen entweder verletzt auf der Straße oder waren den Zombies in die Hände gefallen, die am Rande des Parks patrouillierten. »Sie behaupten, Kommandant der Alliierten zu sein? Diese Stadt ist regelrecht *verseucht* von dem Feind, aber es wird ihm nichts nützen, wenn er sich hinter der Maske redlicher Bürger versteckt. Ich weiß zwar nicht, unter welchem Vorwand es Ihnen gelungen ist, sich hier einzuschleichen, aber ich habe den starken Verdacht, dass Sie als Spion arbeiten. Folglich gibt es nur eine einzige *Bedingung* – kapitulieren Sie, oder alle Bewohner dieser Stadt werden sterben!«

»Aber General Murray«, protestierte Giles. »Es handelt sich um Zivilisten. Frauen und Kinder, von den alten Menschen ganz –«

»Jeder Krieg erfordert Opfer.« Die Stimme des Zombies war kalt wie Eis.

Einen Moment lang war Giles unfähig, irgendetwas zu erwidern. Er war sich so sicher gewesen, dass es ihm gelingen würde, auf Zeit zu spielen, vielleicht ein wenig hin und her zu schachern und zu feilschen, während sich ganz peu à peu zwischen ihm und dem General so etwas wie falsche Kameradschaft einstellte. Doch ganz offensichtlich entwickelten sich die Dinge völlig anders. Nun, da das Leben jedes Einzelnen in der Stadt mit erdrückender Last auf seinen Schultern lag, war die Verantwortung zu groß und an Zeitschinden nicht mehr zu denken. »Und wenn ich mich einverstanden erkläre?«, fragte er vorsichtig. »Was geschieht dann?«

Versonnen schielte der General auf die Übereste seiner Nase. »Dann werden Sie und all die anderen meine Kriegsgefangenen und bleiben am Leben. Zumindest solange ich keine andere Entscheidung treffe.«

Giles nickte und tat so, als würde er über das Angebot nachdenken. »Also gut«, sagte er schließlich und hielt dem General erwartungsvoll die Hand hin.

Der indes starrte zuerst Giles an, dann die ihm dargebotene Rechte und erwiderte nichts.

»Wenn wir uns nicht öffentlich die Hände schütteln«, sagte Giles mit erzwungenem Gleichmut, »werden die Bewohner der Stadt ... genau jene, die Sie für Kollaborateure und Feinde halten, denken, der Beschluss sei nur unter Zwang zustande gekommen, und sich ihm widersetzen. Wäre es nicht viel einfacher, wenn wir Einigkeit demonstrierten?«

General Murrays zog verärgert die buschigen grauen Augenbrauen zusammen und machte ein finsteres Gesicht. Gleichwohl trat er einen Schritt auf Giles zu und streckte seine verrottete Hand aus, um den Handel zum Abschluss zu bringen.

Der als Kommandant getarnte Bibliothekar beugte sich entgegenkommend ein Stück weit nach vorn –

– und riss dem General den Opal von der Brust.

Wütend heulte Samson Murray auf, und sogleich war Giles von dessen untoter Armee umzingelt. Da ihm keine andere Wahl blieb, sprang er in die Höhe und hing für den Bruchteil einer Sekunde in der Luft wie ein Basketballspieler, der einen Ball ins Netz legt. Irgendwo am Rande seines Gesichtsfeldes sah er Angels hektisch winkenden Arm aufblitzen, und mit aller Kraft und einem mächtigen Ächzen schleuderte er den »Opal des untoten Seins« hoch in den nachtschwarzen Himmel –

– und weit, weit weg.

Über die Mauerbrüstung des Rathausdaches gebeugt, sah Jenny, wie Angels Hand emporschoss und irgendetwas Glitzerndes auffing. Und dann schien mit einem Male die ganze Meute, tot oder untot, in helle Aufregung zu geraten.

Der smarte Vampir war wirklich verdammt schnell – das musste sie ihm lassen. In der einen Sekunde stand er nur wenige Meter hinter Giles, in der nächsten befand er sich schon zehn Meter weiter auf der Flucht. Dennoch, der General und seine Zombies wussten sehr wohl, worum es für sie ging – ein beträchtlicher Stoßtrupp aus Murrays Untotenarmee stakste ihm sogleich hinterher.

Sie sah vor Angst schlotternde Menschen und völlig verwirrte Zombies, als die Soldaten, die mit der Bewachung der »Kriegsgefangenen« betraut worden waren, nun vor deren Augen wie Kegel übereinander purzelten. Angel pflügte durch sie hindurch wie ein Footballspieler mit gut gepolsterten Armen, dem es völlig gleichgültig war, ob er einen Gegner oder einen seiner Teamkameraden über den Haufen rannte – Zombies wie Menschen stoben in gleicher Weise in alle Richtungen davon.

Als sie einen Trupp Soldatenkadaver um die hintere Ecke des Gebäudes biegen sah, hätte sie ihm am liebsten eine Warnung zugebrüllt, doch die Gefahr, dadurch nur auf sich selbst aufmerksam zu machen, war zu groß. Die Bewegungen der Untoten wirkten hölzern und unbeholfen, doch sie kamen beängstigend schnell heran … ebenso stetig und unaufhaltsam wie die, die sich von der anderen Seite her näherten. Angel saß in der Falle.

Jenny lehnte sich weit über die Brüstung und bekam gerade noch mit, wie der Vampir geduckt in den Schatten eines Torbogens tauchte, der sich direkt unter ihr befand. Als sie zu der Tür zurückrannte, durch die sie auf das Dach gelangt war, hörte sie, wie im Erdgeschoss schwere Möbel verrückt wurden; zweifellos war Angel soeben dabei, den Eingang hinter sich zu verbarrikadieren. Kurz darauf drang das dumpfe Hämmern von Fäusten zu ihr herauf. Die Zombies würden sich durch ein paar Schreibtische und Schränke nicht allzu lange aufhalten lassen. Sollte sie Angel entgegenlaufen? Auf diese Weise würden sie etwas Zeit sparen … doch nein. Der Wiedererweckungsspruch enthielt einen Hinweis darauf, dass er unter dem Licht der Sterne und des Mondes aufgesagt werden musste – der Umkehrungsspruch würde fraglos die gleichen Bedingungen erfordern.

Jenny schrak zusammen, als sie das Splittern von Holz und das Lärmen der Zombies hörte, die durch die Tür im Erdgeschoss in das Gebäude zu strömen begannen. Doch wo blieb Angel? Er hätte längst hier sein sollen. Was sollte sie tun, wenn er überwältigt worden war, oder gar getötet?

Dann flog die Zwischentür zum Treppenaufgang auf und prallte mit lautem Knall gegen die Wand; vor Schreck taumelte Jenny ein paar Meter zurück, eine Hand auf die Lippen gepresst, um den Schrei zu unterdrücken, während sie darauf wartete, die Antwort auf die alles entscheidende Frage zu erhalten: Wer – oder was – würde jeden Moment auf das Rathausdach hinaustorkeln?

»Wenn ich meinen Opal nicht wiederbekomme, werden Sie feststellen, Kommandant, dass Sie einen *fatalen* Fehler begangen haben.«

Giles hob das Kinn und sah General Murray herausfordernd an. »Na ja, das Leben hat nun mal so seine Tücken.«

Murray lachte. Es klang, als würde ein Bogen Pappe zerrissen – knirschend und unangenehm. Trotzdem schwang noch irgendetwas anderes darin mit ... Panik vielleicht? »In einem geordneten Leben«, sagte der Alte, »sollte es keine Tücken geben.« Er streckte eine Hand aus, und augenblicklich trat einer seiner Soldaten vor und reichte ihm ein Megaphon; zweifellos hatten sie es aus den Beständen der Stadtverwaltung geklaut. General Murray hob die Flüstertüte an die Lippen, und im gleichen Moment dröhnte seine abscheuliche Stimme über den Platz und über die Köpfe der Menschen hinweg, die sich inzwischen wieder in Gewahrsam seiner Truppe befanden. Giles sah, wie die meisten der Gefangenen bei dem schrecklichen Geräusch sichtlich zusammenzuckten.

»Achtung, Achtung – ich ersuche Sie um Ihre sofortige Aufmerksamkeit. Sollte sich die Medaille, die mir gestohlen wurde, nicht binnen fünf Minuten – ich wiederhole: FÜNF MINUTEN – wieder in meinem Besitz befinden, werde ich meinen Truppen befehlen, mit der Exekution von Zivilisten zu beginnen. Falls nötig, werde ich jeden einzelnen Bürger dieser Stadt liquidieren. Sie alle erwartet ein schreckliches Schicksal. BRINGEN SIE MIR MEIN EIGENTUM ZURÜCK!«

Die letzten Worte brüllte er förmlich hinaus, und Giles hätte sich am liebsten die Ohren zugehalten, wenn nicht einer der um ihn herumstehenden Zombies ihn bei der ersten Bewegung, die er machte, drohend angesehen hätte. »Ich verstehe ja, dass Sie Ihren Opal wiederhaben wollen«, sagte er. »Aber mit Ihrem Herumkrakeele werden Sie gar nichts erreichen.«

»Oh doch, das werde ich.« Der General stand jetzt so nah vor ihm, dass der Bibliothekar beinahe den Luftsog zu spüren vermeinte, als der tote Mann Atem holte, um erneut loszuschreien. »Ich fühl mich einfach *besser* danach!«

Was, wenn jemand in Angels Nähe den »Opal des untoten Seins« aufgefangen hatte, und was, wenn sie in dem guten Glauben, das Richtige zu tun, die ganze Sache daraufhin nur noch schlimmer machten? Dieses kleine Städtchen an der amerikanischen Westküste, das in den letzten Jahren zu seiner zweiten Heimat geworden war, würde teuer für diesen Irrtum bezahlen – jeder Mann, jede Frau und jedes Kind würden diesem wahnsinnigen Zombie in die Hände fallen.

General Murray machte auf dem Absatz kehrt und begann, unruhig auf und ab zu stapften. Giles wartete, bis er sich am äußersten Punkt seines imaginären Trampelpfades befand, dann holte er tief Luft und brüllte: »Tun Sie es nicht!«, schrie er so laut und so hastig er konnte. »Glauben Sie ihm kein Wort! Er wird Sie auf jeden Fall alle tö-«

Rasender Schmerz explodierte in seiner rechten Gesichtshälfte, als der tote General, schneller als Giles ihm zugetraut hätte, wieder bei ihm war und ihm einen gewaltigen Haken verpasste. »Noch ein Wort, und es wird ihr letztes sein«, schnarrte er. »Sind Sie bereit zu sterben?«

Giles konnte das Blut auf seinen Lippen schmecken, und als er den Blick senkte, sah er, wie es auf seine schöne, saubere Uniform tropfte. Eine Schande – auch wenn er die Kaution, die er für das Kostüm hinterlegt hatte, jetzt wohl vergessen konnte, hatte er doch für einen Briten eine ganz passable Figur in dem Aufzug gemacht. Als er den Kopf wieder hob und Murray wütend anstarrte, spürte er tatsächlich so etwas wie Loyalität und Nationalstolz in sich aufkeimen. »Sterben? Lieber beiße ich *zweimal* ins Gras, bevor ich zusehe, wie Sie diese Stadt in ein Massengrab verwandeln!«

Ein teuflisches Grinsen trat in General Murrays Gesicht. »Sieh an, sieh an, ein Patriot. Nun, keine Sorge, Kommandant Giles.« Er ließ seinen Blick über den Rathausplatz schweifen. Dann riss er der nächstbesten seiner persönlichen Zombiewachen das Bajonett aus der Hand. »In drei Minuten werde ich die Festivitäten beginnen lassen, möglicherweise sogar höchstpersönlich.« Sein hässliches Grinsen wurde noch eine Spur breiter. »Und ich bin sicher, wir werden auch für Sie eine nette, kleine Lösung finden.«

»Angel!«, keuchte Jenny, als der Vampir taumelnd in der Tür zum Rathausdach erschien. Einen endlosen Augenblick lang schlug ihr Herz so heftig, dass sie zu keinem weiteren Wort in der Lage war. Dann stürzte sie auf ihn zu. »Wir müssen uns beeilen! Haben Sie das eben mitgekriegt? Murray will die Stadtbevölkerung niedermetzeln!«

»Ich hab's gehört«, sagte Angel grimmig. »Laut und deutlich.« Etwas abseits lagen ein paar kurze Stahlträger und ein Haufen Ziegelsteine herum, wahrscheinlich Material für irgendeinen geplanten Anbau. Angel wuchtete eine der Stahlverstrebungen hoch und verkantete sie zwischen der Tür und einem der Abluftschächte, die ein Stück aus dem

Dachbeton ragten. »Okay«, sagte er. »Das sollte sie für – vielleicht fünf Minuten aufhalten. Länger halten die Türangeln einen etwaigen Ansturm nicht aus.«

In Jennys Stimme klang Panik mit. »Und wir haben nur noch drei Minuten, bis irgendwer stirbt! Nun *kommen* Sie endlich!«

Er rannte zu ihr, blieb vor ihr stehen und holte den »Opal des untoten Seins« hervor. »Was jetzt?«

»Hier.« Mit fliegenden Fingern drückte sie ihm den Pergamentbogen mit dem Spruch in die Hand, nahm ihm den Opal ab, legte ihn auf den Boden und ging, einen Fuß über dem Stein schwebend, in Position. »Sie lesen, ich zerschmettere.«

Angel drehte und wendete das Blatt hin und her und sah sie schließlich betreten an. »Jenny, ich habe keine Ahnung was hier steht – ich kann nicht rückwärts lesen!«

»Heilige Muttergottes!« Sie schnappte sich den zerknitterten Bogen und starrte auf die merkwürdigen Zeichen. Nein, das konnte er nicht lesen ... und sie ebenfalls nicht. Ihre Handtasche – sie hatte doch ihren kleinen Spiegel eingesteckt, oder etwa nicht? Kurz davor, in Hysterie auszubrechen, kramte sie wie besessen in dem kleinen Lederbeutel herum, für den sie sich an diesem Morgen entschieden hatte und der gerade genug Platz für das Allernötigste bot, was man als Frau so brauchte –

Schwere Körper krachten von innen gegen die Tür zu dem Dach.

»Jenny –«

Mittlerweile klang selbst Angels Stimme leicht alarmiert, was die Situation nicht gerade entspannte. Ein kreischendes

Knirschen drang von dem Stahlträger zu ihnen herüber, und das obere Scharnier der Tür gab protestierend nach, als sich auf der anderen Seite die Zombies mit vereinten Kräften gegen sie warfen.

Ganz unten auf dem Boden der Tasche ertasteten Jennys Finger endlich etwas Kleines und Scharfkantiges. Ohne hinzusehen kickte sie die Medaille mit dem Opal zu Angel hinüber und zog gleichzeitig ihren alten zusammenklappbaren Taschenspiegel hervor, der gerade groß genug war, um sich die Lippen zu schminken.

Doch er sollte reichen.

Wieder hörte sie von der Tür her ein hässliches Kreischen, bedrohlicher jetzt und um einiges lauter. Jenny versuchte, es zu ignorieren und konzentrierte sich auf ihren Spiegel, den sie Zeile um Zeile an dem Pergamentbogen vorbeiwandern ließ, während sie Worte ablas:

Befreit sei die Welt von dem finsteren Krieger,
seine letzte Schlacht nun geschlagen soll sein,
er fahre dahin und bleibe auf immer
in Wort und in Tat nur ein Echo der Nacht.
Höret ihr Mächte die Stimme der Umkehr,
die einem Dolche gleich zerschneidet das Band,
an das gefesselt die Seele dieses untoten Mannes
und die Seelen all derer, die er zurückrief ins Sein.
Nicht länger soll wandeln hienieden auf Erden,
wes Platz ist in einem anderen Reich,
die Macht des Opals sei gebrochen und nichtig,
wird zerschmettert er von mutiger Hand.
So weichet hinfort vor dem Schwinden des Tages,

an dem er ward zur Geißel und Pein,
der Schatten, der entstieg seines Grabes
und fortan nimmer soll sein.

In dem gleichen Moment, als die Worte »nimmer soll sein« über Jennys Lippen kamen, barst hinter ihnen die Tür und mindestens ein Dutzend halb verwester Zombies strömte drängelnd und schiebend aufs Dach. Sie waren fast bis auf ein paar Meter heran, als Angel seinen Stiefelabsatz auf den Opal krachen ließ, der bösartig leuchtend auf dem dunklen Rathausdach lag.

Ein lautes Splittern war zu hören.

Dann schossen blaue und weiße Blitze unter Angels Fuß hervor und erhellten die Nacht.

Instinktiv warf Jenny die Arme vor das Gesicht, doch sie konnte noch sehen, wie sowohl Angel als auch die herannahenden Zombies unter den grellen Lichtkaskaden, die wie ein Unwetter über sie hereinbrachen, zusammensackten. Waren Giles und die Bürger dieser Stadt nun gerettet? Hatte die Zeit ausgereicht für den Spruch? Und war Angel noch am Leben? War die Macht der Worte, die sie rezitiert hatte …

Angels Stöhnen drang an ihr Ohr. Sie rieb sich die geblendeten Augen und versuchte, irgendetwas zu erkennen. Ganz allmählich tauchten vor ihr wieder die ersten Umrisse und Schatten auf, während sich ihre Pupillen erneut auf die Dunkelheit einstellten. Stolpernd machte sie einen Schritt nach vorn und packte Angels Arm. Die Kälte, die sie spürte, ließ sie erschauern.

»Heiliges Kanonenrohr«, sagte Angel. Er war noch völlig

benommen. »Einen Moment lang dachte ich, die Sache mit dem ›nicht länger soll wandeln hienieden auf Erden‹ sei auf mich gemünzt … aber ich schätze, ich bin immer noch hier.«

Froh darüber, dass mit ihm scheinbar alles in Ordnung war, drückte Jenny seinen Arm. Dann sprang sie auf und rannte in Richtung Dachkante. Ihre Angst vor dem, was sie erwarten mochte, war beinahe größer als ihre Sorge, dennoch beugte sie sich, mit dem Schlimmsten rechnend, weit über die Brüstung hinaus.

Und da sah sie ihn, direkt auf der Freitreppe unter ihr und inmitten kollabierender Zombies: Giles, den tapferen Helden, völlig verwirrt und mit wild umherirrendem Blick. Nur wenige Meter neben ihm und augenscheinlich nicht weniger verblüfft als der Bibliothekar stand ein junger Mann in grüner Armeeuniform.

»Voll die Härte«, lautete Patrick Beverlys Kommentar.

Noch vor wenigen Sekunden hatte ihm General Murray fast den Arsch aufgerissen, weil er so blöd gewesen war, den Zettel mit dem Spruch im Mausoleum liegen zu lassen. Murray hatte ihn angepflaumt, schleunigst zum Friedhof zurückzurennen und das verdammte Ding zu holen, doch das hatte sich nun offenbar erledigt. Alle seine Kampfgefährten, einschließlich dem alten Furz von General persönlich, waren anscheinend von plötzlichem Ehrgeiz gepackt worden, sich in Kopfsprüngen auf dem Straßenpflaster zu üben.

Na ja, alle bis auf diesen Typen mit dem britischen Akzent, der aussah wie ein Kommandant der Alliierten und nur wenige Schritte von ihm entfernt stand.

Und gerade in diesem Moment ein Bajonett aufhob.

Wieso hatte er plötzlich das Gefühl, sich mitten in feindlichem Terrain zu befinden? Patricks Mund formte sich zu einem überraschten *Oh*, was den ungewollten Nebeneffekt hatte, dass nun nichts mehr seine Vampirhauer verbarg. Seiner Kehle entschlüpfte der erstbeste Gedanke, der ihm dazu einfiel.

»Ups.«

»Du!«, herrschte Giles ihn an. »Verdammt und zugenäht, du bist doch der, von dem mir Angel erzählt hat – der Kerl, der diesen ganzen Schlamassel überhaupt erst verursacht hat!«

Der junge Vampir, kaum dem Teenageralter entwachsen, doch offenbar bereits mit allen Wassern der Hölle gewaschen, zuckte gleichmütig die Achseln. Doch bevor er dazu kam, sich umzuwenden und die Flucht zu ergreifen, rammte Giles ihm das Bajonett in den Leib, und zwar genau in die Brust, eben dort, wo es Vampire am empfindlichsten trifft.

Asche zu Asche.

Und Staub wird zu Staub.

»Nun denn«, sagte Giles. »Das war wirklich erfrischend. Schade nur, dass Willow und Xander das alles verpasst haben. Sie werden sich bestimmt ärgern.«

Sie waren fast an der Bibliothek angekommen, und irgendwo in der Stadt kündigte eine Kirchenglocke den Beginn der Geisterstunde an. Zwölf Uhr, sie hatten es gerade noch geschafft.

»Nun sehen Sie sich die an«, sagte Jenny voller Abscheu, als sie an einem jungen Pärchen vorüberkamen, das in aller Gemütsruhe einen der Zombies in eine Decke einpackte, während ein Polizeibeamter daneben stand und ihnen eine Quittung ausschrieb. Während sie weitergingen, konnten sie beobachten, wie der Beamte den beiden einen Durchschlag überreichte und das Pärchen mit seiner Last Richtung Friedhof abzog. »Sie ... reißen sich einfach irgendwelche Leichname unter den Nagel. Ich vermute, um sie wieder zu beleben. Was denken die sich dabei? Kommen die sich nicht selbst ein bisschen strange dabei vor?«

Giles seufzte. »Ich denke, schon, aber es ist ziemlich wahrscheinlich, dass nur die Kadaver, die ... nun, wie soll ich sagen, über *noch lebensfähige* Körperteile verfügen – über die Fähigkeit also, aus eigener Kraft herumzuspazieren –, wieder ins Leben zurückgeholt werden können.« Einen Moment lang versank er in nachdenkliches Schweigen. Dann fuhr er schließlich fort.

»Wissen Sie, eine Sache, die ich im Zusammenhang mit dem Militärkrankenhaus gelesen habe, will mir einfach nicht aus dem Kopf. Wenn ich mich recht erinnere, hat vor einiger Zeit irgendein neuer leitender Angestellter dort Beweise dafür vorgelegt, dass viele der Patienten mit einem Beruhigungsmittel behandelt wurden, das nicht selten zu komaähnlichen Zuständen führt, die von einem Exitus kaum zu unterscheiden sind.«

Jenny wurde blass. »Oh, Rupert – das ist ja entsetzlich!«

Der Bibliothekar nickte. »Und die Aufdeckung des Missstandes war nicht weniger schrecklich als das Verbrechen selbst, denn nun sah man sich mit der Tatsache konfrontiert, dass seit Jahrzehnten Patienten für tot erklärt worden waren, deren Uhr noch gar nicht abgelaufen war. Viele wurden der Autopsie überstellt, wo ihnen das Herumgeschnippel irgendwelcher unfähigen Ärzte den Rest gegeben hat. Andere waren Kriegsveteranen, die keine Angehörigen mehr hatten. Sie wurden in aller Regel ohne Obduktion und viel Federlesen begraben. Ihr Schicksal – lebendig in einem Sarg aufzuwachen – war vielleicht das Schlimmste von allen. Gut möglich, dass sie die reanimierten Soldaten waren, die wir heute gesehen haben, dass sie wieder erweckt wurden durch den Beschwörungsspruch und sich an den Rest ihres Lebens klammerten, um den man sie ungerechtfertigterweise betrogen hatte.«

Aus Angels Kehle drang ein merkwürdiges Geräusch. »Lebendig begraben? Jetzt wird's ein bisschen zu persönlich für meinen Geschmack.«

»Mein Gott«, sagte Jenny. Ein Ausdruck von Traurigkeit lag auf ihrem Gesicht, als sie und ihre Begleiter zwei ältere Männer sahen, die einen gefallenen Kameraden in die Schatten am Rande des Friedhofs trugen. »Nur ein weiterer unerklärlicher Vorfall, der damit endet, dass die Bürger Sunnydales einfach wegsehen und vor der Wahrheit die Augen verschließen ... in mehr als nur einer Hinsicht. Das alles ist so traurig.«

»Nun«, sagte Giles, »das scheint mir eine typisch amerikanische Angewohnheit zu sein.« Er vermochte die Verachtung, die in seiner Stimme mitschwang, nicht zu verbergen. »Ich hab mich immer schon gefragt, was damals anno 1776 wirklich geschah.«

Angel räusperte sich. »Tatsächlich hab ich mal jemanden gekannt, der dabei war, und der hat mir erzählt –«

»Lassen Sie's gut sein«, unterbrach ihn Giles.

»Aber Rupert, wollen Sie denn gar nicht die Wahrheit wissen?«, fragte Jenny mit honigsüßer Stimme.

»Nein danke, kein Bedarf«, erwiderte Giles und reckte das Kinn. Er hätte es natürlich nie zugegeben, doch irgendwie fühlte er sich, trotz all der unerwarteten Aufregung, die der Tag mit sich gebracht hatte, auf merkwürdige Weise groß und stolz in der Uniform, die er trug. »Ein Mann sollte an seinen Wunschvorstellungen festhalten.«

»Da haben Sie allerdings Recht«, stimmte Angel ihm zu. Er sah noch einmal von Giles hinüber zu Jenny, dann huschte ein Lächeln über sein Gesicht. Im nächsten Moment tauchte er in die nächtlichen Schatten ein, die das Schulgebäude umgaben, und ließ die beiden allein zurück.

»Aber vielleicht sollten Sie Ihre einmal aktualisieren ...«

The Show Must Go On

Paul Ruditis

»Lebensregung ... Tode ... Befehl ... blutigen ...«

»Er faselt wirres Zeug«, sagte Jenny und wiegte den Mann, den sie in ihren Armen hielt, wie ein kleines Kind.

»Fleischlich ... unnatürlich ... Mord ... verfehlt ... Haupt ...«

»Wundert mich gar nicht«, erwiderte Giles. »Nachdem er dieses Massaker mit angesehen hat.«

»Stimme ... wild ... Verwirrung ...«

Die Worte machten für Jenny überhaupt keinen Sinn. Aber das machte das Gemetzel, das hier offenbar stattgefunden hatte, auch nicht.

Es mochte vielleicht herzlos klingen zu sagen, dass sie im *Sechzehntes-Jahrhundert-Saal* des Museums von Sunnydale *nur* vier Leichen gefunden hatten, aber nach dem ganzen Horrorszenario, das der Meister heraufbeschworen hatte, und nach den gemeinsam durchlebten Ereignissen des letzten Sommers erschienen *nur* vier Tote ein vergleichsweise moderates Ergebnis eines Mehrfachmordes zu sein. Es war nicht die Anzahl an Leichen, die diese neueste Gräueltat so schrecklich machte. Es war die Art und Weise, wie die Leichen am Boden lagen. Das hier war keines der üblichen spontanen Vampirgelage gewesen, es sah mehr nach einem geplanten und systematischen Niedermetzeln aus.

»Können wir irgendwas für ihn tun?«, fragte Jenny und fügte in Gedanken flehentlich ein *Bitte* hinzu.

Der Mann war von seinen Angreifern des Augenlichts beraubt und dann zurückgelassen worden, blutüberströmt und unfähig, den Ausgang zu finden. Er war unfähig, irgendetwas anderes zu tun, als immer nur die gleichen Worte herauszuschreien, die Jenny bereits kannte und die sie und Giles in diesen Trakt des Museums hatten eilen lassen.

Sie hatten sich eine viel umworbene Wanderausstellung ansehen wollen, eine Sammlung von Zeichnungen und Skulpturen altgriechischer mythologischer Figuren. Das Ganze fand im Rahmen der vollmundig angekündeten »Wahnsinns-Mitternachts-Sommer-Wochen« des Museums statt, die im Grunde nicht viel mehr darstellten als den leicht zu durchschauenden Versuch, die Museumskasse ohne allzu großen Aufwand über das Sommerloch zu bringen. Und es schien im Übrigen auch nicht sonderlich gut zu funktionieren, denn außer Jenny und Giles waren höchstens eine Hand voll Leute gekommen. Rückblickend betrachtet, dachte Jenny, ein Glück, sonst wären wir womöglich über noch mehr Leichen gestolpert.

»Im Augenblick leider herzlich wenig«, sagte Giles auf Jennys Frage hin und wünschte, er hätte ihr eine andere Antwort geben können. »Bestimmt haben noch mehr Ausstellungsbesucher den Lärm gehört, sie werden sicher gleich hier sein. Wir sollten versuchen, so viele Indizien wie möglich zu sammeln, bevor alle angestürmt kommen und sämtliche Beweise platt trampeln.«

Seine Worte klangen nicht minder kalt und gefühllos als der Gedanke, es mit *lediglich* vier Leichen zu tun zu haben. Aber genau diese vier waren es, auf die es sich jetzt dringend zu konzentrieren galt. Sie mussten herausfinden, wer sie waren und welche konkreten Umstände dazu geführt hatten, dass sie nun tot in diesem Museumssaal lagen. Während für Giles nach Jahren harter Schule ein solches Blutbad nicht unbedingt einen ungewohnten Anblick bot, zählte Jenny, was Erfahrungen dieser Art anbelangte, zu den eher unbedarfteren Naturen. Als sie ihre Arme von dem Mann löste, verfiel er in ein leises und anhaltendes Wimmern. Es war noch schlimmer als seine Schreie kurz zuvor.

»Wo fangen wir an?«, fragte sie.

Das Massaker ging zweifelsohne auf das Konto von Vampiren, wie sich an den zwei verräterischen einstichartigen Wunden am Hals jedes Opfers unschwer erkennen ließ.

Gleichwohl sahen sie sich hier mit einer Vampirattacke konfrontiert, wie sie Giles während seiner langen Laufbahn als Wächter noch niemals untergekommen war. Die Körper waren nicht einfach nur ausgesaugt worden, sondern in einer irgendwie rituell anmutenden Weise, auf die sich Giles keinerlei Reim machen konnte, auf dem Boden arrangiert. Neben einer toten Frau lag ein Kelch, in dem sich noch der Rest einer Flüssigkeit, Wein offenbar, befand. Hat sie ihn getrunken, fragte er sich, oder war er lediglich Requisite? Nachdem er ein Weile überlegt hatte, wie sich am besten eine Probe von der Flüssigkeit nehmen ließ, um sie später einer genaueren Analyse zu unterziehen, entschied Giles, dass er ebenso gut auch gleich den ganzen Kelch mitnehmen konnte. Eigentlich war es verboten, Beweismaterial vom Tatort zu entfernen, doch er war sich sicher, dass er mit seinen Untersuchungsmethoden bessere Ergebnisse erzielen würde als die Polizei, die auf einige Zusammenhänge wahrscheinlich nie kommen mochte. Und auch der Trinkpokal war vor diesem Hintergrund bei ihm fraglos besser aufgehoben. Tatsächlich konnte gerade ein Kelch in verschiedenen Ritualen die unterschiedlichsten Bedeutungen haben. Meistens positive, doch das hier schien ihm meilenweit entfernt von dem, was man gemeinhin unter positiv verstand.

Nachdem er den Kelch mit einem Taschentuch abgedeckt hatte, um, so gut es in Anbetracht der Umstände eben möglich war, zu verhindern, dass etwas von dem Wein darin verloren ging, wandte er seine Aufmerksamkeit den drei männlichen Leichen zu. Sie befanden sich ziemlich genau in der Mitte des Raumes, und neben ihnen lagen zwei Rapiere am Boden, wie man sie zum Fechten benutzte.

Obgleich es zahllose Quellen gab, die über den rituellen Einsatz von Dolchen oder Schwertern berichteten, konnte Giles sich nicht erinnern, in diesem Zusammenhang einmal irgendetwas über Rapiere gelesen zu haben.

Von Hause aus war diese Waffe jedenfalls kein zeremonieller Gegenstand, und auch magische Kräfte suchte man bei ihr in aller Regel vergeblich. Das Rapier war eine klassische Duellwaffe, wurde in sportlichen Wettkämpfen eingesetzt oder zur körperlichen Ertüchtigung von Söhnen traditionsbewusster adeliger Kreise. Fast noch verwunderlicher erschien die Tatsache, dass die drei Männer am Boden zwar Stichwunden aufwiesen, die ohne jeden Zweifel von eben dieser Klinge stammten, jedoch nicht eine dieser Verletzungen tödlich gewesen war. Todesursache bei allen war ganz eindeutig das Ausgesaugtwerden durch einen Vampir.

Giles reichte Jenny seinen Kugelschreiber und, in Ermangelung eines Notizzettels, sein Exemplar der Museumsbroschüre und wies sie an, alles, was der offensichtlich unter Schock stehende Mann von sich gab, aufzuschreiben. Die gestammelten Worte mochten vielleicht nur eine zusammenhanglose Reaktion auf das sein, was er gesehen hatte, und bedeuteten nicht wirklich etwas, doch das ließ sich, solange sie nicht mehr über die Sache wussten, nicht mit

Sicherheit sagen. Wenngleich die meisten seiner Äußerungen, dachte er, sich in irgendeiner Weise mit Tod und Blutvergießen in Verbindung setzen lassen. Dennoch waren es zwei der wenigen Worte, auf die genau das nicht zutraf – »verfehlt« und »Verwirrung« –, die ihm besonderes Kopfzerbrechen bereiteten. Wer oder was wurde verfehlt, und auf welche Art von Verwirrung hat er sich wohl bezogen, immer vorausgesetzt, er hat sich überhaupt auf irgendetwas bezogen?, fragte er sich.

Während Jenny ihr morbides Diktat aufnahm, versuchte Giles, die Identität der Leichen in Erfahrung zu bringen. Den Papieren nach, die er bei ihnen fand, hatten drei der vier Opfer denselben Nachnamen und dieselbe Adresse. Vater, Mutter und erwachsener Sohn?, fragte er sich. Jenny kann die Namen später in ihren Computer eingeben, um festzustellen, in welcher Beziehung sie zueinander standen. Das vierte Opfer trug einen anderen Familiennamen, der keinerlei Rückschlüsse auf überhaupt irgendeine Beziehung zuließ. Nachdem Jenny die Namen für ihn notiert hatte, wandte sich Giles dem einzigen Überlebenden des Blutbads zu, um auch dessen Personalausweis zu prüfen, doch verängstigt, wie der Mann war, würde er den Wächter sicher nicht an sich heranlassen. Als Giles einen Schritt auf ihn zumachte, um es dennoch zu versuchen, wurde das Wimmern des Mannes von dem Echo eiliger Fußtritte übertönt.

»Besser, wir verschwinden von hier«, sagte Giles. »Ein Zeugenverhör durch die Polizei würde uns nur unnötig aufhalten.«

Jenny warf einen letzten Blick auf den völlig verstörten Mann. Es widerstrebte ihr, ihn der Inquisition der Behörden zu überlassen, doch andererseits war sie davon überzeugt, dass sie mehr für ihn und die anderen Einwohner Sunnydales tun konnte, wenn sie jetzt ging.

Giles brachte es nicht über sich, den Mann noch einmal anzusehen. Er wusste, dass er die nächsten Tage und Nächte kaum ein Auge zutun würde. Und das nicht nur wegen der Recherchen, die vor ihm lagen.

Am Nachmittag des darauf folgenden Tages befand sich Giles noch immer in der Bibliothek.

Erst wenige Stunden zuvor hatte er Jenny nach Hause geschickt, nicht ohne sich für den Haufen Arbeit zu entschuldigen, den sie sich am vergangenen Abend aufgehalst hatten. Natürlich hatte Jenny vollstes Verständnis gezeigt und versprochen, sobald sie sich ein wenig ausgeruht hätte, zurückzukommen, um ihm zu helfen.

Giles hoffte, dass er ihr bis dahin etwas mehr Informationen anbieten konnte, als sie im Augenblick besaßen. Ganz allmählich sprachen alle Zeichen dafür, als kämen sie nicht umhin, Angel für die eigentliche Jagd hinzuziehen, während er selbst und Jenny versuchten, den Berg von Büchern durchzuackern.

Zumindest ein Umstand schien für den Wächter zu arbeiten: Es bestand nicht die Gefahr, dass Willow und Xander ihn störten. Die beiden hatten einen Backstage-Job bei den *Shakespeare Players* angenommen, einer fahrenden Theatertruppe, die den Sommer über von Stadt zu Stadt zog, um der Landbevölkerung die Werke des englischen Dichters nahe zu bringen.

In jeder Stadt, in der sie Halt machten, stockten sie ihre

hauptsächlich aus jungen Leuten im Studentenalter bestehende Stammbelegschaft mit ortsansässigen Schülern auf. Anschließend setzten sie eine zweiwöchige intensive Arbeitsphase an, die ihren Höhepunkt in drei aufeinander folgenden Abendaufführungen fand.

Für Giles bedeutete dies in erster Linie zwei Wochen weniger, in denen er sich darüber Sorgen machen musste, dass dieser wahrhaft mörderische Sommer seine Krallen auch nach Willow und Xander ausstreckte. Hatte sich schon Willow in letzter Zeit ausgesprochen rar gemacht, so war Xander schlichtweg überhaupt nicht mehr erschienen, und Giles war alles andere als böse darüber. Nicht, dass er etwas gegen Xander hatte, aber es war wesentlich leichter, seinen Pflichten als Wächter nachzukommen, ohne stets ein Auge auf diesen jungen Mann haben zu müssen.

Giles warf einen Blick auf die Uhr, nahm sodann den Kelch und verließ die Bibliothek. Er hatte absichtlich mit der nächsten Phase seiner Untersuchungen gewartet, bis auch die letzten Ferienkurs-Teilnehmer und Lehrer nach Hause gegangen waren. Obwohl er durchaus eine glaubwürdige Ausrede parat hatte, falls ihn jemand fragen sollte, was er, der Bibliothekar, mitten in den Sommerferien in der Schule verloren hatte, so würde er doch einigermaßen ins Schleudern geraten, käme irgendjemand auf die Idee, von ihm wissen zu wollen, was genau er denn hier eigentlich tat. Natürlich war dies der Moment, in dem er, als er um eine Ecke bog, prompt in die Person hineinrannte, der er am allerwenigsten begegnen wollte.

»Rektor Snyder!«

»Lassen Sie die Förmlichkeiten, Giles. Was machen Sie hier?«

»Ich fülle die Bibliotheksbestände wieder auf«, log Giles, während er rasch den Kelch hinter seinem Rücken verbarg. Das Trinkgefäß selbst war nicht einmal das Problem, doch der Rest Wein, der sich noch darin befand, würde unweigerlich zu einer Menge unangenehmer Fragen führen, vielleicht sogar zu seiner Suspendierung vom Dienst.

»Oh, ja«, erwiderte Snyder, griesgrämig wie immer. »Ich verstehe immer noch nicht, wie dieses Erdbeben die gesamte Bibliothek zerstören konnte, ohne dass auch nur ein einziger anderer Raum der Schule in Mitleidenschaft gezogen wurde.«

Es war Giles' und Buffys Idee gewesen, ihm diese zugegebenermaßen etwas wackelige Geschichte aufzutischen, um den immensen Schaden zu erklären, der in der Bibliothek entstanden war, als sich der Höllenschlund geöffnet hatte. Den Schwachpunkt, den Snyder soeben erwähnt hatte, einmal außen vorgelassen, war es gar nicht mal so eine schlechte Story gewesen, jedenfalls ausreichend für eine Stadt, so sollte man meinen, in der man gelernt hatte, über seltsame Zwischenfälle aller Art mehr oder weniger gnädig hinwegzusehen.

»Ja, wirklich sehr merkwürdig, nicht wahr?«, erwiderte der Wächter.

»Nicht merkwürdiger als alles andere, was in dieser Schule passiert«, entgegnete Snyder und setzte schon wieder seinen typisch bissigen Blick auf. »Eins verspreche ich Ihnen, im nächsten Halbjahr werden die Dinge hier anders laufen.«

»Unter Ihrer Leitung tun sie das gewiss, da bin ich mir absolut sicher.« Giles rang sich das verbindlichste Lächeln ab, zu dem er angesichts dieses Menschen fähig war, in der Hoffnung, das Gespräch damit zu beenden.

»Schließen Sie ab, wenn Sie gehen«, sagte Snyder und kam damit Giles' stillem Wunsch nach. »Ich will nicht, dass noch mal irgendwelche Vandalen in der Schule hausen. Wir hatten schon genug davon in diesem Jahr.«

Während er Snyder nachblickte, der nicht gar so fröhlich seines Weges ging, holte Giles vorsichtig, um ja nichts zu verschütten, den Kelch wieder hinter seinem Rücken hervor. Er war nach wie vor mit dem Taschentuch vom gestrigen Abend abgedeckt. Mittlerweile hatte es sich zwar komplett mit Wein vollgesogen, doch es befand sich immer noch genug Flüssigkeit in dem Kelch, um die nötigen Analysen durchzuführen.

Im Naturwissenschaftsraum angekommen, stellte er das Gefäß auf einem der Labortische ab und ging hinüber zu dem Schrank mit den Chemikalien. Natürlich war er verschlossen, doch dieses Problem war verhältnismäßig einfach zu lösen, da er so schlau gewesen war, sich vor einem halben Jahr ein Duplikat vom Hauptschlüssel der Schule anfertigen zu lassen. An einen Bibliothekar wäre ein solcher Nachschlüssel verschwendet gewesen, für einen Wächter indes war er von außerordentlichem Nutzen. Nachdem er das Glas mit dem Reagenz gefunden hatte, ging er damit zurück an den Tisch.

Er nahm sich eine Pipette und einen Objektträger aus dem Regalaufsatz, der zu dem Arbeitsplatz gehörte, legte das Glasplättchen vor sich auf den Tisch und saugte mit der Pipette eine kleine Menge Wein aus dem Kelch.

Woll'n doch mal sehn, ob ich Recht hab mit meinem Verdacht, dachte er.

Er gab einen Tropfen Wein auf den Objektträger und wiederholte den Vorgang mit der Chemikalie, die er aus dem Schrank geholt hatte. Die Reaktion erfolgte auf dem Fuß und genau wie erwartet. Das Gemisch beider Flüssigkeiten begann zu brodeln. Der Wein war vergiftet.

Doch die Genugtuung über den Befund war nicht von langer Dauer. Die Antwort, die er erhalten hatte, warf nur neue Fragen auf in seiner beständig länger werdenden Liste zur Aufklärung des Falls.

Warum sollte ein Vampir sein Opfer vergiften und ihm anschließend das Blut aussaugen? War das Blut in diesem Fall nicht ungenießbar?, fragte er sich.

Stunden später, während er über der Friedhof streifte, grübelte Angel über die gleichen Fragen nach.

Nachdem er von Giles in die Ereignisse des vergangenen Abends eingeweiht worden war, hatte er angeboten, für die verreiste Jägerin in die Bresche zu springen und sich auf Patrouille zu begeben, sodass Giles und Jenny weiter den notwendigen Nachforschungen nachgehen konnten. Nichts von dem, was der Wächter ihm berichtet hatte, machte für ihn einen Sinn, und er konnte immerhin auf eine ganze Reihe von Jahren an Erfahrung im Umgang mit Toten zurückblicken.

Von weitem drang plötzlich dumpfer Lärm an sein Ohr und riss ihn aus seinen Gedanken, doch als er den Bereich des Friedhofs erreichte, von wo die Geräusche gekommen waren, herrschte bereits wieder beunruhigende Stille. Mit einem Kampf oder Tumult war relativ einfach umzugehen, Stille indes war fast immer verdächtig. Vorsichtig schlich sich Angel an eine kleine Lichtung heran, um aus dem Schutz einiger Büsche heraus das Terrain zu sondieren.

Was er sah, verwirrte mehr, als dass es Antworten lieferte. Zwölf leblose Körper lagen, umringt von fünf Untoten, niedergestreckt auf der Erde. Er kam gerade noch rechtzeitig, um zu sehen, wie das letzte der unglücklichen Opfer aus den Händen eines Vampirs zu Boden glitt. Es war zu spät für Angel, um noch irgendjemanden zu retten. Und da es ihm zudem nicht ganz risikolos erschien, es, wenn es nicht unbedingt sein musste, mit fünf unbekannten Vampiren gleichzeitig aufzunehmen, blieb er, wo er war, und beschränkte sich aufs Beobachten, während die Szene vor ihm weiter ihren Lauf nahm.

Die fünf Vampire, die alle ganz in Schwarz gekleidet waren, begaben sich zu einem Haufen übereinander gestapelter Klappstühle aus Metall und stellten diese in drei Reihen zu je vier Stühlen auf einigen umliegenden Gräbern auf. Sodann platzierten sie auf jedem Stuhl eine Leiche. Bei einem der Opfer, einer Frau, gaben sie sich besonders viel Mühe, veränderten mehrere Male die Position des leblosen Körpers, bis sie endlich entschieden, dass es wohl das Beste war, den Kopf der Toten einfach auf die Brust herabsinken zu lassen. Nach getaner Arbeit blieben die Vampire noch einen Augenblick stehen, um ihr Werk zu bewundern, und huschten im nächsten Moment wie auf ein unsichtbares Kommando hin davon in die Nacht.

Das wird ja immer verrückter, dachte Angel.

Als er sicher war, dass er sein Versteck gefahrlos verlassen konnte, trat er hinter den Büschen hervor, um sich die Sache genauer anzusehen. Zuerst wandte er sich dem jungen Mädchen zu, da ihm die größte Aufmerksamkeit der Vampire gegolten hatte. Doch auch bei näherem Hinsehen ließ sich an der Leiche nichts Ungewöhnliches entdecken. Ihr Hals zeigte die typischen Bissspuren von Vampiren, darüber hinaus wies sie keine weiteren Verletzungen auf. Angel fiel auf, dass das Grab, auf dem der Stuhl stand, einer Frau namens Emily gehörte. Nur um sicherzugehen, dass es sich bei dieser geschlechtlichen Übereinstimmung nicht um einen Zufall handelte, überprüfte Angel daraufhin auch die anderen Opfer und Gräber. Was er herausfand, war einigermaßen verblüffend: Unter jedem der soeben Getöteten befand sich eine Leiche gleichen Geschlechts. Die Opfer waren offenbar aufgrund von Kriterien ausgewählt worden, die den jeweils zugeordneten Gräbern entsprachen.

Mal ganz was Neues, dachte er bei sich.

Als Angel den letzten Grabstein untersuchte, fiel sein Blick auf ein Clipboard, das direkt dahinter lag. Er hob es auf und fand darauf einen Lageplan, der die zwölf Gräber skizzierte, ein jedes mit einem Namen versehen. Doch abgesehen von dem Emilys wichen alle auf dem Zettel verzeichneten Namen von denen auf den Grabsteinen ab. Noch während er versuchte, irgendwie schlau aus der Sache zu werden, traf ihn von hinten ein harter Schlag gegen den Kopf und ließ ihn zu Boden gehen. Das Clipboard flog einige Meter davon.

»Ich glaub, das gehört mir«, sagte über ihm eine Stimme, fraglos die des Besitzers der Faust.

Als Angel zu dem Sprecher hochschaute, blickte er in die zur vollen Blüte entfaltete Fratze eines Vampirs.

Der Untote war von etwa gleicher Größe wie Angel, wirkte jedoch entschieden grobschlächtiger als er. Sein schwarz gefärbtes Haar bildete einen krassen Kontrast zu der Blässe seines Gesichts.

»Nun«, sagte der Vampir, »das ist ja eine interessante Entwicklung.«

»Nicht so interessant wie das, was du jetzt gleich erleben wirst«, gab Angel zurück, schnellte hoch, warf sich auf ihn und riss ihn mit sich gegen eine der sitzenden Leichen. Ein Toter und zwei Untote stürzten zu Boden.

Es gelang dem Vampir, Angel abzuschütteln, und in der nächsten Sekunde stand er schon wieder auf den Beinen. Angel rollte herum und ging in Abwehrstellung, gerade früh genug, um mit dem Arm einen mächtigen Fausthieb abzublocken. Angel ging aus der Defensive heraus direkt zum Angriff über, packte den Vampir am Handgelenk, machte sich dessen eigenen Schwung zunutze und schleuderte ihn mit einem kräftigen Ruck Hals über Kopf über sich hinweg.

Wie zuvor sprang der Vampir sogleich wieder auf.

»Korrigier mich, wenn ich falsch liege«, fauchte er. »Aber sollten wir nicht auf der gleichen Seite stehen?«

»Du meinst auf der Seite der ›Heute-spielen-wir-mal-mit-ein-paar-Leichen‹-Freaks?« Angel rammte ihm die Faust mitten in die wutverzerrte Grimasse. »Kein Interesse an solchen Spie-«

Der Vampir wirbelte herum und trat Angel mit solcher Gewalt gegen die Brust, dass dieser haltlos nach hinten taumelte, direkt in Emilys Arme. Der Metallstuhl, auf dem sie saß, klappte unter dem Aufprall zusammen.

Blitzschnell klaubte der fremde Vampir sein Clipboard vom Boden und ergriff eilends die Flucht.

Am darauf folgenden Nachmittag saß Giles bereits wieder an seinem Arbeitstisch in der Bibliothek, nachdem er zuvor für eine kleine Auszeit heimgefahren war, um zumindest einige wenige Stunden in einem Bett zu schlafen und sich ein paar frische Sachen anzuziehen.

In Gedanken ging er die Fakten durch, die er über die neueste Heimsuchung Sunnydales besaß, einschließlich der seltsamen Vorkommnisse der vergangenen Nacht, von denen Angel ihm berichtet hatte.

Normalerweise agierten Vampire nach einem ebenso schlichten wie verlässlichen Muster. Sie griffen an, saugten ihr Opfer aus und töteten es dann. Von diesem Schema wichen sie für gewöhnlich lediglich in Nuancen ab, sofern es ihnen nicht darum ging, neue Vampire zu erschaffen. Und so gut wie nie waren ihre Motive auf etwas anderes als auf Nahrungsbeschaffung und Sicherung ihres Fortbestandes gerichtet, es sei denn ihr Handeln folgte irgendeinem größeren Plan. Und eben ein solcher größerer Plan war es, der Giles die größten Sorgen bereitete.

Doch solange der Wächter diesen Plan nicht kannte, musste er sich mit den zum Teil widersprüchlichen Anhaltspunkten begnügen, über die er im Augenblick verfügte. Der Mann, den sie am ersten Abend geblendet in dem Museumssaal aufgefunden hatten, war offenbar nur am Leben gelassen worden, damit er Zeuge des Rituals wurde. Den zweiten Übergriff gestern Nacht hatte jedoch nicht eines der Opfer überlebt. Den drei toten Männern im Museum, denen Stichwunden zugefügt worden waren, bevor sie starben, standen zwölf außerplanmäßige Friedhofsleichen gegenüber, die außer den Vampirbissen am Hals nicht die geringsten Verletzungen aufwiesen. Und dann waren da noch die Rapiere, die allerdings im Vergleich mit den Metallklappstühlen, von denen Giles mit Sicherheit behaupten konnte, dass sie noch nie eine Rolle in einem Ritualmord gespielt hatten, zugegebenermaßen verblassten.

In zwei Stunden würde die Sonne untergehen, und Giles konnte förmlich spüren, wie ihm die Zeit zwischen den Fingern zerrann. Jede einzelne Minute war umso wertvoller, als dass er Willow versprochen hatte, heute Abend zur letzten Vorstellung, die für Sunnydale geplant war, zu kommen. Obwohl er sicher war, dass sie es verstehen würde, wenn sich aufgrund seiner Pflichten als Wächter dieses Versprechen nicht einhalten ließ, hatte er nicht die Absicht, sie in die geheimnisvollen Vorfälle, die sich derzeit in der Stadt zutrugen, einzuweihen. Er hatte sie zwar in den letzten zwei Wochen kaum zu Gesicht bekommen, aber ihm war bewusst, wie sehr sie die Zeit am Theater genoss. Auf gar keinen Fall wollte er ihr den Spaß daran verderben, schon gar nicht, indem er ihre Sommerferien mit einem Haufen Dämonen anreicherte.

Wie auf ein Kommando schwang die Bibliothekstür auf und Willow trat ein.

»Ich wusste, dass ich Sie hier finden würde«, begrüßte sie den Wächter, eine junge Frau im Schlepptau, die Giles noch nie zuvor gesehen hatte.

»Traurig, aber wahr.« Er schlug das Buch zu, in dem er gerade geblättert hatte, damit Willow bloß nicht auf die Idee kam, dass es irgendetwas zu recherchieren gäbe. »Hab mich wohl ein wenig festgelesen –«

»Oh, Sie brauchen nichts zu erklären«, sagte die unbekannte junge Frau. »Willow hat mir bereits alles über Sie erzählt.«

»So? Hat sie das?« Giles hob die Augenbrauen, während er sich gleichzeitig fragte, was genau Willow dieser Fremden wohl erzählt haben mochte.

»Und ich finde es einfach großartig, dass Sie Ihre Freizeit dazu nutzen, sich weiterzubilden, um die Lehrerlaubnis zu erlangen. Eine ganz neue berufliche Laufbahn einzuschlagen, trotz Ihres Alters und so.«

Giles war einigermaßen perplex, schaffte es jedoch, Willow einen bedeutungsvollen Blick zuzuwerfen, dem sich entnehmen ließ, wie lobenswert er es fand, dass sie seiner Anwesenheit in der Bibliothek während der Sommerferien einen unverdächtigen Anstrich gegeben hatte. Ein stolzes Lächeln huschte über das Gesicht der Schülerin.

Moment mal! Trotz meines Alters?, sickerte es plötzlich in sein Bewusstsein.

Willow nahm sein Schweigen zum Anlass, ihm ihre Begleiterin vorzustellen. »Giles, das ist Elisabeth, eine der Schauspielerinnen in der Theatergruppe, bei der ich arbeite. Sie spielt die Lady Macbeth.«

»Freut mich, Sie kennen zu lernen«, sagte er und reichte ihr die Hand. »Wenn es mir erlaubt ist zu bemerken, Sie scheinen ein wenig jung für eine solche Rolle zu sein.« Das hat gesessen, dachte er.

»Wir sind insgesamt ein ziemlich unverbrauchtes Ensemble«, gab sie gleichmütig zurück. »Die meisten sind noch auf dem College, aber Sie würden sich wundern, über welch reichen Fundus an Lebenserfahrung wir verfügen.«

»Ich kann kaum glauben, wie viele Erfahrungen allein ich in den vergangenen zwei Wochen dort gemacht hab«, stimmte Willow ihr zu.

»Ich muss sagen, ich bin wirklich beeindruckt von dem Engagement, das du für diesen Job zeigst, Willow.« Giles' Lob zauberte erneut ein Lächeln auf ihr Gesicht. »Vor allem in Anbetracht dessen, wie sehr du dich dagegen gesträubt hast, an der letzten Talentshow teilzunehmen.«

»Ich hab nur hinter den Kulissen zu tun«, erklärte ihm Willow und nahm mit einem beherzten Hüpfer auf dem Tresen Platz. »Solange ich nicht selbst auf die Bühne muss, brauche ich mir auch keine Sorgen über Lampenfieber zu machen, das mit Sicherheit damit enden würde, dass ich wie zur Salzsäule erstarrt vor dem Publikum stünde und keinen einzigen Ton mehr herausbrächte.«

»Glauben Sie ihr kein Wort«, sagte Elisabeth. »Sie hat so ganz nebenher auch einige Rollen für die Zweitbesetzung einstudiert, und sie war sagenhaft.«

»Wirklich?«

»Na ja, ich würde es nicht gerade *sagenhaft* nennen«, wandte Willow bescheiden ein. »Sagen wir, es ist mir zumindest gelungen, nicht über meine eigenen Füße zu stolpern und in den Orchestergraben zu fallen.«

»Nun, verglichen mit diesen völlig talentfreien Vorstadt-Minettis, die wir für ein paar kleinere Nebenrollen engagiert haben, hast du dich ganz wacker geschlagen.«

»Und wie geht's Xander?«

Giles' Frage löste betretenes Schweigen aus.

»Darf ich das so deuten, dass er sich nicht ganz so pudelwohl bei der Sache fühlt?«

»Das könnte man durchaus so sagen«, bestätigte Willow seine Vermutung. »Es gab da ... ein paar kleinere Zwischenfälle.«

»*Ein paar*?«, bemerkte Elisabeth sarkastisch.

»Er muss nur das Gefühl haben, dass man ihm vertraut«, verteidigte Willow ihren Freund. »Vielleicht war es ein Fehler, dass wir in zwei unterschiedliche Aufgabenbereiche eingeteilt wurden. Wir hatten den Job angenommen, weil wir dachten, wir könnten gemeinsam dort arbeiten, aber während ich bei den Proben anwesend sein musste, begann seine Arbeit eigentlich immer erst dann, wenn sie bereits abgeschlossen waren. Streng genommen haben wir uns während der ganzen Zeit so gut wie überhaupt nicht gesehen.«

»Nun ja, heute Abend ist ja alles vorbei«, sagte Giles.

»Apropos heute Abend.« Willow kramte etwas aus ihrer Tasche hervor. »Hier sind Ihre Eintrittskarten für die Vorstellung. Im Anschluss daran findet für alle Beteiligten noch eine große Party statt.«

»Sie sind herzlich eingeladen«, fügte Elisabeth hinzu. »Es wird bestimmt ziemlich hoch hergehen.«

»Vielen Dank, ich werde darüber nachdenken.«

»Sie hatten mich um zwei Karten gebeten«, sagte Willow. »Heißt das, Sie bringen noch jemanden à la Miss Calendar mit?«

»Tatsächlich wird Miss Calendar höchstpersönlich mich begleiten«, erwiderte Giles, während er die Eintrittskarten einsteckte. »Wir dachten, es wäre vielleicht eine ebenso sinnvolle wie angenehme Art, unseren Schülern ein wenig Unterstützung zukommen zu lassen.«

»Wie romantisch«, bemerkte Elisabeth trocken. »Dabei fällt mir ein, ich denke, wir sollten so langsam aufbrechen.«

»Wir müssen Elisabeth noch ein neues Paar Schuhe für die Aufführung besorgen«, erklärte Willow. Sie sprang vom Tresen herunter. »Die alten sind gestern Abend irgendwie abhanden gekommen.«

»Die Kostümbildnerin hätte Xander beinahe dafür umgebracht, dass er sie verschludert hat«, sagte Elisabeth. »Zumindest bevor Willow, unsere liebe Friedensstifterin hier, angeboten hat, mit mir zusammen ein neues Paar zu besorgen.«

»Nun, es war nett, Ihre Bekanntschaft gemacht zu haben, Elisabeth«, sagte Giles und schüttelte ihr erneut die Hand. »Hals- und Beinbruch für heute Abend.«

»Vielen Dank«, entgegnete sie. »Aber lieber wäre es mir, Sie wünschten mir einfach Glück. Ich halte nicht viel von diesem alten Bühnen-Aberglauben. Ich meine, wir führen eines der von irgendwelchen Spökenkiekern am meisten verschrienen Werke der Theatergeschichte auf, und bisher ist, mal abgesehen von Xanders unfreiwilligen Sabotageakten, nichts weiter passiert.«

Das Stichwort ›Bühnen-Aberglaube‹ und Fluch ließ Giles' Gedanken Purzelbäume schlagen. Kaum hatte er sich von Willow verabschiedet, hetzte er auch schon zurück zu seinen Regalen. Er benötigte einige Minuten, bis er endlich fand, wonach er suchte, denn seit vor einigen Monaten Buffy in Sunnydale aufgetaucht war, hatte er sich kaum mehr mit jenen Büchern beschäftigen können, die zum ganz normalen Bestand einer Schulbibliothek zählten.

Als etwa eine Stunde später Jenny in der Bibliothek erschien, traf sie Giles genau dort an, wo sie ihn zurückgelassen hatte – an seinem Arbeitstisch. Gleichwohl war er diesmal nicht in die Lektüre von Wälzern und Folianten vertieft, die bereits mehrere Jahrhunderte auf dem Buckel hatten; die Bücher, die jetzt vor ihm lagen, wirkten wesentlich moderner.

»Hör dir das hier mal an«, sagte er, während er eines der Bücher aufschlug. »›Aus seinem Munde nicht, hätt‹ er dazu die *Lebensregung* auch. Er gab zu ihrem *Tode* nie *Befehl*. Doch weil so schnell nach diesem *blutgen* Schlage …‹«

Während Giles auf die Wirkung seines Vortrages wartete, starrte Jenny ihn verblüfft an. Zum ersten Mal besaßen sie so etwas wie einen brauchbaren Hinweis. »Die Worte, die der geblendete Mann im Museum ständig wiederholt hat!«

»Sie stammen aus *Hamlet*!«, erklärte Giles und reichte ihr das Buch. »Aus den letzten Zeilen, die Horatio spricht. Der Mann, der am Leben blieb, um von den entsetzlichen Ereignissen Kunde zu tun.«

»Die Vorlage zu den Morden lieferten Theaterstücke?«, fragte Jenny, während sie rasch den Text überflog.

»Die vergiftete Frau stellt Hamlets Mutter dar. Die drei durch Rapierstiche verletzten Männer entsprechen Hamlet, Laertes und dem König.« Giles rieb sich die Stirn, während er sich in Gedanken bittere Vorwürfe machte, bei seinen Recherchen nicht gründlicher vorgegangen zu sein. »Wenn wir die Rapiere mitgenommen hätten, wäre uns höchstwahrscheinlich aufgefallen, dass eines von ihnen mit dem gleichen Gift getränkt war wie das, das sich in dem Kelch befand.«

»Und die Sache in der vergangenen Nacht?«

»Das war die letzte Szene aus Thornton Wilders *Unsere kleine Stadt*«, erläuterte Giles, als läge das alles völlig offensichtlich auf der Hand. »Der ganze dritte Akt dreht sich um Tote auf einem Friedhof. Sie sitzen in drei Reihen auf zwölf Stühlen. Ich begreife einfach nicht, wie ich das übersehen konnte!«

»Trotzdem, das ist alles nicht gerade typisch für Vampire«, wandte Jenny ein. Sie klappte das Buch wieder zu und legte es auf den Stapel weiterer Bühnenwerke, der sich auf Giles' Tisch türmte.

»Mag sein, aber die Geschichte vor allem des Mittelalters ist voll von obskuren Berichten und Ammenmärchen über Theatergruppen, die angeblich Tod und Verderben mit sich brachten, während sie von Stadt zu Stadt reisten.«

»Dasselbe wurde seinerzeit von umherziehenden Zigeunern und starken Frauen, die man kurzerhand zu Hexen erklärte, behauptet«, hielt sie dagegen, während sie sich neben ihn setzte. »Aber das gehört doch längst der Vergangenheit an, einer Zeit, in der Ignoranz und Unwissenheit herrschten und die Menschen grundsätzlich vor allem Angst hatten, was ihnen in irgendeiner Weise unbekannt war.«

»Stimmt«, gab ihr Giles Recht. »Und ich wäre der Letzte, der mit solch irrigem Aberglauben seine Zeit vergeuden würde, aber es fällt doch auf, dass die Morde an den gleichen Abenden geschahen, an denen auch Theateraufführungen stattfanden.«

»Und Sie glauben, die *Shakespeare Players* haben etwas damit zu tun?«

»Nein«, erwiderte Giles langsam, als schiene er selbst noch zu überlegen. »Willow war heute Nachmittag zusammen mit der Hauptdarstellerin hier. Sie machte auf mich einen relativ unverdächtigen Eindruck. Aber es muss jemand dahinter stecken, der in irgendeiner Verbindung zu dem Theaterensemble steht. Derartige Parallelen können einfach kein Zufall sein ...« Er machte eine Pause und kaute nachdenklich auf dem Bügel seiner Brille herum. »Vielleicht die Backstage-Crew. Ihre Arbeit beginnt immer erst nach den Proben, also werden sie bei Tage nicht benötigt.«

»Vampire mit Tarnexistenzen«, sagte Jenny nickend. »Lauter untote Clark Kents.«

»Heute Abend findet die letzte Vorstellung statt. Willow sagte, es gäbe anschließend noch eine große Abschlussparty für alle, die an der Aufführung mitgewirkt haben. Ich darf gar nicht daran denken, was da alles passieren kann.«

»Bevor wir aufgrund irgendwelcher zufälligen Analogien voreilige Schlüsse ziehen, sollten wir lieber zuerst die Möglichkeiten moderner Informationsmedien ausschöpfen.«

Jenny ging zum Computer-Terminal und gab den Schlüsselbegriff »Shakespeare Players« in die Suchmaschine ein. Praktischerweise besaß die Theatertruppe ihre eigene Website, die unter anderem Aufschluss über ihre Tourneedaten gab. Nachdem sie so die Termine der vergangenen Wochen und Monate eruiert hatte, brauchte Jenny nur noch in den Tageszeitungen der betreffenden Städte nach eventuell korrespondierenden Lokalnachrichten zu suchen. In weniger als einer halben Stunde hatte sie die Ergebnisse ausgedruckt.

»Okay«, sagte sie. Der Klang ihrer Stimme ließ Giles augenblicklich zwischen Regalreihen hervortreten, hinter denen er sich zurückgezogen hatte, um weitere potenzielle Mordvorlagen in der Theaterliteratur zu ermitteln. »Die Truppe ist in diesem Sommer in drei weiteren Städten aufgetreten. In jeder gab es zur gleichen Zeit diverse ungeklärte Tötungsdelikte.«

»Mordszenen?«, fragte Giles, während er einen neuen Stapel Bücher auf dem Tisch abstellte.

Jenny überflog den Computerausdruck, den sie in der

Hand hielt, und fasste einige der Fälle knapp zusammen. »Zwei junge Brüder. Ihre Mutter ist verschwunden und, soweit sich hieraus schließen lässt, bisher auch nicht wieder aufgetaucht ...«

»Medea.«

»Ein junges Liebespaar, das in einer Grabkammer gefunden wurde – er vergiftet, sie erdolcht ...«

»Romeo und Julia.«

»Eine Kreuzigungsszene ...«

Giles schaute ratlos auf den Stoß Bücher, den er sich soeben zusammengesucht hatte.

»Jesus Christ Superstar?«, schlug Jenny vor. »Wollen Sie noch mehr hören, ich hab hier noch eine ganze Reihe weiterer Mordfälle.«

»Ich schätze, wir wissen genug«, sagte Giles mit einem leichten Anflug von Genugtuung in der Stimme. »Irgendjemand aus dem Umfeld der Theatergruppe ist für all diese Gräueltaten verantwortlich.«

»Und das ist noch nicht alles.« Sie reichte ihm die Ausdrucke. »Wenn ich sagte ›eine ganze Reihe‹, so ist das vielleicht noch untertrieben. Tatsächlich handelt es sich um eine wahre Flut von irgendwie in Szene gesetzten Morden. Sie geschahen nicht nur an den drei Abenden der Aufführungen, sondern beinahe täglich, solange sich die *Shakespeare Players* in der betreffenden Stadt aufhielten.«

»Warum dann ausgerechnet in Sunnydale diese plötzliche Zurückhaltung?«, wunderte sich Giles, während er Jennys grausige Ausbeute überflog. »Man sollte meinen, dass gerade unsere Stadt wie keine andere prädestiniert ist für Schandtaten der übelsten Sorte. Rein historisch gesehen natürlich.«

»Genau das sollten wir heute Abend versuchen herauszufinden«, sagte Jenny. »Ich denke, den ersten Akt können wir uns von unseren Plätzen aus anschauen und so ein wenig unsere Theaterkenntnisse auffrischen. Solange die Vorstellung läuft, dürfte ohnehin nicht viel passieren. Ich werde zu Angel gehen und ihn bitten, sich, sobald die Sonne untergegangen ist, aufzumachen und den hinteren Bühnenbereich zu überwachen, nur für den Fall, dass sich der Typ von gestern Nacht dort herumtreibt. In der Zwischenzeit sollten Sie auf jeden Fall Willow und Xander warnen.«

»Ja, ich weiß«, erwiderte Giles. »Aber ich möchte sie nicht unbedingt in die Sache hineinziehen, wenn es nicht zwingend notwendig ist.«

»Sollten Sie Recht haben, stecken die beiden bereits bis zum Hals mit drin.«

Das überlebe ich nicht.

Rastlos tigerte Willow vor dem Theater auf und ab und befand sich alles in allem in einem Zustand, für den die Bezeichnung »aufgelöst« noch vergleichsweise milde war.

Ihr Atem ging stoßweise, ihre Gedanken rasten völlig durcheinander. Sie konnte einfach nicht glauben, was man ihr soeben mitgeteilt hatte. Eigentlich hätte es für sie ein unerwarteter Anlass zur Freude sein sollen, doch stattdessen hatte es sie eiskalt erwischt.

Dabei lief alles so gut ...

Bis vor wenigen Augenblicken hatte ihr der Ferienjob sogar richtig Spaß gemacht.

Doch bevor sie sich einem hysterischen Anfall hingeben konnte, entdeckte sie Giles. Noch ehe er sie bemerkte, rannte sie dem Wächter entgegen. In ihrem Gesicht stand das blanke Entsetzen.

»Willow, was ist passiert?«, fragte Giles alarmiert, als sie bei ihm war.

»Die totale Katastrophe«, rief sie aus. »Es ist einfach entsetzlich.«

»Vampire?«

»Nein«, erwiderte sie. »Kirsti ist nicht aufgetaucht. Sie spielt eine der drei Hexen. Wir haben schon überall herumtelefoniert, aber sie ist nirgendwo zu erreichen.«

»Und du glaubst, ihr ist etwas –«

»Ach was«, unterbrach ihn Willow. »Sie war schon die letzten beiden Wochen alles andere als verlässlich, kam ständig zu spät, hatte andauernd ihren Text vergessen.« Dann stutzte sie und schaltete einen Gang zurück. »Wie kommen Sie darauf, dass ihr etwas zugestoßen sein könnte? War doch alles relativ ruhig hier, seit Buffy nach L.A. abgedüst ist.«

Giles beschloss, den letzten Teil ihrer Rede zu ignorieren. »Aber das erklärt nicht, warum du so aufgeregt bist.«

Ist der so begriffsstutzig, oder tut er nur so?, fragte sie sich. »Ich soll für sie einspringen!«

Der Wächter schien sichtlich erleichtert. »Nun, das beantwortet natürlich auch die Frage, warum du so viel Make-up im Gesicht hast. Willow, mach dir keine Sorgen, du wirst großartig sein. Ich habe vollstes Vertrauen in dich.«

»Ich bin froh, dass es wenigstens einen gibt, der das hat«, erwiderte sie. »Giles, wie soll ich das bloß schaffen? Denken Sie doch nur mal an die Talentshow.«

»Das war etwas anderes.«

»Wieso?«

Giles geriet ein wenig in Verlegenheit. »Ähm, weil die Leute keinen Eintritt bezahlt haben?«

»Vielen Dank für die aufmunternden Worte. Sie waren schon mal einfühlsamer.«

»Willow, hör mir zu«, sagte er mit beruhigender Stimme. »Du hast dich zwei Wochen lang auf so einen Fall vorbereitet. Dir war klar, dass du, sollte er tatsächlich eintreten, auf die Bühne musst.«

»Aber ich hab doch im Leben nicht damit gerechnet –«

»Du hast mir selbst gesagt, wie viel Freude dir dieser Job hier macht. Wenn du auf der Bühne stehst, denk einfach daran, dass dir lauter neue Freunde, die du hier am Theater gefunden hast, zur Seite stehen. Und Miss Calendar und ich werden im Zuschauerraum sitzen und dir alle Daumen drücken. Es gibt nichts, wovor du dich fürchten musst.«

»Aber ich werde –«

»Großartig sein.« Väterlich legte er ihr die Hände auf die Schultern. »Schlicht und einfach großartig.«

Der ruhige Tonfall seiner Stimme zeigte schließlich Wirkung. Nicht genug zwar, um ihr Nervenflattern zu beseitigen, doch immerhin ausreichend, um sie an ihre Pflichten zu erinnern.

»Ich muss mich darum kümmern, dass sich alle bereitmachen.« Sie stutzte. »Vor allem *ich* sollte mich bereitmachen. Ich bin schon in der ersten Szene dran!«

Ohne ein weiteres Wort stürmte sie zum Bühneneingang, riss ihn auf und verschwand im Innern des Gebäudes, ließ Giles zurück, der mit gemischten Gefühlen darüber nachdachte, was er ihr alles verschwiegen hatte.

Vor dem Theater hatte sich eine kleine Menge versammelt, um auf den Beginn der letzten Vorstellung zu warten.

»Ich hab mit Angel verabredet, dass wir uns in der Pause am Bühneneingang treffen«, sagte Jenny zu Giles, als sie das Foyer betraten. »Während des ersten Aktes will er sich da irgendwo verstecken. Anscheinend gibt es hinter dem Theater einen Zugang zu dem riesigen Tunnelsystem unter der Stadt. Wahrscheinlich ist er schon dort.«

»Was erklärt, wieso sie tagsüber im Theater ungehindert ein und aus gehen konnten.«

»Haben Sie Willow und Xander Bescheid gesagt?«, fragte sie.

»Ich ... habe Xander nicht gesehen.«

»Und Willow?«

»Äh ... es gibt da eine kleine Abweichung von unserem Plan.«

»*Wie* klein!?«

»Eine der Schauspielerinnen ist nicht erschienen, und Willow muss nun ihren Part übernehmen. Sie war ein einziges Nervenbündel. Ich hielt es für keine gute Idee, die Sache für sie nur noch schlimmer zu machen.«

Nach einem kleinen Moment des Schweigens beruhigte Jenny sein schlechtes Gewissen. »Sie haben die richtige Entscheidung getroffen.«

»Danke.«

Inzwischen waren sie an ihrer Sitzreihe angelangt. Ein Platzanweiser überreichte jedem von ihnen ein Programm. Nachdem sie ihre Plätze eingenommen hatten, begann Jenny, in dem kleinen Heftchen zu blättern, in der Hoffnung, möglicherweise auf irgendwelche brauchbaren Anhaltspunkte zu stoßen, während Giles' Gedanken von Willow über Xander zu dem ahnungslosen Publikum im Zuschauerraum wanderten, das einem erbaulichen Shakespeare-Abend entgegensah.

Wie viele von diesen Leuten haben sie wohl vor zu töten?, fragte sich der Wächter. Und wie halten wir sie auf, bevor sie ihren Plan in die Tat umsetzen können?

»Ich glaube, ich hab hier was gefunden«, riss Jennys Stimme ihn aus seinen sorgenvollen Gedanken.

»Was?«, fragte er flüsternd, da sich um sie herum zahlreiche Zuschauer in unmittelbarer Hörweite befanden.

Die Bühnencrew besteht aus sieben Leuten«, erwiderte sie ebenso leise. »Ohne Willow und Xander macht das fünf. Und genau so viele ... Leute ... hat Angel gestern Nacht gesehen.«

»Ich schätze, das ist der letzte Beweis«, sagte Giles. »Es ist die komplette Crew.«

Im Zuschauersaal erloschen langsam die Lichter.

»Einer von uns muss noch mal raus und Angel Bescheid sagen«, wisperte sie drängend.

»Solange die Vorstellung läuft, kann nichts passieren. Sie werden warten, bis der Schlussvorhang fällt.«

»Was macht Sie da so sicher?«

»Wir sind hier im Theater. Sie würden niemals etwas tun, was den reibungslosen Ablauf der Vorstellung stört.«

Der Vorhang öffnete sich, und dort stand Willow. Sie hatte der Tragödie allerersten Satz zu sprechen.

Giles konnte die Anspannung, unter der sie stand, nicht nur deutlich sehen, sondern geradezu spüren. Starr wie das Kaninchen vor der Schlange stand sie auf der Bühne, und das Schauspiel würde nicht eher beginnen, als dass sie ihren Text gesprochen hatte.

In die erwartungsvolle Stille hinein, die das leise Raunen des Publikums abgelöst hatte, ertönte von hinter der Bühne ein lautes Krachen. Giles war sich nicht sicher, ob es zum Stück gehörte, oder ob vielleicht irgendetwas umgekippt war. Doch wie auch immer, der plötzliche Knall, der so manche schreckhafte Natur unter den Zuschauern jäh zusammenzucken ließ, riss Willow aus ihrer Erstarrung.

»W-w-wann kommen wir d-d-drei uns wieder entgegen, im Blitz und D-d-donner, oder im Regen?«

Nachdem er sich nach Einbruch der Dunkelheit durch ein offenes Fenster Zugang in das Theater verschafft hatte, fand sich Angel nun, nach einigen Umwegen, auf der Laufplanke wieder, die in knapp zehn Metern Höhe die Bühne überspannte.

Soweit er es von seinem erhöhten Standort aus beurteilen konnte, schien der erste Akt ganz hervorragend zu laufen. Wenn sie nicht gerade auf der Bühne zu tun hatten, lungerten die Schauspieler im Künstlerbereich seitlich des Hauptvorhangs herum oder zogen sich bis zum nächsten Auftritt in ihre Garderoben zurück. Die Einzigen, die unablässig hin und her hasteten und eine gewisse Ruhelosigkeit an den Tag legten, waren die Leute von der Stammbelegschaft.

Er kam nicht umhin zu bemerken, dass sie komplett in Schwarz gekleidet waren, ebenso wie die Vampire, die er in der vergangenen Nacht beobachtet hatte. Obwohl das nicht weiter ungewöhnlich sein mochte für Leute, die am Theater arbeiteten. Durchaus ungewöhnlich zu nennen war indes der Geruch nach Tod, der sie umgab. Angel roch einen anderen Vampir drei Meilen gegen den Wind, und von dort unten stieg ein Duft zu ihm auf, als wäre er gleich über ein ganzes Nest von ihnen gestolpert.

Unter normalen Umständen hätte ihm die Dunkelheit, in die er hinabblickte, nichts ausgemacht, doch das übliche Chaos, das während einer Aufführung hinter den Kulissen herrschte, in Verbindung mit der ungewohnten Perspektive, aus der heraus seine Überwachung stattfand, machten es einigermaßen schwierig, einen adäquaten Überblick zu erlangen. Ab und an sah er Willow oder Xander zwischen irgendwelchen Kisten und Gerätschaften umherhuschen, und auch wenn sie nicht direkt in seine Richtung schauten, zog er sich doch jedes Mal, wenn sie in Sicht kamen, reflexartig ein paar Zentimeter zurück.

Als das Stück allmählich auf die Pause zusteuerte, fand Angel es an der Zeit, sich ein wenig umzusehen. Er nahm an, dass in dieser Phase der Aufführung alle viel zu sehr mit ihren eigenen Aufgaben beschäftigt sein würden, um ihn zu bemerken.

Vorsichtig, um nicht doch zufällig entdeckt zu werden, wandte sich Angel dem linken Bereich hinter der Bühne zu, der im Moment den am wenigsten bevölkerten Teil des Theaters darstellte. Den Schildern an der Wand nach zu schließen gelangte man von hier aus ins Kostümlager, in die Maske und in den Equipment-Raum. Die Türen standen allesamt sperrangelweit offen und waren eingehakt, wohl um zu verhindern, dass eine von ihnen während der Aufführung mit lautem Knall zuschlug. Im Kostümlager konnte

Angel eine Näherin erkennen, die an einem Kleid zu arbeiten schien. Leise schlich er an dem Raum vorbei.

Sodann huschte er schattengleich durch die nächste Tür in die Maske. Zahllose Schminktiegel reihten sich in einem Regal an der Längsseite des Raumes aneinander, während sich auf einer an der gegenüberliegenden Wand angebrachten Ablage Dutzende von Haarbürsten und Pinseln befanden. Die Kopfwand wurde komplett von einem Frisiertisch mit Spiegel und Waschbecken eingenommen.

Dieser Raum bot nicht das geringste Versteck. Gerade als Angel sich umwandte, um seine Exkursion fortzusetzen, drangen aus dem nächsten Zimmer wütende Stimmen an sein Ohr, nur mühsam zu einem Flüstern gedämpft. Zuerst konnte er nichts von dem, was gesagt wurde, verstehen, doch dann traten die Streitenden hinaus auf den Flur.

»Ich fass es einfach nicht, wie du einen derartigen Schlamassel anrichten konntest«, raunte eine männliche Stimme, die Angel bekannt vorkam.

Er drückte sich eng an die Wand neben dem Durchgang zum Flur und hoffte, dass niemand auf die Idee kam, einen Blick in die Maske zu werfen.

»Ich konnte nicht anders«, zischte eine Frauenstimme zurück.

»Du hättest vor dem Ende der Vorstellung nicht zuschlagen sollen.«

»Ich hab's ganz einfach gebraucht, Sam.« Zumindest hatte der Mann nun einen Namen. »Xander hat diese Produktion dermaßen durcheinander gebracht, dass mir schlichtweg die Kraft dazu fehlte, noch länger zu warten. Die ganze Woche über haben wir fast nichts anderes getan, als den ganzen

Murks, den er verzapft hat, irgendwie wieder in Ordnung zu bringen.«

»Ich hätte ihn am besten letzte Woche gleich gefeuert, aber keine Angst, sobald die Aufführung vorbei ist, schaffen wir ihn uns vom Hals«, sagte Sam. »Obwohl ich ernsthaft darüber nachdenke, ob wir Willow nicht zu einem ständigen Mitglied der Crew machen sollten.«

»Sie hat wirklich hervorragende Arbeit geleistet.«

»Apropos, ich muss rüber in die Regie und Willow die restlichen Stichworte geben, damit sie ihre Einsätze nicht verpasst.«

»Ich sollte auch zusehen, dass ich wieder in die Beleuchtung komme«, sagte die Frau. »Wir sehen uns dann nach der Vorstellung.«

Angel hörte, wie einer der beiden leise eine Tür zuzog und den Schlüssel herumdrehte, was ihm einigermaßen befremdlich erschien.

Als sich ihre Schritte von der Maske entfernten, spähte Angel vorsichtig um die Ecke des Durchgangs und fand seinen Verdacht bestätigt. Obschon sowohl der Mann als auch die Frau ihm den Rücken zuwandten, reichte ein einziger Blick aus. Das stümperhaft schwarz gefärbte Haar des Regisseurs entlarvte ihn als eben jenen Vampir, der Angel auf dem Friedhof angegriffen hatte.

Als die beiden fort waren, beschloss Angel, noch einen Blick in den nächsten Raum zu werfen. Das altersschwache Türschloss hielt seiner übermenschlichen Kraft nicht lange stand; ein jäher Ruck, und es sprang auf. Kaum war dieses Hindernis beseitigt, sah sich Angel vor die Frage gestellt, von welchem Schlamassel Sam denn eigentlich gesprochen hatte.

Der Equipment-Raum war nichts weiter als ein Lager, in dem in erster Linie Lampen und Scheinwerfer nebst Zubehör aufbewahrt wurden. Und darüber hinaus bot er ein vorbildliches Beispiel der Effizienz städtischer Bühnen. Die Ersatzscheinwerfer hingen ordentlich nebeneinander an der Wand und direkt unter ihnen und über große Metallhaken geschlungen, die dazugehörigen Kabel. Doch dann bemerkte er eine Ausbuchtung in dem Vorhang aus dicken Strippen, und als er sie beiseite zog, sackte ihm der leblose Körper einer Frau in den Arm. An ihrem Hals befanden sich zwei kleine, punktförmige Wunden.

Hinter ihm brandete Beifall auf und verkündete, dass soeben der erste Akt von *Macbeth* vorüber war.

Als die Saallichter aufflammten, stellten Giles und Jenny zu ihrer Bestürzung fest, dass sämtliche Zugänge, durch die man hinter die Bühne gelangte, von hauseigenen Türstehern versperrt waren, was bedeutete, dass sie sich nun einen anderen Weg suchen mussten.

Nachdem sie sich durch die dichte Menschenmenge nach draußen gekämpft hatten, war die Hälfte der Pause beinahe schon um. Und sie hatten noch kein einziges Wort mit Angel gewechselt. Fast im Laufschritt bogen sie um die hintere Ecke des Theaters und waren heilfroh, als sie ihn am Bühneneingang stehen sahen, wo er sie, eine Schulter gegen die Tür gelehnt, um sie am Zuschlagen zu hindern, bereits ungeduldig erwartete. Er zerrte die beiden förmlich hinein und ließ die Tür hinter sich ins Schloss fallen.

»Es ist die Stammbelegschaft«, sagte Giles.

»Ich weiß«, erwiderte Angel. »Soweit ich es beurteilen kann, sind es fünf.«

»Ja«, bestätigte Jenny und deutete auf ihr Programm. »Kostüme, Requisite, technische Leitung, Beleuchtung und der Regisseur.«

»Er ist der Typ, mit dem ich gestern Nacht aneinander geraten bin«, sagte Angel, nahm ihr das Programmheft aus der Hand und warf einen Blick auf die Namenliste. »Ich hätte beinahe schon wieder einen kleinen Zusammenstoß mit ihm gehabt, mit ihm und, ich schätze ... der Beleuchterin, Amy.«

»Wie wird man mit fünf Vampiren fertig, wenn überall unschuldige Leute herumschwirren?«, fragte Giles.

»Separieren und außer Gefecht setzen«, schlug Angel vor.

»Können wir nicht bis nach der Vorstellung warten?«, fragte Jenny.

»Keine Zeit«, sagte Angel. »Sobald der Vorhang fällt, knöpfen sie sich Xander vor. Und wenn ich das richtig verstanden habe, wollen sie anschließend Willow zu einer der Ihren machen.«

Als hätten sie bloß auf ihr Stichwort gewartet, tauchten plötzlich Willow und Xander neben ihnen auf.

»Hi, Leute!«, riefen sie wie aus einem Munde.

»Was macht ihr denn hier?«, entfuhr es Giles.

»Es wird von uns erwartet, dass wir hier sind, Eindringling«, gab Xander trocken zurück. »Aber wie steht's mit *Ihnen*?«

»Seid ihr etwa gekommen, um uns Glück zu wünschen?«, fragte Willow. »Weil, das solltet ihr nämlich lieber nicht tun. Es bringt Unglück, wenn man sich im Theater Glück wünscht. Ich fürchte, ich bin da nicht ganz so abgeklärt wie

Elisabeth. Zumindest seit man mir gesagt hat, dass ich heute Abend raus auf die Bühne muss.«

»Hört lieber auf Fräulein Hokuspokus, bitte«, sagte Xander und stieß die Hände in die Taschen. »Ich hab sowieso schon genug Pech. Mehr kann ich wirklich nicht brauchen.«

»Xander, du machst deine Sache doch großartig«, versicherte ihm Willow.

»Und genau das ist der Grund, warum wir hinter die Bühne gekommen sind«, griff Giles geistesgegenwärtig nach dem Rettungsring, der sich ihm bot. »Um euch zu sagen, wie fabelhaft ihr beide euch macht.«

»Willow, du gibst eine wunderbare Hexe ab«, sagte Jenny und blies in das gleiche Horn.

Alle schauten auf Angel.

»Und ... Xander ... die Szenenwechsel sind ... richtig schön reibungslos«, lobte der Vampir.

»Vielen, vielen Dank, aber jetzt müsst ihr wieder zurück auf eure Plätze«, sagte Willow, während sie ihr Hexenkostüm in Form zog, das für eine Schauspielerin maßgeschneidert war, die mindestens zwanzig Zentimeter größer war als sie. »Der zweite Akt fängt gleich an.«

»Nun, dann, für alle Fälle«, sagte Giles. »Hals- und Beinbruch, ihr zwei.«

»Vorsicht, beschreien Sie's nicht«, warnte Xander, der Unheilsprophet.

Giles, Angel und Jenny verließen das Theater durch den Bühneneingang, nicht ohne jedoch darauf zu achten, dass die Tür einen kleinen Spalt breit offen blieb.

»Xander«, hörte Giles Willow in leicht ungehaltenem Tonfall sagen, »du musst aufhören, alles so negativ zu sehen.«

»Fünf Sekunden nachdem der erste Akt begonnen hatte, hab ich schon den kompletten Tisch mit den Requisiten umgerannt.«

»Ich bin sicher, niemand hat es bemerkt«, beruhigte sie ihn wenig überzeugend.

»Will, ich bin eine totale Niete in diesem Job«, erwiderte er. »Die Aufgaben, die sie mir geben, sind ohnehin schon die reinste Beschäftigungstherapie, und selbst dabei bau ich noch Scheiße. Eigentlich sind Sommerferien dazu da, um sich von dem Alptraum Highschool zu erholen. Und jetzt steh ich hier und bin schon wieder der Idiot. Ich hab es wirklich satt, immer die Witzfigur zu sein. Ein einziges Mal nur wär ich gern der Held ...«

Giles wartete, bis Willows und Xanders Stimmen verklungen waren, öffnete sodann vorsichtig die Tür und winkte Jenny und Angel wieder hinein. Leise, damit niemand sie bemerkte, schlichen sie sich unter Angels Führung in einen Bereich der Bühne, wo sie relativ ungestört ihr weiteres Vorgehen planen konnten. Als sie im Equipment-Raum angekommen waren, hörten sie von der Bühne her, kaum wahrnehmbar und wie ein fernes Raunen, die ersten Zeilen des zweiten Akts.

»Auf der anderen Seite der Bühne befinden sich die Künstlergarderoben«, erklärte Angel und entrollte einen Grundriss des Theaters, auf dem sämtliche Anschlüsse und Verkabelungen eingezeichnet waren. Er wies mit dem Finger auf den hinteren Bereich der Bühne. »Solange die Vorstellung läuft, dürften sie sicher sein. Ich glaube nicht, dass vorher irgendetwas passiert. Es gibt Backstage zwei Sektionen, die durch Vorhänge abgetrennt sind. Hinter dem größeren befinden sich die

Kulissen für die Aufführung, hinter dem kleineren der Tisch mit den Requisiten. Und dann sind hier links und rechts von der Bühne noch zwei kleinere Kabinen.«

»Wir haben sie vom Zuschauerraum aus gesehen«, sagte Giles.

»Die auf der rechten Seite ist für die Beleuchtung. Ich hab Amy während des ersten Aktes darin erkannt. In der Kabine links von der Bühne sitzt der Regisseur. Willow ist den ganzen Abend über mit ihm dort rein und raus gerannt.«

»Was ist mit den anderen?«, fragte Giles.

»Am Kostümlager sind wir gerade vorbeigekommen. Ich nehme an, die Kostümbildnerin ist im Augenblick in den Künstlergarderoben, aber es ist gut möglich, dass sie während des zweiten Akts hierher zurückkehrt, um Kleider auszubessern. Den ersten Akt über war sie auch die meiste Zeit in dem Klamottendepot. Dann hätten wir da noch die beiden Bühnenarbeiter. Der eine ist für die Kulissen zuständig, der andere für den Kleinkram. Xander macht zwischen beiden den Springer.«

»Ich würde vorschlagen, wir nehmen uns zuerst die Kostümbildnerin und die nette Dame in der Beleuchtung vor«, sagte Giles. »Sie sollten am ehesten aus dem Weg zu räumen sein, ohne dass irgendjemand etwas davon mitbekommt. Dann schnappen wir uns die beiden Bühnenarbeiter und zu guter Letzt den Regisseur.«

»Ich übernehme die Beleuchterin und den Kulissenfuzzi«, sagte Angel.

»Was bedeutet, dass ich und Giles uns um die Kostümbildnerin und den Requisiteur kümmern.« Jenny nickte zustimmend.

»Anschließend treffen wir uns am Bühneneingang und überlegen gemeinsam, wie wir den Regisseur von Willow weglotsen«, sagte Giles.

Nachdem die ersten Schritte in groben Zügen abgesprochen waren, brach Angel auf, um sich zur Beleuchterkabine zu begeben. Als er an dem Kostümlager vorbeikam, bedeutete er Giles und Jenny mit einer knappen Geste, dass die Luft dort nach wie vor rein war. Dann wandte er sich wieder seiner eigenen Mission zu und war im nächsten Moment verschwunden.

Giles schloss leise die Tür des Equipment-Raums und machte sich mit Jenny daran, die Einzelheiten ihres Plans auszuarbeiten.

»Ich denke, es ist ratsam, wenn wir ein paar Minuten verstreichen lassen, bevor wir den Raum verlassen«, sagte er und schaute sich gleichzeitig nach irgendwelchen brauchbaren Waffen um. Bei all den Kabeln, Bühnenscheinwerfern und Werkzeugen verschiedenster Art fiel die Entscheidung nicht leicht. Während er suchend umherblickte, entdeckte er auch die tote Frau, die immer noch aus glasigen Augen zwischen den Kabelsträngen hervorstarrte.

»Wir könnten uns doch auch ins Kostümlager schleichen und dort auf sie warten?«, schlug Jenny vor.

»Wenn wir jetzt rausgehen, wäre es möglich, dass wir ihr direkt in die Arme laufen«, widersprach Giles. Geflissentlich ließ er das Gesicht der gemeuchelten Schauspielerin wieder hinter ein paar Kabeln verschwinden. Braucht ja niemand zu wissen, dass wir hier waren, dachte er.

»Na ja, nur gut, dass ich meinen praktischen Ausgehpflock dabei hab«, sagte Jenny und hielt ihr Handtäschchen hoch. »Was meinen Sie, wie kriegen wir die Kostümbildnerin am besten aus dem Theater raus?«

»Ich würde sagen, am einfachsten wäre es, wenn wir so tun, als hätten wir uns verlaufen, und sie dann am Bühneneingang beim Schlafitt-«

Die Tür flog auf und schnitt Giles das Wort ab.

»Vielleicht kann ich Ihnen helfen, ein wenig Zeit zu sparen«, sagte die Kostümbildnerin, die plötzlich in der Tür stand und hämisch grinste. »Immerhin bin *ich* es, um deren Ableben es hier geht. Ein kleiner Tipp von mir, falls Sie wieder einmal irgendjemandes Ermordung planen: Tun Sie's nicht in einem Raum, dessen Tür alle Anzeichen eines gewaltsamen Eindringens aufweist. Sie laden die Leute ja förmlich ein, einzutreten und nach dem Rechten zu schauen.«

Die weichen Züge der Kostümbildnerin wichen beinahe übergangslos der zähnefletschenden Fratze eines Vampirs.

»Xander!«, drang Elisabeths eindringliches Flüstern auf den Gang hinaus, als Xander, Macbeths Krone auf dem Kopf, an ihrer Garderobentür vorüberging.

Als er in die Umkleide trat, um dem Ruf der Lady Folge zu leisten, stellte er fest, dass sie in Unterwäsche dastand.

Nicht hingucken. Nicht hingucken. Nicht hingucken, zwang er sich.

»Ähm ... kann ich ... dir irgendwie helfen?«, fragte Xander, überall hinschauend, bloß nicht auf sie.

»Stimmt was nicht?«

»Äh ... nein, nein, alles in Ordnung«, erwiderte Xander und wurde puterrot im Gesicht.

»Xander, sieh mich gefälligst an«, sagte sie. »In Theatergarderoben ist kein Platz für verklemmtes Getue. Ich brauche deine Hilfe.«

Er hob den Kopf und schaute ihr direkt in die Augen. »Was soll ich tun?«

»Brenee wollte mir das Nachthemd für meine letzte Szene holen, aber sie kommt und kommt einfach nicht zurück«, erklärte sie ihm. »Du musst los und nachsehen, wo sie abgeblieben ist. *Schnell!*«

»Roger«, sagte er und zischte wie ein geölter Blitz aus der Garderobe.

Xander hastete so lautlos wie möglich den Gang entlang, eilte an dem Künstlerbereich neben dem Vorhang vorbei und schlug sich hinter den Kulissen auf die andere Seite des Theaters. Auf der Bühne wurden soeben Lady Macduff und ihr kleiner Stammhalter umgebracht. Irgendwo hörte er schon wieder eine Stimme mit Nachdruck seinen Namen flüstern.

»Xander, wo ist die Krone?« Die Stimme gehörte Mel, dem Requisiteur.

Augenblicklich änderte Xander seinen Kurs und steuerte den kleinen Vorhang an, hinter dem der Tisch mit den Requisiten stand. Auf Ruhm und Reich großzügig verzichtend, händigte er Mel die Königskrone aus.

»Vergiss nicht, den Mördern die Dolche wieder abzunehmen, sobald sie von der Bühne kommen«, erinnerte ihn der Requisiteur.

»Bin schon unterwegs«, stieß Xander hervor.

Er machte kehrt, fing die mörderische Bande ab, schnappte sich ihre Dolche und hetzte sogleich wieder in Richtung Kostümlager davon.

Unterwegs vernahm er abermals seinen vermaledeiten Namen, den er ganz bestimmt irgendwann einmal ändern lassen würde. Diesmal war es Willow, die ihn rief.

»Was?«, flüsterte er zurück.

»Sam möchte, dass du beim nächsten Bühnenbildwechsel mit anpackst. Es dauert zu lange, wenn Carl alles allein machen muss.«

»Geht klar.«

Im Kostümlager war Brenee nirgends zu sehen. Nach einigen verzweifelten Sekunden, in denen er in irgendwelchen Kleidern herumwühlte, fand er schließlich das Nachthemd.

Auf dem Rückweg zu Elisabeths Garderobe machte er einen kurzen Zwischenstopp am Requisitentisch und lieferte die Dolche ab.

»Wo willst du denn hin?«, fragte ihn der Requisiteur, als er gleich wieder durchstarten wollte.

»Kostümnotfall«, erklärte Xander und hielt das Nachthemd hoch.

»Okay, aber komm sofort wieder zurück«, sagte Mel. »Ich brauch dich hier bei den Fahnen für die Schlachtfeldszene.«

»Ich muss danach aber beim Bühnenbildwechsel helfen.«

»Dann solltest du dich aber beeilen mit dem Kostüm. Die Szene, die gerade läuft, ist nämlich gleich zu Ende.«

Und abermals war Xander fort wie der Wind.

»Warum hat das denn so lange gedauert?«, empfing ihn Elisabeth. »Ach, was soll's. Wo steckt Brenee?«

»Keine Ahnung, aber hier ist das Nachthemd.«

Er wandte sich um und wollte gleich wieder los.

»Warte. Du musst mir beim Anziehen helfen.«

»Aber ich werde beim Umbau für die nächste Szene gebraucht –«

»Wenn ich dieses Ding nicht anbekomme«, sagte sie, »wird es, Umbau hin oder her, gar keine nächste Szene geben.«

»Ein Punkt für dich.«

Sie schlüpfte in das Nachthemd, und Xander fiel die mühevolle Aufgabe zu, eine absolut lächerliche Anzahl Knöpfe, die sich auf der Rückenpartie des Nachtgewandes befanden, durch die entsprechenden Löcher zu schieben.

Na großartig, dachte er, da darf ich schon mal einer Frau mit ihren Klamotten helfen, und ich arme Sau zieh sie ihr an anstatt aus.

Etwa zur gleichen Zeit, als Xander sich auf der Suche nach ihr befand, hielt die Kostümbildnerin im Equipment-Raum Giles und Jenny auf Trab.

Sie eröffnete den Kampf damit, dass sie Giles einen schweren Bühnenscheinwerfer an den Kopf warf, was den Bibliothekar zunächst einmal auf die Bretter schickte. Daraufhin sprang Brenee unverzüglich Jenny an die Gurgel.

Der Angriff erfolgte derartig schnell, dass Jenny nicht die geringste Chance hatte, sich irgendetwas zu greifen, womit sie sich zur Wehr setzen konnte, noch viel weniger, ihren Pflock aus der Handtasche zu ziehen. Während sie verzweifelt versuchte, sich aus Brenees Würgegriff zu befreien, konnte sie spüren, wie sich ihre Halsmuskulatur verkrampfte, während die Untote ihr immer fester die Kehle zudrückte. Als Jenny schon glaubte, ersticken zu müssen, riss

Brenee ihr den Kopf zur Seite und verschaffte sich damit freien Zugang zu ihrem Hals.

»Ich weiß zwar nicht, wer Sie sind«, knurrte die Kostümbildnerin. »Aber seien Sie versichert, es ist mir völlig egal.«

Als Brenees Vampirzähne beinahe schon Jennys Hals berührten, schaffte Giles es endlich, den widerspenstigen Scheinwerfer, der mit erdrückender Last auf ihm lag, wieder loszuwerden. Er sprang auf, schnappte sich mannhaft eines der Kabel, die an der Wand hingen, packte es und schlang es der Theaterfrau von hinten um den Hals.

Fauchend schlug die Kostümbildnerin um sich, doch Giles hielt sie unbarmherzig fest. In der nächsten Sekunde hatte Jenny ihren Pflock in der Hand und stieß ihn der Vampirin mitten ins Herz.

»Nummer eins«, konstatierte sie.

Praktischerweise hatte man in diesem Theater bei der Beleuchterkabine auf eine Tür verzichtet, sodass Angel die Beleuchterin problemlos dabei beobachten konnte, wie sie am Reglerpult stand und ihrer Arbeit nachging. Amy saß mit dem Rücken zu ihm, was den Überraschungsangriff, zu dem er sich entschlossen hatte, wesentlich vereinfachte.

Dennoch musste Angel mehr als schnell sein, denn an einem ihrer Ohren war ein Headset befestigt und es bestand immerhin die Gefahr, dass sie es noch schaffte, die anderen zu warnen. Zum Glück stand der Mikrobügel in einem Winkel von ihrem Mund ab, der darauf schließen ließ, dass sie im Augenblick mit niemandem sprach. Ein rascher, kräftiger Stoß mit dem Pflock von hinten in die Brust, und sie war Geschichte.

»Ich kann dich zwar nicht in der Glasscheibe hier vor mir sehen«, zischte die Beleuchterin, »aber die kleine Lampe hinter dir wirft deinen Schatten auf mein Pult.«

Im nächsten Moment riss sie sich das Headset vom Kopf, sprang von ihrem Stuhl auf und blitzte Angel aus funkelnden Augen an.

»Gute Beobachtungsgabe«, gab Angel unumwunden zu.

»Kommt von meinem Job«, erwiderte sie. »Du musst der Kerl sein, mit dem Sam letzte Nacht dieses kleine Scharmützel hatte.«

»Schuldig«, gab Angel trocken zurück. »Es war ein Fehler, das Headset abzulegen, ohne vorher Verstärkung zu rufen.«

»Ich schätze, mit dir werde ich allein fertig.«

»Sollten wir das nicht besser draußen regeln?«, fragte Angel, dem die Beleuchterkabine für einen offenen Kampf ein wenig zu beengt erschien.

»Lieber nicht. Ich möchte ungern meinen nächsten Einsatz verpassen. Eine Bitte hätte ich allerdings.«

»Welche?«

»Da draußen auf der anderen Seite der Glasscheibe sitzen 'ne Menge Leute, die sich auf einen schönen Abend im Theater gefreut haben. Könnten wir die Angelegenheit erledigen, ohne allzu viel Krach zu machen?«

»Natür-«

Angel hatte das Wort noch nicht ausgesprochen, da hatte er bereits ihre Faust im Gesicht. Der Angriff kam so unerwartet, dass er seinen Pflock fallen ließ.

Solchermaßen seiner Waffe beraubt, konterte er mit einem Hagel von kurzen Hieben direkt in die Magengrube der Frau.

Sie schwenkte nach rechts und holte zu einem linken Haken aus, den er wiederum mit dem Arm parierte.

Wie zwei Boxer im Ring begannen die beiden sich sodann zu umkreisen und jeder lauerte auf eine Lücke in der Abwehr des anderen.

Diesmal versuchte es Angel mit einem Tritt in ihr Gesicht.

Amy taumelte einen Schritt zurück, bevor sie erneut in die Offensive ging und ihn mit einigen Gesicht-Magen-Rippen-Kombinationen beharkte.

Und genau das wurde ihr zum Verhängnis. Langsam wich sie zurück, als würde er von ihr in seine Ecke geprügelt, bewegte sich Angel immer weiter auf die Verteilertafel zu, die neben dem Kabineneingang an der Wand angebracht war. Ein paar offene Drähte ragten aus den Kabelanschlussstellen heraus, von wo aus die Scheinwerferpalette über der Bühne mit Strom versorgt wurde. Als Angel sie nahe genug herangelockt hatte, machte er einen letzten Ausfallschritt nach hinten, wirbelte herum und trat so heftig gegen ihre Hüfte, dass sie haltlos gegen den Verteilerkasten fiel. Der Stromschlag, der sie traf, reichte aus, um ihr für wenige Sekunden die Besinnung zu rauben – genug Zeit für Angel, die Sache hinter sich zu bringen.

Mit einem Satz war er bei seinem Pflock, und mit dem nächsten rammte er ihn der Beleuchterin ins Herz.

Auf der Bühne sah man nur ein kurzes Flackern, dann brannten die Scheinwerfer so hell wie zuvor. Dennoch blieb der seltsame und nicht vorgesehene Lichteffekt in der Regie nicht unbemerkt.

»Was geht denn da wieder vor?«, fragte Sam. »Ich kann

Amy über Headset nicht erreichen. Willow, sieh doch mal nach, was da los ist.«

»Schon unterwegs.«

»Und nimm ein anderes Headset mit, nur für den Fall, dass Amys hinüber ist.«

Willow tat wie ihr geheißen und eilte hinaus.

Als Giles und Jenny um den Vorhang vor dem Requisitentisch spähten, kamen sie nicht umhin, sich über die schier unglaubliche Menge von Waffen zu wundern, die hier hinten gebunkert waren. Leise zogen sie sich an das andere Ende des Vorhangs zurück.

»Mir ist niemals klar gewesen, wie gewalttätig dieses Stück eigentlich ist«, flüsterte Jenny.

»Ein Vampir an sich ist schon schlimm«, erwiderte Giles mit ebenfalls gedämpfter Stimme. »Aber wenn er auch noch über ein ganzes Waffenarsenal verfügt, könnte das zu einem echten Problem für uns werden. Es ist ziemlich riskant, einfach so an ihn heranzutreten.«

»Ich hab 'ne Idee«, sagte Jenny. »Ich lenk ihn ab, und Sie machen ihn fertig.«

Ohne eine weitere Erklärung schritt Jenny um den Vorhang herum und sah sich dem Herrn über Dolche und Schwerter gegenüber, der sich soeben über seinen Tisch voller Theaterrequisiten beugte.

»Verzeihen Sie«, sagte sie mit der verführerischsten Stimme, die sie aufbringen konnte. »Ich fürchte, ich hab mich ein kleines bisschen verlaufen.«

»Hier ist Zutritt verboten«, klärte er sie schroff auf.

»Ich weiß«, säuselte sie und trat ein wenig näher an ihn

heran, »aber ich konnte einfach nicht widerstehen. Das alles ist so aufregend. Ich bin noch niemals hinter einer richtigen Theaterbühne gewesen.«

Sie schenkte ihm ein bezauberndes Lächeln, ließ ihr glänzendes Haar wie zufällig weit in den Nacken fallen.

»Mag ja sein, Miss, leider muss ich Sie trotzdem bitten, wieder zu gehen«, sagte er und trat auf sie zu. »Wir sind mitten in einer Aufführung.«

»Sind Sie für *alle* diese Requisiten verantwortlich?«, fragte sie ihn, während sie sich mit der Hand über den Nacken strich, ohne irgendwelche Anstalten zu machen, seiner Aufforderung Folge zu leisten.

»Ja, Miss –«

»Jenny.«

Ihr Lächeln wurde noch eine winzige Spur verlockender.

Mit leicht geöffneten Lippen starrte der Mann auf ihren Hals.

»Jenny«, sagte er und schien sich allmählich für sie zu erwärmen. »Ja, ich bin hier für die Requisiten zuständig.«

»Wie viele das sind«, sagte sie bewundernd. »Wie schaffen Sie es bloß, da noch den Überblick zu behalten?«

»Na ja, es ist nicht immer ganz einfach –«

Jetzt hab ich dich.

»– aber ich schaff's«, fuhr er fort. »Außerdem hab ich ja immer noch meinen Mitarbeiterstab.«

Während Jenny ihm weiter ein Kompliment nach dem anderen machte, schlich Giles sich von hinten an den Vampir-Requisiteur mit dem Intellekt eines Neandertalers heran und nahm in einem Anflug von schwarzem Humor einen der Mordbubendolche vom Tisch.

»Sie haben bestimmt einen ziemlich großen Mitarbeiterstab«, sagte Jenny, wohl wissend, dass Xander das einzige Mitglied des *Mitarbeiterstabes* war, über den er verfügte.

Der Vampir war völlig auf Jennys Hals fixiert, als Giles ihm den Dolch in den Rücken bohrte.

Die Gummiklinge bog sich kümmerlich durch.

Jäh fuhr der Requisiteur herum, um zu sehen, wer die Frechheit besaß, ihm dergestalt in den Rücken zu fallen. Im selben Moment zog Jenny ihren Pflock und beendete den Job.

Als Willow in der Beleuchterkabine ankam, war weit und breit niemand zu sehen.

»Kein Mensch da«, sprach sie in ihr Headset. »Sieht aus, als wär in der Verteilertafel irgendein Kabel durchgeschmort.«

»Okay, wir brauchen Einstellung dreiundsiebzig«, sagte Sam. »Vorher fangen die Schauspieler mit der Szene nicht an.«

Hektisch ließ Willow ihren Blick über das Reglerpult fliegen. Sie fand die Lichttechnik zwar nach wie vor in höchstem Maße verwirrend, doch Amy hatte ihr in der vergangenen Woche zumindest die Basics gezeigt. Vorsichtig schob sie schließlich einen der Regler einige Zentimeter nach vorn, und über der Bühne flammten sämtliche Scheinwerfer auf.

»Das ist nicht Einstellung dreiundsiebzig«, hörte sie Sams mühsam beherrschte Stimme in ihrem Ohr.

»Mehr geht nicht«, gab sie zurück. »Ich fürchte, wir müssen uns für den Rest der Vorstellung mit Licht aus oder an begnügen. Wahrscheinlich ist Amy schon irgendwo da oben und versucht, den Schaden zu beheben.«

»Verdammt, warum hat sie nicht wenigstens mal Bescheid gesagt?«, fluchte Sam.

»Soll ich hier bleiben?«, fragte Willow.

»Nein«, erwiderte er. »Sag Xander, er soll übernehmen. Dann versuch Amy zu finden und frag sie, ob sie Hilfe braucht.«

»Geht in Ordnung«, sagte Willow und war bereits aus der Beleuchterkabine heraus.

Es dauerte nicht lange, da hatte sie Xander gefunden, der ratlos vor den Requisiten stand und mit irrem Blick auf den Tisch hinabsah.

»Du musst mir helfen«, platzten sie wie aus einem Munde heraus.

»Du zuerst«, sagte Willow.

»Mel ist verschwunden, und diese blöden Fahnen hier müssen zu Beginn der nächsten Szene auf der linken und rechten Seite der Bühne wehen. Ich kann doch nicht überall gleichzeitig sein!«

»Er ist nicht der Einzige, der vermisst wird.« Rasch klärte sie ihn über das Malheur in der Beleuchtung auf.

»Vielleicht hilft Mel ihr beim Reparieren«, vermutete Xander.

»Aber er hätte doch niemals seine Requisiten allein gelassen, ohne dir vorher irgendwelche Instruktionen zu geben.«

»Es muss passiert sein, als ich beim letzten Umbau auf der Bühne war«, meinte Xander. Im selben Moment sah er Elisabeth von der Bühne kommen. »Und genau da muss ich jetzt *wieder* hin. Los, schnapp dir das Zeugs hier!« Er klaubte einen Stoß Fahnen zusammen und drückte sie Willow in den Arm. Sie rannte zur linken Seite der Bühne, wobei sie einige Schwierigkeiten hatte, nicht über ihr viel zu großes Hexenkostüm zu stolpern, während Xander zur rechten hinüberhetzte. Glücklicherweise stand kein Kulissenwechsel an. Lediglich ein ziemlich eindrucksvoller Donnerschlag leitete den Beginn der nächsten Szene ein.

So wie die Dinge standen, blieb Willow und Xander nichts weiter übrig, als heftigst so viele Fahnen zu schwenken, wie sie nur halten konnten, und die Schauspieler betraten auf dieses Zeichen hin die Bühne.

Angel fand den Mann, der für die Kulissen zuständig und im Programmheft hochtrabend unter »Technische Leitung« aufgeführt war, hinter dem Backstage-Vorhang, wo er auf den nächsten Einsatz wartete. Mit einem raschen Blick sondierte Angel die Lage. Der einzige Weg, um an den Kerl ranzukommen, führte direkt auf ihn zu. Ohne lange zu überlegen, schlug Angel genau diesen Weg ein.

Der »Technische Leiter« war einigermaßen verblüfft, schaffte es jedoch erstaunlich rasch, sich auf den Angreifer einzustellen. Er täuschte eine Finte nach rechts vor, warf sich mit dem ganzen Körper Angel entgegen, der daraufhin, nun seinerseits überrascht, gegen eines der Kulissenteile krachte. Als er wieder herumwirbelte, um erneut auf den Theatermann loszugehen, hatte dieser sich bereits eine Metallfackel geschnappt und stürmte, den improvisierten Totschläger hoch erhoben, auf seinen Herausforderer zu.

Es gelang Angel, die meisten der auf ihn niederprasselnden Schläge abzuwehren, bis schließlich einer von ihnen ihn so hart gegen die Brust traf, dass er zurücktaumelte und abermals gegen eine Wandattrappe knallte. Diese indes war nicht ganz so stabil wie die vorherige, und zusammen mit einem Haufen Sperrholz und Pappmaché ging Angel zu Boden.

Als er sich wieder aus dem Trümmerhaufen herausgewühlt hatte, sah er, dass der Oberkulissenschieber die Zeit genutzt hatte, um seine Fackel zu entzünden. Angesichts der unbestreitbaren Tatsache, dass es wenig ratsam schien, sich inmitten leicht entflammbaren Materials mit einem Vampir herumzuprügeln, der eine brennende Fackel vor sich her schwang, entschloss sich Angel zu einem strategischen Rückzug. Natürlich verfolgte er damit einen ganz bestimmten Plan.

Angel achtete darauf, dass der untote Fackelträger ihn nicht aus den Augen verlor, rannte in die Maske und wartete. Wie vorhergesehen wähnte der Theatervampir Angel in der Falle und stürmte ohne Rücksicht auf Verluste durch die weit geöffnete Tür.

Im selben Moment, als er über die Schwelle trat, kippte Angel ihm den kompletten Inhalt einer großen Flasche Aceton ins Gesicht. Sofort loderte die Fackel hell auf, das Feuer sprang über auf die von Lösungsmittel triefende Kleidung und verschlang den Vampir.

Gelassen nahm Angel den Feuerlöscher von der Wand und erstickte die am Türrahmen emporzüngelnden Flammen.

Giles und Jenny bemerkten ein grelles Flackern, das für einen kurzen Moment geisterhafte Schatten durch den Backstage-Bereich tanzen ließ. Kaum waren sie losgerannt, um nach der Ursache zu forschen, als ihnen auch schon Angel entgegenkam.

»Ich nehme an, das waren Sie«, empfing ihn Giles.

»Yep. Hab meine erledigt«, gab Angel zurück.

»Wir unsere auch«, sagte Jenny. »Bleibt nur noch der Regisseur.«

»Runter«, zischte Giles, als er Willow und Xander geradewegs auf sie zukommen sah. Sie nahmen den einzigen Ausweg, der ihnen blieb und hasteten geduckt zum Bühnenausgang hinaus. Niemand von ihnen dachte in der Eile daran, die Tür einen kleinen Spalt breit offen zu halten.

Mit leisem Geräusch fiel sie hinter ihnen ins Schloss.

»Riechst du das, hier brennt's doch irgendwo?«, fragte Willow.

»Jetzt wo du es sagst.«

»Linke Bühnenseite.«

Sie folgten dem beißenden Geruch und gelangten schließlich in die Maske, wo ihre Blicke auf ein paar verkohlte Brocken fielen, die direkt hinter dem Türdurchgang auf dem Boden lagen. Während sie nachdenklich auf die schwarzgrauen Überbleibsel von irgendwas starrten, fiel keinem von beiden die gähnende Stille auf, die auf der Bühne entstanden war, bis Willow in ihrem Headset Sams gepresste Stimme vernahm.

»Szenenwechsel!«

Nicht ohne sich darüber zu wundern, warum niemand mehr hinter der Bühne auf seinem Posten war, stürmten die beiden Theaterneulinge aus dem Stand los, um die letzte Szene vorzubereiten.

Mit mahlendem Kiefer sah Sam dabei zu, wie Xander und Willow die Bühne für die Schlussszene herrichteten.

Schließlich knallte er zornig sein Headset auf den Boden

und machte sich auf, seine Leute zu suchen. Kein Grund, länger in diesem Kabuff herumzuhocken, dachte er. Niemand wartete mehr auf irgendein Zeichen von ihm, und alles, was an Kulissen auf der Bühne benötigt wurde, stand bereits an Ort und Stelle. Der Rest der Vorstellung war allein Sache der Schauspieler.

So wie er seine Crew kannte, hatte sie wahrscheinlich mit der »Aftershow-Party« ein wenig früher angefangen als geplant. Doch wenn er ehrlich war, hätte er eigentlich etwas mehr Professionalität von ihnen erwartet. Es stimmte zwar, dass sie in Sunnydale bislang viel weniger getötet hatten als in jeder anderen Stadt zuvor, doch nicht mehr lange, und sie konnten sich auf annähernd das halbe Publikum stürzen.

Die erste Person, an der er vorüberkam, war Willow.

»Wo stecken die alle?« Er vermochte seine Wut kaum zu verbergen.

»Xander ist oben bei den Scheinwerfern«, sagte sie. »Nachdem wir weder Amy noch sonst irgendjemanden auftreiben konnten, hab ich ihm ein Headset in die Hand gedrückt und ihn hochgeschickt, damit er sich um das Spotlight für den Schluss der Szene kümmert.«

»Willow, wenn er das vermasselt, ist das ganze Stück versaut.«

»Aber ich komme in diesem Kostüm nicht einmal die Leiter hoch.«

»Dann hättest du mich eben rufen sollen.« Mühsam versuchte er, sich zu beherrschen, um seinen Ärger nicht an Willow auszulassen, die, wie ihm durchaus klar war, wirklich ihr Bestes gab.

»Xander kriegt das schon hin«, versicherte sie ihm, stets loyal, wenn es um ihre Freund ging.

»Hör zu, geh du rüber in die Regie und schau dir den Rest der Aufführung an. Ich werd mich derweil darum kümmern, dass Xander keinen Bockmist baut.«

Und während Willow sich auf dem Weg in die Regie befand, kletterte Sam bereits die Leiter zu den Scheinwerfern hoch.

Zur gleichen Zeit zwängte sich Angel einmal mehr an diesem Abend durch das offen stehende Fenster in das Theater. Dann huschte er lautlos wie ein Schatten zum Eingang hinter der Bühne und ließ Giles und Jenny wieder hinein. Sie alle hofften, dass sie nicht zu spät kommen würden.

Knapp zehn Meter über der Bühne, auf einer Laufplanke aus Stahl, befand sich Sam ziemlich genau dort, wo nur eine Stunde zuvor bereits Angel gehockt hatte. Von berechtigten Zweifeln geplagt näherte sich der Regisseur Xander, der einige Meter weiter an dem schwenkbaren Spotlight-Scheinwerfer herumhantierte.

Das gebündelte Licht war als dramaturgische Überhöhung gedacht und sollte auf Macbeths abgetrenntem Haupt einen unirdischen Glanz entstehen lassen.

Sam hörte, wie Willow über Headset das Stichwort gab, registrierte mit einiger Erleichterung, dass Xander an dem Scheinwerfer tatsächlich den richtigen Schalter umlegte, und war umso verwunderter, als dennoch nichts geschah. Von seiner Position aus, nur wenige Schritte von Xander entfernt, sah er, dass diese Oberleuchte von einem Beleuchter vergessen hatte, den Stecker einzustöpseln. Während Xander hektisch an dem Spotlight herumrüttelte, trat Sam von hinten näher an ihn heran. Das war's, dachte er, die Vorstellung ist gelaufen. Zeit, Xander nun wirklich loszuwerden.

Doch in diesem Moment überraschte ihn Xander damit, dass er ausnahmsweise mal das Richtige tat.

Als Xander das lose Kabel zu seinen Füßen bemerkte, bückte er sich, um es aufzuheben, und versetzte dabei mit dem Hinterteil dem Scheinwerfer einen Stoß. Sodann stellte er ordnungsgemäß die Stromverbindung her und musste zu seinem Entsetzen feststellen, dass der gebündelte Lichtstrahl um hundertachtzig Grad in die falsche Richtung wies. Rasch sprang er wieder hoch und justierte das Spotlight auf das abgeschlagene Haupt des Macbeth. Doch wie für Macbeth kam auch für Sam jede Hilfe zu spät. Als das weißgrelle Licht herumschwenkte, traf es den Regisseur direkt im Gesicht. Geblendet taumelte er zurück, verlor den Halt und stürzte hinab in die Tiefe. Glücklicherweise fiel er nach rechts, sodass er wenigstens nicht auf der Bühne landete, sondern direkt neben dem Hauptvorhang aufschlug.

Der Aufprall war hart und raubte Sam fast die Besinnung, doch ansonsten, schien ihm, hatte er den Sturz heil überstanden. Dennoch verspürte er das dringende Bedürfnis, erst einmal eine Weile einfach nur liegen zu bleiben, zumal lauter weiße Punkte vor seinen Augen tanzten und sich alles um ihn herum zu drehen schien. Er atmete tief durch und versuchte sich zu sammeln.

Als sich sein Blick wieder klärte, konnte er über sich einen Mann in Tweedjackett erkennen, der kurz davor war, ihm einen Pflock ins Herz zu stoßen.

Und damit war die Vorstellung für ihn tatsächlich beendet.

Kaum war der Vorhang gefallen, rannte Willow sogleich hinter die Bühne, um allen Mitwirkenden zu gratulieren. Der Erste, den sie traf, war Xander, der gerade die Leiter zur Laufplanke herunterstieg.

»Du warst großartig, Xander!«

»Danke, du auch.«

Elisabeth kam herbeigeeilt.

»Willow, beeil dich. Wir müssen uns doch noch alle verbeugen!«

»Aber doch nicht die Regieassistentin«, erwiderte sie.

»Nein, aber die Erste Hexe. Jetzt komm endlich.«

»Aber, Xander …«

»Los, hau schon ab«, sagte Xander. »Sonst verpasst du noch deinen Applaus.«

Die beiden Darstellerinnen rannten zurück auf die Bühne.

»Ich bleib dann mal hier«, sagte er zu niemand Besonderem. »Ganz allein.«

Als er sich umwandte, sah er Giles, Jenny und Angel am Bühnenausgang stehen. Auch sie applaudierten.

»Leute, ihr wisst doch, dass ihr hier hinten nichts zu suchen habt«, stellte er sie zur Rede, nachdem er zu ihnen hinübergeschlendert war. »Willow und ich könnten ziemlichen Ärger mit dem Regisseur bekommen.«

»Wir versprechen, es nie wieder zu tun«, erwiderte Jenny mit einem entwaffnenden Lächeln.

»Und? Wie fandet ihr die Aufführung?«, fragte Xander.

»Es war der bei weitem aufregendste Theaterabend, den ich je erlebt hab«, versicherte ihm Giles, während Jenny und Angel schweigend in sich hineingrinsten.

»Giles, ich hab's geschafft!«, frohlockte Willow, kam auf ihn zugestürmt und drückte ihn kräftig.

Giles, der noch nie ein Mann großer Emotionen gewesen war, erwiderte halbherzig die Umarmung, was Willow sogleich als Zeichen seines Unbehagens deutete.

»Tut mir Leid«, sagte sie und ließ ihn wieder los. »Das leidige Ungestüm der Jugend.«

»Verstehe ich voll und ganz«, entgegnete Giles, froh, dass sie noch am Leben war.

»Bleibt ihr alle noch zur Party?«, fragte Willow.

Die drei Backstage-Gäste sahen einander an, und jeder wartete darauf, dass irgendwer mit einem guten Grund rüberkam, warum auf ihre Anwesenheit leider verzichtet werden musste.

»Ich muss noch packen«, sagte Jenny und zog sich verständlicherweise erst einmal selbst aus der Affäre. »Ich wollte für einige Tage meine Familie besuchen ... neben ein paar anderen Sachen, die es zu erledigen gilt.«

Willows Blick wanderte zu Giles.

»Und ich hab die Absicht, sie zu begleiten«, erklärte der Wächter, während er sich gleichzeitig fragte, welche anderen Sachen sie wohl meinte.

Was Willows Blick auf Angel lenkte.

»Partys sind nicht so mein Ding«, sagte er.

»Ihr wisst ja gar nicht, was ihr verpasst«, meinte Xander, während sie alle zum Bühnenausgang gingen.

»Es wird das absolute Highlight des Sommers«, fügte Willow hinzu.

»Was nicht viel heißen muss, wenn man bedenkt, wie langweilig dieser ganze Sommer war«, sagte Xander und öffnete die Tür.

»Absolut«, stimmte Giles ihm zu, als er hinaus ins Freie trat. »Also dann, viel Spaß auf der Party.«

»Und euch noch schöne Ferien!«, setzte Jenny hinzu.

»Tschau, tschau!«, kam es von Xander und Willow unisono zurück.

»Okay, erst mal sehen, wo die Belegschaft abgeblieben ist«, hörte Giles Willow sagen, als sich die Tür hinter ihnen schloss. »Ich muss unbedingt noch fragen, wann wir morgen früh wieder hier sein sollen, um beim Abbauen zu helfen ...« Leise fiel die Tür ins Schloss.

Ohne große Eile spazierten die drei Aushilfsjäger über die kleine Gasse zurück zur Straße.

»Sind Sie sicher, dass Sie die Stadt für einige Zeit unbeaufsichtigt lassen können?«, fragte Jenny.

»Ich denke, dass lässt sich verantworten«, erwiderte Giles. »Mal abgesehen von dem Ärger mit dieser Theatertruppe war es in den letzten Wochen relativ ruhig in Sunnydale. Und Buffy ist bestimmt auch bald wieder zurück.«

Bei der Erwähnung der Jägerin blieb Angel abrupt stehen. »Giles, kann ich kurz mal mit Ihnen reden?«, fragte er den Bibliothekar.

Jenny wusste, wann es Zeit war zu gehen. »Wie ärgerlich«, sagte sie, »da hab ich doch in dem ganzen Trubel tatsächlich mein Programmheft verloren. Ich lauf mal schnell und frag, ob sie noch eins haben. Wir treffen uns dann am Eingang, Giles.«

»Gute Reise«, sagte Angel.

»Danke«, entgegnete sie, während sie bereits Richtung Theatervorplatz strebte. »Wir sehen uns, wenn ich wieder im Lande bin.«

»Giles«, begann Angel, als Jenny um die Ecke verschwunden war, »ich bin inzwischen ziemlich sicher, dass Buffy vor allem deshalb nach L.A. gefahren ist, um mir für eine Weile aus dem Weg zu gehen.«

»Angel, ich –«

»Lassen Sie nur, Sie brauchen nichts zu sagen«, fuhr er mit seiner typischen sanften und leicht melancholisch klingenden Stimme fort. »Nur ... falls Sie sie in nächster Zeit sprechen sollten ... Sagen Sie ihr, ich hoffe, dass sie wunderschöne Sommerferien hat.«